JÜRGEN FRIEMEL

Mörderischer Reichstag

RAGNOR SAGA

DIE HÜTER AMAs IV

BE
Belle Époque Verlag

Ich möchte mich ganz besonders bei Beate Rocholz für ihr großartiges Cover-Design bedanken, welches der gesamten Saga ein Gesicht gegeben hat.

Lizenzausgabe mit freundlicher Genehmigung des Autors und Rechteinhabers Jürgen Friemel.

Umschlaggestaltung: Beate Rocholz; Belle Époque Verlag
Lektorat/Korrektorat: Katja Friemel

Bildmaterialien: Katja Friemel - Map; Andreykuzmin / Dreamstime.com - Narrow Medieval Metal Shield; standa_art / shutterstock.com - Silver metal plate with classic ornament; Anthro / Hand in glove with dagger

ISBN 978-3-945796-24-5

Prolog

Lästerlich fluchend saß Xitroca, der Protektor Ximons, in seiner kleinen, bizarr dekorierten Kammer in der schwarzen Burg des Dämonenfürsten Xytramon. Dieser genoss es, seit der Diener Ximons, des ungeliebten Herrn aller Dämonen, bei ihm angekommen war, ihn mit den niedrigsten Aufgaben zu schikanieren. Mehr als einmal hatte Xitroca den Tag verflucht, an dem er aus Todesangst von Burg Samarkon in den Orcus geflohen war. Fürst Xytramon verfolgte ihn mit seinem ätzenden Spott, und die ganze Dämonenbrut lachte jedes Mal, wenn sie ihm in den muffigen Gängen der Festung begegneten. Finsterer Hass brodelte in ihm und er schwor sich, es den aufgeblasenen Dämonen heimzuzahlen, wenn er erst einmal wieder zurück auf Makar war, zurück in der Dimension, in der sein Herr herrschte. Dann würde er sie für die Schmach leiden lassen, denn dort waren sie seinen Kräften ausgeliefert und waren gezwungen seinen Befehlen zu gehorchen. Hier im Orcus war ihm das nicht möglich, denn in ihrer Heimat waren die Dämonen frei und konnten von ihm nicht gebannt werden. Also ertrug er zähneknirschend die Demütigungen, weil er in einer direkten, körperlichen Auseinandersetzung mit den Dämonen immer den Kürzeren ziehen würde. Mit seinem kultivierten, aber nicht sonderlich trainierten Zivilisationskörper hätte er gegen ihre Fänge und Klauen keinerlei Chance. Sie würden ihn zwar aus Furcht vor Ximon, seinem finsteren Herrn, nicht töten, aber sie würden ihm jeden auch nur erdenklichen Schmerz zufügen, falls er es wagen würde, einen der Ihren anzugreifen.

Der einzige Trost, der ihm momentan blieb, war, dass ihm der Dämonenfürst versprochen hatte, ihm am Ende seiner Dienstzeit einen Kampfkörper zur Verfügung zu stellen, mit dem er erfolgreich auf Makar bestehen konnte. Natürlich war diese Gabe Xytramons nicht selbstloser Natur. Wenn er nach der Erfüllung seiner Aufgabe seinen alten Körper zurückhaben wollte, würde er für ein weiteres Jahr im Orcus dienen müssen. Doch auf der anderen Seite musste er auf Makar nun fast nichts mehr fürchten, denn falls sein Kampfkörper je dort getötet werden würde, konnte sein Geist in seinen Originalkörper im Orcus zurückkehren. Dann wäre er zwar jedes Mal für ein weiteres Jahr zum Dienst bei Xytramon verdammt, aber das war immer noch besser als tot zu sein.Der Protektor Ximons seufzte aus tiefster Seele. Das Jahr im Dienste Xytramons hatte ja leider erst gerade begonnen und er hatte keine Wahl als eine gute Miene zum bösen Spiel zu machen. Doch war das alles noch besser, als sich dem Zorn Ximons, seines finsteren Gottes, zu stellen, denn für sein Versagen auf Makar hatte er von ihm keine Gnade zu erwarten.

Orte der Handlung

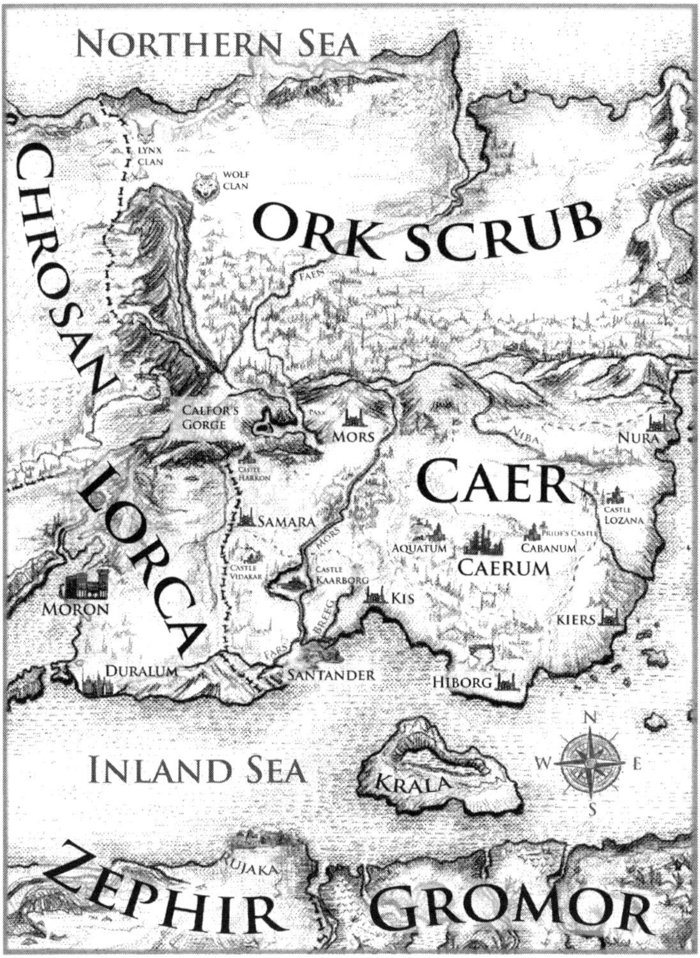

Kapitel 1

Der Hochsommer regierte in Caer, dem mächtigsten Königreich auf dem Nordkontinent des Planeten Makar, welcher einsam um eine Riesensonne am Rand des Andromedanebels kreiste. Die große, rotgoldene Sonne stand strahlend am tiefblauen Firmament über der fruchtbaren Tiefebene der Grafschaft Kaarborg und sie versprach den Bauern eine gute Ernte, falls das Land in diesem Jahr vom Hagelschlag verschont blieb.

Für die Jungritter auf Burg Kaarborg, dem Sitz des mächtigen Grafen von Kaarborg, die sich gerade auf ihre Prüfung und den lang ersehnten Ritterschlag vorbereiteten, war das heiße und trockene Sommerwetter allerdings keine reine Freude. Wenn sie in ihren schweren, glutheißen Panzerrüstungen schwitzten, verfluchte so mancher von ihnen das schöne Wetter. Erst gegen Abend konnten die jungen Männer die Freuden der warmen Sommerabende genießen. Dann saßen sie meist im großen Biergarten ihrer Lieblingsschänke, dem Hirschen, um das süffige Kaarborger Bier zu genießen und mit den sommerlich gekleideten Schankmägden zu flirten, welche mit ihren Reizen nicht gerade geizten.

Ragnor hingegen genoss das schöne Wetter in vollen Zügen. Die Hitze machte ihm nur wenig aus, denn sein ganzer Ehrgeiz war darauf gerichtet, beim Turnier in Caerum gut abzuschneiden. Er war im Moment eigentlich rundherum zufrieden mit sich und seinem Leben, denn jetzt gehörte er endlich dazu. Er war inzwischen sogar zu so etwas, wie dem heimlichen Führer der Jungritter aufgestiegen, da ihm seine Leistungen im gerade überstandenen Krieg mit dem Baron von Harkon und seinen Verbündeten mehr als nur Respekt verschafft. Selbst sein ehemals schwieriges Verhältnis zu Ralph da Caer, dem designierten Thronfolger des Königs, hatte sich erfreulich entspannt, denn die beiden jungen Männer hatten gelernt kameradschaftlicher und konstruktiver miteinander umzugehen. Das lag vor allem daran, dass der stolze Prinz kein Wort mehr über Ragnors bürgerliche Herkunft verlor, ihn im Gegenteil sogar besser behandelte als die anderen Jungritter und wann immer sich die Gelegenheit bot, das direkte Gespräch mit ihm suchte. Ragnor, dem die Anfeindungen der Vergangenheit nur noch zu gut im Gedächtnis haften geblieben waren, verhielt sich in der Gegenwart von Ralph da Caer in der Regel äußerst zurückhaltend und versuchte Themen zu vermeiden, bei denen er grundsätzlich anderer Meinung war als der äußerst konservative Prinz.

Der bullige Fukur da Seeborg hingegen, mit dem Ragnor noch ein Hühnchen wegen seines Anschlages auf seine Ziehtochter Mirana zu rupfen hatte, kapselte sich inzwischen vollständig von der Gruppe der Jungritter ab. Sobald die Kampfausbildung am Nachmittag beendet war, zog er sich zurück, wobei keiner von den anderen so recht wusste, was der verbitterte, junge Mann in seiner Freizeit eigentlich so trieb.

Neben dem Unterricht und der Turnierausbildung blieb Ragnor genauso wie den anderen Jungrittern nur wenig freie Zeit. Wann immer er und seine beiden Freunde Ansgar da Lorcamon und Lamar da Niewborg es einrichten konnten, verbrachten sie ein paar Stunden mit Ragnors alten Freunden aus Calfors Klamm. Insbesondere die kleine Mirana, Ragnors Mündel, war jedes Mal überglücklich, wenn sie ihren »Vater«, wie sie Ragnor liebevoll nannte, und ihren »Ritter«, das war Ansgars Spitzname, um sich haben konnte. Ihre liebste Beschäftigung war es, den jungen Männern stundenlang Löcher in den Bauch zu fragen. Ihrem »wieso« und »warum« konnte man kaum entkommen. Alles, was sie beim alten Lars in ihren Schulstunden am Morgen gelernt hatte, wurde von ihr am späten Nachmittag dann aufs Genaueste hinterfragt.

Als Ragnor sich deshalb einmal bei seinem alten Lehrer ein wenig genervt beklagt hatte, lachte der Alte herzlich, was er, seit Tanas Tod, kaum mehr getan hatte, und wies diesen daraufhin spöttisch mit folgenden Worten zurecht: »Ich weiß gar nicht, was du eigentlich willst. In diesem Punkt könnte Mirana ja direkt deine leibliche Tochter sein. Ich kann mich noch sehr gut daran erinnern, wie du mir in diesem Alter andauernd mit deinen Fragen auf die Nerven gegangen bist. Also trage es mit Fassung! Es gab Tage, da hätte ich dir gerne auch mal den Mund zugebunden, weil du so gar keine Ruhe geben wolltest.«

Lachend gab sich der junge Mann daraufhin geschlagen, denn sein alter Mentor hatte nur zu Recht. Schuldbewusst grinsend bot er seinem Lehrer einen frischen Krug Bier an, doch der alte Mann lehnte dankend ab. Seit Tanas grausamem Tod trank er nur noch selten, so als ob es ihm, ohne Tanas ewige Mahnungen, doch weniger zu trinken, keine Freude mehr machte. Trotzdem beunruhigte es Ragnor nicht, denn sein alter Lehrer schien sich in der Zeitspanne, als er selbst im Krieg gegen die Harkonen gestanden hatte, wieder gefangen zu haben. Und doch war zwar stiller und ernster geworden. Dafür machte er den Anschein wieder voll und ganz in seinem alten Beruf als Lehrer aufzugehen, und es machte ihm scheinbar nichts aus, so manchen Tag mehr als zehn Stunden ununterbrochen zu arbeiten. Im Gegenteil, es machte ihm großen Spaß, den Kindern der Burg das Lesen und Schreiben beizubringen. Doch das noch größere Vergnügen war für ihn, die »ungebildeten« jungen Adeligen am Nachmittag mit Mathematik und Ballistik zu quälen. Zusammen mit dem Kastellan Svartan da Kaarkon und dem greisen General Milas hatte er sich zur Aufgabe gesetzt, eine neue militärische Elite heranzuziehen, die mehr konnte als tapfer mit der Lanze in der Faust einem Feind entgegenzustürmen. Dabei hatte sich zwischen den alten Männern, zu denen auch noch Linus der Haushofmeister gehörte, eine echte Freundschaft entwickelt. Sie verbrachten so manchen gemeinsamen Abend bei Gesprächen über die Zukunft des Reiches oder hin und wieder auch einfach mit Kartenspielen.

An einem der lauen Sommerabende, den Ragnor wie gewöhnlich mit seinen Freunden im Biergarten verbrachte, saßen sie nach ihrer schweißtreibenden Tagesarbeit wieder einmal beieinander und ließen die Bierkrüge kreisen. Sie hatten auch Grund zu feiern, denn sie hatten alle die schriftliche Prüfung bestanden, für die sie die letzten Wochen gebüffelt hatten. Obwohl es für einige der jungen Männer recht knapp gewesen war, war der Kastellan mit den Ergebnissen sehr zufrieden gewesen. Schließlich waren sie die erste Generation von Rittern, die über eine vernünftige Grundbildung in Geschichte, Mathematik und Militärtaktik verfügte. Von den meisten Gästen nicht beachtet, betrat ein bunt gekleideter Bänkelsänger den Biergarten. Die jungen Männer bemerkten ihn zuerst nicht, da die Bewohner des Königreiches Caer von einem eher nüchternen Menschenschlag sind und daher nicht all zu viel für Musikanten übrig haben. Ragnor war in seinem bisherigen Leben noch keinem Spielmann, geschweige denn einem der legendären Barden, welche im Nachbarkönigreich Lorca so hoch geschätzt wurden, begegnet.

Als der reisende Bänkelsänger dann begann zur Laute zu singen, empfanden das die Jungritter zunächst eher als störend, denn der Sänger war nicht besonders gut und seine Stimme konnte oftmals den Ton nicht richtig halten. Einzig Rolf da Maarborg schien sich anfangs für ihn zu interessieren, doch konnte man auch seinem Gesichtsausdruck entnehmen, was er von der Kunst des Spielmanns hielt. Nach einer Weile hatte dieser ebenfalls genug und ging, als der Spielmann eine Pause machte, zu ihm hinüber und bat ihn, ihm seine Laute einmal für einen Moment zu borgen. Der Spielmann war zuerst erstaunt über das Ansinnen des jungen Mannes, wagte es dann aber natürlich nicht einem Adeligen seine Bitte abzuschlagen und reichte ihm schließlich das Instrument.

Rolf setzte sich auf den Platz, auf dem der Spielmann vorher gesessen hatte, und begann mit einer ausdrucksvollen, männlichen Stimme ein Liebeslied zu singen, wobei er sich gekonnt auf der Laute begleitete. Ragnor und die anderen Jungritter waren sehr überrascht, denn keiner hätte vermutet, dass ihr oftmals mürrisch wirkender Kamerad über derartige Talente verfügte. Ragnor unterbrach sein Gespräch, welches er gerade mit Lamar da Niewborg geführt hatte und hörte fasziniert zu. Ralph da Caer hingegen ließ es sich nicht nehmen, ein wenig zu sticheln, als Rolf an den

Tisch zurückkam: »Heil dir ‚Barde von Maarborg'.« Rolf schaute ihn daraufhin mit ernster Miene an und erwiderte mit fester Stimme, in der ein merklich ärgerlicher Unterton mitschwang: »Es wäre eine Ehre für mich, wenn man mich irgendwann einmal so nennen würde. Du kannst das vielleicht nicht verstehen, aber die Musik gibt mir sehr viel mehr als das Schwert und das ganze verdammte Rittertum.«

Ragnor, dem das Lied ausgezeichnet gefallen hatte, hielt sich auf ihrem Rückweg zur Burg neben Rolf und fragte ihn schließlich neugierig: »Wie bist du zu Laute und Gesang gekommen. Ich bin zwar noch nie einem Spielmann begegnet, aber das, was du da gesungen hast, hat mir wirklich gut gefallen. Ich hätte nicht gedacht, dass ein Lied die Gefühle so ansprechen kann. Ich habe während deines Vortrages immerzu an deine Cousine Heike denken müssen und was ich für sie empfinde.«

Rolf war ausgesprochen erfreut darüber, dass sich Ragnor zum einen für seine Musik interessierte und zu anderen, dass er seine Cousine nicht vergessen hatte, und antwortete ihm daher bereitwillig: » Es freut mich, dass dir meine Musik gefallen hat. Du musst wissen, meine Mutter stammt aus Lorca und sie hat mir das Spiel auf der Laute beigebracht. Dabei habe ich meine Leidenschaft für das Komponieren von Liedern entdeckt. Das Lied, das ich heute Abend gesungen habe, habe ich auch selbst komponiert.«

»Es hat mir wirklich sehr gut gefallen«, sagte Ragnor leise und mehr zu sich selbst, um sich dann wieder an Rolf zu wenden und ihn fast schüchtern zu fragen: »Meinst du es wäre möglich, dass du mir das Spielen auf der Laute beibringen kannst? Ich würde es wirklich gerne lernen.« Rolf lächelte freundlich und antwortete lebhaft: »Na klar! Ich würde mich freuen. Aber stelle es dir nicht so leicht vor. Am Anfang ist das ziemlich schwierig und klingt meistens fürchterlich.«

Rolf da Maarborg sollte in dieser Sache Recht behalten. Die ersten Versuche mit der Laute, welche ihm Rolf von einem Händler aus Lorca besorgt hatte, waren wenig ermutigend. Jedoch wollte Ragnor, wie es eben seine Art war, so schnell nicht aufgeben. Es gelang ihm schließlich durch zähes Üben, bei dem er mehr als einmal seinen Pagen Klaus in die Flucht getrieben hatte, die ersten Grundakkorde sauber spielen zu lernen. Das Singen gelang ihm erheblich besser und Rolf meinte sogar, dass er über eine talentierte Stimme verfüge. Das spornte ihn weiter an, auch wenn er es in Gegenwart der anderen Jungritter nicht wagte zu singen, genoss er es jedes Mal, Rolf da Maarborg dazu zu bringen, seine Laute auszupacken und für ihn und seine Kameraden zu singen und zu spielen. Die gemeinsame Leidenschaft für die Musik vermochte, was die Befreiung von Farsborg nicht fertig gebracht hatte. Sie machte Rolf da Maarborg endlich zu einem echten Freund. Dessen Achtung und Loyalität war sich Ragnor ja bereits vor Farsborg sicher, als er Rolfs Verwandte durch seinen Angriff auf die Kralapiraten rettete, die zuvor versucht hatten, die kleine Burg zu stürmen. Doch es war trotzdem immer eine innerliche Distanz da gewesen, die sie bis dahin nicht fähig gewesen waren zu überwinden. Sie war sogar aufgrund von Ragnors Führerrolle und einiger anderer unerfreulicher Ereignisse im vergangenen Krieg eher sogar größer geworden. Doch nun im kleinen Kreis von Ragnors Freunden, bei denen sich die kleine Mirana als begabte Sängerin hervortat, schwand diese distanzierte Haltung mehr und mehr. Dabei wurde Rolf da Maarborg von Mal zu Mal mehr bewusst, dass er Ragnor und seine Freunde wirklich mochte. Sie waren offen in ihren Äußerungen und Gefühlen, und man hatte nicht das Gefühl, wie es bei Ralph da Caer oder Oswald da Kormon gewesen war, dass alles, was sie taten und sagten nur aus purer Berechnung geschah. Und so kam es, dass aus dem Trio der verschworenen Freunde ein Quartett wurde, was auch Ansgar und Lamar begrüßten, nachdem sie erkannt hatten, dass hinter der schroffen Fassade von Rolf da Maarborg ein wirklich netter und ehrlicher Kerl steckte.

Ralph da Caer blieb diese Entwicklung natürlich nicht verborgen, und er verdoppelte seine Bemühung sich Ragnor zum Freund zu machen, soweit er, gefühlskalt wie er war, überhaupt wissen konnte, was Freundschaft war. Es beunruhigte ihn irgendwie schon, wenn er sah, wie leicht es Ragnor gelang, loyale Freunde zu gewinnen. Die Kluft, die sich zwischen Ragnor und den anderen Jungrittern während des Feldzuges aufgetan hatte, war in der Normalität ihres Jungritterdaseins auf Burg Kaarborg langsam wieder geschlossen worden. Insbesondere nach der Rückkehr von Lamar da Niewborg, der ja bei all diesen schrecklichen, teilweise auch übernatürlichen Ereignissen nicht dabei gewesen war, hatte sich Ragnors Freundeskreis schnell wieder gefunden.

In der Burg schritten inzwischen die Vorbereitungen für den Reichstag in Caerum zügig voran und nichts schien mehr an den gerade überstandenen Krieg zu erinnern. Doch das sollte nicht so bleiben! An einem Spätnachmittag, etwa zwei Wochen vor ihrem geplanten Aufbruch nach Caerum, holte den jungen Mann die Vergangenheit erbarmungslos wieder ein. Graf Rurig war am Morgen dieses Tages aus Caerum zurückgekehrt und auch Admiral Mennos Flaggschiff, der Falke von Lorcamon, hatte gegen Mittag desselben Tages im Hafen der Insel Kaar festgemacht.

Ragnor dachte sich eigentlich nichts dabei, als Menno, der ihn wie immer freundlich begrüßte, zwischen Tür und Angel mitteilte, dass er sich zusammen mit seinen Freunden am Abend bei Graf Rurig einfinden solle. Es gäbe einige Neuigkeiten zu besprechen. Als er ihn fragte, ob er Rolf da Maarborg auch einladen dürfe, da er ihn nun ebenfalls zu seinen Freunden zählte, zögerte Menno einen Augenblick, stimmte dann aber kopfnickend zu. Die jungen Männer versammelten sich zu Beginn der Abenddämmerung in Graf Rurigs Gemächern. Jeder von ihnen wurde vom Grafen mit Handschlag begrüßt, was vor allem Rolf da Maarborg sehr beeindruckte und ihn am Anfang ein wenig verlegen herumstehen ließ. Doch er bemerkte schnell, dass sich sein Lehnsherr in diesem Kreis völlig ungezwungen bewegen konnte und er war sehr stolz darauf, dass er nun ebenfalls dazu gehören durfte. Zwar hatte ihn Lamar da Niewborg in die Besonderheiten dieser Treffen mit dem Grafen, als Ragnor die Einladung zu Beginn des Nachmittagsunterrichtes ausgesprochen hatte, eingeweiht, jedoch hatte er sich das trotzdem alles nicht so recht vorstellen können. Es wurde ihm schnell klar, dass Graf Rurig in dieser Runde nicht nur Höflichkeiten austauschte, wie das meistens der Fall war, wenn er mit seinen Vasallen oder zu offiziellen Anlässen in großem Kreis, auftrat. Es ging ihm bei diesem Treffen mit seinen Freunden ganz offenbar um wirklich wichtige Dinge. Nachdem sich alle gesetzt hatten, prostete ihnen Graf Rurig zu und bemerkte dann ernst: »Leider findet unser heutiges Treffen nicht nur aus dem Grunde statt, dass ich euch einige Wochen nicht gesehen habe. Es gibt einiges zu besprechen.« Der Graf räusperte sich kurz und fuhr dann fort: »Nun zuerst zu den guten Nachrichten. Der König war sehr zufrieden mit dem Verlauf des Krieges und hat unsere Entscheidungen in allen Punkten gebilligt. Er hat auch, wie wir erhofft hatten, beschlossen, auf dem Reichstag, die Frage der Nachfolger von Kreeg da Harkon und Klees da Ahrborg abschließend klären zu lassen. Leider ergibt sich daraus bereits der erste unerfreuliche Aspekt. Er hat nämlich allen Anwärtern auf eine der beiden Baronien, also auch Atz da Ahrborg freies Geleit und Unantastbarkeit zugesichert, solange sie beim Reichstag in Caerum weilen.«

Ragnor konnte nicht glauben, was er da gerade zu hören bekam und unterbrach Rurig aufgebracht: »Aber wie kann er so etwas tun. Atz da Ahrborg ist ein Verbrecher, der nicht nur Tana, sondern ja ganz offensichtlich auch seinen eigenen Vater umgebracht hat.«

»Dafür gibt es aber keine hieb- und stichfesten Beweise und es ist leider üblich, allen Bewerbern für ein Kronlehen freies Geleit zuzusichern. Normalerweise eigentlich eine ganz sinnvolle Einrichtung, denn ansonsten könnte man unliebsame Bewerber auf dem Wege einer Forderung zum Zweikampf bequem ausschalten«, antwortete ihm der Graf mit offensichtlichem Bedauern in der Stimme und fuhr dann grimmig fort: »Wenn wir schon mal bei den unangenehmen Dingen sind: Per da Loza, der regierende Baron von Loza, hat beim hohen Gericht Anklage gegen dich wegen Mordes an seinem Sohn Hamkar erhoben.« Als Ragnor wiederum wütend hochfahren wollte, legte ihm sein väterlicher

Freund die Hand auf die Schulter, drückte ihn wieder auf seinen Platz zurück und sagte streng und fast ein wenig ärgerlich: »Nun rege dich nicht schon wieder so maßlos auf. Es ist doch ganz normal, dass er das tut! Schließlich hast du seinen Sohn erschlagen. Aber wir werden seiner lächerlichen Anklage angemessen begegnen. Schließlich liegt ein schriftlicher Bericht von Fulk da Leca vor, den Boos da Maaslund als Vertreter der Reichsritter ebenfalls unterzeichnet hat. Damit sollte die Sache schnell erledigt sein. Aber wir müssen uns auf jeden Fall darauf einstellen, dass der Baron von Loza die Sache nicht dabei bewenden lassen wird. Er wird versuchen uns Schwierigkeiten zu machen, wo immer er kann, und er ist ziemlich gut in diesem Punkt, das kann ich euch aus eigener Erfahrung sagen.«

»Was meinst du, wird er unternehmen?«, fragte sein alter Weggefährte Menno besorgt nach.

»Ehrlich gesagt, habe ich keine Ahnung«, gestand der Graf nachdenklich ein. »Ich weiß momentan nicht einmal so recht, mit wem er es in letzter Zeit hält. Ich denke, dass er zumindest bei den Beratungen im Kronrat keine Gelegenheit auslassen wird, um mir Ärger zu machen. Ich hoffe nur, dass er es nicht so weit treibt und das traditionelle Bündnis Lozas mit dem König aufkündigt. Aber selbst das wäre ihm zuzutrauen.« Ernst nahm der Graf einen tiefen Schluck aus seinem kostbaren, aus getriebenem Silber gearbeiteten, Bierkrug und schwieg für einen Augenblick. »Gibt es sonst noch etwas Berichtenswertes, Herr Graf?«, fragte Lamar da Niewborg respektvoll nach. »Ach, ja«, antwortete Rurig lächelnd. »Das hätte ich ja fast vergessen. Ich habe in Caerum mit Koveatas, dem ersten Amapriester von Caer, gesprochen. Das Priesterkollegium der Hauptstadt hat die versteinerte Klaue untersucht, die Admiral Menno von Santander nach Caerum geschickt hatte und zweifelsfrei festgestellt, dass es sich tatsächlich um die Hand eines Dämonen handelt. Dieser Umstand wird uns sicherlich helfen und ich hoffe, dass wir mit der Aussage des allseits geachteten Amapriesters den Kronrat in unserem Sinne beeinflussen können, wenn es um die Würdigung des Krieges und die Klärung der Nachfolgefrage in Harkon und in Ahrborg geht.« An Ragnor gewandt fuhr Rurig fort: »Der ehrwürdige Koveatas hat mich übrigens gebeten, dich von ihm zu grüßen. Er erwartet von dir, dass du bei unserem Aufenthalt in Caerum Zeit findest, ihn auf ein Gespräch zu treffen. Er würde sich gerne einmal mit dir über den Vorfall persönlich unterhalten. Das Auftauchen eines Dämons nach mehr als einhundert Jahren der Ruhe hat ihn sehr beunruhigt.«

Es wurde ein langer Abend, denn die Runde unterhielt sich äußerst angeregt bis in den frühen Morgen. Es herrschte ja auch kein Mangel an Gesprächsstoff. Insbesondere die Nachfolgefrage der beiden vakanten Baronien stand im Zentrum der Diskussionen. Das war auch ein kein einfaches Thema, denn der König war durch das verbriefte Standesrecht, welches seine Feudalfürsten zu Lebzeiten seines Vaters sehr zu ihren Gunsten verändert hatten, gebunden. Die Ablösung einer regierenden Familie war ihm danach nur dann gestattet, wenn sich alle der nachfolgeberechtigten Mitglieder eines Hauses ohne Ausnahme des Hochverrates schuldig gemacht hatten. Für den Ausschluss eines einzelnen Bewerbers von der Erbfolge galt dabei derselbe Maßstab. Basierend auf diesen Rahmenbedingungen würde es für Kaarborg und seine Verbündeten vor allem darum gehen, möglichst das Geschlecht der Harkonen für immer loszuwerden und in Ahrborg zumindest den Antritt des Erbes durch Atz da Ahrborg zu verhindern. Aber es stand auch fest, dass es für sie nicht einfach werden würde, da die anderen Feudalfürsten in der Regel eifersüchtig darüber wachten, dass sich das Machtgefüge nicht zugunsten des Königs veränderte. Sie hatten keinerlei Interesse daran, dass Ralph V die Gelegenheit bekam, sich durch die Neuvergabe eines Reichstitels einen neuen Verbündeten zu schaffen. Es würde also mehr als schwierig werden.

Als Ragnor dann schließlich zu Bett ging, waren am Horizont schon die ersten zartrosa Grauschleier des erwachenden Tages zu erkennen. Obwohl er hundemüde war, konnte er lange nicht einschlafen. Es fraß an ihm, dass er nichts gegen Atz da Ahrborg würde unternehmen können, wenn dieser auf dem Reichstag in Caerum erschien. Graf Rurig, der sehr wohl bemerkte, wie bereits den ganzen Abend die Wut an Ragnor genagt hatte, nahm ihn, kurz bevor dieser zu Bett ging, noch einmal zur Seite und erklärte diesem eindringlich, dass daran nichts zu ändern war. Man durfte dem Ahrborger während der Schutzfrist nicht einmal die Forderung zu einem Zweikampf übermitteln. Trotzdem tröstete es Ragnor ein wenig, dass Rurig ihm glaubhaft versichern konnte, dass auch er ebenfalls weiterhin entschlossen war, den Tod Tanas zu rächen und den Ahrborger nicht so einfach davon kommen zu lassen.

Die Abreise zum Reichstag näherte sich nun mit Riesenschritten. Die Jungritter hatten alle Hände voll damit zu tun, all die Anforderungen, die ihre Lehrer an sie stellten, zu erfüllen. Wenn sie sich am Abend im Biergarten des Hirschen trafen, lechzten sie nach etwas Abwechslung vom langweiligen Unterricht. An einem der Abende hatte Rolf da Maarborg wieder einmal seine Laute mitgebracht, um ein paar Lieder zum Vortrag zu bringen. Das machte den sonst eher schüchternen Rolf zum bewunderten Helden der Schankmädchen, was ihm die uneingeschränkte Anerkennung der Jungritter einbrachte, die mit seinen Minneliedern ansonsten eher weniger anfangen konnten. Rolf hatte gerade seinen Vortrag beendet und die Laute zur Seite gestellt, um sich mit einem Schluck Bier die Kehle anzufeuchten und einen Happen zu essen, da nahm Ragnor Rolfs wunderschön gearbeitete Laute auf, um sie näher zu betrachten. Ganz in Gedanken begann er, nachdem er zuerst nur ein wenig herum gezupft hatte, die Melodie des »Liedes von Arcanor« zu spielen, welches er immer in seinen Meditationsträumen hörte und die er auf seinem eigenen Instrument eingeübt hatte. Rolf unterbrach verblüfft sein Mahl, sah auf und lauschte der Melodie, die mit ihrer merkwürdigen Harmoniefolge so ganz anders klang als die Musik, die üblicherweise auf dem Nordkontinent gespielt wurde. »Was spielst du denn da? So eine seltsame Melodie habe ich noch nie gehört?«, fragte er neugierig, nachdem die Melodie verklungen war. »Nun ja«, Ragnor wusste zunächst nicht so recht was er sagen sollte. Er überlegte einen Moment, ob er Rolf ehrlich antworten sollte, aber da auch Ralph da Caer mit am Tisch saß, antwortete er lediglich ausweichend: »Die Melodie habe ich bei einem fahrenden Sänger in Mors auf dem Jahrmarkt aufgeschnappt.« Rolf da Maarborg gab sich erst einmal damit zufrieden, bestand aber darauf, dass ihm Ragnor erlaubte, das Stück in den nächsten Tagen von ihm zu übernehmen. Obwohl die Melodie seltsam fremdartig klang, war der junge Musiker von ihrer mächtigen Harmonie geradezu fasziniert.

So kam es, dass er bereits am nächsten Abend nach dem Unterricht in Ragnors Kammer auftauchte, um ihn zu bitten, ihm die Melodie noch einmal vorzuspielen. Ragnor tat ihm gerne den Gefallen und bereits kurze Zeit später beherrschte Rolf das für ihn neue Stück perfekt. Ragnor bewunderte die Eleganz, mit der Rolfs Finger über die Saiten liefen, und die Leichtigkeit, mit der er die Melodie immer weiter variierte. »Gibt es eigentlich auch einen Text dazu?«, fragte Rolf beiläufig nach, als er gerade eine seiner farbigen Interpretation beendet hatte. Nun fand es Ragnor an der Zeit, ihm zu erzählen, woher er die Melodie tatsächlich kannte: »Nun ja. Ich habe zwar gestern erzählt, dass ich das Stück vom Jahrmarkt aus Mors kenne. Aber das entsprach nicht der Wahrheit. Ich wollte die wahre Herkunft des Liedes nicht in Gegenwart von Ralphs Kumpanen erzählen. Sie hätten es vermutlich nicht geglaubt und ich hatte keine Lust mich von ihnen aufziehen zu lassen.« Das konnte Rolf nur zu gut verstehen, und er freute sich sehr darüber, dass es sich bei der Melodie doch um ein Lied handelte, also bat er Ragnor neugierig: »Komm singe es mir erst mal vor und erzähl mir vor allem endlich, woher du es kennst.«

»Ich kann es dir vorsingen, aber du wirst den Text nicht verstehen. Es ist in einer anderen Sprache geschrieben worden. Ich kann dir vielleicht irgendwie die Laute aufschreiben oder es versuchen zu übersetzen. Aber dann paßt es, so fürchte ich, nicht mehr so recht zur Melodie«, antwortete ihm Ragnor bedauernd und etwas unsicher, wie er weiter verfahren sollte. Das machte Rolf nun so richtig neugierig, und Ragnor kam nicht umhin, ihm die ganze Geschichte über die Herkunft des Liedes von Arcanor zu erzählen. Atemlos und ein wenig ungläubig hörte Rolf da Maarborg Ragnors Bericht, doch so richtig glauben konnte er die Geschichte erst, als Ragnor ihm das Lied zu seiner Begleitung in der fremden Sprache vorsang:

Cahal da paatras del Arcanor
Se prema en nomes del Ama
Se ruima com uno la shahlama
et crassa el mordos fercatar
del Orcus se mina quoro Xitar
Cahal da paatras del Arcanor
Se prema en nomes del Ama

Fremde Sprachen. Er hatte gar nicht gewusst, dass es so etwas auf Makar überhaupt gab. Zumindest hatte er selbst noch nie davon gehört. Doch als Ragnor ihm geduldig noch einige beliebige Sätze, die er sich schnell ausgedacht hatte, mühelos in diese Sprache übersetzte, war es dann doch wie ein Schock für ihn. Natürlich hatte ihn Ansgar da Lorcamon eingeweiht und ihm von Ragnors Schwertmeditation und einigen anderen unglaublich klingenden Dingen erzählt, aber so richtig hatte er eigentlich nie daran geglaubt. Eine gewisse Scheu, die er für einen Moment empfand, und die für einen kurzen Augenblick nicht überbrückbar zu sein schien, wich schnell wieder, als ihm Ragnor versprach ihm den fremden Text beizubringen. Rolf hatte zwar nicht vor die fremde Sprache zu erlernen, aber es war natürlich kein Problem ihn die melodisch klingenden Worte auswendig zu lernen. Denn sie passten so viel besser zu der schönen Melodie als ihre Übersetzung in die harte Sprache, die auf dem Nordkontinent von Makar gesprochen wurde.

Als Rolf da Maarborg schließlich gegangen war, empfand Ragnor tiefe Freude darüber, dass er dieses kleine Geheimnis mit Rolf da Maarborg geteilt hatte. Er war sich in seinem tiefsten Inneren nun ganz sicher, dass er in ihm einen ebenso ehrlichen Freund gefunden hatte, wie in Lamar und Ansgar. Das erfüllte ihn mit großer Freude. So entspannt und gut gestimmt nahm er sein Quasarschwert Quorum und tauchte völlig gelöst in die Lichtwände ein und ließ sich wie gewohnt darin treiben. In seinem Kopf klang noch das mächtige Lied von Arcanor nach und er fühlte sich so wohl wie schon lange nicht mehr. Er hatte diese seltsame Tür knapp unter der Spitze von Quorum schon einige Male passiert und jedes Mal ganz entspannt auf die stille grasbewachsene Ebene geblickt, welche sich seinen Augen dort immer nur für einen kurzen Augenblick darbot. Mit einem Mal veränderte sich aber das gewohnte Bild, als er gerade wieder daran vorbei schwebte. Plötzlich begann der Rahmen der Tür, durch die er blickte, in einem goldenen Farbton zu pulsieren, und erstaunt stellte er fest, dass sich sein eh schon langsamer Schwebeflug weiter verlangsamte. Dann war ihm, als ob ihn dieser pulsierende Rahmen anzöge. Als er fast instinktiv die Hand danach ausstreckte, zog ihn die fremdartige Kraft, als ob sie nur darauf gewartet hätte, kraftvoll durch die Öffnung. Einen Moment lang wurde Ragnor schwarz vor Augen, doch nachdem er seine Überraschung überwunden hatte, stand er auf der gras-bewachsenen Ebene, die kein Ende zu haben schien und von einem hellen kristallenen Himmel ohne Sonne überspannt wurde. Überrascht drehte er sich um, um sich seines Rückweges zu vergewissern. Doch die Tür, durch die er in diese seltsame Welt gekommen war, war verschwunden. Nur eine endlos scheinende Grasfläche erstreckte sich vor seinem Auge. Doch das war nicht die einzige Überraschung. Als er an sich herab blickte, stellte er erstaunt fest, dass er in einen seltsamen schwarzen Anzug gekleidet war, welcher auf der rechten Brustseite sein Wappen trug und dass Quorum und Quart in ihren Scheiden an seinen Hüften hingen. Vorsichtig zog er das Schwert aus der Scheide und betrachtete es ungläubig. Wie konnte es hier sein, wenn er doch kurz vorher in ihm meditiert hatte, und was war das für eine seltsame Kleidung, die sich wie eine zweite Haut an seinen Körper schmiegte. Noch einmal vergewisserte er sich, ob er die Tür, durch die er gekommen war, vielleicht nicht doch wieder finden könnte. Doch da war absolut nichts, und nachdem an der Stelle, an der sie hätte sein müssen, nichts als Luft zu finden war, setzte er sich, wenn auch zögerlich, in Bewegung um herauszufinden, wo er gelandet war. Nachdem der junge Mann längere Zeit über die endlos scheinende Ebene geschritten war, fiel ihm schließlich auf, dass der Boden völlig eben war. Es gab hier offenbar nicht die allerkleinste Bodenwelle und auch die Grashalme sahen sehr gleichförmig aus, so als ob sie alle gleich lang wären. Er bückte sich, um sich die Sache etwas näher anzusehen. Und tatsächlich, die Halme schienen alle gleich lang und gleich dick zu sein. Dieser Umstand beunruhigte ihn doch sehr, während er weiter schritt und doch irgendwie nicht voranzukommen schien, wuchs seine Furcht davor, hier nie wieder herauszukommen. Dennoch ging er weiter, weil er ohnehin nicht wusste was er sonst hätte tun können, scheinbar ewig lange, wie ihm schien, bis ihm die Beine wehtaten. Dann setzte er sich schließlich frustriert und ziemlich erschöpft ins Gras, und weil ihn diese Hilflosigkeit wütend machte, zog er ein wenig resignierend seinen Dolch Quart aus der Scheide und spielte einen Moment unschlüssig mit der Klinge, um sie schließlich wütend in den weichen Boden zu rammen.

Das Ergebnis dieser Tat war verblüffend!

Schlagartig verschwand die endlose Grasebene und vor seinen Augen erhob sich wie aus dem Nichts eine funkelnde Burg mit schlanken Türmen, welche sich hoch über einer glatten Kristallebene erhob, auf der er nun ebenfalls saß. Verwirrt erhob sich der junge Mann und spähte zu dem merkwürdigen Bauwerk hinüber. Nachdem sich dort niemand sehen ließ und sich nichts rührte, ging er schließlich langsam auf das weit geöffnete Tor zu, welches, wie alles hier, aus Quasarkristallen erbaut zu sein schien. Alles hier war so unwirklich. Doch dieser Eindruck des Unwirklichen verflüchtigte sich schnell, nachdem er schließlich vorsichtig durch das Tor getreten war. Innen erwartete ihn ein freundlicher gepflasterter Burghof mit einem plätschernden Brunnen. Selbst das Kristalltor, das sich lautlos hinter ihm geschlossen hatte, sah von innen aus, als ob es aus ganz normalen Eichenbohlen mit Eisenbeschlägen gefertigt worden wäre. Vorsichtig mit seinem Schwert in der Hand sah er sich um. Als sich auch hier niemand sehen ließ, lief er schnell zu dem Brunnen hinüber und labte sich an dem frischen Wasser, denn sein Fußmarsch hatte ihn sehr durstig gemacht. Kaum hatte er seinen Durst gelöscht, meldete sich sein Magen. So machte sich Ragnor auf, die Burg zu erforschen, um vielleicht auch etwas Essbares zu finden. Er lief die Treppe zum Pallas hinauf, welches wie die ganze Burg aus massivem roten Sandstein gebaut zu sein schien, und tatsächlich fand er im Rittersaal, zumindest hielt er ihn dafür, einen reich gedeckten Tisch mit Wildbret, Brot, Käse, Obst und Wein. Nachdem er sich gestärkt hatte, durchsuchte er den gesamten Pallas, aber es war keine Menschenseele zu finden. Zurück im Rittersaal sich langsam damit abfindend, dass er hier ganz alleine war, erlebte er die nächste Überraschung. Irgendjemand hatte inzwischen den Tisch abgeräumt und auch alle Reste seiner Mahlzeit verschwinden lassen. Doch, anstatt ihn ängstlich werden zu lassen, machte es ihn richtiggehend wütend, dass ihn hier irgendjemand offenbar kräftig an der Nase herumführte. Er stellte sich in die Mitte des Rittersaals mit gezogener Waffe und rief laut: »Kommt endlich heraus und zeigt euch! Ich habe keine Lust mit euch verstecken zu spielen. Gebt euch endlich zu erkennen.«

Doch er wartete vergebens auf eine Antwort. Nachdem das Echo seiner Stimme verhallt war, war es so still wie zuvor. Erschöpft setzte sich Ragnor auf einen der geschnitzten Stühle im Rittersaal und überlegte, was er noch tun konnte, um den Unbekannten dazu zu bringen, sich sehen zu lassen. Doch es fiel ihm nichts Rechtes ein, also beschloss er sich erst einmal in einer der Kammern, die er auf seinem Rundgang gefunden hatte, niederzulegen. Denn er war einfach hundemüde von all den Anstrengungen des Tages. Vollständig angekleidet und mit dem Schwert in der Hand, schlief er wider Erwarten schnell ein und als er schließlich wieder erwachte, fühlte er sich frisch und ausgeruht, auch wenn er im ersten Moment nicht so recht wusste, wo er sich befand.

Nachdem er sich wieder orientiert hatte, stellte er fest, dass sich nun eine Schüssel mit handwarmem Wasser und Handtüchern im Zimmer befand, obwohl er doch zur Sicherheit den Türriegel vorgelegt hatte. Trotzdem wusch er sich, nun zumindest sicher, dass ihm der oder die Fremden offenbar im Moment nichts Böses wollten. Als er anschließend wieder den Rittersaal betrat, fand er ein üppiges Frühstück vor, dass er sich schmecken ließ. Danach machte er sich frisch gestärkt daran, die seltsame Burg etwas näher zu erforschen. Die Tatsache, dass er bei seinen Rundgängen in der weitläufigen Anlage niemanden antraf, wohin er auch ging, stand im krassen Gegensatz zum tadellosen Zustand, in welchem sich alle Räume befanden. Alles war auf das Feinste eingerichtet und kein Stäubchen störte das schöne Bild. Doch gerade diese Makellosigkeit ließ ihn wachsam bleiben. Da war jemand und dieser jemand beobachtete ihn sicherlich. Anders waren die Mahlzeiten und all die Perfektion nicht zu erklären. Schließlich betrat er die Bibliothek der Burg, die tausende von Büchern zu beherbergen schien. Inmitten des großen hellen Raumes, welcher an drei Wänden mit Bücherregalen, die bis zur Decke des mehr als zwei Mann hohen Raumes reichten, bestückt war, stand ein großer eichener Tisch. An dessen Stirnseite stand ein massiver, lederbezogener Ohrensessel und auf diesem Tisch lag aufgeschlagen ein dickes, leinengebundenes Buch. Er trat langsam näher, nahm das Buch vorsichtig vom Tisch auf und sah hinein. Die Worte, die auf blütenweißem Papier in einer klaren äußerst gleichmäßigen schwarzen Schrift niedergeschrieben waren, erkannte er sofort und es traf ihn die Erkenntnis wie ein Schlag. Das Buch war in der melodischen Sprache des Liedes von Arcanor abgefasst und nicht im harten Idiom von Makar. Fasziniert las er einen Moment in der Abhandlung, welche von einer mit Dampf betriebenen Maschine handelte, die er nicht kannte. Obwohl er nicht wirklich verstand, was er da las und worum es sich dabei im Detail handelte, erschien ihm die Beschreibung seltsam logisch und in sich schlüssig. Als er sich schließlich aus der Abhandlung gelöst hatte, legte er das Buch weg und kehrte einen

Moment in sich. Dann drehte er sich entschlossen um, zog sein Schwert und sagte laut und vernehmlich in dieser Sprache von Arcanor: »Kommt heraus und zeigt euch!«

Dieser Ruf war kaum verhallt, da begann die massiv scheinende Sandsteinmauer, an einer freien Wand, zu schimmern, und ein seltsam aussehendes Wesen trat hervor. Es war schlank und zierlich und etwa nur halb so groß wie Ragnor. Es besaß zwei Beine und Arme, doch damit endete die Ähnlichkeit mit einem Menschen auch schon, denn es besaß einen haarlosen, eiförmigen Schädel mit überdimensionalen Augen, welche von seltsam gläsern aussehenden Pupillen beherrscht wurde. Mund und Nase waren hingegen eher klein und das ganze Gesicht wirkte irgendwie seltsam ausdruckslos. »Heil dir, Herr von Quirinia. Euer Diener Quirin-1 steht Euch zu Diensten. Was ist Euer Begehr?«, fragte das seltsame Wesen mit einer merkwürdig monoton klingenden Stimme. Während es sprach, fiel Ragnor auf, dass das seltsame Wesen dabei offenbar den Mund nicht bewegte. Zumindest hatte er keinerlei Bewegung feststellen können. Da das kleine Wesen einen ähnlichen Anzug trug wie er selbst und auch sein Wappen auf der Brust trug, beschloss der junge Mann einfach zu fragen, wo er sich nun eigentlich befand. Da es ihn Herr genannt hatte, fühlte er sich in der Ansicht bestärkt, dass es ihm freundlich gesinnt sein musste. Also fragte er: »Sagt mir, wo befinde ich mich hier?« Prompt kam die Antwort: »Ihr befindet euch in Eurer Domäne Quirinia, Herr.« Mehr sagte der Kleine nicht und so ergab sich eine seltsame Unterhaltung, welche nur aus Fragen und Antworten bestand: »Was ist eine Domäne?«

»Eine Domäne ist die private Sphäre eines Hüters von Arcanor, die nur in seiner Begleitung betreten werden kann.«

»Woher weißt du, dass ich dein Herr bin?«

»Ihr tragt die drei Insignien der Domäne Quirinia und sie erkennen Euch als ihren Herren an.«

»Was bist du für ein Wesen?«

»Ich bin kein Wesen, ich bin ein Android.«

»Wieso bist du kein Wesen?«

»Ein Wesen ist ein Lebewesen. Ein Android ist eine Maschine.«

Nun musste Ragnor erst einmal tief durchatmen. Er kannte zwar Maschinen von Makar her. Aber diese waren meist aus Holz mit teurem Metall an ihren wichtigsten Teilen. Ihm wurde schlagartig klar, dass er hier in einer Welt gelandet war, die sich mit der seinen auch nicht im Entferntesten vergleichen ließ. Auf der anderen Seite schien ihm Quirin-1 jede Frage zu beantworten, falls es ihm gelang, die richtigen Fragen zu stellen. Also beschloss er, das seltsame Gespräch weiter fortzusetzen. Er erfuhr dabei, dass es außer Quirin-1 noch zweihundert weitere aktive Arbeitsandroiden gab und eintausend deaktivierte Kampfandroiden in den Katakomben der Burg lagerten. Als er nachfragte, wo die anderen Arbeitsandroiden denn wären und warum er sie nicht sehen könne, verstand er die Erklärungen des Androiden, der irgendetwas von Basiskörper der Burg und von Projektionsebenen erzählte, überhaupt nicht. Er konnte sich auf all das erst einmal keinen Reim machen. Enttäuscht, dass er offenbar nicht die richtigen Fragen stellen konnte, befahl er dem Androiden: »Hole die anderen Arbeitsandroiden in die Burg, damit ich sie sehen kann.« Die Antwort verwirrte ihn noch mehr: »Sie sind bereits in der Burg und Ihr könnt sie jederzeit sehen, wenn Ihr es nur befehlt«. Ärgerlich bestand Ragnor trotzdem darauf und erlebte anschließend die Merkwürdigkeit, dass immer wieder ein Android durch die massiv erscheinenden Wände, welche für ihn auch nach sorgfältiger Untersuchung aus Stein zu bestehen schienen, eintrat, um irgendeine Arbeit zu verrichteten, um dann auf dem selben Wege wieder lautlos zu verschwinden. Müde wie er war, verbrachte Ragnor nun eine weitere Nacht in der wundersamen Burg. Als er wiederum gut erholt erwachte, war er wild entschlossen nun den Weg zurück zu erkunden und rief sofort nach Quirin-1. Dieser erschien, kaum dass sein Befehl verklungen war, und das seltsame Frage- und Antwortspiel nahm wieder seinen Lauf. »Gibt es eine Möglichkeit die Domäne zu verlassen?«

»Es gibt mehrere Möglichkeiten.«

»Kannst du mir den Weg aus der Domäne zurück in meine Welt zeigen.«

»Es gibt keinen Weg, den man zeigen könnte.«

»Aber wie kann ich die Domäne verlassen, wenn du mir den Weg nicht zeigen kannst.«

»Indem Ihr in eine eurer Insignien eintretet und zurückkehrt.«

Ragnors morgendlicher Schwung ließ so schnell nach, wie er aufgeflammt war. Darüber hinaus meldete sich energisch sein Magen und so entließ er Quirin-1, um zum Frühstück hinunter in den Rittersaal zu gehen. Es war zum Haare ausraufen mit diesem Androiden. Warum konnte er auf einfache Fragen nicht wie ein Mensch antworten? Er grübelte während des Essens über das Gesagte nach und beschloss, unmittelbar im Anschluss, in seinem Schlafraum eine Schwertmeditation zu versuchen. Vielleicht hatte der Android genau das mit seiner letzten Antwort gemeint. Im Schlafraum angekommen, setzte er sich auf sein Bett, zog Quorum aus der Scheide, konzentrierte sich auf die Klinge und versuchte wie gewohnt einzutauchen. Doch es war anders als sonst. Ein bisher unbekanntes Schwindelgefühl erfasste ihn und bevor er wusste wie ihm geschah, stand er auf der Bodenplattform seines Schwertes. Fast zögerlich löste er die Konzentration wieder und tatsächlich saß er in seinem Bett auf Burg Kaarborg mit dem Schwert Quorum auf seinen Knien. Langsam sah er sich um, doch nichts schien sich verändert zu haben. Hatte er das alles nur geträumt? Nein das hatte er nicht, denn erstaunt stellte er fest, dass er nackt war, auf seinem leinenen Schlafgewand saß und dabei seinen Schwertgurt noch auf der nackten Haut trug. Ein Blick zum Fenster sagte ihm, dass es immer noch Nacht war und so beschloss er, bis zum Morgen, noch ein wenig zu schlafen.

Am nächsten Morgen wurde er ausgesprochen unsanft geweckt, denn sein Page Klaus kam hereingestürmt und rief ganz aufgeregt: »Da seid Ihr ja wieder Herr. Wo seid Ihr letzte Nacht gewesen? Wir haben uns alle große Sorgen um Euch gemacht, denn Ihr und Eure Waffen waren mit einem

Mal spurlos verschwunden. Nur euer Schlafgewand lag noch auf dem Bett.« Einige Stunden später saß er dann mit Graf Rurig und seinen Freunden zusammen und versuchte ihnen zu erklären, was mit ihm geschehen war. Doch da er das selbst nicht so recht wusste, blieb ihm nur die Erzählung des Erlebten, was aber wirklich so verrückt klang, dass sich keiner seiner Zuhörer einen rechten Reim darauf machen konnte. Schließlich meinte Rurig leicht sarkastisch aber mit nachdenklich gerunzelter Stirn: »Wenn ich dich richtig verstehe, weißt du nicht so recht, wie du es auf einmal geschafft hast, dass du durch die seltsame Tür in deinem Schwert gezogen wurdest. Ich denke du solltest diese unglaubliche Burg sehr vorsichtig erforschen und da wir in zwei Tagen nach Caerum aufbrechen wollen, solltest du weitere Versuche auf die Zeit nach unserer Rückkehr verschieben. Ich möchte nicht, dass du nackt irgendwo zwischen Kaar und Caerum aufgelesen wirst oder in Caerum deinen Ritterschlag verpasst, weil du nicht rechtzeitig von einem Ausflug zurückkehren konntest.« Ragnor beherzigte die Warnung seines väterlichen Freundes, obwohl es ihn unglaublich reizte, es gleich noch einmal zu versuchen nach Quirinia zu gelangen. Tagsüber fiel es ihm nicht so schwer, die Finger davon zu lassen, denn da hatte er alle Hände voll damit zu tun seine Ausrüstung reisefertig zu machen. Aber des Abends, wenn er schließlich auf seine Kammer ging, musste er sich schon gewaltig beherrschen, es nicht doch heimlich zu versuchen.

Kapitel 2

Es war ein heller, klarer Sommermorgen, als sich der kleine aber prächtige Kaarborger Tross in Richtung Caerum in Bewegung setzte. Graf Rurig, Großmeister Svartan da Kaarkon, die sechs Jungritter und zwölf Kaarborger Grafenritter machten sich mit ihren Knappen auf den Weg, um die Farben Kaarborgs beim großen Turnier in Caerum würdig zu vertreten. Während ihrer Abwesenheit übernahmen Admiral Menno und der greise General Milas die Verwaltung Kaarborgs. Die kleine Mirana, Ragnors Adoptivtochter, wäre nur zu gerne mit nach Caerum gereist, denn sie war wie alle kleinen Mädchen furchtbar neugierig auf all die Pracht, die es an einem Königshof zu sehen gab. Aber sie musste genauso zu Hause bleiben, wie all die anderen Angehörigen des gräflichen Haushaltes, die sicherlich ebenfalls gerne mit in die Hauptstadt gereist wären. Graf Rurig hatte verfügt, dass nur eine kleine Delegation, die im Stande war schnell zu reisen, den Reichstag besuchen sollte. Aus diesem Grunde war auch Maramba zu Hause geblieben, den Rurig und Ragnor gerne mitgenommen hätten. Aber der Mann aus den Urwäldern von Gromor war ein schlechter Reiter und die Aussicht wochenlang und fast ununterbrochen im Sattel zu sitzen, war ihm ein Gräuel, sodass Graf Rurig davon Abstand genommen hatte.

Die prächtigen Wappenröcke und die kostbaren, seidenen Wimpel an den Lanzen machten schon was her, als die Reiter begleitet von den Hochrufen der Bevölkerung, durch Dorf Kaar zur Seebrücke ritten, welche die Insel Kaar mit dem Festland verband. Trotzdem hielt sich der Prunk des Zuges in Grenzen, denn die Kaarborger verzichteten, gemäß ihrer kriegerischen Tradition, auf schwerfällige Wagen, welche die meisten Edlen der Bequemlichkeit wegen auf ihrem Weg nach Caerum begleiteten. Nur die Kampfbereitschaft schien ein wenig herabgesetzt. Die Männer ritten, aufgrund der zu erwartenden hohen Temperaturen, nicht in voller Panzerrüstung, sondern trugen lediglich die leichteren Kettenhemden. Die Plattenpanzer und die restliche Ausrüstung sind ausnahmslos auf ausdauernde Packpferde verladen worden, sodass einer schnellen Reise nach Caerum nichts im Wege stand.

Die recht weite Reise in die Hauptstadt des Königreiches Caer versprach friedlich und im Wesentlichen auch komfortabel zu verlaufen. Die Straße nach Caerum war eine viel benutzte Handelsstraße und konnte daher mit einer ganzen Reihe guter Gasthäuser aufwarten. Der Landfrieden, welchen der König für den Rest des Jahres wegen des kommenden Reichstages verkündet hatte, ließ die üblichen Streitigkeiten zwischen den Feudalherren, den freien Städten und den Adeligen untereinander vorerst ruhen. Auch wenn Machtstellung des Königs seit Ralph IV, dem Vorgänger des jetzigen Königs, sehr gelitten hatte, war doch den notorischen Streithähnen der Landfrieden so heilig, dass keiner es wagte, dagegen zu verstoßen. So war auf dieser Reise aufgrund lokaler Händel kaum mit ernsthaften Zwischenfällen zu rechnen, außer vielleicht bei der Durchquerung der Baronie Ahrborg, wo sich möglicherweise noch versprengte Söldner, aus dem vor kurzem beendeten Krieg, als Räuber versuchen könnten. Um ein schnelles Vorwärtskommen zu gewährleisten, war vorgesehen an jedem der Gasthöfe, in denen man vorhatte zu übernachten, die Pferde der Knappen und die Lastpferde auszuwechseln. Dieses Angebot, welches die Wirte an den Handelsstraßen des Reiches grundsätzlich zu den allen fünf Jahren stattfindenden Reichstagen einrichteten, brachte ihnen so manches zusätzliche Silbertalent ein. Sie erhielten nämlich nicht nur eine Leihgebühr für die Tiere, welche sie bereitstellten, sondern auch eine Vergütung für die Verpflegung der angenommenen Tiere. Sie wurde fällig, wenn die hohen Herrschaften im Herbst wieder vorbeikamen, um ihre Pferde auf der Rückreise zurück zu tauschen. Lediglich die Ritter würden von diesem Angebot keinen Gebrauch machen müssen, da sie aufgrund des bevorstehenden schweren Turniers, mit zwei speziell trainierten Schlachtrossen reisten, die sie auf der Reise abwechselnd reiten konnten.

Graf Rurig überließ bei dieser wichtigen Reise nichts dem Zufall und so sind die Gasthöfe von seinen Kurieren, die regelmäßig zwischen Caerum und Kaarborg verkehrten, vor reserviert worden. Zudem ist sichergestellt worden, dass genügend Ersatzpferde zur Verfügung stehen werden, wenn der Kaarborger Tross dort Station machte. Für Ragnor und die anderen Jungritter war es eine angenehme Erfahrung so entspannt und ohne einen potenziellen Feind im Nacken durch das Land reiten zu können. Sie genossen auch sichtlich die Begeisterung der Bevölkerung und dabei natürlich insbesondere die Aufmerksamkeit der jungen Frauen, wenn sie durch die adretten, wohlhabenden Dörfer in Kaarborg ritten. Die Abende in den sauberen Gasthöfen waren erholsam und angenehm, denn Graf Rurig ließ es sich nicht nehmen, seine Reisegefährten aufs Beste zu bewirten. Zum Leidwesen des einen oder anderen trinkfesten Ritters gab es jedoch auf Rurigs Anordnungen hin, keine Gelage bis in die frühen Morgenstunden. Seine Männer wurden stattdessen bereits kurz vor Mitternacht in die Federn geschickt, um sie beim ersten Morgengrauen des nächsten Tages, nach einem kurzen Frühstück, wieder in die Sättel zu jagen. Dies hielt nach seinem Dafürhalten nicht nur seine Männer in Form, sondern erlaubte auch lange Tagesetappen. Graf Rurig wollte nämlich unbedingt einige Tage vor Beginn des offiziellen Reichstages in Caerum eintreffen, um sich mit König Ralph, seinem alten Freund intensiv beraten zu können. Zu viel stand in der Nachfolge der Baronien Harkon und Ahrborg für die Zukunft des Königreiches auf dem Spiel.

Während der langen Ritte war Ragnor häufig in Gedanken versunken, sodass er seine Umgebung dabei manchmal kaum wahrnahm. Es war lediglich der Aufmerksamkeit seiner beiden Chorosanipferde zu verdanken, dass er an diversen Weggabelungen nicht das eine oder andere Mal in die falsche Richtung geritten war. Seine merkwürdigen Erlebnisse in dieser unwirklichen Domäne Quirinia ließen ihn einfach nicht los. Es war ihm zum Beispiel immer noch ein Rätsel, wie er eigentlich dorthin gelangen konnte, nachdem er so oft an dem ominösen Fenster vorbei geschwebt war, ohne dass irgendetwas passierte. Auch all die seltsamen Aussagen des Androiden Quirin-1 spukten in seinem Kopf herum, ohne dass das Ganze auch nur annähernd so etwas wie ein vernünftiges Bild ergab. Viele Begriffe, die diese merkwürdige Maschine gebraucht hatte, sagten ihm überhaupt nichts. Auch das Phänomen, dass er nach seinem Zeitgefühl etwa drei Tage in der Domäne Quirinia zugebracht hatte, aber tatsächlich nur etwa einen Tag abwesend war, machte ihm schwer zu schaffen. Sein analytischer Verstand tat sich schwer mit den vielen Unbekannten, welche sich in seinem Kopf so gar nicht zu schlüssigen Gleichungen zusammenfügen wollten. Der einzige Weg mehr darüber herauszufinden war, wieder dorthin zurückzukehren. Aber das ging im Moment nicht, denn er hatte Rurig versprochen es während ihrer Reise nach Caerum nicht mehr zu versuchen. Also würde er vorerst in dieser Sache nicht weiterkommen. Des Abends in den Gasthöfen war er meist zu müde von den langen Tagesetappen, um ernsthaft in Versuchung zu geraten, doch mal schnell einen Ausflug nach Quirinia zu riskieren. Jedoch es war nicht nur die Müdigkeit, die ihn von der Meditation in Quorum abhielt. Da war natürlich das Versprechen, welches er Rurig gegeben hatte, aber auch eine gewisse Angst wieder durch das Fenster gezogen zu werden und dann vielleicht nicht rechtzeitig wieder zurückkehren zu können, wenn in aller Frühe geweckt wurde. Bei den wenigen Gelegenheiten, in denen er die Muße fand zu meditieren, beschränkte er sich darauf, im Zentrum seines Quasarringes Quit dem Lied von Arcanor zu lauschen.

Während die Kaarborger zügig gen Caerum ritten, fand in der festen Momländer Burg Falkenstein, welche an der Grenze zur Baronie Loza gelegen war, ebenfalls eine Versammlung statt, die der Vorbereitung des Reichstages diente. Es war in Wirklichkeit fast so etwas wie ein kleiner Reichstag, denn alle Fürsten aus dem Osten von Caer waren hier versammelt. Gastgeber war Graf Raskal da Momland, dessen flammend rotes Haar ihn unschwer als Bruder des roten Sven, des vor Santander gefallenen Prätors der Reichsritter, auswies. Der als äußerst scharfzüngig bekannte

Graf empfing seine Gäste in dem düsteren Rittersaal der alten aber standhaften Burg, die sein Vater vor mehr als dreißig Jahren samt der umliegenden Güter, dem Vater von Ralph V., für eine lächerliche Geldsumme, abgeluchst hatte. Um die Strenge des altmodischen Tonnengewölbes mit seinen kleinen vergitterten Fenstern ein wenig zu mildern, hatte er vorzeitig teure Teppiche aus Lorca an den Wänden aufhängen und den Saal reichlich mit Kerzen bestücken lassen. Der aufwendig gekleidete auch als eitel geltende Graf wartete noch einen Moment bis der zuletzt angekommene und düster wirkende Baron Roger da Vuerkon seinen schwarzen Reisemantel, den dieser trotz der heißen Sommertemperaturen auf seinem Ritt nach Burg Falkenstein getragen hat, ablegte. Dann hob er seinen Bierkrug und begrüßte seine edlen Gäste mit wohlgesetzten Worten: »Ich freue mich, dass Ihr alle meiner Einladung hierher gefolgt seid. Nach diesem unglückseligen Krieg im Westen ist das politische Gleichgewicht in unserem geliebten Caer aufs Äußerste gefährdet. Der totale Sieg der Kaarborger und die Tatsache, dass sich der alte Kador da Niewborg ganz offen mit ihm verbündet hat, hat im Westen eine gefährliche Allianz geschaffen, die nun aus Kaarborg, Caer, Niewborg und Kormon besteht. Ama sei Dank, haben wir den Baron von Loza dazu bewegen können sich unserer Sache zu verschreiben und sich aus seinem traditionellen Bündnis mit der Krone zurückzuziehen. Doch das entschärft die Situation leider nur geringfügig. Die vakanten Baronien Harkon und Ahrborg könnten, falls sie an königstreue Kandidaten fallen, eine mächtige Westallianz entstehen lassen, der wir kaum etwas entgegenzusetzen hätten. Der König wäre plötzlich militärisch in der Lage uns all die Privilegien wieder abzunehmen, die unsere Väter seinem Vater unter großen Mühen abgetrotzt haben. Das muss auf jeden Fall verhindert werden!« Der Graf machte eine Pause, prostete kämpferisch seinen Gästen zu und stellte befriedigt fest, dass alle Anwesenden seinen Worten offenbar aus tiefstem Herzen beipflichteten. Dann fuhr er mit einer etwas theatralischen Geste fort, indem er auffordernd beide Hände nach seinen Gästen ausstreckte: »Meine Herren, wir müssen handeln oder der König wird uns alle wieder an die Kette legen.«

Nach dieser bewusst dramatisch gestalteten Begrüßung begannen teilweise kontrovers geführte Diskussionen über allerlei mögliche Gegenmaßnahmen. Dabei war wenig erstaunlich, dass man sich sehr schnell einigte, dass die Runde den Anspruch von Atz da Ahrborg auf den Titel der Baronie unterstützen würde. Bei ihm konnte man sicher sein, dass er niemals einer Allianz mit den Kaarborgern und den Niewborgern beitreten würde. Dagegen gestalteten sich die Verhandlungen über einen gemeinsamen Kandidaten für den Titel der Baronie Harkon als äußerst schwierig. Insbesondere die beiden mächtigen Grafen von Momland und Seeland bestanden jeweils hartnäckig darauf einen Kandidaten ihres Vertrauens aufzustellen. So kam es, dass schließlich Ludolf da Seeland wutentbrannt wieder abreiste, nachdem die anwesenden Barone geschlossen dem Kandidaten des Momländers, eines getreuen Lehnsmannes des regierenden Grafen, ihre Unterstützung zugesagt hatten. Trotz seines Ärgers über diese Niederlage hat der Graf von Seeland jedoch sein Wort verpfändet, auf jeden Fall die Kandidatur Atz da Ahrborgs zu unterstützen. Spät am Abend, nachdem auch Roger da Vuerkon wieder abgereist war, saßen die beiden Initiatoren der Versammlung Per da Loza und Raskal da Momland noch auf ein Glas erstklassigen zephirischen Weines zusammen. Per da Loza, ein kleiner Mann mit fettigem, schwarzem Haar, prostete seinem mächtigen Nachbarn zu und bemerkte dabei fast ein wenig kriecherisch: »Ist im Großen und Ganzen ja ganz gut gelaufen. Atz da Ahrborg scheint gesetzt und Euer Kandidat ist durchgekommen.« Einen Moment glomm Unwillen in den blauen Augen des Momländers über seinen aalglatten, unsympathischen Verbündeten auf, bevor er ziemlich barsch antwortete: »Ganz so positiv sehe ich die Sache nicht. Ich hätte mich vielleicht doch mit dem Seeländer auf einen Kandidaten für Harkon einigen sollen. Jetzt laufen wir Gefahr, dass wir dieses Rennen verlieren, falls der Seeländer doch, aus verletztem Stolz, für den Kandidaten des Königs stimmen sollte. Doch immerhin werden wir mit großer Sicherheit Ahrborg gewinnen. Es ist die größte Baronie, fast schon eine Grafschaft, und vor allem sitzt sie inmitten dieser verfluchten Westallianz. Damit werden wir wohl das Schlimmste abwenden können.« Er trank mehr aus Höflichkeit denn aus Neigung dem Baron von Loza zu, was dieser als Zustimmung wertete und sich dadurch befleißigt fühlte, nun ihr ganz privates Problem zu besprechen. Dessen Diskussion hatten sie, in Gegenwart der anderen Fürsten, tunlichst vermieden: »Mein lieber Graf. Was meint ihr, sollen wir im Falle dieses Mörders Ragnor da Vidakar unternehmen?« Dabei funkelten seine Augen hasserfüllt auf und er erkannte befriedigt an der Reaktion seines Gegenübers, dass er damit das richtige Thema, bei Raskal da Momland, angesprochen hatte. Dieser ging förmlich in die Luft und knurrte wütend: »Dieser elende Hund! Wäre er hier, würde ich ihn eigenhändig erschlagen. Zuerst verliere ich meinen Bruder bei dieser höchst überflüssigen Schlacht um Santander und dann reißt sich dieser Kerl auch noch das Erbe meines Bruders unter den Nagel. Alles in allem ein Vermögen von etwa fünfundzwanzigtausend Goldtalenten. Von diesem Geld könnte ich zwei starke Burgen bauen lassen und nun wird stattdessen der Kaarborger eine mächtige Festung von meinem Geld errichten lassen. Es ist zum aus der Haut fahren!«

»Darüber hinaus ist er der Mörder meines Sohnes Hamkar. Er muss sterben«, pflichtete ihm Per da Loza grimmig bei. Fast spöttisch antwortete Raskal da Momland, nachdem seine erste Wut verraucht war: »Ihr glaubt doch nicht im Ernst, dass Ihr mit Eurer lächerlichen Klage vor dem Standesgericht durchkommen werdet. Ihr müsst den Tatsachen ins Auge sehen. Euer Sohn hat versucht die Kaarborger zu hintergehen, und das können die sogar hieb- und stichfest beweisen.« Einen Moment flammte der heiße Zorn in den dunklen Augen des Barons von Loza auf, doch dann hatte er sich schnell wieder in der Gewalt und entgegnete mit einem solch verschlagenen Gesichtsausdruck, dass diesen tatsächlich für einen Moment wie eine Ratte aussehen ließ: »Was interessiert mich das Standesgericht. Ich habe dafür gesorgt, dass Ragnor da Vidakar Caerum erst gar nicht erreichen wird. Er wird tot sein, bevor er die Grafschaft Caer betreten kann.« Fast gleichgültig zuckte der rote Graf mit den Achseln und bemerkte dann sichtlich angewidert: »Ich mag zwar Eure Methoden nicht, aber wenn ich dadurch das Vermögen meines Bruders für Momland retten kann, soll es mir recht sein.«

Am selben Abend in Farsborg, einer kleinen Burg am Unterlauf der Fars, liefen ebenfalls die letzten Vorbereitungen für die Abreise nach Caerum. Der Herr der Burg namens Lasse da Farsborg beobachtete mit amüsiertem Lächeln wie seine sonst so beherrschte Tochter wie ein nervöses Küken hin und her rannte, um ja nichts zu vergessen. »Na, weißt du nun endlich, was du mitnehmen willst«, fragte er väterlich lächelnd, während seine Tochter unschlüssig vor ihrer bereits dreimal umgepackten Truhe stand und unzählige Male lustlos ihre Kleider durchwühlte. Ärgerlich fuhr sie mit blitzenden Augen herum und fauchte: »Lass mich bloß in Ruhe. Ihr Männer habt doch überhaupt keine Ahnung, was eine Frau in Caerum so alles braucht. Schau dir diese alten Fetzen an. Mit denen kann ich mich doch dort nicht sehen lassen. Da wird mir Ragnor sofort davonlaufen bei so vielen anderen schönen und gut gekleideten Frauen, die auf dem großen Turnier und den prächtigen Empfängen anzutreffen sind. Er ist ja jetzt ein großer Held, nachdem was unsere Milizionäre bei ihrer Rückkehr aus Santander, erzählt haben. Die Frauen werden sich deshalb natürlich um ihn reißen.« Bei dem Gedanken ihren Liebsten verlieren zu können, schimmerten in ihren schönen Augen ein paar Tränen, sodass sich ihr Vater genötigt sah, sie fest in den Arm zu nehmen und zu trösten: »Ich werde dir neue Kleider kaufen, wenn wir erst in Caerum sind. Aber ich glaube, dass du Ragnor da Vidakar sehr schlecht kennst. Er würde dich auch in Lumpen nehmen, denn er liebt dich von Herzen.«

»Ach Vater, ich bin so nervös. Wir waren nur so kurz zusammen und ich habe ihn schon so lange nicht mehr gesehen. Ich habe einfach Angst, er könnte inzwischen eine andere gefunden haben«, gestand sie tapfer lächelnd. »Wenn es doch nur endlich losginge!«

»Morgen beim ersten Hahnenschrei wird die Kuriergaleere, welche ich für teures Geld angemietet habe, ablegen und uns an den Oberlauf der Breeg bringen. So und jetzt geh endlich schlafen, du musst morgen in aller Frühe raus«, knurrte der Alte, der sich insgeheim für seine Tochter freute, obwohl er ihrem Ansinnen zuvor, mit zum Reichstag nach Caerum reisen zu wollen, scheinbar nur sehr zögerlich nachgegeben hatte. Für ihn war es einfach noch einmal so eine Art Prüfung, wie ernst es ihr mit dem jungen Mann war. Doch sie war ausgesprochen hartnäckig und besaß daher wohl keinerlei Zweifel bezüglich der Ernsthaftigkeit ihrer Absichten. Sicherlich doch konnte er Ragnor da Vidakar, der Farsborg vor dem Überfall der Kralapiraten gerettet hatte, ebenfalls sehr gut leiden und er gestand sich ein, dass seine Tochter schwerlich einen besseren Mann finden könne. Und doch verspürte er immer noch, trotz aller Vorzüge des jungen Mannes, ein kleines schmerzhaftes Gefühl der Eifersucht. Er würde seine Tochter nach Caerum bringen, um sie an Ragnor da Vidakar zu verlieren. Sie würde mit ihm gehen, einen eigenen Hausstand gründen und ihren alten Vater verlassen. Etwas wehmütig lächelnd sah er seiner Tochter nach, wie sie die Halle verließ und anmutig die Treppe hinaufschwebte. Selbst dieser Anblick würde ihm fehlen. Aber das war eben der Lauf der Welt und es war wohl auch gut so.

Inzwischen waren die Kaarborger Ritter bereits ein gutes Stück vorangekommen und erreichten mit der ersten Dämmerung den kleinen Kaarborger Weiler Bammental. Es war eigentlich wie an allen Tagen zuvor. Der Freisasse, der dem Weiler vorstand und dessen Sohn das Gasthaus betrieb, begrüßte seinen Landesherren ehrerbietig. Freundlich erkundigte sich der Graf nach dem Stand der Ernte, und zum wiederholten Male hatte Ralph da Caer, der hochmütige Sohn des Königs, Gelegenheit zu sehen, wie beliebt der Kaarborger Graf bei seinen Leuten war. Und obwohl er die Erfolge des Kaarborger Grafen im vergangenen Krieg und die daraus resultierende Loyalität seiner Bauernregimenter selbst miterlebt hatte, befremdete ihn dieses Verhalten jedes Mal aufs Neue. Für ihn war es immer noch unvorstellbar, einem Bauern freundlich die Hand zu schütteln oder sich nach den Nöten und Bedürfnissen dieser Untermenschen zu erkundigen, so als ob es ihn wirklich interessieren würde. Er würde das nicht fertig bringen, nicht einmal um eines persönlichen Vorteils willen. Ach, und was sollte die ganze Diskussion über diese dämlichen Bauernregimenter. Jetzt nachdem dieser Blitzschleuderer verschwunden war, konnte nichts und niemand dem Angriff der Reichsritter widerstehen, wenn sie erst wieder auf Sollstärke gebracht worden waren. Warum sollte er sich also Gedanken um die Anbiederung beim einfachen Volk machen. Und falls sich ein Feind widersetzten sollte, so würden ihn die königlichen Belagerungsregimenter, welche aus äußerst gut bezahlten Berufssoldaten bestanden, aus jeder Festung herausholen. Während der Prinz seinen Gedanken nachhing, reichten die Bauern ihrem Landesherren und seiner Begleitung Krüge mit schäumendem Kaarborger Bier als Begrüßungstrunk. Kurze Zeit später saßen die Männer in der Gaststube und ließen sich den prächtigen Hirschbraten munden, den ihnen der Gastwirt am Spieß schön knusprig gebraten hatte. Dazu gab es frisches Fladenbrot und gekochtes, fein gewürztes Gemüse. Es gab so reichlich zu essen, dass der Graf aus seiner guten Laune heraus alle anwesenden Reisenden zum Essen einlud. So ließen es sich alle recht gut schmecken. Doch trotz der guten Stimmung, die das kleine Fest in der gemütlichen Gaststube verbreitete, blieb der Graf strikt bei seinen gefassten Vorsätzen und schickte seine Männer kurz vor Mitternacht auf ihre Kammern.

Ragnor, der an diesem Abend etwas mehr Bier als sonst getrunken hatte, war rechtschaffen müde und wie es der Zufall so wollte, teilte er an diesem Abend seine Kammer nicht mit seinem Pagen Klaus, wie es ansonsten meist der Fall war. Für diese Nacht war ihm eine eigene kleine Kammer zugewiesen worden, da die Knappen und Pagen aus Platzgründen alle gemeinsam in der großen Gesindekammer des

Gasthofes untergebracht wurden. Doch Ragnor war das einerlei. Müde schälte er sich aus seiner Kleidung, legte sich auf die gut gefüllte Strohmatratze und schlief aufgrund der Sommerhitze, die auch des Nachts nur wenig nachließ, nur mit einem einfachen Leintuch bedeckt, schnell ein. Die Fensterläden des Fensters seiner Kammer, das an der efeubewachsenen Außenwand des Gasthofes lag, war natürlich weit geöffnet, um möglichst viel von der angenehmen Kühle des kurzen aber schweren Gewitters abzubekommen, welches gleich nach ihrer Ankunft in Bammental niedergegangen war. Es war wohl so gegen drei Uhr morgens, als er hochschreckte, weil etwas polternd vom Fensterbrett fiel. Doch bevor er sich richtig orientieren konnte, stürzte ein dunkler Schatten vom Fenster aus auf ihn zu, in dessen rechter Faust ein langer Dolch schimmerte. Ragnor gelang es, die linke Hand des Angreifers abzuwehren, die ihn an der Kehle zu fassen drohte. Doch dem Dolch konnte er nicht mehr ganz ausweichen, sodass dieser ihn zwar nicht in die Brust traf, sondern nur hoch in die rechte Schulter. Ein böser Schmerz durchzuckte seinen Körper, sodass er seine Beine instinktiv anzog und damit seinen Gegner mit großer Wucht aus dem Bett katapultierte. Der Attentäter krachte donnernd gegen die gegenüberliegende Holzwand des Zimmers. Trotz der Wucht, mit der ihn Ragnor gegen die Wand geschleudert hatte, kam der Maskierte geschmeidig wieder hoch. Anstatt jedoch einen weiteren Angriff zu versuchen, huschte er fast lautlos hinüber zum Fenster. Bevor er zum Fenster hinausglitt, lachte er höhnisch und sagte mit hohl klingender Stimme: »Fröhliches Sterben, junger Held!«

Kaum war der Schatten des Fremden im Fensterrahmen verschwunden, gelang es Ragnor endlich, mit der linken Hand, eines seiner Wurfmesser aus dem Futteral zu zerren, welche er auf Mennos Geheiß immer unter dem Kopfkissen liegen hatte. Dass es so lange gedauert hat, bis er die Waffe endlich frei bekam, lag ganz einfach daran, dass er die Messer wie immer so platziert hatte, dass er mit der rechten Hand gut danach greifen konnte. Diese war aber im Moment zu nichts zu gebrauchen. Das Wurfmesser in der Linken schnellte er so, wie er es von Maramba gelernt hatte, ohne die Hände zu benutzen, wobei seine verletzte Schulter wie flüssiges Feuer brannte, weil aus der Wunde Blut ausströmte. Er humpelte mit zusammengebissenen Zähnen so schnell wie möglich zum Fenster und spähte suchend hinaus.

Und da war er.

Der Fremde hatte seinen Abstieg bereits beendet und hatte wahrscheinlich vor, über den Innenhof, der vom fahlen Licht des roten Mondes Ximonar nur noch spärlich beleuchtet war, zum Tor huschen, als ihn das Wurfmesser wie ein silberner Blitz zwischen seinen Schulterblättern getroffen haben musste. Die Wucht des Einschlags muss den Mordbuben nach vorne geworfen haben, denn er lag nun mit seinem maskierten Gesicht in eine der großen Pfützen, die das schwere Gewitter auf dem Hof hinterlassen hat. Auf seine linke Hand gestützt, verharrte der Blick des jungen Mannes für einen Moment auf der reglosen, schwarzen Gestalt seines Feindes, die im Schlamm des Hofes regungslos da lag.

Kurz darauf flog krachend die Tür seiner Kammer nach innen und Graf Rurigs Stimme riss ihn aus seiner stummen Betrachtung: »Ragnor, mein Junge. Was ist denn hier passiert?« Langsam drehte sich der junge Mann um und warf ihm und den anderen Männern, die sich mit gezogenen Schwertern in seine Kammer drängten, einen müden Blick zu. Der Blutverlust und die Anstrengung ließen ihn schwanken, sodass Rurig besorgt heranstürzte, um ihn zu stützen. »Er liegt unten im Hof. Ich habe ihn mit einem Glitz erwischt. Nur gut, dass mir Menno das beidhändige Werfen beigebracht hat«, brachte Ragnor gerade noch heraus, bevor er in Rurigs Armen zusammensackte. Als er gegen Mittag des nächsten Tages aufwachte, lag er mit dick bandagierter Schulter im Bett. Sie schmerzte höllisch, als er sich bewegte und Rurig saß mit besorgtem Gesicht neben ihm. Er gab ihm zunächst einen Schluck Wasser und bettete ihn dann wieder vorsichtig auf sein Kissen zurück. »Wie fühlst du dich?«, erkundigte er schließlich besorgt.

»Nicht besonders! Die Schulter brennt wie Feuer.«, antwortete ihm Ragnor. »Sag mir, war die Klinge vergiftet?«

»Ich fürchte, ja. Wir haben auf der Klinge Spuren einer gelblichen Substanz gefunden und deine Wunde weist dieselben violetten Wundränder auf wie damals bei mir«, antwortete ihm Rurig bedrückt. »Wir haben sie sofort, nachdem du bewusstlos geworden bist, mit Alkohol ausgewaschen, aber ob es wirklich etwas genutzt hat, wissen wir nicht.«

»Ich habe mir schon so etwas gedacht. Kurz bevor der Kerl meine Kammer wieder verließ, hat er mir noch fröhliches Sterben gewünscht«, bemerkte Ragnor ausgesprochen beherrscht. »Habt ihr irgendetwas über den Kerl herausgefunden?«

»Nein, nur dass er ein typischer Angehöriger der Mördergilde von Caerum war, wie man unschwer an seiner Tätowierung erkennen konnte. Gut durchtrainiert und natürlich gibt es nichts, womit man den Auftraggeber identifizieren könnte«, antwortete sein väterlicher Freund mürrisch und er fügte böse hinzu: »Das wird in Caerum noch ein Nachspiel haben. Dafür wird der Vorsteher der Gilde am Galgen baumeln. Ein Anschlag während des Landfriedens ist genau das, was ich brauche, um diesen unfeinen Verein ein für alle Mal ausradieren zu lassen.« Ragnor war froh, Rurig auf diese Weise abgelenkt zu haben, denn er spürte in seinen Adern bereits, dass das Gift an der Arbeit war. Als Rurig nachfragte, wie er sich fühlte, wiegelte er ab und bat ihn lediglich darum, ihm seinen Quasarring an die linke Hand zu stecken. Doch Ragnor unterschätzte seinen alten Freund gewaltig, als er meinte, ihn so einfach beruhigen zu können. Als der Graf die Gaststube betrat, fragte er Svartan da Kaarkon, welcher ihn dort erwartete: »Hast du bereits einen Arzt oder eine Kräuterfrau auftreiben können?«

»Nein mein Lieber, die Reiter sind unterwegs und sie werden alles tun, um jemanden zu finden«, antwortete ihm sein Kastellan und alter Freund. Seufzend griff sich Graf Rurig einen Krug Bier und stürzte diesen in einem Zug hinunter. Dann setzte er sich schwermütig auf einen der gekalkten Pinienstühle und bemerkte sehr ernst: »Es ist ja eigentlich auch egal, ob sie jemanden finden. Die alte Tana kannte auch kein Mittel gegen das Gift und sie hatte mehr Erfahrung als alle Ärzte, die ich kenne. Die einzige Chance, die wir haben ist, dass sich der Junge selbst helfen kann, so wie er mir damals geholfen hat.«

Das war genau das, was Ragnor versuchen wollte. Er musste es schaffen sich zusammenzunehmen, bevor das Fieber so anstieg, dass er keinen klaren Gedanken mehr fassen konnte. Er legte sich so entspannt, wie es nur eben ging, in seine Kissen, legte die linke Hand mit dem Ring auf seine rechte Hand und schloss die Augen. Was hatte die alte Kräuterfrau in Ahrborg damals über die Arbeit eines echten Heilers gesagt. Ein Heiler analysiert die Krankheit, stellt sich dann den Krankheitsherd vor und beseitigt die Ursache, Kraft seines Willens. Er hatte die Krankheit bei Rurig damals geheilt, also wusste er, wie man die Sache bekämpfen konnte. Es waren gelbe, schleimige Fremdkörper im Blut, welche es zu beseitigen galt.

Also, zuerst entspannen!

Nun kamen ihm die Meditationsübungen zu Gute, die er seit einigen Jahren mit Schwert und Ring betrieb. Trotz der zunehmenden Hitze in seinen Adern, die anzeigte, dass das Fieber anstieg, gelang es ihm, sich in seinen Geist zurückzuziehen. Dann begann er ganz langsam, sich das Innere einer Ader vorzustellen, den Blutfluss und die feindlichen Gelbkörper. Seltsamerweise schien ihm die zunehmende Hitze des steigenden Fiebers den Einstieg zu erleichtern und tatsächlich fand er sich, kurz danach genau wie damals in einer Ader wieder. Es war im Grunde genommen genauso wie bei Rurigs Heilung, nur dass er diesmal genau wusste, was er tat. Die Beseitigung der gelben Kegel, mit ihren unangenehmen Tentakeln, gelang ihm dieses Mal viel leichter als bei Rurigs Heilung. Er kannte ja die Gefahren der Berührung durch die Tentakel und auch die seltsame Kampftechnik in der Flüssigkeit beherrschte er. Als er dann schließlich den Herd der Vergiftung erreichte und dem Muttererreger gegenüberstand, war auch dessen Beseitigung einfacher als das letzte Mal. Diesmal musste er sich nicht, wie damals mit letzter Kraft, selbstmörderisch auf ihn stürzen. Er erledigte ihn ruhig und routiniert, obwohl er die Anstrengung seines Kampfes sehr wohl zu spüren bekam. Danach löste er sich wieder vorsichtig aus der Konzentration, kehrte in seinen Geist zurück. Es gelang ihm sogar kurz, kontrolliert aufzuwachen, bevor er zwar erschöpft, aber natürlich sehr erleichtert, wieder einschlief.

Als er am Morgen des nächsten Tages erwachte, war sein Fieber merklich gesunken und der Feldscher, welcher kurz darauf eintraf und seine Wunde untersuchte, zeigte sich äußerst zufrieden über den Heilungsfortschritt. Die violette Färbung und das Fieber waren inzwischen vollkommen verschwunden und Ragnor verspürte bereits wieder einen gesunden Appetit.

Am Abend desselben Tages war der junge Mann bereits wieder insoweit hergestellt, dass er zum Abendessen hinunter in die Gaststube gehen konnte. Die meisten seiner Reisegefährten sahen das mit großer Freude und beglückwünschten ihn zu seinem Messerwurf, der den Mordbuben zur Strecke gebracht hatte. Lediglich Fukur da Seeborg verfluchte das Glück seines Feindes. Er hat schon frohlockt, dass Ragnor ins Gras beißen würde, nachdem er gehört hatte, dass dieser durch eine vergiftete Klinge verwundet wurde. Doch wieder war dieser verdammte Hund seinem Schicksal entkommen. Ralph da Caer und Oswald da Kormon, die wie gewöhnlich beieinander saßen, schauten sich kurz an und Ralph bemerkte leise, sodass es nur Oswald hören konnte: »Wirklich erstaunlich unser junger Freund. Das ist das erste Mal, dass jemand das Gift der Mördergilde von Caerum überlebt hat. Ich glaube, es ist wirklich ratsam ihn zum Verbündeten anstatt zum Feind zu haben.« Und Oswald, der ebenfalls sehr nachdenklich wurde, fügte hinzu: »Er besiegt seine Feinde mit genialen Strategien. Er erschlägt Dämonen, heilt Kranke und er entrinnt dem sicheren Tod. Manchmal macht er mir richtig Angst und heute frage ich mich, ob man ihn nicht zum Freund haben sollte und nicht nur als Verbündeten.« Der Prinz sah ihn überrascht an. Solche Gedanken bei einem Mann, den er für eiskalt und berechnend gehalten hatte. Sollte wirklich mehr hinter Ragnor stecken, als sie alle nur vermuten? Doch verwarf er diesen Gedanken schnell wieder. Jeder war tot, wenn ihn erst ein Schwert im Bauch traf, auch Ragnor. Ralph da Caer gedachte sich Ragnors Talente zunutze zu machen, aber er würde auch Wege finden, ihn letztendlich loszuwerden, falls er ihm je gefährlich werden würde. Da war er sich ganz sicher. Graf Rurig war außer sich vor Freude, dass es Ragnor wieder besser ging und dass sie am nächsten Morgen würden weiterreiten können. Zwar in etwas kleineren Tagesetappen als bisher, aber der Graf war überglücklich, dass es Ragnor wieder gut ging. Was er allerdings gedachte mit der Mördergilde anzustellen, wenn er erst in Caerum war, war nichts für schwache Nerven. Er hatte dem Mordgesellen den Arm mit der Tätowierung abschneiden lassen, bevor sie ihn verscharrten, um ihn dann als eindeutiges Beweisstück mit in die Hauptstadt zu nehmen und dort zu präsentieren.

In der Hauptstadt empfing derweil König Ralph V. von Caer seinen ältesten Freund den ersten Amapriester Koveatas auf ein Glas Rotwein. Die beiden alten Männer, die seit ihrer Jugend eng befreundet waren, trafen sich regelmäßig, um die allgemeine politische Lage zu besprechen. Die beiden abgeklärten, alten Männer zeichnete aus, was bei Mächtigen selten war: Ein nachhaltiges und zähes Ringen um das Wohl von Caer und seiner Menschen. Bei allem was sie in den letzten zwanzig Jahren gemeinsam vorangetrieben hat, war kurzfristige Machterweiterung nie im Zentrum ihrer Handlungen gestanden, sondern immer nur eine nachhaltige Stärkung des Königtums. Tunlichst ohne dabei große militärische Auseinandersetzungen vom Zaun zu brechen. Auf dem kommenden Reichstag bestand nun eine große Chance, in diesem Streben endlich einen entscheidenden Schritt voranzukommen, denn die Vergabe der Herrschaft in zwei Baronien stand nun zur Entscheidung an. »Was mir Sorgen macht, mein lieber Koveatas, ist die Tatsache, dass die Sache dieses Mal fast zu gut für uns auszusehen scheint«, bemerkte der König nachdenklich, nachdem er seinem alten Freund ein Glas seines Haustrunkes vom Rotwein aus Farsborg eingeschenkt hatte. Es war eine Eigenheit des Königs an seinem

Hof grundsätzlich nur Produkte aus Caer zu verwenden. »Ja, nachdem sich der Niewborger nun offen zu uns bekannt hat, haben wir eine Mehrheit von fünf zu drei im Kronrat«, bestätigte der weißbärtige Priester. »Aber das ist deinen Gegnern sicherlich auch bekannt und sie werden alles tun, eine unserer Stimmen zu kaufen. Wer ist denn dein unsicherster Kantonist?«

»Ich vermute, Per da Loza«, sagte der König. »Es ist schon ein Unglück, dass er der Erstgeborene war und nicht sein Bruder Mark, einer meiner treuesten Beamten. Mit ihm als Baron hätte ich mir mehr als sicher sein können. Ich fürchte der Baron von Loza ist käuflich und könnte unser langjähriges Bündnis zugunsten einiger persönlicher Vorteile verraten. Er ist der schwächste Punkt in unserer Allianz.«

»Was gedenkst du dagegen zu tun?«, fragte der greise Priester besorgt nach. »Na was schon! Ich werde versuchen ihn zu kaufen. Ich habe vor ihm für seine Stimme das Amt des königlichen Kämmerers anzubieten. Das bringt ihm jährlich tausend Goldtalente ein. Ich hoffe, dass es genügen wird seine Loyalität zu kaufen«, antwortete der König ein wenig bitter, wohl wissend, dass er damit einige loyale Adelige vor den Kopf stoßen wird, welche sich selbst Hoffnung auf das lukrative Amt gemacht hatten. »Dann wollen wir mal hoffen, dass dies ausreichen wird«, pflichtete ihm der greise Koveatas bei. Der alte Priester schenkte aus der einfachen Glaskaraffe, welche in Seeland gefertigt wurde, nach und stieß anschließend mit dem König darauf an, dass ihrem Plan Erfolg beschieden sein möge. Auf jeden Fall würde er morgen früh Amas Segen für ihr Vorhaben erflehen, das Königreich endlich wieder in einen handlungsfähigen Zustand zu versetzen. Der Konflikt in Kaarborg hatte nur zu deutlich gezeigt wie verwundbar das Königreich Caer war. Die Bedrohung aus Lorca wuchs und deshalb wurde es höchste Zeit alle Kräfte zu sammeln, um sie erfolgreich abwehren zu können.

Heike da Farsborg genoss die Reise auf der schnellen Kuriergaleere. Diese war zwar nicht sonderlich komfortabel, da sie mit ihrer einzigen Ruderreihe und ihrer flachen

Bordwand auf Geschwindigkeit gebaut war und deshalb eigentlich nicht besonders dafür geeignet war, hochgestellte Passagiere zu befördern. Ihr reichte, neben den vierzig Galeerensklaven, die das Schiff ruderten, nur sechs Mann Besatzung, um das Schiff zu steuern und die Segel zu setzen. Unter den Passagieren waren neben Heike und Lasse da Farsborg auch noch zwei Kriegsknechte ihres Vaters an Bord, die ihnen als Leibwache dienen sollten. Die Nächte in der engen muffigen Kabine, welche Heike mit ihrem Vater teilte, machten ihr nur wenig aus. Die wunderschönen Sommertage auf der Breeg, während das schlanke Schiff den kleinen Fluss hinaufeilte, entschädigten sie mehr als genug dafür. Die Sommerblüte kleidete das Land in sein schönstes Gewand und es begegneten ihnen nur einige wenige Lastkähne auf ihrer Reise. So kurz nach dem gerade überstandenen Krieg, war der Handel mit Ahrborg noch nicht wieder richtig in Gang gekommen. Sie saß gerne im Bug des Schiffes und sah stundenlang auf das Wasser hinaus. Am liebsten waren ihr dabei die Morgenstunden, wenn der leichte Sommernebel noch über dem Wasser hing. Es war wie eine Ironie des Schicksals, dass ausgerechnet aus diesem Morgennebel Gefahr für das kleine Schiff heraufziehen sollte. Es sollte nur noch vier Tage dauern bis sie an dem kleinen Handelskontor am Fluss ankommen sollten, an welchem dann ihre Flussfahrt enden würde. Heike hatte es sich gerade auf ihrem Stammplatz im Bug bequem gemacht, als sie flussabwärts aus dem Morgennebel ein großes Ruderboot auftauchten sah, welches, wie sich später herausstellen sollte, mit gut einem Dutzend, bis an die Zähne bewaffneten Männern besetzt war. Sie zweifelte keinen Augenblick daran, dass die Männer einen Überfall auf das Schiff planten und so sprang sie auf und schrie, während sie zur Kabine lief, um ihr Schwert zu holen: »Zu den Waffen, zu den Waffen! Piraten! Piraten! Piraten!« Kurze Zeit später stürzten ihr Vater und seine beiden Kriegsknechte gerüstet aus ihren Kabinen. Auch die Besatzung erschien mit Schwertern und Spießen bewaffnet an Deck. Heike lief an ihrem Vater vorbei in die Kabine, warf dort ihr leichtes Kettenhemd über und zog ihr schlankes Schwert und ihren linkshändigen Dolch aus den Scheiden. Dann hastete sie an Deck zurück. Dort war der Kampf bereits in vollem Gange, wobei die Angreifer klar in der Überzahl waren. Es waren mehr als zehn Mann, die da an Deck mit dem Kapitän, drei seiner Matrosen, Lasse da Farsborg und einem seiner Kriegsknechte kämpften. Ohne lange zu überlegen, stürzte sich daraufhin auch die junge Frau in den Kampf. Von Kindesbeinen an hatte ihr Vater ihr Fechtunterricht erteilt, und mittlerweile war sie mit dem Schwert besser als so mancher Mann. Der erste Angreifer, ein schnauzbärtiger und schlanker Mann, bezahlte den Leichtsinn, sie zu unterschätzen, sofort mit seinem Leben. Heike blockte seinen fast verächtlich geführten Schwerthieb routiniert mit dem Dolch ab und schlitzte ihrem Gegner, mit einem gekonnten Hieb, den Bauch auf, sodass dieser schreiend zu Boden stürzte, bei dem verzweifelten Versuch seine herausquellenden Därme festzuhalten. Dies ließ ihren nächsten Gegner, einen schon etwas älteren Glatzkopf, vorsichtiger werden. Doch auch er war ihr nicht gewachsen. Von einem gespielten Zurücktaumeln getäuscht, stieß er siegessicher nach. Heike wich jedoch seinem kraftvoll geführten Schlag behände aus und jagte ihm mit voller Wucht ihren Dolch in die Achselhöhle. Während sie die Waffe blitzschnell zurückzog, orientierte sich kurz und stellte erleichtert fest, dass die Verteidiger die Situation inzwischen im Griff hatten. Die übrig gebliebenen Angreifer, ganze drei Mann, die noch laufen konnten, hasteten zurück zum Bug, um sich mit ihrem Boot abzusetzen. Die Verteidiger ließen sie gewähren, denn auch bei Ihnen standen nur noch vier Mann und Heike auf ihren eigenen Beinen. Als sie dann am Abend bei den überlebenden Männern an Deck saß, reichte ihr der Kapitän respektvoll den ersten Krug Bier, prostete ihr zu und bemerkte achtungsvoll: »Auf Euer Wohl junge Dame. Noch nie habe ich ein Mädchen so kämpfen sehen wie Euch!« Heike sah den Stolz in den Augen ihres Vaters und so erwiderte sie den Toast mit einem freundlichen Lächeln. Doch im Grunde genommen, konnte sie diesem Männergeschwätz nichts abgewinnen, nachdem sie erst vor wenigen

Stunden einen Mann, welchen sie seit ihrer Jugend gekannt hatte, an einer Bauchverletzung, qualvoll hatte sterben sehen.

Nach vier, etwas kürzeren Tagesetappen war Ragnors Wunde nahezu vollständig verheilt und die Reisegruppe konnte nicht nur ihre gewohnten Langetappen wieder aufnehmen, sondern sie holten einen Teil der Verzögerung, welche durch Ragnors Verletzung verursacht worden war, wieder auf. So war es nicht verwunderlich, dass sie den bekannten Gasthof von Hannafeld, welcher direkt hinter der Heidelandschaft des Kraasfeldes in dem gleichnamigen Dorf in Ahrborg lag, nur mit einem Tag Verspätung erreichten. Von marodierenden Söldnern, im Grenzgebiet war bisher nichts zu bemerken gewesen. Doch hatten sie von anderen Reisenden gehört, dass hier im Süden von Ahrborg, in letzter Zeit, hin und wieder welche aufgetaucht waren und versucht hatten schlecht bewachte Handelszüge zu berauben. Seit dem Mordversuch an Ragnor in Bammental hatte Rurig die Sicherheitsvorkehrungen verschärft, und des Nachts eine Doppelstreife angeordnet, welche ständig um den Gasthof patrouillierte und dabei stündlich abgelöst wurde. Es kostete die Männer zwar jede zweite Übernachtung jeweils eine Stunde ihres Schlafes, aber jeder von ihnen wie auch der Graf selbst, nahm diese Zusatzbelastung klaglos auf sich. In dieser Nacht hatten Ragnor und ein junger Grafenritter namens Jörg da Grönen die letzte Streife vor dem Frühstück. Während der junge Ritter seine Notdurft verrichtete, betrat Ragnor die Gaststube und nahm Platz, um auf seinen Kameraden zu warten. Kaum hatte er sich gesetzt, trat eine ältere Schankmagd in die Gaststube, stellte ihm eine Schüssel mit Frühstücksgrütze und eine Schale warmen Kalatee hin. Ragnor bedankte sich, äußerst erfreut über die Aufmerksamkeit und bestellte für seinen Kameraden, der jeden Moment ebenfalls kommen musste auch ein Frühstück. Er wollte gerade zu der großen irdenen Tasse greifen, als Jörg ebenfalls die Gaststube betrat, sich zu ihm setzte und sehnsüchtig auf das Frühstück starrte. Ragnor lächelte, schob dem jungen Ritter Tasse und die Schale mit der Grützen hinüber und sagte freundlich: »Da nimm und iss. Ich habe bereits eine weitere Portion bestellt. Während du anfängst, gehe ich nach oben die Männer wecken.« Als er wenige Minuten später wieder zurückkam, saß Jörg da Grönen mit fahlem Gesicht am Tisch und versuchte sich krampfhaft am Tisch festzuhalten, um nicht von der Bank zu kippen. Ragnor sprang ihm besorgt bei, hielt ihn fest und fragte: »Was hast du! Ist dir das Frühstück nicht bekommen?«

»Mir ist so schlecht, und ich habe so Schmerzen im Magen. Das brennt wie Feuer!«, presste der junge Ritter zwischen zusammengebissenen Zähnen hervor. Bevor Ragnor jedoch weiter fragen konnte, bäumte sich Jörg auf, sodass Ragnor ihn kaum noch halten konnte, sein Körper verkrampfte sich und Schaum trat aus seinem Mund. Ragnor rief laut um Hilfe, während er versuchte den tobenden jungen Mann festzuhalten. Doch als die anderen mit gezogenen Waffen endlich in die Gaststube gestürzt kamen, war alles bereits vorbei. Jörg da Grönen lag tot in Ragnors Armen und an seinem verzerrten Gesicht konnte man unschwer ablesen, dass er unter großen Schmerzen gestorben sein musste. Sanft hielt Ragnor den leblosen Körper und sagte mit tonloser Stimme zu den Männern, die ihn erschüttert umstanden: »Da war Gift im Frühstück. Eine ältere Schankmagd, die gestern Abend nicht hier gewesen ist, hat es gebracht. Sucht Sie!«

Während die Männer ausschwärmten, um die Magd zu finden, saß Ragnor immer noch wie betäubt mit seinen toten Kameraden in den Armen am Tisch. Da war kein Zweifel möglich. Der Anschlag hatte wiederum ihm gegolten und Jörg war nur gestorben, weil er ihm sein Frühstück überlassen hatte. In diesem Moment kam Graf Rurig aus der Küche geeilt, trat zu ihm hin und sagte wütend: »Wir haben sie nicht gefunden. Sie muss gleich, nachdem sie das Essen hereingebracht hat, geflohen sein. Ich werde die Männer in die Sättel jagen, um sie zu suchen. Ich will sie haben!« Mit diesen Worten stürzte er, ohne eine Antwort abzuwarten, hinaus auf den Hof, um seine Männer anzuweisen. Als er kurze Zeit später mit Svartan da Kaarkon zurückkam, saß Ragnor da Vidakar immer noch da, geistesabwesend den Toten in den Armen. Vorsichtig lösten die beiden Männer die Arme Ragnors und legten die Leiche des jungen Ritters auf einen der großen Tische, welche in langen Reihen in der geräumigen Gaststube standen. »Der Anschlag hat mir gegolten, die Mörderin hatte mir das Essen hingestellt«, bemerkte Ragnor mit leiser Stimme, während er traurig auf die Leiche des jungen Mannes starrte. »Das hatte ich schon befürchtet. Aber wer in drei Teufels Namen steckt bloß dahinter?«, bestätigte der Graf Ragnors Worte. »Dieses Mal hätte ich nicht die geringste Chance gehabt, davonzukommen.«, stellte Ragnor nüchtern fest, der sich inzwischen wieder ein wenig gefangen hatte. »Das Gift wirkte so schnell, dass keine Gegenmaßnahmen möglich gewesen wären.«

»Ich weiß, mein Junge«, bemerkte der Graf, nahm ihn an den Schultern und sah ihm dabei fest in die Augen. »Aber wir werden herausfinden, wer hinter diesen feigen Anschlägen steckt und dann Gnade ihm Ama.«

Nach und nach kehrten die ausgesandten Reiter zurück, ohne die Mörderin erwischt zu haben. Als es schließlich zu dämmern begann, fehlten nur noch Ralph da Caer und Oswald da Kormon. Als diese schließlich mit Einbruch der Nacht eintrafen, waren sie nicht allein. Sie hatten zwar die Giftmischerin nicht erwischt, aber in ihrer Begleitung erreichten, zu Ragnors großer Freude, seine geliebte Heike, ihr Vater und ein weiterer Panzerreiter den Gasthof. Als Ragnor voller Freude seine Geliebte erkannte, rannte er sogleich zu ihr hinüber, half ihr galant vom Pferd und umarmte sie stürmisch. Dann küssten sich die beiden ausgiebig. Lasse da Farsborg sah ihnen erst mit stiller Freude zu. Doch dann löste sich sein Blick von dem Liebespaar und stieg eilig von seinem Pferd, um seinen Lehnsherrn den Grafen zu begrüßen. Die beiden Männer reichten sich die Hand und Graf Rurig meinte lächelnd: »Seid gegrüßt, mein lieber Lasse. Ich freue mich ganz besonders, Euch hier auf halbem Wege nach Caerum zu treffen. Aber ich bin mir sicher, dass die Freude meines Ziehsohnes ungleich größer ist, als die meine. Er hatte sicher nicht erwartet, Eure Tochter so bald wiederzusehen.

Wirklich ein hübsches Mädchen, das ihr da großgezogen habt.«

»Vielen Dank. Ich habe zwar mitbekommen, dass er Euch kennt, aber es ist mir neu, dass Ragnor da Vidakar Euer Ziehsohn ist. Na ja, im Alter hört man wahrscheinlich manchmal nicht mehr so genau zu.«, antwortete ihm Lasse da Farsborg schmunzelnd.

Wenig später saßen alle an einem großen Tisch in der Gaststube zusammen und Lasse da Farsborg ließ es sich nicht nehmen, alle seine neuen Reisegefährten zum Essen einzuladen. Heike und Ragnor saßen sich gegenüber und da sie sich viel zu erzählen hatten, bekamen sie während des Essens, vom Rest des Gespräches am Tisch so gut wie nichts mit. Heike war sehr interessiert, etwas über den Dämon vor Santander zu erfahren, und so erzählte ihr Ragnor die Geschichte. So kam es, dass bei beiden weder der Piratenüberfall auf die Kuriergaleere noch die Mordanschläge auf Ragnor zum Thema wurden. Kurz nach dem Essen zogen sich die beiden Verliebten unter dem verständnisvollen Lächeln von Heikes Vater und Rurig auf ihre gemeinsame Kammer zurück. Als die beiden Arm in Arm dabei waren die Treppe hinaufzusteigen, folgte ihnen der Blick Rolf da Maarborgs, Heikes Vetter. Wohlwollend betrachtete er das junge Paar. Er hatte Heike schon immer gemocht und dass sie nun schon bald seinen besten Freund Ragnor heiraten würde, erfüllte ihn mit Freude. Ja, er war inzwischen wirklich sein bester Freund geworden, gestand sich Rolf da Maarborg, fast über sich selbst erstaunt, ein. Kurz darauf bedauerte er, seine Laute auf dieser Reise nicht mitgenommen zu haben. Das wäre wirklich ein guter Moment für ein schönes Liebeslied gewesen.

Das junge Paar hatte inzwischen ihre Kammer erreicht. Nachdem Ragnor die Tür geschlossen hatte, standen die beiden einen langen Moment, sich an beiden Händen haltend, gegenüber. Dann sagte Heike leise: »Ich habe lange, sehr lange darauf gewartet dich endlich wiederzusehen.«

»Ich auch!«, antwortete Ragnor schlicht, zog sie zu sich heran und nach einem tiefen Blick in Heikes wunderschöne blaue Augen, küsste er sie mit allem Gefühl, dessen er fähig war, und sie erwiderte seinen Kuss voller Leidenschaft.

Während sich die beiden Liebenden ihren Gefühlen hingaben, besprachen Lasse da Farsborg und der Graf die ernsten Dinge des Lebens. Heikes Vater war sehr beunruhigt über die Mordanschläge auf Ragnor, welche inmitten des Landfriedens von Mitgliedern der Mördergilde verübt worden waren. Es mussten gewaltige Summen von Gold geflossen sein, denn das Risiko, welches die Gilde dabei einging, war enorm. Der Graf meinte ernst: »Es geht diesmal auf dem Reichstag zwar um sehr viel, aber Ragnor hat mit der Machtverteilung in Caer überhaupt nichts zu tun. Der einzige, der mir da auf Anhieb einfällt, ist Per da Loza, dessen Sohn Ragnor erschlagen hat. Falls meine Vermutung zutreffen sollte, dann steht uns noch einiges bevor. Es wird dann auch nur schwer nachzuweisen sein, dass er hinter den Mordanschlägen steckt. Er ist zwar ein aalglattes Arschloch, aber leider auch ein sehr schlaues.« Lasse da Farsborg stimmt ihm daraufhin grimmig zu: »Da mögt Ihr Recht haben. Wir müssen auf alles gefasst sein, bis wir wieder in Kaarborg sind.«

»Ich werde seine Freunde bitten, ein Auge auf Ragnor zu haben, während wir uns in Caerum aufhalten. Sie sind die Einzigen, die diese Aufgabe unauffällig erledigen können«, erwiderte Graf Rurig. Sein Vorhaben setzte er dann sofort in die Tat um. Er rief Ansgar da Lorcamon, Lamar da Niewborg und Rolf da Maarborg an einen separaten Tisch zu sich. Nachdem er ihnen seinen Plan mitgeteilt hatte, bemerkte Lamar da Niewborg lächelnd: »Eure Idee kommt uns sehr gelegen. Wir hatten bereits heute Nachmittag den gleichen Entschluss gefasst.« Graf Rurig nickte zustimmend und sagte dann ernst aber bestimmt: »Das werde ich Euch nie vergessen. Dafür stehe ich für immer in Eurer Schuld, und ich werde, wenn wir erst wieder zurück in Kaarborg sind, für Euch alles tun, was mir auch immer möglich ist.« Rolf da Maarborg schüttelte fast ärgerlich den Kopf und entgegnete bestimmt: »Wir haben das beschlossen, weil Ragnor unser Freund ist und wir erwarten dafür keine Belohnung. Er hat während des Krieges viel für uns und unser Überleben getan. Wir zahlen nur einen kleinen Teil der Schulden zurück, indem wir ihn vor den Mördern zu schützen versuchen.«

Am nächsten Morgen kam Ragnor einige Minuten später zum Frühstück herunter, da er noch einige Ausrüstungsstücke packen musste. Als er sich setzte, um nach seiner Grützeschüssel zu greifen, riss ihm Heike sein Tonschüsselchen weg und probierte einen großen Löffel davon. »Schmeckt dir meine Grütze besser als deine?«, fragte Ragnor etwas erstaunt, da vor Heike ebenfalls eine fast volle Tonschüssel stand. »Ich muss sichergehen, dass man dich nicht wieder vergiften will«, antwortete sie mit spitzem Ton und fuhr fort: »Schließlich hast du es ja nicht einmal für notwendig gehalten, mich darüber zu informieren, dass berufsmäßige Mörder hinter dir her sind.« Ragnor war einen Moment verblüfft und schaute wohl nicht sehr intelligent aus der Wäsche, als auch noch sein Freund Ansgar, der ebenfalls am Tisch saß, spöttisch bemerkte: »Jetzt hat sie es dir aber richtig gegeben.«

»Du bist doch mit Oswald da Kormon und Ralph da Caer hierher gekommen. Sie haben dir doch sicher davon erzählt«, verteidigte Ragnor ein wenig lahm. »Red' dich bloß nicht raus!«, konterte Heike mit geröteten Wangen und offenbar ziemlich wütend. »Wenn das so gewesen wäre, hätte ich dich doch sicher gleich darauf angesprochen. Oder!« Am anderen Tisch sagte ihr Vater Lasse da Farsborg leise, aber breit grinsend, zum Grafen Rurig, der ihm gegenübersaß: »Daran wird er sich gewöhnen müssen. Sie hat dasselbe Temperament wie ihre Mutter. Die konnte auch manchmal ganz schön giftig werden.« Ansgar, der Ragnors Verlegenheit bemerkte, half ihm aus der Bredouille, indem er einwarf: »Nun regt Euch mal nicht auf, junge Dame. Habt Ihr eurem Bräutigam eigentlich schon erzählt, dass Ihr auf der Breeg von Piraten überfallen worden seid und ebenfalls in Todesgefahr wart?« Ragnor nahm den Ball dankbar auf, und sagte mit gespielt ernster Miene: »Da bringen dich Piraten fast um und du erzählst mir gar nichts davon?« Doch so einfach ließ sich Heike da Farsborg nicht aus dem Konzept bringen und konterte: »Das ist ja vollkommen unwichtig.

Die Piraten sind mausetot. Deine Feinde laufen aber noch lebendig herum und könnten es jederzeit wieder versuchen?« Doch diesmal war Ragnor auf der Hut und bemerkte trocken: »Das stimmt nicht ganz! Zumindest die Hälfte der Attentäter ist ja schließlich ebenfalls tot.« Nun konnte sich Ansgar nicht mehr zurückhalten und prustete lachend los: »Ihr müsstet euch mal selber hören. Wie ein altes Ehepaar!« Daraufhin lachte die ganze Gaststube und nun konnte auch Heike ihre vorwurfsvolle Miene nicht mehr aufrechterhalten. Es blieb ihr also nichts anderes übrig als ebenfalls mitzulachen.

Ihre weitere Reise durch Ahrborg verlief ohne weitere Zwischenfälle. Nachdem sie die Grafschaft Caer, das Kernland des Königs, erreicht hatten, genossen die beiden jungen Menschen ihren gemeinsamen Ritt, denn sie hatten sich ja noch wirklich viel zu erzählen. Natürlich war es im Allgemeinen so, dass Ragnor erzählte und Heike zuhörte, aber selbstverständlich nicht, ohne tausend Fragen zu stellen. Sie wollte eben alles genau wissen. Was sie im Laufe ihrer langen Ritte alles zu hören bekam, beeindruckte sie tief und sie begann zu ahnen, dass ein Leben mit diesem jungen Mann ungewöhnlich, ja aufregend werden würde, aber auch ausgesprochen gefährlich. Als Frau, die schon immer mit den Vorurteilen der Feudalgesellschaft zu kämpfen gehabt hatte, sah sie klarer als manch anderer, dass die ungewöhnlichen Ideen und offensichtlichen Talente ihres Geliebten viele Neider auf den Plan rufen würden. Und doch war sie zuversichtlich, denn sie war sich einfach absolut sicher, dass sie keinen anderen haben wollte. Auch jetzt, wo sie mit so vielen jungen Männern unterwegs war, gab es keinen, der sich in ihren Augen mit Ragnor hätte messen können. Höchstens Graf Rurig kam an ihn heran, aber der war ja so etwas wie Ragnors Vater.

Nach den langen Reiseetappen, die meist so anstrengend waren, dass selbst die beiden Liebenden manchen Abend früh einschliefen, erreichten sie Aquatum. Diese kleine Stadt war wirklich eine Perle der Grafschaft, mit ihren hübschen, sorgfältig gepflegten Fachwerkhäusern. Die Grafschaft Caer ähnelte in vielem Kaarborg, denn auch hier regierte seit langen Jahren ein weises Herrscherhaus, dem der Wohlstand seiner Bauern und Bürger am Herzen lag. Der Reichtum Aquatums kam vor allem vom Handel auf der großen Straße. Darüber hinaus war die kleine Stadt weit im Landesinneren für ihr landschaftlich schönes Umland mit ihrer einzigartigen Seenlandschaft bekannt. Dieser Umstand hatte König Ralph I. von Caer dazu veranlasst, hier schon vor langer Zeit eine Sommerresidenz errichten zu lassen, welche aber in den letzten hundert Jahren nur selten von Angehörigen des Königshauses benutzt worden war. Umso mehr freuten sich der Verwalter und seine Bediensteten über die hohen Gäste, welche beabsichtigten, hier im schönen Aquatum einige Tage zu verbringen. Dies geschah natürlich nicht wegen der schönen Umgebung, sondern weil sie von Baron Kador da Niewborg bereits erwartet wurden, welcher vorhatte, mit Graf Rurig die Marschroute für die kommenden Verhandlungen abzustecken.

Während die beiden Fürsten verhandelten, nutzten Heike und Ragnor ihre Freizeit, um die Umgebung zu erkunden. Täglich ritten sie hinaus in die wasserreiche Mittelgebirgslandschaft des Aquawaldes, welcher von vielen kleinen und kleinsten Seen durchsetzt war, von denen keiner dem anderen glich. Am zweiten Tag ihres Aufenthaltes machten die beiden an einem besonders schönen, ganz versteckt liegenden, kleinen See Rast, der von einem wunderschönen silbernen Wasserfall gespeist wurde. Die beiden Jungverliebten banden ihre Pferde an und entledigten sich unverzüglich ihrer Kleidung. Immerhin war es ein heißer Tag und der kleine silberne See versprach Erfrischung. Übermütig sprangen sie hinein und glitten wie Fische durch das klare Wasser. Gemeinsam schwammen sie zum Wasserfall hinüber. Die Erfrischung, welche dabei das kalte herabschießende Wasser bot, war unvergleichlich. Leidenschaftlich pressten sie ihre erhitzten Körper aneinander und in einer kleinen von weichem Wassermoos bedeckten Felsnische, hinter dem schimmernden Wasservorhang, liebten sie sich mit all der Hingabe, wie sie nur eine junge unverbrauchte

Liebe schenkt. Sie küssten sich gegenseitig die Wassertropfen von ihren kühlen Körpern, liebkosten jeden Zoll, den sie mit ihren Lippen erhaschen konnten, und versanken schließlich im Rausch der Gefühle. Gelöst und unbeschreiblich glücklich schwammen die beiden zurück. Ragnor kletterte zuerst aus dem Wasser, reichte Heike die Hand, um ihr herauszuhelfen und erstarrte zur Salzsäule. Eine Dolchklinge kitzelte ihn im Nacken, und eine ihm wohlbekannte weibliche Stimme sagte: »Das war es wohl für dich, junger Held. Aber schließlich hast du ja noch 'mal deinen Spaß gehabt, bevor du ins Gras beißt!«

Ragnor verfluchte seine Sorglosigkeit und suchte verzweifelt nach einem Ausweg, aber in seiner momentanen Körperhaltung hatte er keine Chance der Frau, die er nur zu gut kannte, irgendwie zu entkommen oder sie anzugreifen. Sein Blick suchte Heikes angsterfüllte Augen, die an ihm vorbei nach oben auf seine Gegnerin starrten. Er versuchte ihr zuzurufen: »Tauche unter und schwimm' weg!«, doch kein Laut kam über seine Lippen. Er war wie gelähmt. Der Moment, in dem er so hilflos und nackt vor seiner Mörderin kniete und keinen Finger rühren konnte, um seine Geliebte zu retten, schien sich schier endlos hinauszuzögern. Dann zerbrach plötzlich die unwirkliche Situation, als sich Heike losriss und wegtauchte. Die Frau hinter ihm schrie wütend auf. Ragnors Kopf wurde dabei von ihr an den Haaren nach hinten gerissen und er war jeden Moment auf den tödlichen Stich gefasst. Doch dieser blieb aus. Völlig unerwartet löste sich der brutale Griff und Ragnor fiel überrascht nach vorne, verlor das Gleichgewicht und stürzte ins Wasser. Geistesgegenwärtig tauchte er weg und kam erst unter dem Wasserfall wieder hoch. Als er auftauchte und sich suchend nach Heike umsah, hörte er durch das Rauschen des Wassers verzerrt eine wohlbekannte Stimme rufen: »Heike, Ragnor! Ihr könnte herauskommen, wir haben das verdammte Miststück erwischt.« Als er schließlich mit Heike ans Ufer gelangte, warteten dort seine Freunde Lamar da Niewborg, Ansgar da Lorcamon und Rolf da Maarborg grinsend am Ufer auf sie. Als Ragnor sie fragend ansah, verschwand mit einem Mal Lamars Grinsen und er sagte ernst: »Du hast mächtig Glück gehabt, mein Lieber. Hätte uns Graf Rurig nicht beauftragt dich zu beschützen, wärst du jetzt ziemlich tot.«

Als sie schließlich nach Aquatum zurückgekehrt waren, hielt ihm sein besorgter Ziehvater noch eine mächtige Standpauke und nahm ihm das Versprechen ab, zukünftig nicht mehr alleine auszureiten. Man konnte ja schließlich nicht wissen, ob noch mehr Assassinen auf Ragnor lauerten. Und es war wieder eine Berufsmörderin aus Caerum gewesen, ein zweiter tätowierter Arm in Rurigs Trophäensammlung. Die Wut des Grafen auf die Mördergilde der Hauptstadt wuchs ins Unermessliche. Dieses Natterngezücht würde seine Ankunft in Caerum nur um wenige Tage überleben. Gemeinsam mit dem Baron von Niewborg und seinem Gefolge setzte der Kaarborger Tross zwei Tage später die Reise nach Caerum fort. An einem wunderschönen Spätsommertag taten sich vor ihnen dann schließlich die mächtigen Mauern der Hauptstadt von Caer auf. Sie waren nun endlich am Ziel.

Kapitel 3

Caerum war eine wirklich imponierende Metropole und ihre Pracht beeindruckte insbesondere die jungen Reisenden, welche zum ersten Mal das Zentrum der Macht von Caer besuchten. Das war auch nicht weiter verwunderlich, denn die an sich schon große und weitläufige Stadt hatte sich zur Feier des Reichstages mächtig herausgeputzt. Nachdem sie das trutzige Stadttor passiert hatten, wurde ihr Blick, der die breite Hauptstraße ungehindert hinaufwandern konnte, sofort von dem mächtigen Festungskomplex an deren Ende gefesselt, der das Bild der Stadt dominierte. Lamar da Niewborg, der neben Ragnor ritt und schon einmal hier gewesen war, meinte lächelnd, während sie langsam die Prachtstraße hinaufritten: »Schon beeindruckend, nicht wahr? Als ich als Kind das erste Mal nach Caerum gekommen bin, konnte ich mich nicht sattsehen. Vor dieser Reise war Mors die einzige größere Stadt gewesen, welche ich zuvor zu Gesicht bekommen hatte. Immerhin leben hier etwa fünfundzwanzigtausend Menschen. Das sind fünfmal so viel wie in Mors und mehr als doppelt so viele wie in Santander!«

»Ist das da vorne die Burg des Königs?«, unterbrach ihn Ragnor und zeigte auf den Festungskomplex, welcher von einer wuchtigen Mauer, die die Stadtmauer um etwas mehr als ein Klafter überragte, umgeben war. Aus dieser Umfriedung ragten wiederum drei größere Gebäudekomplexe hervor, welche den umschließenden Wall noch einmal um mehr als drei Klafter überragten. »Nein nicht so ganz! Das da vorne ist keine in sich geschlossene Burg, auch wenn sie im Volksmund »Caerburg« genannt wird. Es ist ein Komplex aus drei Festungsbauten, welche im Laufe der Zeit durch Mauern verbunden worden sind und in deren Mitte sich der Turnierplatz befindet«, antwortete Lamar. »Dort vorne links, das ist die eigentliche Königsburg. Der große etwas niedrigere rechteckige Klotz in der Mitte ist die sogenannte Stadtburg, in der die Stadtwache und die königlichen Belagerungsregimenter ihre Unterkünfte haben. Und schließlich dort rechts liegt die Heimstatt der Reichsritter, im Volksmund auch »Reichsburg« genannt.«

»Wie viele Menschen leben denn innerhalb dieser Mauern?«, fragte Ragnor neugierig nach. Lamar überlegte einen Moment und meinte dann: »Das ist schwer zu sagen. Die Soldaten in der Stadtburg haben ihre Familien in der Stadt und übernachten zu Hause, wenn sie dienstfrei haben. In den Verbindungsbauten zwischen den Burgen sind die königlichen Arsenale und die Kornkammern untergebracht, sodass im Notfall die gesamte Bevölkerung von Caerum sich dorthin zurückziehen könnte.« Und eifrig fügte er erläuternd hinzu: »König Ralph III hat diesen Komplex nach dem letzten Orkkrieg errichten lassen. Die Angst, dass die Orks bald wiederkommen könnten, saß damals so tief, dass keine Kosten und Mühen gescheut wurden, um das Herz von Caer für alle Zeiten wirksam zu schützen.«

Inzwischen hatten sie die Oberstadt erreicht, wo die geduckten schlichten Häuserreihen der einfachen Handwerker und kleinen Gewerbetreibenden durch die prächtigen Fassaden der spitzgiebeligen stattlichen Bürgerhäuser abgelöst wurden. Diese waren überdies noch mit Fahnen und Wimpeln geschmückt, welche die Gäste des Reichstages farbenfroh begrüßen sollten. Auf der Hauptstraße und in den Gassen von Caerum herrschte ein lebhaftes Treiben. Man konnte dabei die hochgestellten Reichstagsgäste und die Einwohner Caerums recht gut voneinander unterscheiden. Während die Erstgenannten in prächtiger Kleidung über die Hauptstraße flanierten und beinahe gelangweilt ihre Einkäufe tätigten, waren die Bürger damit beschäftigt emsig ihrem Tagewerk nachzugehen und dabei natürlich ihren wohlhabenden Gästen so viel wie möglich von deren reichlich vorhandenem Geld abzunehmen. Heike da Farsborg beobachtete fasziniert, was sich da abspielte und freute sich schon darauf, demnächst selbst in den Straßen von Caerum auf Einkaufstour gehen zu konnen. Schließlich hatte sie ja das Versprechen ihres Vaters, dass sie sich hier neu einkleiden dürfe. Die Auslagen der Ladengeschäfte an der Hauptstraße quollen vor Kostbarkeiten aus aller Herren Länder über, sodass die junge Frau gar nicht wusste, wohin sie ihren Blick zuerst hinwenden sollte. Am großen doppelflügeligen Eingangstor des Festungskomplexes angekommen, wurden sie bereits von einer Ehrenformation der Stadtwache erwartet. Mit einem hell schmetternden Signal aus ihren Bronzefanfaren taten sie allen kund, dass soeben zwei hochwohlgeborene Mitglieder des Kronrates eingetroffen waren. Daraufhin ritten diese nun durch den tiefen, mit mehreren Fallgittern gesicherten, Torbereich hinaus auf den Turnierplatz, welcher sich wie von Lamar beschrieben zwischen den drei Festungsbauten erstreckte. Dann wandten sie sich in Richtung der Reichsburg, da Svartan da Kaarkon, der Großmeister der Reichsritter, darauf bestanden hatte, die Kaarborger und die Niewborger Delegationen in seinen Mauern zu beherbergen. Graf Rurig hatte die Einladung gerne angenommen, denn er hoffte, dass hier Ragnor vor eventuellen weiteren Anschlägen besser geschützt werden konnte als in der Königsburg, in der die meisten anderen Angehörigen des Hochadels ihr Quartier einnehmen werden. Lamar da Niewborg, der neben Ragnor über den sandigen Grund des Turnierplatzes ritt, sah sich aufmerksam um und meinte nachdenklich: »Der König hat wohl Sorgen um die Sicherheit seiner Gäste! Es ist mir schon an den Außenbefestigungen und auch in der Stadt aufgefallen, dass sich offenbar fast die gesamte Stadtwache im Dienst befindet.« Erläuternd verwies er auf die Außenmauer, welche die Festungsbauten miteinander verband und fuhr fort: »Die Alarmposten auf den Mauern sind alle vollständig besetzt. Da oben tummelt sich mindestens ein halbes königliches Regiment und ich bin mir sicher, dass es in den Festungen ganz genauso aussieht. Es scheinen sich mehr als zweitausend Mann im Dienst zu befinden. Das sind viermal mehr als sonst üblich!«

Als sie dann das Tor zur Reichsburg passierten, welches noch einmal durch eine Zugbrücke, die über einen tiefen befestigten Wallgraben führte, vom Turnierplatz abgegrenzt war, fand Ragnor die Worte seines Freundes bestätigt. Auch hier waren alle Wachpositionen besetzt und es herrschte überall eine spürbar angespannte Wachsamkeit. Trotz des

Alarmzustandes wurden der Großmeister und seine Gäste selbstverständlich mit großer Freundlichkeit empfangen. Kurze Zeit später konnte sich Ragnor endlich aus seiner Panzerrüstung schälen, die er auf Rurigs Geheiß, seit dem letzten Anschlag auf sein Leben, praktisch ununterbrochen tragen musste. Während sein Page Klaus die Rüstung verstaute, ließ sich der junge Mann dankbar in einen Zuber mit heißem Badewasser gleiten, welcher freundlicherweise für ihn vorbereitet worden war. Während er entspannt das heiße Wasser genoss, fand er auch endlich Zeit, sich in seiner einfachen Kammer umzusehen, die er sich mit seinem Pagen während ihres Aufenthalts in Caerum teilen würde. Der rechteckige Raum, der neben den beiden Holzpritschen mit den Strohsäcken, einem Tisch, zwei Hockern und einem großen Kasten für Kleidung, kein weiteres Mobiliar enthielt, war einfach und schmucklos gehalten. Die aus grob behauenen Granitquadern gefügten Mauern waren unverputzt, und es fiel nur wenig Licht durch die schmale, wenn auch mannshohe Schießscharte, durch die man auf die Stadt hinuntersehen konnte. Es war etwas weniger komfortabel als auf Burg Kaarborg, doch sein Page hatte nach der ersten kritischen Musterung anerkennend bemerkt, dass hier alles sehr sauber war. Sogar der schon recht alte Dielenboden war scheinbar so kräftig geschrubbt worden, dass Klaus nichts daran zu bemängeln fand, obwohl er ansonsten schnell mit Kritik bei der Hand war, falls etwas nicht hundertprozentig seinen Vorstellungen entsprach. Ragnor schloss zufrieden die Augen, atmete tief durch und bedauerte einen Moment lang, dass es hier leider nicht möglich war, die Kammer mit seiner Heike zu teilen. Doch man konnte nicht alles haben. Seine Geliebte, ihr Vater waren zusammen mit dem Grafen im Gästeflügel untergebracht, während die Jungritter und Grafenritter im Rittertrakt einquartiert waren.

Während Ragnor sein Bad genoss, ritten Graf Rurig und Baron Kador zur Königsburg hinüber, um dem König ihre Aufwartung zu machen. Dort ging es naturgemäß nicht so spartanisch zu wie bei den Reichsrittern. Doch die beiden

Männer hatten gegenwärtig keine Augen für die prächtigen Teppiche an den Wänden und die kunstvollen Kandelaber aus alter Zeit, welche hier überall herumstanden. Nach einem kurzen Zwiegespräch mit der Torwache brachte sie ein Page direkt in die Privatgemächer des Königs, welcher sie bereits ungeduldig erwartete. Als sie, angekündigt von des Königs Majordomus, schließlich eintraten, wartete der Monarch, der bis dahin in einem Sessel am Kamin gesessen hatte, ihre Ehrenbezeigungen gar nicht erst ab, sondern kam sofort mit großen Schritten auf sie zu und rief mit lauter Stimme: »Na es wird auch Zeit, dass Ihr Euch endlich bei mir sehen lasst! Was hat Euch denn nur so lange aufgehalten!« Die beiden Fürsten, die das manchmal polternde Temperament ihres Königs kannten, schauten sich deshalb nur grinsend an. Baron Kador da Niewborg entgegnete seine Fassung bewahrend und mit aller Ernsthaftigkeit: »Nur die hehre Aufgabe, eine Dame sicher in ihre Unterkunft zu geleiten, konnte uns daran hindern, Euch unverzüglich unsere Aufwartung zu machen. Ich hoffe Eure Majestät wird uns verzeihen, dass wir zuerst unserer ritterlichen Pflicht nachgekommen sind!« Nun musste auch der König lachen und der Schalk funkelte in seinen Augen, als er neugierig nachfragte: »Na, und wer war diese edle Dame, die Eure Aufmerksamkeit, so zur Gänze in Anspruch genommen hat? Kenne ich sie?«

»Nein, ich glaube nicht«, antwortet Graf Rurig da Kaarborg. »Es ist das Edelfräulein Heike da Farsborg, die Braut Ragnor da Vidakars, die meines Wissens das erste Mal in Caerum verweilt.«

»Na, so ein junger Tausendsassa«, wunderte sich der König. »Zuerst erschlägt er Kraak den Ork, dann einen Dämonen und nun hat er bereits eine Braut! Was wird er wohl als Nächstes anstellen? Schließlich ist er gerade mal sechzehn Jahre alt, falls ich mich nicht irre.«

»Er wird nächste Woche siebzehn, Eure Majestät. Falls ihm bis dahin die Mördergilde Eurer schönen Stadt nicht zuvor noch den Garaus gemacht hat«, korrigierte ihn der Graf in der Zufriedenheit eine gute Gelegenheit gefunden zu haben, direkt auf sein vordringlichstes Ansinnen des heutigen Treffens zu sprechen kommen zu können. Schlagartig verschwand alle Freundlichkeit aus den blauen Augen des Königs. Sie verengten sich zu drohenden Schlitzen, als er schließlich eisig nachfragte: »Ich hoffe doch, ihr scherzt, lieber Graf? Ich habe den Landfrieden verkündet und kein Mitglied der Mördergilde würde es wagen ihn zu brechen!« Rurig, der diese Reaktion vorhergesehen hatte, nahm den Ledersack hoch, den er vorsorglich mitgebracht hatte und enthüllte vor den fassungslosen Augen des Königs die rechten Unterarme der beiden mutmaßlichen Gildenmitglieder. König Ralph da Caer stand einen Moment wie vom Donner gerührt da und starrte zunächst sprachlos auf die Tätowierungen. Dann griff er zu einem Klingelzug, welcher nahe dem Kamin hing und zog unwirsch mit aller Kraft daran. Sofort öffnete sich die Tür und ein Leibgardist trat ein. Der König rief ihn heran und befahl barsch: »Holt meinen Schreiber und schickt ihn umgehend hierher. Und er soll gleich die aktuelle Stammrolle der Mördergilde mitbringen!« Während der Soldat davoneilte, um den Schreiber wie befohlen, herbeizuzitieren, erzählte Graf Rurig ihre Erlebnisse mit den beiden Mördern. Der König hörte ruhig und mit versteinertem Gesicht zu, ohne den Grafen auch nur ein einziges Mal zu unterbrechen. Als schließlich der Schreiber mit der Rolle eintraf, zitierte er ihn zu sich heran, zeigte ihm die beiden Tätowierungen und fragte: »Sagt mir, sind die beiden Subjekte hier wirklich Mitglieder der Mördergilde unserer Stadt gewesen?« Der Schreiber schlug eifrig seine Rolle auf und verglich sorgfältig die Muster bis er schließlich dienstbeflissen meldete: »Majestät es sind die Tätowierungen der beiden eingetragenen Mörder, Griska der Dolch und Fira die Schlange!«

»Und es besteht kein Zweifel, dass sie es sind?«, fragte der König nach, welcher äußerlich vollkommen ruhig zu sein schien. »Nein Majestat, es besteht kein Zweifel! Niemand ist in der Lage eine Gildentätowierung so exakt zu fälschen. Die Muster der einzelnen Tätowierungen werden sofort nach ihrer Anfertigung vernichtet und durch die geheime Farbkodierung der inneren Muster, würde eine Fälschung sofort von mir erkannt werden«, antwortete ihm der Schreiber mit fester Stimme. Der König holte kurz tief Luft und bedankte sich bei dem Schreiber, der daraufhin den Raum verließ. Nachdem die Tür dann endlich geschlossen wurde, machte er seinem Herzen Luft, schlug mit der Faust auf den kleinen Tisch, der am Kamin stand, und brüllte wütend: »Wie können sie es wagen, meinen Befehlen zu trotzen. Sie wissen, dass sie alle ihr Leben verwirkt haben, wenn sich auch nur einer von Ihnen, meinen direkten Befehlen widersetzt. Seit ihrer Gründung durch meinen Urgroßvater, um seine zahlreichen Feinde im Zaum zu halten, war das zweihundert Jahre lang die eiserne Regel dieser Gilde für ihre Existenz.«

»Dann lasst sie uns ein für alle Mal auslöschen, Majestät!«, rief Graf Rurig und schlug grimmig in dieselbe Kerbe. »Lasst uns schnell zugreifen und die Gildenmitglieder, die wir lebendig zu fassen kriegen zur Abschreckung an der Stadtmauer aufhängen, den Raben zum Fraß und unseren Feinden zur Warnung!«

»Ihre königliche Hoheit, Prinzessin Margitta da Caer«, verkündete der Wachposten an der Tür lautstark, als die Prinzessin endlich die Bibliothek betrat, in der Heike da Farsborg auf Geheiß ihres Vaters seit einer knappen halben Stunde auf sie gewartet hatte. Die junge Frau wusste nicht so recht, was sie eigentlich hier sollte und am Anfang hatte sie sich auch deshalb dagegen gesträubt. Doch ihr Vater hatte eindringlich darauf bestanden und so war sie nun hier und harrte der Dinge, die da kommen würden. »Sie ist sieht unglaublich gut aus«, war der erste Gedanke des jungen Mädchens, die selbst aus dem einfachen Landadel der Grafschaft Kaarborg stammte, während sie sich erhob und sich kurz verbeugte, um ihre hochgeborene Gastgeberin angemessen zu begrüßen. Die samtweiße Haut der Prinzessin verriet auf den ersten Blick, dass sie sich nicht allzu oft im Freien aufhielt. Und doch kontrastierte diese Blässe wirklich hervorragend zu dem, in verschiedenen Rottönen gehaltenen, aufwendig gefertigten Kleid. Auf ihrem gepflegten, seidig glänzenden, braunem Haar, welches sie lang und offen trug, thronte eine dazu passende Haube, welche mit wunderschönen Perlen und zwei großen Topasen geschmückt war. Ihre strahlende Erscheinung veranlasste Heike dazu, sich in ihrem einfachen Festtagskleid, welches sie extra zu diesem Anlass angezogen hatte, recht unscheinbar vorzukommen. »Ihr seid also Heike da Farsborg«, unterbrach die dunkle und angenehme Altstimme der Prinzessin Heikes Gedanken. »Mein Vater hat mir von Eurem unglaublichen Abenteuer mit den Piraten erzählt, und da habe ich ihn gebeten, Euch mir vorzustellen. Ich bin schrecklich neugierig, endlich mehr darüber zu erfahren.« Das war es also, durchfuhr es Heike im Stillen: »Hat mein alter Herr mal wieder den Mund nicht halten können.« Artig antwortete sie: »Zu freundlich, Eure Hoheit. Doch ich glaube, dass diese Geschichte nicht wirklich der Rede wert ist.«

»Nun lasst das mal mit der Hoheit, meine liebe Heike! Ich darf euch doch Heike nennen?«, wischte die Prinzessin ihren Einwand kurzerhand vom Tisch. »Selbstverständlich dürft Ihr das«, entgegnete diese – denn welche Wahl hätte sie auch gehabt – und fragte, fast ein wenig genervt nach: »Und wie darf ich Euch nun nennen?«

»Margitta natürlich! Ach, wie ich diese Förmlichkeiten hasse!« Diese Antwort kam so spontan und klang so ehrlich, dass Heike da Farsborg ihre Zurückhaltung aufgab und offen zurücklächelte. Sie konnte nur zu gut verstehen wie einem dieses vornehme Getue auf die Nerven gehen musste. Margitta war offenbar ebenfalls erleichtert darüber, dass nun das Eis der steifen Förmlichkeit und Distanz, welche der Standesunterschied zu Beginn ihrer Begegnung geschaffen hatte, so schnell gebrochen worden war. Kaum eine Stunde später, saßen die beiden jungen Frauen bei einer Tasse Tee beieinander, so als ob sie sich schon ewig kennen würden und erzählten sich gegenseitig aus ihrem bisherigen Leben. Das war für beide eine ausgesprochen spannende Angelegenheit, denn das Leben ihres jeweiligen Gegenübers, war jeweils in völlig anderen Bahnen verlaufen, als ihr eigenes. Während sich Margitta da Caer immer im Glanze des Hofes bewegte und einen jeden kannte, der im Reich Rang und Namen hat, war das Leben von Heike das Farsborg, die auf der kleinen Burg ihres Vaters aufgewachsen war, ganz anders verlaufen. Und obwohl sie als Verwalterin ihres Vaters bisher ein einfaches und arbeitsreiches Leben geführt hatte, ertappte sich die Prinzessin dabei, dass sie Heike um ihre Selbstständigkeit und ihre Fähigkeit ein Schwert so zu führen, dass es sogar dazu reichte im Kampf mit Piraten zu bestehen, beneidete. Im Laufe der Gespräche erfuhr die Prinzessin natürlich, dass Heike einen Junker, welcher ebenfalls aus dem niederen Landadel Kaarborgs kam, zum Gefährten hat. Auch dass die beiden jungen Leute beabsichtigten, demnächst nach seinem Ritterschlag auf dem großen Turnier eine dauerhafte Bindung einzugehen. Sie wusste inzwischen immerhin, dass er Ragnor hieß und ein Gut namens Vidakar sein Eigen nannte. Mehr hatte sie allerdings nicht heraus bekommen, denn Heike war dahingegen zurückhaltend, nähere Angaben über ihren Liebsten und dessen bisheriges Leben zu machen. Als sie sich am späten Nachmittag trennten, herrschte zwischen ihnen das beste Einvernehmen.

In der frühen Abenddämmerung desselben Tages zogen in der Unterstadt nahe dem Armenviertel starke Patrouillen der Stadtwache auf. Dies fiel jedoch nicht weiter auf, da man an die Präsenz des Militärs in diesen Tagen, seit der Anreise für den Reichstag, gewöhnt war. Hier am Rande des ärmsten Viertels der Stadt, in welchem die einfachen Arbeiter und Tagelöhner in tristen Unterkünften ihr Leben fristeten, lag gleich neben einigen großen Hurenhäusern, und einer Reihe von einfachen Bierschänken das Hauptquartier der Mördergilde. Graf Rurig, der darauf bestanden hatte, die Aktion persönlich zu leiten, begab sich bei Einbruch der Nacht mit einer Gruppe von Stadtsoldaten, welche genauso wie er einfache, unauffällige Söldnerkleidung trugen, in eines dieser Gasthäuser, welches direkt neben dem besagten Gildenhaus, einem lang gestreckten und düsteren Gebäude, lag. Auf diese Art und Weise hatte der Graf in den letzten Stunden an die einhundert Mann ins direkte Umfeld des Gildenhauses einsickern lassen. Sie waren die Truppe, die dazu ausersehen war, das Gildenhaus zu stürmen, während die Patrouillen die Aufgabe hatten, die Straßen rund um das Gebäude abzuriegeln, damit keiner der Gildenmitglieder entkommen konnte. Eigentlich mutete es schon fast lächerlich an, wegen den jetzt noch dreizehn eingetragenen Mördern so ein gewaltiges Aufgebot zusammenzuziehen, weil man nicht einmal wusste, ob sich wirklich alle Gesuchten heute Nacht in Caerum aufhielten. Doch ihre Gegner waren wirklich gefährlich und normalerweise einem einfachen Stadtsoldaten, im Kampf Mann gegen Mann, weit überlegen. Außerdem war es nicht auszuschließen, dass sich weitere bewaffnete Helfer der Gilde in deren Hauptquartier aufhalten könnten. Der Graf, den selbst sein bester Freund in der schmuddeligen Montur, die er jetzt trug nicht wiedererkannt hätte, lehnte mit den neun Männern seiner Gruppe an der alten schmierigen Bar und wartete darauf, dass die beiden Monde von Makar endlich gemeinsam am Himmel stehen würden. Als dann endlich der rote Mond ebenfalls über den Dächern erschien, wankten er und seine Männer scheinbar volltrunken aus der Taverne. Dort hielten sie sich einen Moment im Schatten des Vordaches auf, bis sich ihre Augen an das fahle Mondlicht draußen gewöhnten. Lauernd orientierte sich der Graf und stellte befriedigt fest, dass alle seine Männer bereits in Position waren. Sich lärmend in den Armen liegend wankten nun von allen Seiten Männer in die breite Gasse und begannen, als sie vor dem Gildenhaus aufeinandertreffen, lautstark zu streiten. Kaum hatte die Auseinandersetzung begonnen, zogen sie auch schon die Waffen, wie man es von betrunkenen Söldnern nicht anders erwartete, und schlugen aufeinander ein. Und so verwunderte es auch niemand, dass kurz darauf die Stadtwache mit einem großen Aufgebot, auf den Plan trat und versuchte die Streitenden zu trennen. Wie durch Zufall gelenkt, drängten sie die Kämpfenden immer weiter in Richtung Gildenhaus. Dann plötzlich, glaubten die unbeteiligten Zuschauer, von denen es einige gab, ihren Augen nicht zu trauen, als sich die vorgeblichen Söldner mit ihren schweren Äxten auf die Türen und

Fensterläden des Gildenhauses stürzten und diese mit kräftigen Hieben zerschlugen.

Das gesamte Bild änderte sich nun in Blitzesschnelle, da die zuvor volltrunken wirkenden Männer plötzlich hellwach und offenbar stocknüchtern waren. Sie drängten entschlossen durch alle Durchbrüche, die sie sich gewaltsam geschaffen hatten, in das Gildenhaus ein, während die Stadtwachen professionell die Gasse absperrten. Spätestens jetzt wurde dem letzten Beobachter klar, dass das vorher stattgefundene Geplänkel auf der Straße nichts anderes als Schmierentheater gewesen war. Rurig da Kaarborg, der hinter einem der Axtträger, durch eines der Fenster, in das Gebäude eindrang, landete in einer Stube, scheinbar als Aufenthaltsraum für das Gesinde diente und worin sich momentan niemand aufhielt. Das flackernde Licht der Fackeln, die einige seiner Männer trugen, warf ein gespenstisches Licht auf die schlichte Möblierung des Raumes. Kampfeslärm drang zu ihnen herein. Offenbar waren die Soldaten an anderen Stellen bereits auf ihre Gegner getroffen. Der Axtträger stürmte ungestüm zur einzigen Tür des Gesinderaumes und riss sie auf. Das hätte er besser bleiben lassen, denn zwei Speere, welche links und rechts in der Türfüllung verborgen gewesen waren, durchbohrten ihn mit so großer Wucht, dass die Holzschäfte der Speere durch sein Körpergewicht zerbrachen und er daraufhin tot zu Boden stürzte. Nun vorsichtig geworden, zogen die Männer auf Rurigs Geheiß hin ihren toten Kameraden von der Tür weg. Bevor sie jedoch lange überlegen konnten, was als Nächstes tun sei, stürzte eine vermummte Gestalt in den Raum und der Kampf begann. Der Gildenkämpfer, mit zwei unterarmlangen gekrümmten Schwertern bewaffnet, stürzte sich direkt auf den Grafen. Dieser fing den Angriff seines Gegners gekonnt mit Schwert und linkshändigem Dolch ab und stieß ihn zurück. Die Schnelligkeit seines Gegners war verblüffend und obwohl der Graf einer der besten Schwertkämpfer des ganzen Königreiches war, hatte er große Mühe sich diesen Kämpfer mit seinen beiden flinken Klingen vom Leib zu halten. Einige Male erwischte ihn sein Gegner mit den scharfen

Klingen und nur sein Kettenhemd verhinderte, dass er nicht mehr als ein paar Kratzer dabei abbekam. Schließlich setzten sich jedoch die Kraft des Grafen und die größere Reichweite seines Schwertes durch, denn der Gildenkämpfer wurde zusehends langsamer. So gelang Graf Rurig schließlich, den Maskierten in einer Ecke festzunageln, und ihm mit einem kraftvoll geführten Hieb eines seiner Kurzschwerter aus der Hand zu prellen. Der Fremde duckte sich und versuchte in einem verzweifelten Ausfall, Rurigs Unterleib zu treffen. Doch dieser war auf der Hut. Er blockte den Angriff mit seinem linkshändigen Dolch ab und sein Schwert beendete mit einem Hieb, der von oben durch die Schulter seines Gegners bis tief in dessen Brust drang, den Kampf. Als die Säuberungsaktion schließlich zu Ende war und Graf Rurig mit den Hauptleuten der Stadtwache Bilanz zog, nahmen die Kommandeure befriedigt zur Kenntnis, dass lediglich zwei der eingetragenen Mitglieder der Mördergilde ihrem Zugriff entkommen waren. Insgesamt hatte es dreiundzwanzig Tote aufseiten der Gilde und vierzehn Gefangene gegeben. Unglücklicherweise war unter den Überlebenden aber keiner der eingetragenen Gildenmitglieder. Sie hatten, wie man erwarten konnte, alle bis zum Tode gekämpft. Lediglich einige Diener, von denen wahrscheinlich nichts über das Mordkomplott gegen Ragnor da Vidakar zu erfahren sein würde, konnten lebend gefangen genommen werden. Ob die systematische Durchsuchung des abgeriegelten Gebäudes, die für den nächsten Tag vorgesehen war, irgendwelche Hinweise erbringen würde, war ebenfalls ungewiss.

Graf Rurigs Genugtuung, die elende Gilde fast vollständig ausgelöscht zu haben, wich schnell einem schalen Gefühl, als er erfuhr wie hoch die eigenen Verluste ausgefallen waren. Vierundfünfzig Stadtsoldaten hatten bei der Aktion ihr Leben gelassen, weit mehr, als man vorher angenommen hatte. Dies war vor allem auf die zahlreichen tödlichen Fallen, mit denen man nicht gerechnet hatte, zurückzuführen. Sie hatten beim stürmischen Eindringen der Stadtsoldaten sogleich einen hohen Blutzoll gefordert und einundzwanzig der Soldaten das Leben gekostet. Die anderen Toten waren der

Kampfkraft der Gildenmitglieder, die sich mit allen Mitteln ihres mörderischen Gewerbes gewehrt hatten, zuzuschreiben. Graf Rurig und sein Stab waren sich allerdings sicher, dass, wenn die Gilde vor ihrer Aktion gewarnt worden wäre, die Zahl der Toten ungleich höher ausfallen hätte müssen, falls sich die Assassinen dann überhaupt zum Kampf gestellt hätten. Der Graf wagte nicht, sich auszumalen, welche Risiken er für ihn, seine Freunde und den König heraufbeschworen hätte, wäre die Gilde vorher von der Aktion informiert worden und es ihr gelungen wäre, sich aus Caerum abzusetzen. Die verbleibende Bedrohung, durch die zwei flüchtigen Gildenmitglieder, war immer noch groß genug. Sie würden zwar steckbrieflich gesucht werden, aber sie waren Meister der Verkleidung und Täuschung und der Graf hoffte, dass sie sich zunächst in die Ländereien ihrer Auftraggeber absetzen würden, anstatt auf unmittelbare Rache zu sinnen. Schließlich war das Oberhaupt der Gilde Cardoch, »das Messer« genannt, entkommen. Ein äußerst gefährlicher Mann, dessen aktive Laufbahn zwar schon ein paar Jahre zurücklag, aber besser nicht unterschätzen werden sollte, gerade weil sein Ruf als Meisterassassine legendär war. Das andere Gildenmitglied Leif der Bogen genannt war dagegen recht neu in der Gilde und bisher nicht groß in Erscheinung getreten oder auffällig geworden. Deshalb lagen über ihn nur wenig bis gar keine Informationen und Einschätzungen seiner potenziellen Gefährlichkeit vor. »Wir wissen momentan nicht, ob sich die beiden in Caerum befinden und sich verbergen oder ob sie sich möglicherweise gar nicht in der Stadt aufgehalten haben«, fasste Graf Rurig, die Situation analysierend, zusammen und, an die Offiziere der Stadtwache gewandt, fuhr er fort: »Ich schlage vor, dass Sie alle Torwachen informieren und die Posten gegebenenfalls verstärken. Sobald die Zeichner und Schreiber des Königs die Steckbriefe fertig haben, sollen Sie überall in der Stadt angeschlagen und verteilt werden.«

»Ich werde das sofort veranlassen«, ließ der Hauptmann der Stadtwache grimmig verlauten und besprach sich umgehend mit seinem Leutnant, um alles Notwendige unverzüglich in die Wege zu leiten. Der Graf wandte sich ab und trat vor die zerborstene Tür des Gildenhauses, um einen Moment alleine zu sein. Draußen dämmerte es bereits und es zeigte sich die erste zarte Röte am Horizont. Er nahm einen tiefen Atemzug der frischen Morgenluft, um den widerlichen Geruch des Todes loszuwerden, dessen ekelhafte Süße das ganze Gebäude durchzog. Es war alles getan, was im Moment zu tun war und doch war er nicht so recht zufrieden, denn er bezweifelte, dass man die beiden abgängigen Gildenmitglieder fassen würde. Es blieb nur zu hoffen, ob sie tatsächlich ihr Heil in der Flucht gesucht hatten und ob sie von Racheakten Abstand nahmen, bei denen sie im Grunde genommen außer der Genugtuung der persönlichen Rache auch nichts mehr zu gewinnen hatten.

Den einfachen, schmucklosen Söldnerhelm unter dem Arm, die aufkommende frische Morgenbrise in den schweißverklebten Haaren, beobachtete Graf Rurig die Soldaten dabei, wie sie die Leichen aus dem Haus trugen und in zwei säuberlichen Reihen aufbahrten. Eine für die gefallenen Soldaten und die andere für die toten Gildenmitglieder und deren Knechte. Es hatte viel zu viele Opfer gekostet, diese unselige Gilde eines schon seit langem verblichenen Königs endlich zu beseitigen. Mit einem bitteren Lächeln auf den Lippen wandte er sich schließlich ab und ging wieder zurück ins Haus. Er wollte sich kurz von den Offizieren verabschieden und sie anweisen alle Ergebnisse der hoffentlich systematischen Durchsuchung, welche bei Tagesanbruch durchgeführt werden sollte, beim Hofgericht des Königs abzuliefern. Dieses war vom König damit beauftragt worden, alle Beweise zu sammeln und zu untersuchen.

»Guten Morgen«, begrüßte Ragnor guter Dinge seine Freunde und die anwesenden Ritter, als er an diesem Morgen den weitläufigen Speisesaal des Rittertraktes der Reichsburg betrat, in welchem es verführerisch nach knusprigem Speck und frisch gebrühtem Kallatee roch. »Du scheinst ja gut geschlafen zu haben«, bemerkte Ansgar da Lorcamon mit vollen Backen, denn er verspeiste gerade mit großem Genuss ein stattliches Omelett, welches, dem köstlichen Duft nach zu urteilen, sogar mit frischen Kräutern zubereitet worden war. »Eigentlich erstaunlich, dass du gut geschlafen hast, wenn man bedenkt, dass du in der vergangenen Nacht ganz allein hast schlafen müssen«, frotzelte Lamar da Niewborg grinsend. Bevor Ragnor antworten darauf konnte, fügte Ansgar noch ein wenig schnippisch hinzu: »Das ist auch gut so. Heute sind schließlich den ganzen Tag schweißtreibende Kampfübungen angesagt, da wird er alle seine Kräfte brauchen.« Ragnor grinste, setzte sich auf eine der blank gescheuerten Bänke und griff dankbar nach der Schale mit dampfendem Tee, welche ihm ein Page inzwischen hingestellt hatte. Dann antwortete er mit Bedauern: »Das tut mir jetzt aber richtig leid, dass ihr heute Morgen erst einmal alleine kämpfen müsst. Ich muss nämlich nachher gleich weg. Wirklich äußerst schade!«

»Ah du drückst dich, um dein Liebchen doch noch besuchen zu können, während wir in unseren Rüstungen schwitzen werden«, mutmaßte Lamar sofort. »Nein, bedauerlicherweise nicht!«, wehrte Ragnor mit ernstem Ton ab und erklärte sich daraufhin. »Ich muss gleich nach dem Frühstück in den Amatempel, um den ehrenwerten Hohepriester Koveatas aufzusuchen.«

»Was will der denn von dir?«, fragte Rolf neugierig nach.

»Weiß ich auch nicht so genau«, gestand Ragnor ein. »Ich glaube, er will mich über den Kampf mit dem Dämonen vor Santander befragen.«

»Ach ja, ich erinnere mich«, warf Lamar ein. »Graf Rurig hat das kürzlich erwähnt! Na dann, viel Spaß!«

»Ich kann darin nichts Vergnügliches sehen. Ich glaube, ich würde lieber mit euch schwitzen gehen!« Mit diesen Worten wandte sich Ragnor wieder seinem Frühstück zu und ließ sich ebenfalls ein köstliches Omelett schmecken, das verführerisch auf einem einfachen irdenen Teller vor ihm dampfte.

Als er schließlich sein Frühstück beendet hatte, verabschiedete er sich mit einem schiefen Lächeln, welches seine gemischten Gefühle, mit denen er dem Treffen entgegensah, recht offen zeigte und machte sich anschließend auf den

Weg zum Hohepriester. Als er schließlich die Dachterrasse des Hauptpallas der Stadtburg betrat, auf welcher das Oktagon des Amatempel lag, stellte er erstaunt fest, dass dieser ganz genauso aussah wie der Tempel auf Burg Kaarborg. Er besaß dieselben vier hohen Türen und spitzgiebeligen Fenster. Er schien aufgrund der Ähnlichkeit eine exakte Kopie des Kaarborger Tempels zu sein – oder war es vielleicht umgekehrt? In der Mitte des lichtdurchfluteten Oktagons befand sich der vertraute, achteckige, weiße Steintrog, in welchen der Amabaum gepflanzt war. Wie schon bei seinem ersten Besuch in einem Amatempel, bewunderte er den dicken, rötlich schimmernden und in sich verschlungenen Stamm mit der prächtigen Krone, welche das ganze Dach des Tempels auszufüllen schien. Die kleinen, gläsern wirkenden, lanzetartigen Blätter produzierten in der Morgensonne, die hell durch die Fenster schien, ein großartiges Feuerwerk an Lichtreflexen. Es war so wie damals, als er zum ersten Mal in einem Amatempel gewesen war. Die zeitlose Schönheit des Amabaumes nahm ihn, wie schon auf Kaar, gefangen und ganz ohne sein Zutun, öffnete er seinen Geist, um dem Lied der tausend Stimmen zu lauschen, das in seinem Kopf klang. Im Unterschied zu früher verstand er aber nun die Worte des kurzen Verses, welcher von dem mächtigen Chor stetig wiederholt wurde. Trotzdem wurde er nicht müde dem Lied weiter zu lauschen, denn ständig veränderte sich Melodie und Ausdruck und es schien, als wäre jede Rezitation der Litanei etwas anders als die vorherige. Der Text des Refrains war, wenn man ihn in die harte Sprache Makars übersetzte, sinngemäß etwa Folgender:

Ama, Licht des Universums!
Die Ewigkeit singt deinen Namen.
Du hast unsere Seelen erlöst von der endlosen Wanderung,
auf dass wir erkennen die Schönheit allen Seins,
auf dass wir dienen dem Leben für alle Zeit!
Ama, Licht des Universums!

Ragnor schloss die Augen und ließ sich gänzlich auf die Melodie ein. Sie besaß eine ähnliche Harmonie wie das Lied von Arcanor und schenkte seinem Zuhörer Ruhe und Frieden und ohne, dass es ihm wirklich bewusst wurde, sprach er die Worte des Liedes leise nach:

Ama, luomi d'universia!
Eternita canta da nomes.
Do freo nos karmas a mevenia,
No deta la bonita dos vives,
No serva la viva d'eternita!
Ama, luomi d'universia!

»Es freut mich, dass du gekommen bist«, drang eine freundliche Stimme in sein Ohr und löste ihn aus seiner inneren Versenkung. »Du bist schon sehr viel weiter als ich dachte. Du kannst sogar das hohe Lied von Ama hören. Nur wenige Menschen können das heute noch.« Ragnor sah auf und erblickte einen würdevoll wirkenden alten Mann, welcher lächelnd hinter dem Amabaum hervortrat. »Kannst du auch den Sinn der Worte verstehen?«, fragte der Alte neugierig nach. »Ja, ich verstehe auch die Worte«, antwortete Ragnor wahrheitsgemäß, denn Rurig hatte ihm empfohlen, Koveatas gegenüber vollkommen ehrlich zu sein, was auch immer dieser ihn fragen würde. Der alte Mann mit seinem langen Bart und wallenden weißen Haaren nickte nachdenklich und forderte den Jungen auf mit ihm zu kommen. So verließen sie gemeinsam den Amatempel und schritten über die Dachterrasse hin zur Innenbalustrade, welche dem Turnierplatz zugewandt war. Dort blieben sie einen Moment stehen, um einen Blick auf das bunte Treiben zu werfen, welches dort herrschte. Eine große Anzahl von Bediensteten und Handwerkern aus der Stadt tummelte sich dort. Auf den ersten Blick sah das Ganze sehr unorganisiert aus. Doch bei näherer Betrachtung erkannte Ragnor, dass die Leute da unten sehr wohl wussten, was zu tun war, und fasziniert beobachtete er, wie sie Tribünen instand setzten, die Kampfbahn herrichteten und die weißen Turnierzelte aufstellten.

Während der Jungritter fasziniert zusah, beobachtete ihn der greise Amapriester aufmerksam. Dieser junge Mann gab ihm viele Rätsel auf und doch keimte in ihm die Hoffnung, dass dieser junge Adelige ein Zeichen Amas war. Ein Zeichen, dass sein Gott Makar nicht vergessen hatte, und die Mächte des Guten zurückkehren würden nach dieser langen Zeit der Dunkelheit. Vielleicht gerade noch rechtzeitig, um die Horden Ximons aufzuhalten, welche ihr finsteres Haupt wieder erhoben hatten. »Bitte, verzeiht mir! Ich habe mich vergessen, aber das alles hier ist sehr neu für mich«, riss ihn die Stimme des Jungritters aus seinen philosophischen Überlegungen. »Macht nichts«, wehrte Koveatas lächelnd ab und bat Ragnor mit einer Handbewegung ihm zu folgen. Sie stiegen eine steinerne Wendeltreppe hinunter und betraten die schlichten Gemächer des Priesters, durch deren hohe Fenster man auf den Turnierplatz hinuntersehen konnte. Aber Ragnor wollte sich nicht noch einmal ablenken lassen und setzte sich daher mit dem Rücken zum Fenster, als ihn der Alte aufforderte Platz zu nehmen. Dankbar nahm er eine Schale Kallatee entgegen, welche ihm Koveatas reichte, trank einen Schluck und erwartete gespannt die Fragen des Hohepriesters. Doch dieser fragte gar nicht viel. Er forderte ihn lediglich auf von seinem Kampf mit dem Dämonen zu berichten und seinen Erfahrungen mit dem Besessenen. Ragnor nahm sofort die sich bietende Gelegenheit wahr in seinen Bericht ausführlich die Hintergründe und Auswirkungen der dämonischen Aktivitäten, die den Kaarborgern bekannt waren, einzuflechten. Über sein persönliches Verhältnis zum Quasar und seine Herkunft wusste der Alte offenbar schon bestens Bescheid. Ragnor vermutete, dass dieses Wissen von Menno stammte, der ja in der Zwischenzeit bereits einmal in der Hauptstadt Caerum gewesen war, um die Dämonenklaue bei der Amapriesterschaft persönlich abzuliefern. Als Ragnor schließlich seinen Bericht beendet hatte, bemerkte der ehrwürdige Koveatas nachdenklich: »Mein lieber Ragnor, ich mache mir zwar große Sorgen wegen der Dämonen und ihrer Helfer, aber auf der anderen Seite bin ich voller Hoffnung. Ihr seid der Erste seit tausend Jahren, der ein Quasarschwert zum Leben erweckt hat. Ihr beherrscht die alte Sprache, ohne dass Ihr sie so wie ich in langjährigen Studien erlernen musstet.«

»Könnt Ihr mir vielleicht etwas über meine Herkunft sagen?«, fragte der junge Mann hoffnungsvoll nach. »Leider nein. Ich wollte, ich könnte es«, antwortete der Alte mit echtem Bedauern in der Stimme. »Ich vermute, dass du auf irgendeine Art und Weise vom legendären Geschlecht der Hüter abstammst: Denn sie waren die Einzigen, die in grauer Vorzeit Quasarschwerter benutzen konnten. Aber das ist auch schon alles. Wie direkt oder indirekt deine Abstammung ist und warum wir über die Jahrhunderte niemals von deinen Eltern gehört haben, obwohl sie ja offenbar die Quasarwaffen besessen haben, welche man bei dir gefunden hat, gibt mehr Rätsel auf, als es Antworten bietet.« Als er die Enttäuschung Ragnors sah, fügte er tröstend hinzu: »Wenn ich Euch auch heute nicht viel weiterhelfen konnte, so verspreche ich Euch, dass ich in der großen Bibliothek werde nachforschen lassen, ob sich irgendwelche Spuren in den alten Pergamenten finden lassen. Aber Ihr müsst Geduld haben, denn es wird einige Zeit dauern, die alten Schriftrollen zu durchforsten.« Auf dem Weg zurück in sein Quartier ging dem jungen Mann vieles durch den Kopf. Sicher, es war ihm gelungen den Hohepriester zu überzeugen, dass sich die Feinde Kaarborgs schwarzer Magie bedienten und damit gegen das oberste Gesetz von Caer verstießen. Doch irgendwie war er mit dem Gespräch nicht so recht zufrieden. Zu viele neue Fragen wurden durch Koveatas Bemerkung über seine Herkunft in ihm aufgeworfen. Ragnor hatte mit Koveatas nicht über sein Erlebnis mit und um die Domäne Quirinia gesprochen, aber das war vielleicht auch ganz gut so. Noch wusste er selbst nicht, was es damit wirklich auf sich hatte. Das Einzige was er wirklich wusste: Es war kein Traum gewesen! Deshalb stand für ihn fest, dass es wirklich an der Zeit war, erneut nach Quirinia aufzubrechen. Möglicherweise würde er dort eher etwas über seine Herkunft erfahren, als in den Bibliotheken von Caerum herausgefunden werden konnte und vielleicht fänden sich dort auch Spuren seiner Vorfahren.

Da war es wieder, dieses magische Tor nach Quirinia. Langsam schwebte Ragnor daran vorbei und da war sie wieder, diese seltsame grüne Ebene. Er streckte vorsichtig die Hand nach dem Fenster aus, doch nichts geschah. So einfach ging es also nicht. Es musste also das Lied von Arcanor gewesen sein, das beim ersten Mal in seinem Kopf geklungen hatte, welches ihm das Tor geöffnet hatte. Der junge Mann ließ sich weiter im Strom der Kristallwände treiben und versuchte das Lied in seinem Kopf zu rezitieren, doch irgendwie gelang ihm das nicht so richtig. Nicht der Hauch eines Sogs entstand, der ihn nach Quirinia hätte ziehen können. Irgendetwas stimmte nicht! So sehr er sich auch bemühte, es war überhaupt nichts zu machen. Reichlich frustriert lag Ragnor schließlich in seinem Bett und zermarterte sich den Kopf, warum es nicht klappte. Ob er nur zu verkrampft war oder ob er vielleicht im Vergleich zum letzten Mal etwas Wichtiges übersehen hatte. Doch so sehr er auch grübelte, er fand keine plausible Erklärung dafür. Seine Gedanken drehten sich immer wieder im Kreis und brachten ihn in der Sache nicht weiter. Als auch ein letzter trotziger Versuch nach Quirinia zu gelangen, ebenso erfolglos endete, legte er sich schließlich ziemlich enttäuscht zum Schlafen nieder.

Drei Tage später, an dem Morgen von Ragnors siebzehntem Geburtstag, trafen sich Graf Rurig und Ralph V. zum Frühstück in den Gemächern des Königs. Der König hatte sichtlich schlechte Laune, als der Graf eintrat. Er forderte den Kaarborger wortlos und mit einer unwirschen Handbewegung auf, sich zu setzen. Nachdem der Page dem Gast ein üppiges Frühstück aus gebratenem Speck, Eiern, Brot und Käse hingestellt hatte, brummte der König missmutig: »Dieser verdammte Raskal da Momland. Seit er vorgestern hier eingetroffen ist, versucht er massiv für Atz da Ahrborg Stimmung zu machen. Dabei habe ich den jungen Schnösel letzte Woche kennengelernt und er ist wohl der unfähigste Kandidat auf ein Kronlehen, den man sich nur vorstellen kann!«

Graf Rurig zog es vor, nicht darauf zu antworten und beschäftigte sich stattdessen intensiv mit seinem Frühstück. Er kannte seinen König und er wusste, dass dieser mit seiner Ansprache noch lange nicht fertig war. »Wenigstens scheint dieser Schleimbeutel Per da Loza bei der Stange zu bleiben. Er hat auf mein Angebot, ihn nach dem Reichstag zum Kämmerer zu machen, so reagiert wie ich es mir erhofft hatte. Sehr interessiert und mit einem gierigen Funkeln in den Augen!«, quetschte der Monarch angewidert zwischen den Zähnen hervor, um dann etwas versöhnlicher fortzufahren: »Ich denke also, dass wir unser Ziel erreichen werden, Ahrborg und Harkon für uns zu gewinnen.« Rurig da Kaarborg sagte wiederum nichts. Er war zwar auch optimistisch, aber nicht so überzeugt davon, dass alles wirklich so glattgehen würde. Nun hatten sie alles getan, was zu man hatte tun können. Jetzt hieß es, abzuwarten und noch das eine oder andere Gespräch zu führen. »Übrigens meine Tochter ist von dieser Heike da Farsborg ja ganz hin und weg. Scheint ja ein wirklich beachtenswertes Mädel zu sein, das sich dein junger Held da geangelt hat!«, wechselte Ralph V. unvermittelt das Thema. »Ja, sie ist wirklich sehr nett«, antwortete Graf Rurig. »Übrigens, Ragnor feiert heute seinen siebzehnten Geburtstag. Wir werden heute Abend in der Reichsburg ausgiebig feiern. Wollt Ihr nicht auch kommen? Mein Ziehsohn würde sich sicher sehr darüber freuen!« Der König verzog das Gesicht, als ob er in etwas sehr Saures gebissen hätte und antwortete mürrisch: »Würde ich sehr gerne, wirklich! Ich kann jedoch leider nicht. Ich habe heute Abend diesen finsteren Gesellen, Roger da Vuerkon zu Gast. Unangenehm, aber nicht zu ändern!«

»Mein Beileid«, kommentierte Graf Rurig trocken. »Roger ist in der Regel so gesprächig wie ein Felsblock. Man muss ihm meist jedes Wort aus der Nase ziehen.«

»Ja, Eisblock wäre als Vergleich vielleicht noch zutreffender«, stimmte der König zu. »Gratuliert Ragnor da Vidakar trotzdem in meinem Namen ganz herzlich! Ich werde ihn ja spätestens übermorgen persönlich kennenlernen, wenn der

Kronrat tagt. Er wird ja als einer der Hauptzeugen an den Sitzungen teilnehmen.«

Etwa zu derselben Zeit stand Ragnor gerade stirnrunzelnd vor dem Spiegel und betrachtete kritisch sein Spiegelbild, ob es der Aufforderung Heikes, er solle standesgemäß gekleidet bei ihr erscheinen, genügen würde. Der junge Mann war bereits in aller Frühe aufgestanden, denn seine Heike gedachte Vormittag, welcher ihm vom Großmeister zur Feier seines Geburtstages frei gegeben wurde, für ihre lang ersehnten Einkäufe zu nutzen. Nun ja, sein elegantes Wams mit diesen neumodischen, knielangen Hosen und den unangenehm engen Strümpfen sollte, zusammen mit dem Wappenrock, wohl standesgemäß genug sein. Auf Anraten Rurigs trug er seine Barmittel in einem Brustbeutel unter dem Wappenrock und hatte Schwert und Dolch umgegürtet. Schon zu normalen Zeiten wimmelte es in der Stadt von Dieben und allerlei zwielichtigem Gesindel, aber wenn Reichstag gehalten wurde, war es noch wesentlich schlimmer als sonst. Zwar versuchte die Stadtwache, durch ihre verstärkte Präsenz in den Einkaufsstraßen, Diebe abzuschrecken, aber das gelang in der Regel nur äußerst unzureichend. Die Musterung seines Äußeren fiel, nach längerem Herumzupfen, schließlich doch noch zu seiner Zufriedenheit aus. Ragnor fuhr sich zur Sicherheit, noch einmal schnell mit der Bürste, durch sein störrisches Haar, bevor er sich schließlich auf den Weg machte. Für die beiden jungen Leute war es ein wahrhaftiges Erlebnis durch das Händlerviertel von Caerum zu schlendern und die bunten Auslagen zu bestaunen. Noch nie hatte Ragnor so eine Vielfalt von Waren gesehen und einige Dinge waren ihm auch vollkommen neu. Doch er hatte, zu seinem großen Bedauern gar keine Zeit, sich nach dem Sinn und Zweck manch merkwürdiger Gerätschaft, welche dort feilgeboten wurde, zu erkundigen, denn Heike war auf der Suche nach einem neuen Kleid für die heutige Abendveranstaltung und dieses Unterfangen nahm seine ganze Aufmerksamkeit in Anspruch. Inzwischen war es fast Mittag und Ragnor fragte sich bereits ein wenig verzweifelt, ob sich Heike heute überhaupt noch entscheiden würde. Mehr als ein Dutzend Kleider hatte sie bereits anprobiert. Meist zuerst begeistert, dann immer mehr zweifelnd und schließlich die vorherige Auswahl verwerfend. Jedes der Kleider, das sie trug, hatte Ragnors Meinung nach schön an ihr ausgesehen, aber Heike hatte einfach an jedem etwas auszusetzen. Als sie schließlich in einem der zahlreichen Gasthäuser einen kräftigen Eintopf zu sich nahmen, fragte er schon ein wenig genervt: »Meinst du, du wirst heute noch ein passendes Kleid finden? Wir haben nicht mehr allzu viel Zeit!« Überrascht sah Heike auf und meinte: »Natürlich werde ich heute noch ein Kleid finden, denn ich muss eines finden!«

»Warum musst du unbedingt eines finden? Dein blaues Kleid ist doch sehr hübsch!« Heike sah ihn mit großen Augen an und entgegnete richtiggehend empört: »Das alte Ding! Du hättest das Kleid der Prinzessin Margitta mal sehen sollen, als ich sie das erste Mal besucht habe. Das war ein Kleid. Doch habe ich bisher noch nichts Vergleichbares gefunden!« Unwillkürlich musste Ragnor lachen und entgegnete: »Ich glaube nicht, dass die Prinzessin hier einkauft, meine liebe Heike! Ihre Kleider werden wahrscheinlich vom Hofschneider speziell angefertigt. Wenn du ihr Kleid als Maßstab für deinen Einkauf nimmst, werden wir wohl so schnell keinen Erfolg haben.«

»Aber ich brauche ein neues Kleid und es muss schön sein!«, konterte sie trotzig. »Wie soll ich sonst unter all diesen gut angezogenen Damen bestehen?«

»Wieso bestehen?«, fragte Ragnor erstaunt zurück. »Ich habe dich in einem schlichten Leinenkleid kennen und lieben gelernt und ich werde dich wegen eines Kleides nicht mehr oder weniger lieben. Oder bist du auf der Suche nach einem anderen?«, neckte er sie.

Diese leichthin gesprochene Liebeserklärung erwärmte Heikes Herz und ließ ihre Augen feucht werden. Denn es war ja ihre heimliche Befürchtung gewesen, dass sich Ragnor im Trubel des Reichstages einer der vielen schönen und erstklassig gekleideten adeligen Damen zuwenden könnte. Deshalb antwortete sie nicht auf seine Frage, sondern drückte dem überraschten jungen Mann nur einen dicken

Kuss auf die Wange. Doch richtig verblüfft war Ragnor erst, als Heike, nach dem Mittagessen zielstrebig einen Schneider ansteuerte, bei dem sie bereits vor einigen Stunden gewesen waren und sich dann kurzerhand ein blaues Kleid einpacken ließ, das sie dort zuvor anprobiert hatte. Das ausgewählte Kleid hatte ihm schon am Morgen außerordentlich gut gefallen, doch Heike hatte heftigst argumentiert, warum es dann doch nicht in Frage käme und jetzt war sie entschieden doch genau dieses zu kaufen. Auf dem Rückweg gestand er sich selbst ein, dass er über Frauen wohl noch eine Menge zu lernen hatte. Und tatsächlich, sie sah in diesem blauen Kleid einfach großartig aus. So war es nicht weiter verwunderlich, dass sie, als sie am Abend bei Ragnors Geburtstagsfeier erschien, im Mittelpunkt des allgemeinen Interesses stand. Ansonsten stand Ragnors siebzehnter Geburtstag ganz im Zeichen des bevorstehenden Reichstages, dem Ritterschlag für die Jungritter und des anschließenden Turniers. Zu Beginn wurde hervorragend gespeist, denn der König hatte es sich nicht nehmen lassen, wenn er schon nicht selber teilnehmen konnte, so doch seinen Leibkoch zur Verfügung zu stellen. Vielfältig waren auch die Glückwünsche und Geschenke und selbst Ralph da Caer, der sich inzwischen zu Ragnors Freunden gesellt hatte, ließ es sich nicht nehmen einen Toast auszubringen: »Ich wünsche Ragnor da Vidakar alles Gute für seine Ritterschaft und ich hoffe, dass wir in der Zukunft gemeinsam für Caers Größe streiten werden!« Der eitle Prinz war recht stolz auf seine kleine Ansprache. Oh ja, er hatte jedes Wort so gemeint, wie er es gesagt hatte. Er würde sich Ragnors militärisches Talent zunutze machen, zu Caers und damit auch zu seiner Größe.

Als Ragnor kurz nach Mitternacht schließlich zu Bett ging, kreisten seine Gedanken noch eine ganze Zeit um den kommenden Tag. Morgen würde der Reichstag offiziell eröffnet werden und dann würden am Nachmittag die politischen Verhandlungen beginnen. Und er würde als Zeuge der Geschehnisse, im Kampf um die Grafschaft Kaarborg, mit dabei sein.

Kapitel 4

Eine kräftige, aber noch spätsommerlich warme Brise wehte über dem Turnierplatz und ließ die stolzen, farbenprächtigen Fahnen der Feudalherren gleichsam wie gefangene Raubtiere, ungeduldig an ihren Leinen zerren. Acht von ihnen wehten hoch im Wind, während zwei der Fahnen, die der Baronien von Ahrborg und Harkon, auf halbmast geflaggt waren. Dies zeigte allen Besuchern, welche zur feierlichen Eröffnung des Reichstages auf die Tribünen und in die große Kampfbahn der Hauptstadt kamen, dass die Herrschaft über diese Kronlehen zur Zeit vakant war und auf dem heute beginnenden Reichstag zur Vergabe standen. Während sich im weiten Rund der Arena das gemeine Volk versammelte, um der feierlichen Eröffnung beizuwohnen, nahmen Ragnor und seine Freude wie alle Edlen auf den Tribünen über dem Eingangstor Platz. Inmitten der Kampfbahn war vor der Reihe der zehn Fahnenmasten eine zweistufige Plattform errichtet worden. Auf der unteren Plattform war die zweihundert Mann starke königliche Leibwache aufgezogen, während auf der oberen Plattform der König und die anderen sieben Inhaber der Kronlehen, jeder vor seiner Standarte, Stellung bezogen haben.

Ragnor und seine Freunde bestaunten das prächtig geschmückte Oval der Arena und die Menschenmassen, welche gekommen waren, um die Eröffnung des Reichstages mitzuerleben. Schließlich ertönten Fanfaren von der Reichsburg herüber und ein Trupp von dreißig Reichsrittern, angeführt von ihrem Großmeister Svartan da Kaarkon, ritten, in ihren schweren Panzerrüstungen gehüllt, in die Kampfbahn ein und nahmen in Richtung Tribüne vor der Plattform Aufstellung. Dann erklangen die Fanfaren von der Königsburg her und die Menge verstummte, da König Ralph V. vortrat und laut und vernehmlich die folgenden traditionellen Worte zu sprechen begann: »Ich, Ralph V. von Amas Gnaden, König von Caer, eröffne hiermit feierlich diesen Reichstag. Möge Ama uns Weisheit verleihen, auf dass alle Entscheidungen, die wir treffen werden, unserer geliebten Heimat

Caer zum Segen gereichen mögen!« Nun milderte sich für einen Moment der ernste Gesichtsausdruck des Königs und ein Lächeln trat in seine Züge. Ihn amüsierte es zu wissen, dass das Volk, welches unten in der Kampfbahn stand, sehnlichst auf seinen nächsten Satz wartete. Also hob er seinen rechten Arm und rief noch etwas lauter als vorher in die Arena: »Liebe Besucher des Reichstages, Bürger von Caerum! Trinkt auf unser Wohl und wünscht uns Weisheit!« Bei diesen Worten öffneten sich die Tore der Stadtburg. Ein großer Karren, welcher von einem Achterzug prächtig geschmückter Ochsen gezogen wurde und mit Bierfässern hochbeladen war, fuhr in die Mitte der Arena vor. Beifall brandete auf, denn das war das Ereignis, auf welches die kleinen Leute in der Stadt schon seit Wochen, voller Ungeduld gewartet hatten. All diese Fässer, das sogenannte Reichstagsbier, stiftete der König schon seit jeher den Bürgern der Stadt und allen Gästen, die sich zu Beginn eines Reichstages auf dem Turnierplatz einfanden. Eine seltene Gelegenheit also. Und obwohl Ragnor auf dem Karren um die vierzig Hektoliter-Fässer schätzte, wusste er aus den Berichten seiner Freunde, dass bis zum Abend des heutigen Tages kein Tropfen davon mehr übrig sein würde.

Auf seinem Weg zum Sitzungssaal in der Königsburg sah er ein wenig wehmütig auf die Kampfbahn hinunter, auf welcher die bunte Menschenmenge ausgelassen feierte. Auch viele der adeligen Gäste hatten sich bereits unter das gemeine Volk gemischt, unter anderem auch der Großteil seiner Kameraden, um eben das speziell für den Reichstag gebraute Starkbier zu verkosten. Wie gerne würde er jetzt mit seinen Kameraden unbeschwert da unten sitzen, anstatt zu dieser furchteinflößenden Sitzung des Kronrates gehen zu müssen. Je näher er dem Rittersaal der Königsburg kam, desto flauer wurde ihm das Gefühl in seiner Magengegend. Was würde ihn dort wohl erwarten, mit all diesen mächtigen Herren? Diese Frage beschäftige ihn die ganze Zeit und trotz der vorbereitenden Gespräche, die er mit Graf Rurig und Baron Kador geführt hatte, beschlich ihn so ein Gefühl, als ob die kommenden Tage alles andere als erfreulich werden würden. Schließlich erreichte er den großen Rittersaal. Die beiden Gardisten der Königswache an der hohen Flügeltür kreuzten ihre Hellebarden und ein teuer gekleideter älterer Herr mit einem prunkvollen Zeremonienstab in der Hand, der offenbar der königliche Haushofmeister war, fragte förmlich: »Wer seid Ihr und was ist Euer Begehr!«

»Ich bin Ragnor da Vidakar, Ziehsohn Rurig da Kaarborgs. Der Kronrat hat mich als Zeuge geladen!«, antwortete der junge Mann ebenso formell. Der Höfling nickte kurz, und forderte ihn auf: »Folgt mir, Ragnor da Vidakar!« Er öffnete die Tür, klopfte dreimal mit dem Zeremonienstab auf den Boden und verkündete laut und vernehmlich: »Der Junker Ragnor da Vidakar, geladener Zeuge des Kronrates!«

Während Ragnor um den großen Tisch herumgeführt wurde, um auf dem ihm angewiesenen Platz neben Rurig da Kaarborg Platz zu nehmen, musterte er die hohen Herren, die hier bereits am Tisch saßen. Er kannte nur vier von ihnen. Neben Graf Rurig waren das Baron Kador da Niewborg, Falk da Seeland, ein Prätor der Reichsritter und Svartan da Kaarkon deren Großmeister. Die anderen Herren kannte er nicht, doch er spürte, dass die Mehrheit am Tisch ihm nicht besonders freundlich gesinnt zu sein schien. Insbesondere ein kleiner schwarzhaariger Mann mit scharfen Gesichtszügen musterte ihn mit offenem Hass. Da wusste Ragnor instinktiv, dass es sich um Baron von Loza handeln musste, der Vater des Verräters Hamkar da Loza, welchen Ragnor in Santander erschlagen hatte. Der Jungritter setzte sich neben Graf Rurig an den großen Tisch aus alter schwarzer Eiche und harrte der Dinge, die da kommen würden.

Einige Minuten später, erhob sich der König und eröffnete die Sitzung des Kronrates von Caer mit den Worten: »Meine Herren! Da nun alle stimmberechtigten Mitglieder des Reichsrates und die drei geladenen Zeugen erschienen sind, erkläre ich die Sitzung für eröffnet! Baron Roger da Vuerkon, übernehmt nun bitte turnusgemäß den Vorsitz des Rates!« Der hagere, wie immer in schwarz gekleidete, Baron erhob sich von seinem Platz und schritt zur Stirnseite des Tisches. Aus seinen dunkelbraunen, fast schwarzen Augen schaute er in die Runde, wobei sein Blick auf Ragnors Gesicht einen Moment länger verweilte, als bei den anderen Teilnehmern. Ragnor erwiderte ruhig den prüfenden Blick. Schließlich hatte der Baron seine Musterung beendet und sprach mit dunkler, etwas hohl klingender Stimme: »Auch ich möchte Euch alle herzlich begrüßen! Auf dem diesjährigen Reichstag stehen wichtige Entscheidungen an, denn die Frage der Nachfolge in zwei Kronlehen ist zu regeln. Doch bevor der Kronrat diese beiden Punkte behandeln kann, müssen die Umstände des Todes der beiden regierenden Barone Kreeg da Harkon und Klees da Ahrborg geklärt werden. Insbesondere muss, auf den Antrag seiner Majestät des Königs, festgestellt werden, ob sich die Häuser von Harkon und Ahrborg des Hochverrats schuldig gemacht haben und damit ihre Erbansprüche auf die Kronlehen verwirkt sind! Zu diesem Zweck wurden die drei hier anwesenden Zeugen vom König geladen und werden, auf seinen Wunsch hin, an allen Verhandlungen teilnehmen. Weitere Zeugen werden dann dazu gebeten, falls wir ihrer Aussagen bedürfen sollten.« Der Baron nahm einen Schluck aus dem vor ihm stehenden aus getriebenem Silber gearbeiteten Weinpokal, setzte sich anschließend und fuhr mit erhobener Stimme fort: »Ich rufe nun den Prätor der Reichsritter, Falk da Seeland, auf uns zu berichten, was im Laufe der Fehde zwischen der Grafschaft Kaarborg und den verbündeten Baronien Harkon und Ahrborg an Verwerflichem geschehen ist.

Falk da Seeland erhob sich, verbeugte sich kurz in Richtung des Königs und begann mit den Worten: »Sehr geehrte Anwesende. Ich habe heute die Aufgabe über die vorgenannten Kriegshandlungen zu berichten. Zusammen mit meinem verehrten Großmeister habe ich alle Berichte, die mein verstorbener Mitbruder, Sven da Momland, sein ebenfalls toter Nachfolger Fulk da Leca und unser Mitbruder Boos da Maaslund angefertigt haben, sorgfältig studiert, sodass ich in der Lage bin, Euch einen recht vollständigen Überblick über die Geschehnisse zu unterbreiten. Beginnen wir also mit dem Anlass des Krieges! Es ist wohl unumstritten, dass die Allianz aus Harkon und Ahrborg den Krieg durch ihren Angriff auf die zwei Kaarborger Burgen und auf die Hafenstadt Santander verschuldet hat!« An dieser Stelle wurde er rüde vom Grafen von Momland unterbrochen, dem die Zornesröte im Gesicht stand: »Wie kommt Ihr dazu, die Entscheidung über diesen wichtigen Punkt vorwegzunehmen. Das steht Euch nicht zu! Denn ich sehe den Sachverhalt ganz anders! Meiner Meinung nach haben die Kaarborger den Krieg durch ihren Angriff auf die Ahrborger Feste Monstein ausgelöst und damit verschuldet!« Ärgerlich aufgrund dieser ungebührlichen Unterbrechung beugte sich Falk da Seeland nach vorne und fragte kühl: »Mir liegen keinerlei Informationen darüber vor, dass die Kaarborger eine Burg in Ahrborg überfallen haben. Es hat auch niemand bei der Krone einen solchen Vorwurf vor Ausbruch des Krieges erhoben. Wenn es also so ist, wie Ihr sagt. Welche Beweise könnt Ihr für Eure Behauptung vorlegen?« Raskal da Momland biss sich kurz ärgerlich auf die Unterlippe und antwortete gepresst: »Die Bestätigung eines Edelmannes von untadeligem Ruf. Die Aussage von Atz da Ahrborg!« Rurig da Kaarborg grinste verächtlich und bemerkte trocken: »Ein hübscher Beweis! Wenn das alles ist, was Ihr habt, mein verehrter Raskal, dann ist das ziemlich dünn!« Unwirsch unterband der Baron von Vuerkon die unnütze Debatte, indem er den Prätor der Reichsritter aufforderte, weiter zu berichten. Falk da Seeland nickte ihm kurz zu und nahm daraufhin seinen Bericht mit einem sarkastischen Unterton in der Stimme wieder auf: »Nachdem dieser Punkt ‚einvernehmlich' geklärt ist, möchte ich zunächst auf den Umstand der Beteiligung fremder Mächte an dem Konflikt eingehen, bevor ich dann zum Verlauf der Kampfhandlungen komme! Beginnen wir dieses Mal mit der Kaarborger Seite. Die Grafschaft Kaarborg hat sich in dieser Fehde mit der Baronie Niewborg verbündet und auch die Reichsritter gebeten, ihre Allianz zu unterstützen. Diese Unterstützung wurde ihm vom Rat der Ritter gewährt.«

»Na klar, für den Kaarborger tut ihr alles. Als ich die Reichsritter brauchte, haben sie mir ungerührt die kalte Schulter gezeigt!«, nörgelte der Momländer, verstummte aber unter dem kalten Blick des Königs, dem der aufmüpfige Graf offenbar bereits mächtig auf die Nerven ging. Falk da Seeland indessen, ließ sich nicht beirren und fuhr ungerührt fort: »Die andere Seite, bestehend aus den Baronien Harkon und Ahrborg, hat sich weit weniger feine Verbündete gesucht. Zum einen eine Piratenflotte aus diesem Drecksnest Krala und zum anderen Söldner aus Lorca, die offenbar auch von dort bezahlt wurden!«

Dieses Mal intervenierte Falks Bruder, der regierende Graf von Seeland und fragte, allerdings sehr sachlich, nach: »Ist das eine gesicherte Erkenntnis, dass die Lorcaner aufseiten der Harkonen mitgemischt haben?« Falk da Seeland lächelte erfreut über diese unerwartete Hilfestellung, zog ein Bündel Briefe hervor, hielt sie gut sichtbar hoch und antwortete: »Dies ist Schriftverkehr zwischen Klees da Ahrborg und Kreeg da Harkon und ein Brief des Harkonen an General Vardas, den lorcanschen Befehlshaber über den Ostgrenzbezirk, in dem er um weitere tausend Mann frische Truppen und mehr Geld bittet!«

»Das beweist gar nichts!«, widersprach Raskal da Momland. »Wer garantiert, dass diese Briefe nicht gefälscht sind?« Jetzt wurde es dem König aber zu viel. Krachend schlug er mit der Faust Wut entbrannt auf den Tisch und herrschte den Momländer an: »Nun macht aber mal einen Punkt Raskal und hört mit Eurem unerträglichen Geschwätz auf! Die Hofkanzlei hat die Briefe geprüft und die Handschrift mit den dort vorliegenden, zahlreichen Dokumenten verglichen. Es besteht nicht der geringste Zweifel, dass sie allesamt echt sind! Also hört mit Euren unqualifizierten Mutmaßungen auf! Oder glaubt Ihr, wir würden solch wichtige Beweise nicht sorgfältig prüfen, bevor wir derartig gravierende Vorwürfe erheben?« Einen Moment schwieg die Runde und auch der Momländer beantwortete die provokante Frage des Königs nicht, sondern lief lediglich rot an, ob der Demütigung durch seinen Souverän, im Beisein seiner Standesgenossen, derart abgekanzelt zu werden. Der Baron von Vuerkon, der sich sichtlich über die Ungeschicklichkeit seines Verbündeten ärgerte, unterbrach das peinliche Schweigen und forderte den Prätor auf, weiter zu berichten. »Der gravierendste Vorwurf, den wir in diesem Zusammenhang gegen die Harkonen und ihre Verbündeten zu erheben haben, ist aber nicht der offensichtliche Landesverrat, den sie begangen haben, sondern ihr blasphemischer Pakt mit Ximon dem Schrecklichen!«

»Gibt es für diesen ungeheuerlichen Vorwurf zweifelsfreie Beweise?«, fragte Falks Bruder, sichtlich erschüttert, nach. Falk da Seeland nickte ernst und winkte dem Haushofmeister zu. Die Saaltür öffnete sich und zwei Lakaien brachten den Brustharnisch eines Reichsritters herein, in dessen Brust- und Rückenteil je ein fingergroßes Loch mit kohlschwarzen Rändern zu sehen war. Mit dem Finger deutete der Prätor anklagend auf die Rüstung und sagte bitter: »Ist Euch das Beweis genug! Mehr als achtzig Panzerreiter sind in der Schlacht um Burg Lorcamon durch magische Blitze getötet worden!«

Zornig über Raskal da Momland, dessen herablassend grinsendes Gesicht offen zeigte, dass er nicht nur keinerlei Mitleid für die toten Ritter und Knappen empfand, sondern offenbar auch annahm, dass es sich bei dieser Demonstration lediglich um einen geschickten Verhandlungstrick der Kaarborger handelte, hob Falk da Seeland erneut die Hand. Ein weiterer Lakai trat ein und legte die zu schwarzem Stein erstarrte Dämonenhand, welche auf einem dicken roten Samtkissen lag, direkt vor Raskal da Momland auf den Tisch. Doch der ließ sich nicht so leicht aus der Fassung bringen und bemerkte trocken: »Eine wirklich schöne Steinmetzarbeit! Wollt Ihr sie mir zum Geschenk machen?« Falk da Seeland holte tief Luft, um auf diese unverschämte Provokation zu antworten, doch Rurig da Kaarborg kam ihm zuvor: »Nehmt sie doch vom Kissen, mein lieber Raskal. Es ist tatsächlich ein Geschenk für Euch!« Diese unerwartete Antwort ließ den Grafen von Momland einen Moment zögern, seine Hand nun auszustrecken, um die krallenbewehrte Dämonenhand, welche etwa viermal so groß, wie die Hand eines Menschen, war, zu berühren. Doch es war ihm klar, dass er nicht mehr zurückkonnte, ohne sein Gesicht zu verlieren.

Also griff er beherzt zu, um das Ding mit einem Ruck vom Kissen zu ziehen. Das hätte er besser nicht getan. Denn in dem Moment, in dem seine Hand die Dämonenklaue kräftig am Gelenk fasste, um sie hoch zu reißen, war es ihm als würde sein Arm zu Eis erstarren und ein stechender Schmerz flutete hoch bis in sein Schultergelenk, sodass er schreiend losließ und entsetzt zurücksprang: »Bei allen Höllen Ximons! Was ist denn das?«

»Sicherlich keine Steinmetzarbeit, mein lieber Raskal«, kommentierte der König mit vor Hohn triefender Stimme. »Ihr hattet die Ehre, die abgeschlagene Hand eines Dämonen berühren zu dürfen, wie der ehrenwerte Hohepriester Amas, Koveatas, zweifelsfrei festgestellt hat!« Roger da Vuerkon, der wiederum die Felle seiner Koalition wegschwimmen sah, unterband geschickt eine weiterführende Diskussion, indem er darauf verwies, dass die Frage, in wieweit die am Konflikt beteiligten Häuser Schuld dabei auf sich geladen hatten, erst im Anschluss an den Bericht von den Kämpfen auf der Tagesordnung stand.Also begann Falk da Seeland ruhig und sachlich seinen Bericht über den Verlauf der Kämpfe.

Ragnor beobachtete, während der Prätor berichtete, aufmerksam die Reaktionen der anwesenden Edlen. Doch auch er selbst stand auch unter zunehmender Beobachtung, insbesondere je öfter sein Name im Zusammenhang mit den Kämpfen genannt wurde. Zuerst verbreitete sich im Wesentlichen Verwunderung darüber, dass der Name eines Jungritters im Zusammenhang mit solch spektakulären, militärischen Aktionen erwähnt wurde. Dies änderte sich aber schlagartig als Falk da Seeland Ragnors Kampf gegen den Dämon ausführlich schilderte, obwohl er ja selber gar nicht dabei gewesen war, sondern lediglich aus Fulk da Lecas Bericht vorlas. Ungläubiges Staunen stand auf vielen Gesichtern, aber auch Empfindungen wie Neid und sogar Furcht waren bei dem einen oder anderen zu erkennen. Spontan erhob sich Falks Bruder, der Graf von Seeland, und richtete das Wort an Ragnor: »Junger Mann, da ihr auf Wunsch des Königs schon mal hier seid, möchte ich die Gelegenheit nutzen, über die Sache mit dem Dämon, ein wenig mehr zu erfahren. Ich habe von einigen Reichsrittern gehört, mit denen ich gestern Abend auf einen Schoppen zusammen saß, dass die Haut des Dämonen vor Santander, weder von Bronze noch von Eisen durchdrungen werden konnten. Sagt mir, wie habt ihr es denn geschafft, ihm die Klaue mit einem Hieb abzuschlagen und ihn anschließend sogar zu töten?« Ragnor erhob sich zögernd, nachdem ihm Rurig aufmunternd zugenickt hatte, verbeugte sich in Richtung des Grafen und antwortete ehrerbietig: »Verehrter Herr Graf. Ich habe nur wenig dazu getan, denn mein Schwert, das nicht aus Eisen oder Bronze besteht, hat des Dämonen Haut durchschlagen und so gelang es mir, ihn zu überwinden.« Interessiert beugte sich der Graf vor und fragte neugierig: »Erlaubt Ihr, dass ich mir Euer Schwert einmal ansehe?« Ragnor nickte, ging zur mit schwarzem Eichenholz verkleideten Wand des Thronsaales hinter seinem Stuhl, an der sein Wehrgehänge an einem eisernen Haken hing, und zog Quorum aus der Scheide. Dann beugte er sich hinüber zur anderen Seite des Tisches und legte die Waffe vor dem Grafen auf den Tisch. Graf Ludolf und der greise Baron von Kormon, der neben ihm saß, betrachteten fast enttäuscht die unscheinbar wirkende schlanke Klinge aus einem seltsamen milchigweißen Material. Der Seeländer stand schließlich auf, nahm die Waffe am Griff und schlug routiniert einige Schattenhiebe. Etwas irritiert legte er die Waffe dann wieder auf den Tisch und fragte Ragnor: »Eine seltsame Waffe, die ihr da führt! Leicht und erstklassig balanciert, aber mit einem unangenehmen eiskalten Griff. Wie könnt ihr damit kämpfen, ohne dass Euch nach einigen Minuten die Hände abfallen?« Ragnor sah zu Rurig hinüber, worauf dieser ihm aufmunternd zunickte. Ragnor nahm Quorum vom Tisch und konzentrierte sich. Hell leuchtete die Waffe auf und Graf Rurig sah einen Moment so etwas wie Furcht in Per da Lozas Augen, als dessen Blick, wie gefesselt, an der leuchtenden Klinge hing. Dann antwortete Ragnor, so bescheiden er es nur vermochte, auf die Frage des Seeländers: »Danke, ich komme sehr gut mit ihr zurecht! In meiner Hand ist sie nicht kalt!« Der Graf lachte ein wenig gequält und meinte dann: »Ich habe ja bisher die Berichte der Reichsritter für reichlich übertrieben gehalten. Aber es scheint tatsächlich mehr an Euch dran zu sein, als ich vermutet hatte. Ihr könnt Euch wieder setzen!« Ragnor schob sein Schwert zurück in die Scheide und Falk da Seeland, der sich ein Schmunzeln nicht verkneifen konnte, nahm seinen Bericht wieder auf.

Als er beim Verrat und Tod Hamkar da Lozas angekommen war, sprang dessen Vater erregt auf und rief: »Das ist alles Lüge! Mein Sohn war kein Verräter!« Anklagend und mit seiner Hand auf Ragnor zeigend, schrie er: »Du bist der Mörder meines Sohnes und dafür wirst du zur Rechenschaft gezogen werden!« Einen Moment hing diese ungeheuerliche Anklage unwidersprochen im Raum. Das Schweigen der Anwesenden unterstrich noch die Schwere des Vorwurfs. Doch dann erhob sich ganz langsam der Großmeister der Reichsritter und seine ganze Haltung enthielt dabei ein unausgesprochenes Drohen, als er sehr bestimmt sagte: »Da muss ich Euch aufs Energischste widersprechen, Herr Baron. Die Beweise sind eindeutig und das Standesgericht wird dies, in der bereits anberaumten Verhandlung, auch mit Sicherheit bestätigen!« Bevor Per da Loza richtig Luft geholt hatte, um erneut, aufs Äußerste empört, widersprechen zu können, griff wiederum der Baron von Vuerkon, gemäß seiner Rolle als Vorsitzender, ein und beendete den Streit, bevor er weiter eskalieren konnte, mit den Worten: »Das genügt zu diesem Punkt. Die Auseinandersetzung zwischen dem Hause da Loza und Ragnor da Vidakar gehört vor das Standesgericht und nicht in den Reichstag! Wir haben uns hier mit der Zukunft des Königreiches zu befassen und nicht mit privaten Händeln. Falk da Seeland, fahrt bitte mit Euren Ausführungen fort!«

Als Falk da Seeland seinen Bericht dann schließlich beendet hatte, wurde die Sitzung unterbrochen und Ragnor ging mit Graf Rurig, Baron Kador und den beiden Vertretern der Reichsritter hinunter zum Fest, um dort eine Kleinigkeit zu essen. So kam er also doch noch dazu, das Festbier zu kosten, was ihm jedoch nicht so recht schmecken wollte, weil ihm der Auftakt des Reichstages doch schwer im Magen lag. Er hatte sich offenbar mächtige Feinde gemacht, mit denen nicht gut Kirschen essen war. Dabei beunruhigte ihn vor allem die grimmige Feindseligkeit des Grafen von Momland. Sie war unausgesprochen auf dessen Gesicht erkennbar, als Falk da Seeland vom Vermächtnis seines Bruders zu Gunsten Ragnors berichtet hatte. Instinktiv erkannte der junge Mann, dass Raskal da Momland weit gefährlicher war, als Per da Loza. Deshalb fragte er Rurig, welcher beim Essen neben ihm saß, leise: »Warum war der Graf von Momland so erregt, als Falk da Seeland vom Vermächtnis seines Bruders zu meinen Gunsten berichtet hat?« Der Graf grinste und antwortete offen: »Das ist doch ganz klar! Sven da Momland hat dir ein stolzes Vermögen vermacht, das nach Raskals Meinung, alleine ihm zusteht. Und was ihn am meisten dabei ärgert, ist die Tatsache, dass das Geld dazu verwendet findet, eine, feste Burg in Kaarborg zu bauen. Dieser Gedanke bringt ihn fast um!« Großmeister Svartan da Kaarkon, der die Unterredung der beiden mitbekommen hatte, fügte ebenfalls breit grinsend hinzu: »Da kannst du deinen Arsch darauf verwetten. Raskal hat getobt, als ich mich gestern geweigert habe, ihm den Nachlass seines Bruders zu übergeben, und ihm anschließend noch die Bestätigung der Hofkanzlei unter die Nase gehalten habe, die bestätigt, dass Ragnor der rechtmäßige Erbe ist.« Wegen der Reaktionen, welche das Vermächtnis hervorgerufen hatte, fragte Ragnor stark verunsichert nach: »Meint ihr nicht, ich sollte das Erbe ablehnen, damit wir keinen Ärger mit dem Grafen von Momland bekommen?« Falk da Seeland, der bisher noch nichts gesagt hatte, schüttelte energisch den Kopf und sagte bestimmt: »Das solltet Ihr auf keinen Fall machen, lieber Ragnor! Es war Svens ausdrücklicher Wunsch, dass Ihr sein Erbe antreten sollt! Er hat seinen hinterhältigen Bruder immer verachtet und er würde sich im Grabe herumdrehen, falls Raskal sein Erbe nun doch bekommen würde!« Weiterhin fügte er nachdrücklich hinzu: »Raskal ist unser Feind, völlig unabhängig von der Erbfrage. Gesetzt den Fall, wir würden ihm das Geld in den Rachen werfen, änderte das nichts an seinem zügellosen Machtstreben!« Als sich die illustere Runde am Nachmittag wieder versammelt hatte, eröffnete Roger da Vuerkon die Sitzung mit den Worten: »Meine Herren, wir haben den Bericht von Falk da Seeland gehört! Kommen wir nun zur Beurteilung der Lage und der Klärung der Frage, ob eines, der am Krieg beteiligten, Häuser seinen Anspruch auf sein Kronlehen verwirkt hat!

Vier der verehrten Mitglieder des Kronrates haben ersucht, vor der Abstimmung ihre Sicht der Dinge vorzutragen. Dies sind, in der Reihenfolge ihres Vortrages: seine Majestät der König, Graf Raskal da Momland, Graf Rurig da Kaarborg und der Großmeister der Reichsritter, Svartan da Kaarkon. Ich möchte, bevor wir nun beginnen, alle Anwesenden dringlich ermahnen, dass es unziemlich ist, den Vortragenden in seinen Ausführungen zu unterbrechen. Seine Meinung kann jeder, der kein Rederecht beansprucht hat, bei der Abstimmung gebührend äußern! Ich bitte nun Eure Majestät zu beginnen! Der König erhob sich langsam, blickte ernst in die Runde und begann, sehr bestimmt, seine Sicht der Dinge darzulegen: »Meine Herren! Es ist traurig genug, dass die Verwalter meiner Kronlehen gegeneinander Krieg führen und es tut mir in der Seele weh, dass ich derartigen Unsinn nicht unterbinden kann. Aber was im gerade vergangenen Krieg geschehen ist, ist für mich ein glasklarer Fall von Hochverrat an der Krone!« Ragnor bemerkte ein ärgerliches Auffunkeln in den stahlblauen Augen des Königs, als dessen Blick die gelangweilte Miene Raskal da Momlands streifte. »Die vorgelegten Beweise sprechen für sich. Allein die Kollaboration mit den ausländischen Mächten Krala und Lorca würde bereits mehr als genügen, sie zu verurteilen. Die Tatsache aber, dass sie im Krieg schwarze Hexerei eingesetzt haben, setzt dem ganzen noch die Krone auf. Für diese Blasphemie würden die Oberhäupter beider Familien verurteilt, den Schandtod zu sterben, wären sie nicht bereits beide tot! Die Häuser von Harkon und Ahrborg sind also mehr als eindeutig des Hochverrats schuldig und ich beantrage daher, dass beide Häuser ihres Erbrechtes für verlustig erklärt werden!« Ragnor war von den nachdrücklichen

Worten des Königs tief beeindruckt. Alles was er gesagt hatte, entsprach der Wahrheit und er glaubte, in seinem jugendlichen Glauben an Gerechtigkeit fest daran, dass der Reichstag gar nicht anders konnte, als Atz da Ahrborg von der Nachfolge in Ahrborg auszuschließen.

Nun erhob sich Raskal da Momland, welcher als nächster an der Reihe war, und Ragnor war schon sehr gespannt, was er nun zu sagen haben würde.

»Sehr geehrte Herren! Es wurden soeben schwere Vorwürfe gegen die ehrwürdigen Häuser von Ahrborg und Harkon erhoben. Falls wir es uns aber zu leicht machen, aufgrund einer so dünnen Beweislage die alteingesessene Häuser ihrer Rechte für verlustig zu erklären, wie es der König vorgeschlagen hat, dann droht uns allen vielleicht morgen auch der Verlust unserer Kronlehen.« Mit dramatisch erhobenen Händen und einem beifallheischenden Gesichtsausdruck, sah der Graf von Momland in die Runde und Ragnor fiel dabei auf, dass der Baron von Loza bei der Eröffnung von Raskals Rede vielsagend genickt hatte, obwohl er der Fraktion des Königs angehörte. Doch bevor er sich zu diesem merkwürdigen Umstand weiter Gedanken machen konnte, fuhr der Momländer in ungewöhnlich versöhnlichem Ton fort: »Meine Sicht der Dinge ist, dass alle vorgelegten Beweise, die als solche gelten können, das Haus »da Harkon« auf das Allerschwerste belasten! Die zweifelsfreie Anwendung schwarzer Magie und der Einsatz ausländischer Truppen fanden ausschließlich unter dem Kommando der Harkonen statt. Ahrborg hingegen, stellte dafür lediglich Söldner und es existieren keinerlei Beweise dafür, dass Klees da Ahrborg von den finsteren Machenschaften Kreeg da Harkons zu diesem Zeitpunkt etwas wusste. Die Tatsache, dass lorcansche Goldtalente in größeren Mengen auf Burg Ahrborg gefunden wurden, ist kein eindeutiger Beweis. Denn Geld aus aller Herren Länder ist in Caer, als normales Zahlungsmittel, im Umlauf. Also musste der Baron von Ahrborg aus der Tatsache, dass ihm Kreeg da Harkon seine Söldner in Lorcatalenten bezahlt hat, keinesfalls den Verdacht des Hochverrates ableiten. Es lässt sich also keinerlei Mitwisserschaft des Ahrborger Barons aus den vorliegenden Beweisen ableiten. Deshalb stelle ich den Antrag, dem Haus da Harkon seine Rechte abzuerkennen und dieses Kronlehen neu zu vergeben. Ich fordere aber nachdrücklich dazu auf, Atz da Ahrborg unverzüglich in sein angestammtes Erbe einzusetzen und die haltlosen Vorwürfe gegen sein Haus fallen zu lassen!« Am Schluss hatte die Stimme des Momländers wieder deutlich an Schärfe gewonnen und alle Anwesenden mussten anerkennen, dass Raskal da Momland ein exzellenter Redner war, der seine Argumente gut zu setzen wusste. Auch Ragnor stellte betroffen fest, dass ein unvoreingenommener Zuhörer, der nicht dabei gewesen war, durchaus geneigt sein konnte, des Grafen brillanter Argumentation zu folgen.

Auch seinem väterlichen Freund, dem Grafen Rurig, war der Unmut über die geschickte Rede des Momländers, anzumerken. Sogleich erhob er sich, um nun seine Sicht der Dinge darzulegen: »Meine Herren! Wir haben gerade einen gekonnten Versuch erlebt, das Unvermeidbare zu nutzen, um einen Vatermörder zu schützen!« Bei diesen Worten lief Raskal da Momland rot an und wollte aufspringen, doch der neben ihm sitzende Graf von Seeland nahm ihn grob an der Schulter, drückte ihn wieder auf seinen Platz und flüsterte beruhigend auf ihn ein. Davon sichtlich unberührt und mit einem spöttischen Unterton in der Stimme, fuhr der Kaarborger Graf fort: »Die erdrückenden Beweise gegen Kreeg da Harkon konnte nicht einmal ein Künstler wie Raskal weg diskutieren, deshalb hat er – zugegeben sehr geschickt – versucht diesen feigen Ahrborger Bastard zu schützen, der anstatt meiner Forderung zum Zweikampf Folge zu leisten, lieber ausgerückt ist, um dann noch in seiner überhasteten Flucht den eigenen Vater kalt zu machen! Und eines meine Herren, möchte ich gleich klarstellen! Solltet Ihr Atz da Ahrborg zum Erben einsetzen, werde ich auf meinen, mehr als legitimen, Reparationsforderungen in vollem Umfang bestehen! Noch stehen unsere Truppen in Ahrborg und Harkon und ich gedenke jeden Kupferpfennig einzutreiben, wenn Ihr mich dazu zwingen solltet!« Graf Rurig wusste natürlich, dass seine Drohung die Parteigänger Atz da Ahrborgs nicht von ihrem Tun abbringen würden, aber er hatte sich so geärgert, dass er sich dieser Spitze nicht hatte enthalten können. Im Gegenteil, je ärmer Rurig den Ahrborger machen würde, desto größer würde dessen zukünftige Abhängigkeit zum Momländer sein.

Nun erhob sich Svartan da Kaarkon, der Großmeister der Reichsritter, blickte in die Runde und musterte dabei jeden der Grafen und Barone kurz aber intensiv, bevor er seine Stimme erhob: »Meine Herren! Eure Machtkämpfe interessieren mich und den Rat der Ritter herzlich wenig. Wäre die Lage des Königreiches nicht so ernst, könnten wir vielleicht sogar über Eure dummen Fehden lachen!« Ehrlich empört, schlug der alte Haudegen nun mit der Faust auf den Tisch und brüllte die versammelten Edlen des Reiches an: »Wisst Ihr überhaupt, was ihr tut! Lorca hat seit zwei Jahren einen jungen ehrgeizigen König, der in diesem Frühjahr begonnen hat, im ganzen Land seine Bauern nach Vorbild der Kaarborger Milizen ausbilden zu lassen! Das sind, bis in spätestens zwei Jahren, einhunderttausend erstklassige Soldaten, zusätzlich zu ihrem stehenden Heer von fünfzigtausend Berufssoldaten! Wer soll ihn aufhalten, falls er dann beschließen sollte auch Caer anzugreifen?« Drohend hing die Frage im Raum und Ragnor stellte fest, dass alle, außer Per da Loza und Raskal da Momland, aufmerksam zuhörten und auf einigen Gesichtern ernste Nachdenklichkeit Einzug gehalten hatte. »So, und nun beschäftigt Euch wieder mit Euren Spielchen!«, fuhr der Großmeister grimmig fort: »Ach, noch eine Kleinigkeit zu Eurer Kenntnisnahme! Der Rat der Reichsritter nimmt das Ganze ernst und hat, mit ausdrücklicher Billigung seiner Majestät, beschlossen unsere Sollstärke von zweihundert auf zweihundertfünfzig Ritter aufzustocken. Das wird, uns nach den Verlusten dieses Krieges, nicht gerade leicht fallen und eine Menge Geld kosten. Deshalb haben wir, legitimiert durch einen Beschluss des Hofgerichtes, aus den Liegenschaften von Harkon und Ahrborg, je zweihundert Goldtalente pro gefallenem Reichsritter und pro gefallenem Kaarborger Grafenritter pfänden lassen!«

Als er dies vernahm, sprang Raskal da Momland völlig außer sich auf und schrie, krebsrot vor Wut im Gesicht: »Wie könnt ihr es wagen, Ahrborg und Harkon derart auszuplündern? Das muss ja eine riesige Summe sein!« Als der Momländer einen Moment Luft holen musste, erhob sich der König ebenfalls und fuhr ihm äußerst barsch in die Parade: »Setzt Euch nieder und haltet den Mund! Ihr seid doch so bewandert in Reichsrecht, mein lieber Graf! Darf ich Euch ein wenig auf die Sprünge helfen, indem ich zitiere: »Bei Einsatz von dämonischen Kräften sind alle Schäden, die dadurch entstehen, vollständig von den Verursachern und ihren Helfershelfern zu tragen! Wir könnten also die beiden Baronien bis auf den letzten Kupferpfennig ausplündern, falls wir das wollten!« Grimmig blickte der König auf seinen Widersacher hinab, der sich unter dem heftigen Ausbruch seines Souveräns wieder gesetzt hatte und knurrte zum Schluss: »Und vielleicht tun wir das ja noch, wenn uns die Entscheidungen dieses Gremiums nicht gefallen! In diesem Punkt kann sich Graf Rurig meiner vollen Unterstützung sicher sein!« Nach dieser heftigen Auseinandersetzung beeilte sich der Vorsitzende, Roger da Vuerkon, die Sitzung zu schließen und vertagte damit die entscheidenden Abstimmungen auf den Vormittag des nächsten Tages.

Als Ragnor dann mit Graf Rurig hinüber zur Reichsburg ging, fragte er neugierig: »Was meinst du? Wie wird die Sache morgen ausgehen? Werden Atz da Ahrborg und die Harkonen geächtet werden?«

Sein väterlicher Freund runzelte die Stirn und antwortete: »Wenn ich das wüsste, wäre mir sehr viel wohler! Wir müssten eigentlich alle Abstimmungen gewinnen, wenn sich alle unsere Parteigänger an die Absprachen halten, die sie mit dem König getroffen haben. Aber ich habe das unbestimmte Gefühl, dass der Momländer noch einen Trumpf im Ärmel hat! Er hat so unendlich selbstgefällig gegrinst, als wir auseinander gegangen sind.«

Am Abend dieses Tages traf er sich nicht, wie sonst immer, mit seinen Freunden in der Burgschänke der Reichsburg. Er hatte seiner Liebsten versprochen mit ihr, an diesem Abend, in die Stadt hinunterzugehen, um dort in einem besonderen Gasthaus gemeinsam zu Abend zu essen. Dieses Gasthaus wurde von einem Mann aus Zephir bewirtschaftet, welcher von jenseits des Binnenmeeres, aus seiner Heimat exotische Gewürze bezog, die seine Speisen offenbar unvergleichlich schmecken ließen. Von diesen großartigen Genüssen wusste Heike von der Prinzessin, weil sie ihr an einem gemeinsamen Nachmittag davon vorgeschwärmt hat. Seit diesem Tage brannte Heike darauf, es selber einmal ausprobieren zu können. Ragnor wusste, dass es Rurig nicht gerne sah, wenn er des Abends, ohne bewaffnete Begleitung in die Stadt hinunter ging, also hatte er ihm vorsorglich nichts von ihrem Vorhaben erzählt. Ragnor empfand die Fürsorge seines Ziehvaters, vor allem in diesem Punkt als reichlich übertrieben. Er selbst ging davon aus, dass nach der Ausschaltung der Mördergilde das Risiko doch recht gering sei. Er war mit Heike aber immerhin darin übereingekommen, dass sie beide unauffällig gekleidet und natürlich gut bewaffnet, einen Besuch wohl riskieren konnten.

Also brachen die beiden Verliebten, kurz nach der Dämmerung, auf und machten sich zu Fuß auf den Weg in die Stadt. Auf der Turnierbahn, die sie überqueren mussten, um zum großen Tor zu gelangen, war das Reichstagsfest bereits zu Ende. Das Freibier war schon vor einigen Stunden ausgetrunken worden und die Besucher hatten daraufhin nach und nach die Kampfbahn verlassen, um nach Hause zu gehen. Nur hier und da lagen noch ein paar vereinzelte Zecher unter den meist umgekippten Tischen und schliefen ihren Rausch aus. Während sie den großen Platz überquerten, fragte Heike neugierig: »Nun erzähl mal, wie ist es denn heute beim Reichstag gelaufen?« Bedauernd hob Ragnor die Schultern und antwortete: »Über den Inhalt, darf ich leider nichts sagen. Das hat der König zu Beginn der Gespräche unmissverständlich klar gemacht und auch Rurig hat es mir noch einmal ausdrücklich verboten. Ich kann nur so viel sagen: Ich wäre manchmal froh wieder in Calfors Klamm zu sein und nichts darüber zu wissen!« Heike, die sah, wie sehr ihn das Thema bedrückte, beließ es dabei und drang ihn nicht weiter. Sie hielt nur seine Hand fest in ihrer und als er sie ansah, lächelte sie ihn strahlend an und beruhigte ihn mit den Worten: »Ist schon in Ordnung. Wollen wir hoffen, dass sich alles zum Guten wendet.« Als sie schließlich durch das große Tor getreten waren, bot die Hauptstraße von Caerum einen prächtigen Ausblick! Vor etwa dreißig Jahren hatte der König die primitive Beleuchtung aus Pechfackeln, welche bis dato an bronzenen Haltern die Wände verrußt hatten, durch kunstvolle, bronzene Öllampen ersetzen lassen, welche die Prachtstraße von Caerum in ihr goldenes Licht tauchten! »Ein großartiger Anblick, nicht wahr, mein Liebling?«, schwärmte Heike, als ihr Blick liebevoll über die erleuchtete Hauptstraße der großen Stadt glitt. Das goldene Band der Prachtstraße, das sich bis zum großen Haupttor zog, war einzigartig in Caer und beeindruckte das junge Paar sehr und berührte sie angenehm. In der Nacht sah die Stadt dadurch noch viel prächtiger aus als am Tage. Vielleicht auch, weil die ärmeren Viertel in der Dunkelheit, nur als dunkle Silhouetten zu sehen waren. Die beiden verliebten jungen Leute schlenderten Arm in Arm die Prachtstraße hinunter, auf der noch ein reges Treiben herrschte. Sie ließen sich mit dem bunten Strom, der meist adeligen Besucher, welche über die Hauptstraße flanierten, Richtung Unterstadt treiben. Im gelben Licht der Öllampen kamen die ausgelegten waren noch besser zur Geltung als am Tage. Gold- und Silbergeschmeide, Edelsteine und wertvolle Waffen aller Art blitzten und funkelten verführerisch im unruhigen Licht der Lampen. Heike war Feuer und Flamme und konnte sich gar nicht satt sehen an all der Pracht. So dauerte es einige Zeit, bis sie endlich die Abzweigung zur Taverne namens Salamanca erreichten, die an der Grenze von der Ober- zur Unterstadt lag. Als sie aus der hell erleuchteten Hauptstraße in die, nur von beiden am Himmel stehenden Monden spärlich erleuchtete, Gasse traten, brauchten sie einen Moment lang, damit sich ihre Augen an die veränderten Lichtverhältnisse gewöhnen konnten. »Da vorne an dem großen Haus brennen Fackeln und ich kann auch ein großes Schild über der Tür erkennen. Das muss es sein!«, bemerkte

Ragnor, nachdem er sich umgesehen hatte. »Dann lass uns endlich hingehen. Ich habe schon einen Bärenhunger!«, drängte Heike. Ragnor lächelte und meinte trocken: »Wenn du draußen bei Händlern nicht so getrödelt hättest, dann könnten wir schon längst beim Essen sitzen!« Heike lachte, drückte ihm einen dicken Kuss auf die Wange und meinte übertrieben schuldbewusst: »Du Armer! Jetzt geht es dir schon, wie meinem armen Vater, wenn er mit mir zum Einkaufen gehen muss!« Und spitzbübisch grinsend fügte sie hinzu: »Ich fürchte, du musst noch viel über Frauen lernen!« Ragnor gab sich geschlagen, denn inzwischen waren sie am Gasthaus angelangt, dessen Schild die fremdartige Silhouette einer Stadt, mit runden Kuppeln und spitzen Türmchen in Rot und Gold, zeigte. Von außen war die Taverne ein eher bescheidenes mit roten Ziegeln gedecktes Fachwerkhaus. Doch als sie durch die niedrige, verwitterte Holztür eintraten, waren sie von der prächtigen Einrichtung äußerst angetan, weil man eine solche am Rande der Unterstadt eigentlich nicht erwartet hätte. Noch bevor sie all edlen Teppiche, die mit kunstvollen Ornamenten versehenen Stühle und die putzigen Öllampen, die den ganzen Raum in ein warmes Licht tauchten, richtig genauer betrachten konnten, trat ein junger dunkelhaariger Mann auf sie zu und bat sie höflich, an einem der Tisch, Platz zu nehmen.

Es wurde ein wunderbarer Abend. Die beiden jungen Leute schwelgten in allerlei fremdartigen Genüssen. Ob es nun der delikate Milchlammrücken mit Hirse, Nüssen und Rosinen war, der würzige Anisschnaps, oder die süße, aus vielen köstlichen Schichten bestehende Nachspeise; der Geruch der Räucherstäbchen oder das in fremdartigen Harmonien klingende Spiel des Barden. Es war ein Eintauchen in eine exotische Welt und ließ das junge Paar erahnen, wie wenig sie doch von der Vielfalt ihrer Welt wussten. Sie nahmen sich daher lachend vor, später einmal gemeinsam in das sagenhafte Salamanca zu reisen, von dem ihnen der Besitzer, ein klein gewachsener sehr temperamentvoller Zephirer mit leuchtenden Augen, erzählt hatte, als sie ihn danach gefragt hatten. Einen Moment lang glaubten die beiden die Pracht der Paläste des Kalifen von Zephir direkt vor Augen zu haben, während sie seiner farbigen Erzählung gelauscht hatten. Arm in Arm, satt und glücklich, verließen die beiden gegen Mitternacht die gemütliche Taverne. Sie sogen die kühle Nachtluft ein und küssten sich ausgiebig. Doch abrupt wurde diese Idylle unterbrochen, denn plötzlich drangen Kampfgeräusche an ihre Ohren. Ragnor brauchte einen Moment, um sich zu orientieren, und dann sah er vier oder fünf Schatten, welche ganz offenbar einen Mann weiter unten in der Gasse, an einer Hauswand festgenagelt hat. »Du wartest hier«, zischte Ragnor seiner Geliebten zu, zog im Laufen Schwert und Dolch und rannte laut brüllend die Gasse hinunter, um die Meuchler von ihrem Opfer abzulenken. Und tatsächlich lösten sich zwei der Schatten von ihrem Opfer und machten Front gegen ihn. Als er schließlich heran war, sah er, dass die beiden Männer ihre Gesichter vermummt hatten. Heiße Wut kochte in dem jungen Mann hoch, der ja selbst mit Mördern erst vor kurze unangenehme Bekanntschaft geschlossen hatte. Ragnors Schwert und Dolch leuchteten unter seinen Gefühlen hell auf, auch ohne, dass er sich auf die Klingen vorher konzentriert hätte. Gleichzeitig und offenbar gut aufeinander eingespielt, griffen die beiden Vermummten stumm an. Doch waren sie Ragnors Kampfkraft nicht gewachsen. Zur Überraschung seiner Gegner versuchte er nämlich nicht auszuweichen, sondern ging den linken Kämpfer mit voller Wucht an. Dieser konnte nicht einmal mehr selbst zuschlagen, sondern nur noch sein Schwert gegen den kraftvoll geführten Schlag Ragnors zur Abwehr heben. Klirrend zerbrach die Eisenklinge und der Schlag des jungen Mannes spaltete dem Vermummten den Schädel. Bevor sich sein Partner von dem Schreck erholt hatte, drang ihm Ragnors linkshändiger Dolch tief in die Brust. Er war von einer blitzschnellen Drehung in den Gegner hinein, einem alten Trick des Grafen Rurig, vollkommen überrascht worden. Als Ragnor sich umsah, um sich kurz neu zu orientieren, sah er den Überfallenen an der Wand lehnen, einen toten Gegner vor sich auf der Gasse. Die anderen beiden Meuchler hatten offenbar inzwischen das Weite gesucht. Ragnor lief zu dem Mann hinüber, welcher ganz offenbar verwundet war und fragte besorgt: »Kann ich Euch helfen?«

»Oh, das habt Ihr bereits getan, junger Mann. Ohne Euch wäre ich wohl bereits tot!«, presste der kleine, dunkelhaarige Mann, dem die Schwertwunde an seinem rechten Arm offenbar Schmerzen bereitete, zwischen zusammengebissenen Zähnen heraus. Ragnor half ihm, gemeinsam mit Heike, die inzwischen ebenfalls herbeigeeilt war, in die Taverne, wo sich der Wirt und seine Leute sofort des Verletzten, den sie offenbar bestens kannten, annahmen. Nachdem der Fremde verbunden worden war, ließ er Ragnor noch einmal zu sich herein bitten, welcher derweil mit Heike im Schankraum auf das Eintreffen der Stadtwache gewartet hatte. Als Ragnor das Zimmer betrat, saß Goosens, so hieß der Verletzte, mit dick bandagierter Schulter in einem Sessel. »Bitte setzt Euch! Ich bin noch gar nicht dazu gekommen, Euch richtig zu danken«, begrüßte er Ragnor, mit einem schiefen Lächeln. Ragnor der nun Gelegenheit hatte, den Fremden näher zu betrachten, bemerkte, dass dieser eine lange, sehr hässliche Narbe auf der rechten Wange hatte. Dieser spürte den Blick des jungen Mannes auf seiner Narbe ruhen, grinste und meinte, während er mit der linken Hand, sehr zum Erstaunen Ragnors, die Narbe entfernte: »Nichts wie weg mit dem hässlichen Ding. Es hat mir eh nicht geholfen, den Schergen des Momländers zu entkommen. Aber nun setzt Euch erst einmal, nehmt einen Schluck Reiswein, denn ich denke, dass ich Euch zumindest eine kleine Erklärung für all das schulde!«

Ragnor setzte sich, nippte an der Schale mit dem heißen Getränk und war nun schon sehr gespannt, was da wohl kommen würde. Ächzend rückte sich Goosens wieder zurecht und berichtete: »Wie ich schon sagte, es waren Schergen des Momländers, welche versucht haben, mich da draußen kalt zu machen! Ich will Euch auch sagen warum. Ich sammle Informationen für den König und im Moment stelle ich Informationen über Raskal da Momland zusammen, den der König für den größten inneren Feind Caers hält, seit

Kreeg da Harkon tot ist!« Der Kleine grinste erneut, er sah, dass Ragnors Verwunderung über seine Offenheit immer weiter wuchs und erläuterte dem jungen Mann fast leutselig: »Ihr wundert Euch über meine Offenheit, Ragnor da Vidakar. Wisst Ihr, als ein Spion des Königs weiß ich genug über Euch und Eure Gesinnung, dass ich Euch vertrauen kann! Die Demonstration Eures ungewöhnlichen Schwertes hat mir übrigens sehr imponiert. Kannte es bisher ja nur vom Hörensagen. Würde wirklich äußerst ungern gegen Euch kämpfen, wenn Ihr dieses Schwert in Händen haltet!« Nun musste auch Ragnor grinsen, denn man musste diesen verschmitzten kleinen Mann irgendwie mögen und er bemerkte trocken: »Auch ohne Quorum bin ich nicht ganz leicht zu schlagen!«

»Ja, ja! Davon habe ich auch schon gehört! Ihr seid ein ganz heißer Anwärter auf den Titel im Schwertkampf beim Turnier, habe ich läuten hören«, setzte Goosens lachend noch einen drauf. Doch schlagartig wurde er wieder ernst und sagte: »So junger Mann, genug der Scherze! Ihr habt mir vorher das Leben gerettet und dafür stehe ich in Eurer Schuld!« Ragnor winkte ab, doch nun wurde der Kleine fast böse und sein Ton wurde noch eine Idee schärfer: »Nein, winkt nicht ab. In solchen Dingen bin ich sehr korrekt. Es gibt nicht viele, die einem Überfallenen in einer dunklen Gasse so einfach beistehen würden! Also hört Euch an, was ich zu sagen habe!« Ragnor nickte ergeben und so fuhr Goosens fort: »Solltet Ihr also einmal Hilfe brauchen, egal aus welchem Grunde, dann kommt zu mir und ich werde für Euch tun, was immer ich kann. Falls ich nicht hier sein sollte, wendet Euch an Hassan, den Wirt des Salamanca. Er weiß immer, wo ich zu finden bin!«

Als die beiden jungen Leute, dann kurz vor Morgengrauen, zurück in ihr Quartier kamen, hatten sie endlich die Fragen der Stadtwache zu dem Überfall ausführlich beantwortet. Hundemüde sanken sie, leider jeder in sein eigenes Bett, und Ragnor dachte mit Grauen an die Reichstagssitzung, welche, Ama sei Dank, erst am späten Vormittag beginnen würde. Er hatte also Gelegenheit, nach dieser aufregenden

Nacht, noch eine Mütze Schlaf zu nehmen, auch wenn er, trotz seiner Müdigkeit, bedauerte die Nacht nicht mit Heike verbringen zu können.

Kapitel 5

Am Morgen, nach ihrem Besuch im Salamanca, kam Ragnor, wie er es schon befürchtet hatte, nur sehr schwer aus seinem Bett. Also steckte er seinen Kopf etwas länger in die Tonschüssel mit kaltem Wasser, welche ihm sein aufmerksamer Page schon vorsorglich hingestellt hatte, der natürlich mitbekommen hatte, dass sein Herr, erst in den frühen Morgenstunden, nach Hause gekommen war.

Nach einem kurzen Frühstück, im Speisesaal des Rittertraktes der Reichsburg, machte er sich auf den Weg zum Grafen Rurig, um mit ihm gemeinsam zur Sitzung zu gehen. Der Graf empfing ihn mit ernster Miene und begrüßte ihn, sichtlich verärgert: »Wenn ich momentan nicht andere Sorgen hätte, würde ich dir die Ohren lang ziehen. Dein abendlicher Ausflug, und deine unnütze Demonstration von Schwertkunst, sind in Caerum bereits in aller Munde!«

»Aber Letzteres ist vielleicht gar nicht so schlecht. Es erinnert zumindest unsere Feinde daran, dass mit uns nicht gut Kirschen essen ist!«, fuhr er dann schon etwas versöhnlicher fort.Auf ihrem Weg zum Sitzungssaal war Rurig recht schweigsam und Ragnor sah ihm an, dass er sich offenbar große Sorgen machte, wegen der Entscheidungen über die Kronlehen, welche am heutigen Tage anstanden. Er schärfte allerdings Ragnor eindringlich ein, sich beim heute unvermeidlichen Auftritt von Atz da Ahrborg zusammenzunehmen und sich auf jeden Fall zurückzuhalten, was immer auch passieren würde. Falls es zu einer Auseinandersetzung käme, würde er selbst die Aufgabe übernehmen dem feigen Ahrborger Paroli zu bieten.

Als sich schließlich die Edlen des Reiches versammelt hatten, eröffnet der Baron von Vuerkon die Sitzung und verlas, ohne die geringsten Emotionen zu zeigen, die Tagesordnung: »Gemäß der Reichssatzung, wird folgende Reihenfolge der Tagesordnungspunkte festgelegt: Zuerst wird die Abstimmung über die Verurteilung der angeklagten Häuser erfolgen, in der Reihenfolge der Schwere der Anschuldigungen, zuerst der Fall des Hauses Harkon und anschließend der Fall des Hauses Ahrborg. Die Neubesetzung von Häusern, sofern es dazu kommen sollte, wird morgen früh erfolgen, da der König heute Nachmittag einen unaufschiebbaren Termin mit dem Botschafter von Lorca wahrnehmen muss. Ragnor schaute seinen Mentor Rurig fragend an, welcher ihm daraufhin zuflüsterte: »Das ist nur eine Vorsichtsmaßnahme des Königs, um in der Kandidatenfrage den Rücken frei zu haben. Je nachdem wie die Abstimmung über die Verurteilung der angeklagten Häuser läuft!« Und schon fuhr Roger da Vuerkon fort: »Schreiten wir nun zur ersten Abstimmung! Der Antrag, seiner Majestät des Königs, lautet auf Aberkennung des Erbrechtes für das regierende Haus da Harkon, Ächtung und Verlust des Rechtes auf den Herrschaftsnamen der Baronie Harkon und Rückführung des Titels an die Krone! Der einzige noch lebende männliche Vertreter des Hauses da Harkon, ein siebzigjähriger Onkel von Kreeg da Harkon, hat auf eine Verteidigung der Ansprüche seines Hauses vor dem Kronrat verzichtet. Da sich auch sonst kein Fürsprecher für die Sache der Harkonen gefunden hat, können wir hiermit direkt zur Abstimmung schreiten. Wer also für den Antrag des Königs stimmt, möge sich erheben!«

Ragnor sah gespannt in die Runde und zu seiner großen Überraschung erhoben sich alle der acht stimmberechtigten Großadeligen! Roger da Vuerkon sah in die Runde und stellte in formellem Ton fest: »Damit ist der Antrag des Königs angenommen. Das Kronlehen Harkon geht zurück an die Krone, das Haus ‚da Harkon' wird unter Reichsbann gestellt und verliert das Recht diesen Namen zu führen! Morgen wird der Reichstag einen ehrenwerten Vertreter des niederen Adels zum neuen Haus ‚da Harkon' erheben und es damit in den Hochadel aufnehmen!« Alle setzten sich wieder und irgendwie war Ragnor, diese unerwartete Einstimmigkeit, nicht ganz geheuer. Der Graf von Momland wirkte irgendwie merkwürdig selbstzufrieden, und auch Per da Loza lächelte süffisant, während der König mit einigen knappen Worten seiner Befriedigung über die verantwortungsvolle Entscheidung des Kronrates Ausdruck verlieh.

Der Blick des jungen Mannes suchte Graf Rurigs Blick, und als dieser ihn ansah, erkannte Ragnor, dass auch sein väterlicher Freund dem Frieden nicht wirklich traute. Doch schon ging es weiter, denn Roger da Vuerkon ergriff erneut das Wort: »Wir kommen nun zum Fall des Hauses ‚da Ahrborg'! Der Antrag seiner Majestät des Königs lautet auch in diesem Fall auf Aberkennung des Erbrechtes für das regierende Haus da Ahrborg, Ächtung und Verlust des Rechtes auf den Herrschaftsnamen der Baronie Ahrborg und Rückführung des Titels an die Krone! Nach Recht und Gesetz, rufe ich jetzt den Erstgeborenen des Hauses da Ahrborg auf, damit er, vor diesem erlauchten Gremium, zur Verteidigung seines Hauses sprechen möge!«

Auf seinen Wink hin, öffnete sich die Eingangstür und Atz da Ahrborg betrat, elegant in die Farben seines Hauses gekleidet, den Sitzungssaal. Der Majordomus kündigte ihn folgt mit lauter Stimme an: »Der Vertreter des Hauses Ahrborg. Atz da Ahrborg, Sohn des verstorbenen Barons Klees da Ahrborg und Anwärter auf das gleichnamige Kronlehen!« Ausgesprochen selbstsicher, das blonde Haar perfekt frisiert, schritt er herein und neigte sein Haupt, wie es seine Pflicht war, kurz vor dem König. In Ragnor kochte eine heiße Wut hoch und er konnte nur mit Mühe an sich halten, denn er hätte sich am liebsten sofort auf den Kerl gestürzt. Da stand Tanas Mörder in Reichweite seines Schwertes und war doch so weit entfernt, als ob er jenseits des Binnenmeeres mitten in Zephir weilen würde. Sein Blick fraß sich an den arroganten Zügen seines Feindes fest und er hörte den wohlgesetzten und ruhig vorgetragenen Beginn der Verteidigungsrede des jungen Ahrborgers, wie durch eine Nebelwand: »Eure Majestät, verehrte Herren! Ich habe mit Entsetzen die Vorwürfe vernommen, welche gegen unser Haus erhoben werden. Ich versichere hier und heute, dass weder mein Vater noch ich, den die Kaarborger hinterrücks erschlagen haben, oder etwas über die hochverräterischen Machenschaften Kreeg da Harkons gewusst haben. Für uns war die Fehde mit Kaarborg ein ganz normales Bündnis zwischen Feudalfürsten, in welchem wir, gegen Bezahlung,

Truppen für den Harkonen gestellt haben. Wir haben also nichts getan, was auch nur im Geringsten gegen die Reichsverfassung verstößt!« An dieser Stelle unterbrach ihn der Baron von Niewborg und bemerkte barsch: »Wollt ihr uns hier tatsächlich erzählen, dass Ihr keine Ahnung von dem Gold aus Lorca hattet, von dem wir große Mengen in den Schatzkammern von Ahrweiler gefunden haben?« Theatralisch hob Atz da Ahrborg die Hände und widersprach heftig: »Ich verwahre mich aufs Schärfste gegen diese unerhörte Unterstellung! Wir haben natürlich für unsere Truppen Gold von den Harkonen erhalten. Aber wo die Goldmünzen geschlagen worden sind, die Kreeg da Harkon zur Bezahlung verwendete, hat uns nicht weiter interessiert!« Beifallheischend sah er in die Runde und fügte anklagend hinzu: »Wo kämen wir denn da hin, wenn bereits die Annahme ausländischer Goldmünzen als Hochverrat gälte. Da wären wir ja alle, wie wir hier sitzen Hochverräter! Nein, so einfach können wir uns das nicht machen!«

»Da hat er verdammt recht!«, mischte sich Raskal da Momland lautstark ein: »In meinen Schatzkammern sind Münzen aus aller Herren Länder zu finden. Unter anderem befindet sich auch ein großer Posten aus Zephir darunter. Aber keiner würde deswegen auf die Idee kommen, mich der Verschwörung mit Zephir zu beschuldigen!«

»Was soll das Schmierentheater?«, warf Graf Rurig barsch ein, den die Ablenkungsmanöver, die Atz da Ahrborg und Raskal da Momland da inszenierten, sichtlich anwiderten: »Unabhängig von dem Gold aus Lorca, ist es eine unumstößliche Tatsache, dass Euer Haus mit einem Ximondiener paktiert hat und sich schon allein damit des schändlichen Hochverrates schuldig gemacht hat, ganz unabhängig von Eurer Allianz mit dem König von Lorca, die Ihr hier so scheinheilig abstreitet!«

»Nun aber mal langsam!«, mischte sich nun der Graf von Momland lautstark wieder in die Debatte. »Ihr habt zwar grundsätzlich Recht, Graf Rurig, aber Eure Schlussfolgerung gilt nur dann, wenn das Haus da Ahrborg von den dämonischen Umtrieben gewusst hat! Keiner von uns, der einem

Bundesgenossen Truppen stellt, kann vorher dessen religiöse Gesinnung überprüfen!«

»Nun macht aber mal einen Punkt, Graf Raskal! Ihr macht es Euch aber wirklich zu einfach!«, erregte sich der König, mit vor Wut gerötetem Gesicht. »Glaubt Ihr, ich bemerke nicht, dass Ihr alle Schuld auf Kreeg da Harkon abladen wollt, um diesen kleinen Bastard und sein unwürdiges Haus reinzuwaschen!« Dieser Gefühlsausbruch von Ralph V. ließ die Stimmung überkochen, und für einen Moment beschimpften sich der König und der Graf von Momland gegenseitig auf das Unflätigste. Dabei ließ der verbitterte König keinen Zweifel daran, dass er Raskal da Momland ebenfalls für einen Landesverräter hielt, der mit den Feinden Caers paktierte. Roger da Vuerkon hatte einige Mühe die Streithähne schließlich wieder zu beruhigen und als sich endlich alle wieder auf ihre Stühle gesetzt hatten, hingen der Hass des Momländers und die Verachtung des Königs für diesen, wie eine finstere Wolke, über dem Verhandlungstisch. Ragnor hatte sich natürlich auch von der emotionsgeladenen Stimmung mitreißen lassen, es war eine heiße Wut in ihm, die sich vor allem gegen Atz da Ahrborg, aber auch den Grafen von Momland richtete, welcher den Mörder seiner geliebten Pflegemutter Tana mit seinen unverschämten Lügen unterstützte. Mehr als einmal hatte er sich, als der Zorn in ihm übermächtig zu werden drohte, die Fingernägel der rechten Hand in den Handrücken seiner Linken gebohrt, bis der Schmerz die roten Schleier vor seinen Augen wieder vertrieben hatte. Dem Streit der Fürsten war er dabei nur zum Teil gefolgt, denn in seinen Gedanken hatte er die ganze Zeit verzweifelt nach einer Möglichkeit gesucht, wie er des Ahrborgers habhaft werden könnte. Aber wie er es auch drehte und wendete. Ihm fiel nichts ein, was er im Moment hätte tun können. In seiner Hilflosigkeit verfluchte er diesen merkwürdigen Wunsch des Königs, der ihn zwang, an dieser Sitzung teilzunehmen, obwohl er als Zeuge gar nicht mehr gebraucht wurde. Er hätte nur zu gerne gewusst, warum der Monarch darauf bestanden hatte, dass Ragnor weiter am Reichstag teilnahm. Was ihn allerdings noch mehr irritierte, war die Tatsache, dass der König seinen Erben, den Kronprinzen Ralph, nicht zur Reichstagssitzung geladen hatte. Das warf kein gutes Licht auf das Verhältnis zwischen Vater und Sohn und er erinnerte sich daran, dass ihm Rurig einmal erzählt hatte, dass der König recht wenig von seinem Sprössling hielt.

Nach Roger da Vuerkons strengem Ordnungsruf, herrschte eine Zeit lang eisiges Schweigen am Tisch. Dann räusperte sich der Baron und ergriff, gemäß seiner Rolle als Vorsitzender, in bestimmtem Ton erneut das Wort: »Offenbar ist alles gesagt, was zu sagen war. – Schreiten wir nun also zur Abstimmung! Der Antrag seiner Majestät des Königs lautet auf Aberkennung des Erbrechtes für das regierende Haus da Ahrborg, Ächtung und Verlust des Rechtes auf den Herrschaftsnamen der Baronie Ahrborg und Rückführung des Titels an die Krone! Wer also für den Antrag des Königs stimmt, möge sich erheben!« Der König, Rurig da Kaarborg, Kador da Niewborg und Bran da Kormon erhoben sich. Raskal da Momland, Ludolf da Seeland, Roger da Vuerkon und auch Per da Loza blieben sitzen. »Per da Loza! Wollt Ihr Euch nicht erheben, wie Ihr es mir zugesagt habt!«, fragte der König fordernd, wobei er den kleinen Baron grimmig musterte. Mit einem bedauernden Gesichtsausdruck und mit niedergeschlagenen Augen, um seinem Souverän nicht in die Augen sehen zu müssen, antwortete dieser ölig und glatt: "Es tut mir leid, Euer Majestät! Aber mein Gewissen lässt es nicht zu, dass Haus ‚da Ahrborg' zu verurteilen!« Als er sah, dass der König Luft holte, um ihn zusammenzustauchen, schob er schnell anklagend hinterher: »Ihr hattet mir die Beweislage vor dieser Verhandlung völlig falsch dargestellt. Deshalb muss ich die Zusage, die Euch gegeben hatte, zurückziehen! Schließlich habe ich im Fall des Harkonen für Euren Antrag gestimmt. An dessen Schuld gab es für mich keinerlei Zweifel!«

»Wie viel hat er Euch bezahlt?", fragte Ralph V. mit leiser Stimme nach, dessen, vor wenigen Augenblicken, noch glutheiße Wut, einer resignierten Enttäuschung Platz gemacht hatte. Per da Loza tat so, als hätte er diese Frage nicht gehört, aber der würdevolle Baron von Kormon, welcher bisher noch nichts gesagt hatte, trat entschlossen vor ihn hin und sagte mit Verachtung in der Stimme: »Ihr seid ein ehrloser Lump, Per da Loza! Ich verachte Euch aus tiefstem Herzen! Euer Vater würde sich im Grabe umdrehen, wenn er sehen könnte, was aus seinem Sohn geworden ist und Euer ehrenwerter Bruder wird sich Euer schämen!« Per da Loza kommentierte den Gefühlsausbruch des alten Mannes mit einem geringschätzigen Achselzucken und wandte sich stattdessen Raskal da Momland zu, welcher ihm ganz demonstrativ anerkennend auf die Schulter klopfte.

Der Baron von Vuerkon nutzte geschickt diesen Moment des Schweigens aus und verkündete er, wobei er die Freude über den Sieg seiner Partei ganz offen zeigte, mit lauter Stimme: »Ich stelle hiermit fest: Der Antrag des Königs hat nicht die erforderliche Mehrheit gefunden und damit ist das Haus ‚da Ahrborg' entlastet. Atz da Ahrborg tritt damit, als ältester Sohn des verstorbenen Barons, unmittelbar dessen Nachfolge an, wie es im großen Adelsbrief, unter der Regierung des verehrten Königs Ralph IV., niedergelegt worden ist.« Würdevoll blickte er in die Runde, wobei sein Blick einen Moment auf dem Gesicht des triumphierend lächelnden Atz da Ahrborg verharrte. Daraufhin sagte er dann in gemessenem Ton: »Atz da Ahrborg – tretet nun vor den König und legt Euren Lehnseid auf die Krone ab, wie es das Reichsrecht verlangt!«

Atz da Ahrborg, welcher den warnenden Blick des Barons wohl verstanden hatte, trat mit ausdruckslosem Gesicht vor den König und verbeugte sich kurz. Der König ergriff den Unterarm des Ahrborgers, wobei ihm anzusehen war, mit welchem Widerwillen er dies tat, und Atz da Ahrborg umfasste den seinen. Das war der uralte Ritus, den Ragnor bei seiner Belehnung mit Vidakar durch Graf Rurig ebenfalls vollzogen hatte und mit dem die Lehnstreue besiegelt wurde. Dann sprach der König die traditionellen Worte, mit spröder Stimme: "Hiermit belehne ich Euch mit der Baronie Ahrborg und schwöre Euch Gerechtigkeit widerfahren zu lassen, wie es einem Lehnsherrn gebührt." Der Ahrborger antwortete mit klarer, heller Stimme: "Ich schwöre Euch Gefolgschaft und Treue, und erkenne Euch als meinen Lehnsherrn an." Als sich Atz da Ahrborg umdrehte, um die Glückwünsche seiner Parteigänger entgegenzunehmen, versuchte er gar nicht mehr, seinen Triumph zu verbergen. Wahrscheinlich konnte ein kalter Mensch, wie er es war, keine echte Freude empfinden, denn sein offenes Grinsen mit seinen arroganten Zügen gereichte ihm nicht gerade zum Vorteil.

Mitten in der Gratulationsszene erhob sich Graf Rurig entschlossen und unterbrach mit lauter Stimme die Feier seiner Widersacher: »Ich erkläre hier und heute, dass mit diesem Tage, die Leibeigenschaft in Ahrborg aufgehoben wird, Kraft meiner Souveränität als Protektor von Ahrborg. Außerdem erlasse ich hiermit ein Dekret, dass jedem freien Ahrborger eine Heimstatt in Kaarborg anbietet!« Zuerst nur überrascht, dann jedoch fassungslos, war Atz da Ahrborg des Grafen Auftritt gefolgt. Doch dann brüllte er wutentbrannt los, nachdem ihm die Konsequenzen des Erlasses des Kaarborgers schließlich aufgegangen war: »Ihr seid ein ehrloser Dieb! Ihr bestehlt mich! Wer wird meine Güter bewirtschaften, falls meine Leibeigenen nach Kaarborg fliehen!« Kalt, und voller Verachtung, erwiderte Graf Rurig: »Tut etwas dagegen wenn ihr könnt, ihr Vatermörder und Feigling!« Bevor der Ahrborger Luft holen konnte, um etwas zu erwidern, fügte er eisig hinzu: »Morgen früh, werde ich in Caerum öffentlich verkünden lassen, dass der neue Baron von Ahrborg ein Vatermörder und Feigling ist. Wenn Euch Eure Ehre etwas wert ist, dann steht mit dem Schwert Euren Mann und lauft nicht davon, wie Ihr es in Ahrweiler getan habt!« Einen Moment herrschte atemloses Schweigen und Ragnor, innerlich aufs Äußerste angespannt, wartete darauf, was der Ahrborger nun wohl tun würde. Würde er schreien oder würde er beschämt schweigen?

Doch nicht von dem!

In Atz da Ahrborgs Augen loderte die Wut, doch seine Stimme war merkwürdig ruhig, als er sagte: »Das hättet Ihr wohl gerne, dass ich mich von Euch abschlachten lasse!

Nein, das werde ich sicherlich nicht tun. Spätestens in drei Monden müsst Ihr und Eure Truppen Ahrborg verlassen haben und dann werde ich mich um Euch kümmern«, und mit einem gehässigen Unterton in der Stimme, setzte er hinterher: »Wie Ihr an Eurem Bruder und seiner Brut gesehen habt, seid auch Ihr verwundbar!« Nun wurde es dem König sichtlich zu viel und unterbrach die unerfreuliche Szene, bevor sie weiter eskalieren konnte, indem er mit der Faust krachend auf den Tisch schlug: »Nun ist aber genug!« An den Ahrborger gewandt, setzte er kalt hinzu: »Wenn Ihr Euch noch einmal zu Morddrohungen hinreißen lasst, dann lasse ich Euch ins tiefste Verlies dieser Burg stecken – und nun raus mit Euch und Euren sauberen Freunden! Ich bin wirklich froh, dass ich Euch heute nicht mehr sehen muss! Ihr widert mich an!«

Der Zufall wollte es, dass Atz da Ahrborgs Wehrgehänge direkt neben dem von Ragnor an der Wand hing. Als er es herunter nahm, blickte er Ragnor, welcher gerade seinen Schwertgurt anlegte, direkt ins Gesicht. Ragnor, seinen schlimmsten Feind so nah vor sich, sah noch den Triumph seines Sieges in den Augen des Ahrborgers und zischte ihm hasserfüllt zu: »Ihr seid der Mörder meiner Ziehmutter und der Tag ist nahe, an dem ich Euch töten werde! Genießt Euren Titel, denn Ihr werdet Euch nicht lange an ihm erfreuen können. Ihr seid schon so gut wie tot!«

Dann drehte er sich um, ohne die Reaktion des Ahrborgers abzuwarten und folgte schnell Graf Rurig, der das Ratszimmer bereits verlassen hatte, in die Vorhalle. Atz da Ahrborg, der einen Moment brauchte, die Drohung des jungen Mannes zu verarbeiten – den er meinte schon einmal irgendwo gesehen zu haben, sich aber nicht erinnern konnte wo – wandte sich an Raskal da Momland, welcher gerade seine Sachen zusammenräumte und fragte: »Wer ist der junge Mann, der zum Gefolge der Kaarborger zu gehören scheint?« Der Momländer sah überrascht auf und antwortete dann grimmig: »Das ist dieser verdammte Ragnor da Vidakar. Ein Junker, noch nicht einmal Ritter, und doch ein großes Ärgernis. Er hat Per da Lozas Sohn erschlagen, und mir stiehlt er das Erbe meines toten Bruders. Doch sagt an, warum interessiert Ihr Euch für diesen Bastard.«

»Er hat gerade gedroht, mich zu töten. Ist das nicht lachhaft. Er dürfte kaum achtzehn Jahre alt sein«, antwortete der Ahrborger herablassend. »Ich kann Euch nur davon warnen diesen Jüngling zu unterschätzen!«, versetzte darauf der Momländer, dem die dumme Arroganz des Ahrborgers bereits mächtig auf die Nerven ging. »Er besitzt merkwürdige Waffen, mit denen er offenbar sogar einen leibhaftigen Dämonen getötet hat und als Schüler von Rurig da Kaarborg dürfte er, auch ohne Zauberwaffen, ein erstklassiger Schwertkämpfer sein. Ich würde Euch also raten, ihn beim Turnier zu beobachten und Euch Eure eigene Meinung über ihn zu bilden. Außerdem scheint er über ausgeprägte militärische Talente zu verfügen. Wenn ich den Aufzeichnungen meines Bruders glauben darf, war er maßgeblich am Erfolg der Kaarborger Allianz beteiligt und das alles als Junker ohne Ritterschlag. Also seht Euch vor!« Diese mit Vehemenz vorgetragenen Argumente des Momländers beunruhigten den Ahrborger doch sehr. Hastig verabschiedete er sich und beschloss demnächst Per da Loza aufzusuchen, um vielleicht von ihm weitere Informationen über diesen merkwürdigen Jungritter zu erhalten.

Als Ragnor einige Stunden später in seiner Kammer auf seiner Pritsche lag, jagten sich die Gedanken in seinem Kopf. Er hatte Rurig nichts von seiner Drohung an Atz da Ahrborg erzählt, denn er hatte diesem ja versprochen, den Mund zu halten. Trotzdem erfüllte ihn seine Tat mit Genugtuung, auch wenn er bisher nicht die geringste Ahnung hatte, wie er Atz da Ahrborgs habhaft werden konnte. Doch eines Tages würde der Ahrborger für seine Tat bezahlen, da war sich Ragnor sicher.

Am Abend hatte er dann endlich mal wieder Zeit für seine Heike, denn der König rief derweil seine Getreuen zu sich, um sich zu beraten. Die beiden gingen hinunter in die Stadt, ins Salamanca. Das exotische Essen hatte es den beiden angetan. Ragnor versuchte, locker zu wirken, doch Heike bemerkte natürlich seine Anspannung. Vielleicht gerade, weil ihr Liebster ihr nichts, von den Entscheidungen im Kronrat, erzählen durfte. Nachdem sie mit dem Essen fertig waren, legte sie ihre Rechte auf Ragnors Linke und sagte eindringlich: »Nun komm, sag mir, was dich bedrückt! Wir sitzen hier in einer ruhigen Ecke, in der uns sicherlich niemand belauschen kann. Außerdem weiß die ganze Stadt, dass Atz da Ahrborg heute zum regierenden Baron ernannt worden ist.«

Ragnor lächelte gequält und antwortete: »Schlechte Nachrichten verbreiten sich offenbar schnell!« Doch dann fuhr er irgendwie befreiter fort, glücklich seinen Frust mit jemanden teilen zu können: »Weißt du, am liebsten würde ich morgen gar nicht zu dieser verdammten Sitzung gehen. Ich kann mir wirklich etwas Schöneres vorstellen, als den Triumph des Momländer Kandidaten mitzuerleben.«

»Bist du dir da so sicher?«, fragte Heike nach. »Da bin ich mir ziemlich sicher. Sie haben nun eine Mehrheit von fünf zu vier Stimmen im Kronrat und sie werden diese zu nutzen wissen. Ich habe Rurig gefragt, ob ich morgen wirklich wieder mitkommen muss, da doch gar kein Bedarf mehr an Zeugen besteht. Doch er hat gesagt, dass es der ausdrückliche Wunsch des Königs ist, dass ich an der Sitzung teilnehme. Als ich ihn nach des Königs Beweggründen gefragt habe, hat er nur gelächelt und gemeint, dass ich es einfach als Ehre ansehen solle.«

Heike schwieg einen Moment, trotz der schlechten Aussichten für die Kaarborger Partei, dennoch erfreut, dass ihr Liebster beim König offenbar große Sympathien besaß, bevor sie in zu trösten versuchte: »Du wirst es schon überstehen. Außerdem denke daran, dass bereits übermorgen endlich das Turnier beginnen wird, auf das du dich so lange vorbereitet hast! Die Prinzessin ist schon sehr gespannt darauf dich endlich kennenzulernen und ich erwarte natürlich auch, dass du dich gut schlägst.«

Ragnor lächelte und bestellte, während Heike sich kurz einen Moment zurückzog eine Karaffe mit dem süßen zephirischen Dessertwein. Als sie schließlich zurückkam, lag ein schelmisches Lächeln auf ihren Lippen. Sie nahm das kunstvoll geschliffene Glas, prostete ihm zu und sagte mit leiser Stimme: »Ich lade dich hiermit ein, die heutige Nacht mit mir zu verbringen!«

Erstaunt sah Ragnor sie an und sagte: »Nichts lieber als das. Aber wie willst du das anstellen. Im Rittertrakt der Reichsburg haben Damen keinen Zutritt und du teilst dir die Kammer mit deinem Vater.«

Heike lachte und meinte: »Da hast du vollkommen recht. In der Burg wäre es wohl nicht möglich. Aber ich habe mit dem Wirt des Salamanca gesprochen und er stellt uns ein Zimmer für diese Nacht, zur Verfügung. Stell dir vor, er wollte nicht einmal Geld dafür haben. Goosens scheint hier so eine Art Teilhaber zu sein und deshalb müssen wir weder Essen, noch die Übernachtung bezahlen.« Und grinsend setzte sie hinzu: »Manchmal ist es eben doch ganz praktisch einen Helden zum Gefährten zu haben!«

Es wurde eine lebhafte Nacht, die nur wenig Zeit zum Schlafen ließ und die beiden liebten sich mit der zärtlichen Leidenschaft junger Menschen, die sich selbst genug sind. Als sie im ersten Morgengrauen, nicht ohne vorher gut gefrühstückt zu haben, Hand in Hand durch die stille Hauptstraße hinauf zur Burg gingen, sagte Ragnor leise: »Ich bin glücklich, dich zu haben, und ich freue mich schon darauf, mit dir zusammen in Vidakar eine Burg zu bauen - für uns und unsere Kinder!« Heike sagte nichts, sondern drückte fest seine Hand und lächelte still in sich hinein. Bei ihrem stürmischen Wiedersehen in Aquatum hatten sie ein Kind gezeugt. Es war unbeabsichtigt geschehen, doch sie hatte erwartet gehabt, Ragnor erst in Caerum wiederzusehen, und so hatte sie das Faarkraut, welches es den Frauen auf Makar erlaubte, eine Empfängnis zu verhindern, abgesetzt gehabt. Sie überlegte einen Moment, ob sie es ihm sagen sollte. Doch sie entschied sich dagegen. Sie würde es ihm nach der Vermählung sagen, wenn Reichstag und Turnier hinter ihm lagen, denn sie wollte nicht, dass ihn die Nachricht, dass er in acht Monden Vater werden würde, von den Aufgaben, die noch vor ihm lagen, ablenkte.

Ragnor traf Graf Rurig im Vorraum des Rittersaales, wo dieser sich gerade angeregt mit Kador da Niewborg unterhielt. »Na, junger Mann, hast du schon genug von der großen Politik«, fragte der Baron von Niewborg grinsend, welcher Ragnor ansah, wie unwohl sich dieser in seiner Haut fühlte. »Ich kann nicht sagen, dass sie mir gefällt. Die Mehrzahl der Mächtigen in Caer scheint wenig interessiert am Wohl des Landes zu sein.«

Die beiden Fürsten lachten, ob der schlagfertigen Antwort. Graf Rurig klopfte ihm auf die Schulter und meinte grinsend: »Da hast du leider recht. Schauen wir mal, wie es heute ausgehen wird!« Dann betraten sie gemeinsam den Sitzungssaal, legten ihre Wehrgehänge ab und nahmen Platz. Die gegnerische Fraktion war bereits anwesend und, wie es der Zufall so wollte, saßen sich Ragnor und Atz da Ahrborg fast gegenüber. Während Ragnor nur hin und wieder drohende Blicke zu seinem Feind hinüber warf und sich ansonsten auf das Geschehen konzentrierte, beobachtete ihn der Ahrborger, während der gesamten Sitzung eingehend und aufmerksam.

Schließlich eröffnete Roger da Vuerkon die Sitzung: »Am heutigen Tage steht die Vergabe des Kronlehens Harkon an. Der große Adelsbrief des verehrten Königs Ralph IV bestimmt, dass jedes Mitglied des Kronrates das Recht besitzt, einen Kandidaten vorzuschlagen. Wird in maximal drei Wahlgängen kein Kandidat gefunden, der die absolute Mehrheit der Stimmen des Kronrates auf sich vereinigen kann, fällt das Lehen an den König zurück und dieser kann es nach seinem Gutdünken vergeben. Für die Vergabe der Baronie Harkon liegen zwei Meldungen von Kandidaten vor. Ein Vorschlag seiner Majestät des Königs und ein Vorschlag des Grafen von Momland. Auf Wunsch des Königs erhält der Graf von Momland den Vorzug, seinen Kandidaten zuerst präsentieren zu dürfen. Erhebt Euch Graf Raskal und stellt Euren Kandidaten vor!«

Der rothaarige Graf erhob sich, trat nach vorne, und begann: »Meine Herren. Wir sind heute hier zusammengekommen, um einen würdigen Kandidaten zu finden, welcher es verdient, den Titel eines Barons von Harkon zu tragen. Die Baronie Harkon ist aufgrund ihrer exponierten Lage, an den Grenzen zum Königreich Lorca und zum großen Wald, von essenzieller Bedeutung für die Sicherheit von Caer. Deshalb brauchen wir dort einen kampferprobten, zuverlässigen Adeligen als regierenden Baron, der dieser wichtigen Aufgabe gerecht werden kann. Dieser Verantwortung kann sich keiner der hier anwesenden Fürsten entziehen. Deshalb habe ich mich, schweren Herzens entschlossen, meinen obersten Heerführer, Torsten da Kloesta, vorzuschlagen. Er hat der Krone, im letzten Krieg gegen Lorca, treu gedient und unsere Truppen, mehr als einmal, zum Sieg geführt. Er ist ohne Zweifel dem Königreich Caer zutiefst verpflichtet und wird sicherlich niemals mit Lorca gegen Caer paktieren, wie es Kreeg da Harkon getan hat. Es wird für Momland ein großer Verlust sein, wenn Ihr, meine Herren, Torsten da Kloesta zum Baron von Harkon erhebt, aber es wäre ein großer Gewinn für Caer!«

Roger da Vuerkon, dem die geschickt vorgetragene Rede seines Verbündeten sichtlich gefallen hatte, wandte sich dem König zu und forderte ihn auf, nun ebenfalls seinen Kandidaten zu präsentieren. Der König nickte freundlich und antwortete: »Meine Herren. Ein gelungener Vortrag des Grafen von Momland verlangt nach einer eben solchen Antwort. Ich habe mich nach langer Überlegung entschieden, dass die Krone nicht Trutz da Falkenberg, wie wohl allgemein in dieser Runde erwartet, vorschlagen wird, denn Trutz da Falkenberg wird im nächsten Jahr die Nachfolge von Svartan da Kaarkon als Großmeister der Reichsritter antreten.« Hier machte der König eine kleine Kunstpause, blickte in die Runde und sah mit Freude die Verblüffung in den Gesichtern seiner Widersacher. Dann fuhr er fort: »Wir stimmen Raskal da Momland zu, dass wir einen militärisch starken und zuverlässigen Führer für die Baronie Harkon benötigen. Aber das ist nicht genug! Wir brauchen auch einen guten Verwalter, der die heruntergewirtschaftete Baronie wieder auf die Beine stellen kann. Nur dann kann Harkon wieder zu einem Eckpfeiler der Reichsverteidigung werden. Deshalb haben wir entschieden, den Prätor der Reichsritter, Falk da Seeland, als neuen Baron von Harkon vorzuschlagen!«

Kaum hatte der König geendet, sprang Raskal da Momland auf und protestierte: »Ihr könnte Falk da Seeland nicht vorschlagen! Im großen Adelsbrief ist unmissverständlich festgeschrieben, dass sich kein Verwandter ersten Grades eines regierenden Hauses, für ein weiteres großes Haus bewerben darf und Falk ist der Bruder des Grafen von Seeland und scheidet damit als Kandidat definitiv aus!«

»Da muss ich Euch korrigieren, mein lieber Raskal«, mischte sich der Großmeister der Reichsritter ein. »Durch seinen Schwur auf das Banner der Reichsritter, hat Falk da Seeland alle Rechte auf die Erbfolge des Hauses Seeland aufgegeben! Damit trifft dieser Ausschluss auf ihn nicht mehr zu. Ihr selbst seid vor etlichen Jahren ein Nutznießer dieses Schwurs gewesen, als Euer verstorbener Bruder, Sven da Momland, Ama hab ihn selig, durch seinen Übertritt zu den Reichsrittern Eure Herrschaft erst möglich gemacht hat!« Raskal da Momland schluckte, doch so schnell gab er nicht auf, sondern setzte nach: »Wenn das wahr ist, was Ihr sagt! Warum konnte Rurig da Kaarborg dann die Nachfolge seines Bruders antreten, wo er doch auch Reichsritter gewesen ist. Er wäre dann gar nicht erbberechtigt gewesen!«

Fast genüsslich zog der König den großen Adelsbrief heraus, das Dokument, mit dem ihm sein schwacher Vater bereits soviel Verdruss und Ärger gemacht hatte, heraus und las mit lauter Stimme daraus vor: »Und sollte ein Haus im ersten Grad ausgelöscht werden, so muss der König einen Verwandten zweiten Grades erheben, sofern dieser beim König sein Recht einfordert!«

Roger da Vuerkon, der sah, dass die Rechtmäßigkeit der Kandidatur von Falk da Seeland nicht mehr anfechtbar war, beendete harsch die Diskussion: »Meine Herren. Lasst uns die nutzlosen Streitereien beenden und zur Abstimmung schreiten! Wer für den Kandidaten Torsten da Kloesta stimmt, möge sich erheben!«

Es erhoben sich der Graf von Momland und die Barone von Ahrborg, Vuerkon und Loza. Ragnor frohlockte innerlich. Der Schachzug des Königs, Falk da Seeland vorzuschlagen, hatte den Grafen von Seeland dazu bewogen, sitzen zu bleiben. Er wollte und konnte offenbar nicht gegen den eigenen Bruder stimmen. Raskal da Momland sah sich bebend vor Wut in eine Niederlage laufen, ohne dass er irgendetwas dagegen unternehmen konnte. Und noch schlimmer war dabei, dass damit die große Gefahr bestand, dass Ludolf da Seeland, der immer schon der unsicherste Kantonist seiner Allianz gewesen war, unter dem Einfluss seines Bruders ins Lager des Königs überwechseln würde. Damit würde sich das militärische Kräfteverhältnis nachhaltig zu Ungunsten von Momland verschieben.

Und richtig, als der Baron von Vuerkon zur Abstimmung über die Kandidatur Falk da Seelands aufrief, erhob sich Ludolf da Seeland, zusammen mit den Königstreuen.

Als Ragnor wenig später bei einem kleinen Umtrunk, welchen der König zu Ehren Falk da Harkons gab, diesem zu seinem neuen Titel gratulierte, meinte der frisch gebackene Baron, schief grinsend: »So schnell kann es gehen. Noch gestern war ich sicher, im nächsten Jahr, Großmeister der Reichsritter zu werden und meinem alten Freund Trutz als regierendem Baron zu begegnen. Nun ist es gerade umgekehrt. Es wird sicher noch eine ganze Weile dauern, bis ich mich in das ‚da Harkon' in meinem Namen gewöhnt habe. Zu lange habe ich dieses Haus mit Haut und Haaren bekämpft!« Freudestrahlend trat Kador da Niewborg zu den beiden, prostete ihnen zu und sagte neckend zu Ragnor: »Nun, junger Mann. Sind die Mächtigen diesmal ihrer Verantwortung gerecht geworden?« Ernst antwortete der junge Mann: »Ich danke Ama dafür, dass ihr gestern Abend eine solch glückliche Lösung gefunden habt. Ich fürchte ich muss noch viel über Politik lernen, bevor ich mit Euch mithalten kann.« Der Baron von Niewborg lachte donnernd und meinte besänftigend: »Nun macht mal langsam, mein lieber Ragnor. Ihr seid gerade mal siebzehn Jahre alt und habt uns als Feldherr schon gezeigt, wie veraltet unsere Methoden sind. Gönnt uns den kleinen Sieg auf dem Feld der Diplomatie. Ich hoffe ich sehe Euch heute Abend auf dem Empfang. Da können wir noch ein paar Krüge auf unseren Sieg leeren.«

Zur gleichen Zeit, als die Entscheidung zugunsten von Falk da Seeland fiel, traf sich Heike da Farsborg mit der Prinzessin und die beiden jungen Frauen schwatzten über dies und das. Dabei erwähnte Heike auch, dass sie die letzte Nacht mit Ragnor im Salamanca verbracht hatte, und endlich einmal den prüden Beschränkungen der Reichsburg entkommen war. Die Prinzessin lachte und machte sich über die verstaubten Moralvorstellungen der Reichsritter lustig. Als Margitta dann mehr wissen wollte und ein wenig nachzuhaken versuchte, wich Heike geschickt aus und wechselte schnell das Thema. Nachdem Heike da Farsborg wieder gegangen war, um ein paar Besorgungen zu machen, machte sich die Prinzessin auch keine größeren Gedanken darüber, dass diese nicht mehr erzählt hatte. Es war nur natürlich, dass man sich in diesen Dingen zurückhielt und keine privaten Geheimnisse über seinen Liebsten verbreitete. Trotzdem machte sie die Erwähnung seines Namens neulich neugierig und sie beschloss umgehend, eigene Erkundigungen über Heikes Gefährten einzuziehen. Umso größer war ihre Überraschung, als sie von ihrem Vater, ganz beiläufig, am Mittagstisch erfuhr, weil sie Ragnors Namen erwähnte, dass selbiger Ragnor da Vidakar, der berühmte Dämonentöter von Santander war und darüber hinaus der Ziehsohn des mächtigen Grafen von Kaarborg. Nun so richtig neugierig geworden, machte sich die Prinzessin daran, systematisch Informationen über diesen geheimnisvollen, jungen Mann zu sammeln, Sie begann sich ernsthaft für diesen Junker zu interessieren. Aus dieser ersten Neugier wurde fast so eine Art Faszination, als sie von den Erlebnissen und Leistungen dieses jungen Mannes erfahren hatte und in welche Intrigen er ganz offenbar, in seinem Alter, schon verstrickt war. Schließlich konnte sie nicht anders, sie musste diesen Ragnor unbedingt persönlich kennenlernen. Es ergab sich auch prompt zufällig die Gelegenheit dazu, denn ihr Vater gab zum Abschluss des Reichstages und zu Beginn des großen

Turniers noch an demselben Abend im Festsaal der Königsburg ein großes Festessen für die Angehörigen des Hochadels, zu dem auch Ragnor da Vidakar, als Mündel des Grafen von Kaarborg, eingeladen worden war. Der Umstand, dass Heike da Farsborg und ihr Vater, als Angehörige des niederen Adels nicht geladen waren, gab ihr die einmalige Gelegenheit, sich Heikes Liebsten in Ruhe anschauen zu können. Geschickt überredete sie den alten Majordomus, dessen besonderer Liebling sie war, ihr an der Tafel den Platz neben Ragnor da Vidakar zuzuweisen. Am späten Nachmittag vor dem Fest war die Prinzessin merklich nervös. Als ihre Freundin zu ihrem üblichen Nachmittagsplausch vorbeikam, brach sie ihre Begegnung nach einer kurzen Tasse Tee ab, indem sie heftige Kopfschmerzen vortäuschte. Kaum war Heike gegangen, stürzte sich Margitta mit großem Elan in die Vorbereitung ihrer Garderobe für diesen Abend.

Als dann der Abend endlich kam und sie Ragnor da Vidakar bei der Begrüßung zum ersten Mal gegenüberstand, war sie im ersten Moment enttäuscht, denn sie hatte sich einen strahlenden Helden, als der er auch unter den Zofen im Schloss gehandelt wurde, ganz anders vorgestellt. Sicherlich, er war hochgewachsen und sehr kräftig, sodass man sich schon vorstellen konnte, dass er ein guter Kämpfer sein mochte. Jedoch strahlte er nicht die Überlegenheit eines genialen Helden aus, die sie eigentlich erwartet hatte. Er schien ein ganz normaler, eher zurückhaltender junger Mann zu sein, der sie zwar höflich mit einem Lächeln begrüßt hatte, aber ihrer strahlenden Erscheinung, der sie den ganzen Nachmittag geopfert hatte, nur einen kurzen Blick widmete, ohne das geringste Anzeichen der Anerkennung in seinen ernsten graugrünen Augen. Dafür hasste sie ihn für einen Moment, denn sie war es gewohnt, dass die jungen Adeligen, mit denen sie es zu tun hatte, bei ihrem Anblick dahinschmolzen und sich darin zu überbieten suchten, ihr zu gefallen. Als sie dann mit ihm ins Gespräch kam, erkannte sie schnell wie sehr er sich von den jungen Adeligen unterschied, mit denen sie ansonsten zu tun hatte. Auf ihre begeisterte Reaktion, hinsichtlich des Kaarborger Sieges im gerade überstandenen Krieg und seinem Beitrag dazu, blieb ihr ein Satz besonders im Gedächtnis haften, als er fast unwirsch gesagt hatte: »In diesem verdammten Krieg habe ich eine Menge Freunde verloren. Ich habe getan was notwendig war, aber es hat mich zu viel gekostet, als dass ich mich über unseren Sieg wirklich freuen könnte.« Ansonsten hörte sie an diesem Abend recht wenig von Ragnor, da ihn ihr Bruder Ralph vollkommen mit Beschlag nahm, um mit ihm die Taktik für den Kampf um den Siegeslorbeer für die beste Ritterschule zu besprechen. In diesem Gruppenwettbewerb würde der ehrgeizige Prinz mit Lamar da Niewborg, Ansgar da Lorcamon und Ragnor da Vidakar für die Kaarborger Schule antreten. Die jungen Männer verließen überdies das Fest bereits kurz vor Mitternacht, denn am nächsten Morgen hieß für die Jungritter im Morgengrauen aufstehen, um die Ausrüstung zu prüfen. Denn nach der feierlichen Eröffnung des Turniers findet dann die Abschlussprüfung der Jungritter in der Kampfbahn statt. Im Anschluss daran bildete der feierliche Ritterschlag der Anwärter den Höhepunkt des ersten Turniertages, welcher in einem aufwendigen, festlichen Bankett für die frischgebackenen Ritter in der Reichsburg seinen Abschluss finden würde.

Kapitel 6

Die prunkvolle Eröffnung des Turniers, zu der sich alle Edlen des Reiches aufs Feinste herausgeputzt hatten, interessierte die Jungritter, welche in ihren schweren eisernen Rüstungen auf ihren Pferden zu paradieren hatten, nur am Rande. Sie schwitzten in ihren heißen Plattenpanzern und das Schmettern der Fanfaren war unter den Panzerhelmen, mit den schweren Turnieraufsätzen, alles andere als angenehm. Da sie auch die feierlichen Ansprachen unter den Helmen kaum verstehen konnten, fieberten sie in Gedanken bereits ihren bevorstehenden Prüfungsrunden entgegen.

Ganz anders waren da natürlich die Empfindungen der zahlreichen Zuschauer. Sie genossen die farbenprächtige Feier in vollen Zügen. Prinzessin Margitta und Heike da Farsborg, die im Zentrum der großen Tribüne mit die besten Plätze hatten, waren begeistert von der feudalen Pracht, welche sich hier, vor ihren Augen, ausbreitete. Golddurchwirkter Brokat und kostbare Seide, wo man hinsah! Manchmal wusste sogar die Prinzessin gar nicht, wohin sie ihre Augen zuerst wenden sollte. Bei Heike war das anders. Ihre Augen hingen, wie angeklebt, an ihrem Liebsten. Beeindruckend war die lange Reihe der Jungritter anzusehen, mit ihren bunten Wimpeln, an den emporgereckten Lanzenspitzen. Mehr als einhundertfünfzig junge Männer, die zukünftige Kampfelite Caers, stand da unten und wartete ungeduldig darauf den abschließenden Übungsparcours absolvieren zu können, um endlich den ersehnten Ritterschlag zu erhalten.

Nachdenklich, aber zufrieden, musterten die immer noch scharfen Augen Svartan da Kaarkons, des scheidenden Großmeisters der Reichsritter, die schimmernde Reihe der kommenden Generation. Es war nun der dritte Reichstag, an dem die jungen Männer eine Eignungsprüfung ablegen mussten, bevor sie den Ritterschlag erhielten. Es war eine seine ersten Amtshandlungen gewesen, als er vor etwas mehr als zwölf Jahren das Amt des Großmeisters übernommen hatte, die alte Standesordnung der Ritterausbildung, für damalige Verhältnisse, radikal zu verändern. Er war es einfach leid gewesen junge Adelige, die den Reichsrittern beitreten wollten, abweisen zu müssen, weil sie die notwendigen Waffentechniken nicht oder nur unzureichend beherrschten. Die alte Standesordnung hatte nämlich lediglich vorgesehen, dass ein junger Adeliger vier Jahre lang einem Ritter als Knappe zu dienen hatte, um dann auf Empfehlung seines Herren den Ritterschlag erhielt. Vier Jahre Pagen- und Stallarbeit machten aber keinen Ritter und viele Herren hatten es, meist aus Bequemlichkeit, einfach nicht für notwendig gehalten, ihre Knappen hinreichend auszubilden. Das war mit der Einführung des Prüfungsparcours, durch einen Erlass des Königs, dann endlich vorbei gewesen. Als dann vor zehn Jahren mehr als der Hälfte der jungen Adeligen der Ritterschlag wegen schwacher Leistungen verwehrt worden war, hatten die stolzen Väter der jungen Herren schnell Konsequenzen gezogen und auf einigen großen Burgen im Lande Ritterschulen eingerichtet, die ihre Sprösslinge auf den Prüfungsparcours vorbereiteten. Damit war der Stand der Jungritter und ihrer bürgerlichen Pagen ins Leben gerufen worden, welche nach erfolgreicher Ritterprüfung des jungen Adeligen zu Ritter und Knappe aufstiegen. Und so hatten auf dem letzten Reichstag alle, der damals mehr als zweihundert Prüflinge, bestanden. Still lächelte Svartan da Kaarkon in sich hinein, wenn er daran dachte, dass der Parcours, zehn Jahre nach seiner Einführung, bereits kein ernst zu nehmendes Hindernis für die jungen Männer bildete. Und doch hatte der Alte die nächste Stufe der Qualifizierung beim König bereits angeregt, indem er ein neues Dekret vorbereitet hatte, welches den Übungsparcours um eine schriftliche Prüfung ergänzen würde, die umfassende militärische Taktik und Ballistik zum Inhalt hatte. Er hatte mit Trutz da Falkenburg, seinem Nachfolger im Amt des Großmeisters, bereits alle Maßnahmen besprochen, welche notwendig waren die letzten Schritte einzuleiten, um diesen Erlass bis Ende des Jahres in Kraft setzen zu können. Nachdem das Königreich Caer nun die besten Panzerreiter Makars besaß, war es an der Zeit, ihnen umfassendes militärisches Wissen beizubringen, welches sie dazu befähigen würde, mehr als nur einen gelungenen Sturmangriff von gepanzerten Rittern zu organisieren und erfolgreich durchzuführen.

Schließlich waren die eher langweiligen feierlichen Ansprachen endlich beendet und es begannen die Reiterspiele, wie der Prüfungsparcours der Jungritter im Volksmunde genannt wurde. Der Name kam wohl daher, dass der Großteil der Übungen, welche zu absolvieren waren, wie zum Beispiel das Ringestechen mit der Lanze, Geschicklichkeitsübungen zu Pferde waren. Aber es gehörten auch so grundsätzliche Übungen dazu, wie das Aufstehen in voller Rüstung aus der Rückenlage und das darauffolgende Aufnehmen von Schwert und Schild vom Boden in einer vorgegebenen Zeit. Die zwölf Prüfungen, welche der Alte vor mehr als einem Jahrzehnt im Prätorenkollegium hatte ausarbeiten lassen, waren ganz gezielt danach ausgewählt worden, die Fertigkeiten der angehenden Ritter im Reiterkampf gegen Ritter und Fußtruppen zu schulen und auch ihr Überleben am Boden sicherzustellen, falls sie in der Schlacht einmal abgeworfen werden. Während er den jungen Männern bei der Absolvierung ihrer Übungen zusah, freute sich Svartan da Kaarkon über die Leichtigkeit mit der die Jungritter diese Prüfungen meisterten. Mit einem Schmunzeln dachte er daran zurück, dass bei der ersten Prüfung vor zehn Jahren einige Kandidaten schon bei der Eingangsprüfung, dem Überspringen einer knapp armhohen Hecke in voller Rüstung vom Pferd gefallen waren. Heute hingegen stellte nicht einmal der rotierende Holzritter ein ernsthaftes Hindernis dar, welcher zu Beginn mehr als zwei Drittel der Kandidaten vom Pferd geschlagen hatte. Inzwischen waren alle Anwärter ganz passable Reiter, die ihre Pferde beherrschten und sie waren auch gelenkig genug, Angriffen ausweichen und sicher aktiv begegnen zu können. Besonders stolz war der Alte aber darauf, dass es ihm gelungen war, die neuen Ritter zu ordentlichen Schwertkämpfern zu erziehen, welche auch auf dem Boden jedem Milizionär oder Söldner gewachsen waren. Das hatte die Verluste bei den Panzerreitern in der letzten Dekade entscheidend vermindert, denn zuvor waren die meisten Toten, die sie in den zahllosen Fehden und Kriegen zu beklagen hatten, dadurch zu Tode gekommen, dass sie nach einem Sturz vom Pferd nicht in der Lage gewesen waren, sich geeignet zu verteidigen. Obgleich es keine Stürze oder andere erheiternde Missgeschicke zu sehen gab, war die Prüfung für die Zuschauer trotzdem alles andere als langweilig. Die Reiterspiele waren bei den jungen Bewohnern von Caerum außerordentlich beliebt. Nicht nur die Adeligen, sondern insbesondere die jungen Damen liebten es, den feschen Jungrittern bei ihren Übungen zuzuschauen. Besonders geschickten Reitern war reichlicher Applaus sicher und die Zuschauer diskutierten eifrig, wer von ihren Favoriten wohl morgen früh beim Wettstreit der Ritterschulen mit dabei sein würde. Der morgige Tag war der Höhepunkt der ersten Hälfte des fünftägigen Turniers. Die ersten beiden Tage wurden im Volksmund auch Jungrittertage genannt, da sie ganz und gar dem Nachwuchs vorbehalten waren, bevor nach einer eintägigen Pause, das eigentliche große Reichsturnier begann, an dem jeder aktive Ritter teilnehmen konnte.

Als sich die Prüfung der Jungritter schließlich am späten Nachmittag dem Ende zuneigte, zeigte sich, dass der Großmeister der Reichsritter mit seiner Vorhersage über den guten Ausbildungsstand der Jungritter Recht behalten hatte. Die Vorbereitung der jungen Männer war durch die Bank ordentlich gewesen. Sie absolvierten allesamt auch die schweren Übungen, zur großen Freude ihrer zahlreich angereisten Verwandten, erfolgreich, sodass der Herold des Königs am späten Nachmittag bekannt geben konnte, dass alle Kandidaten bei der abendlichen Zeremonie den ersehnten Ritterschlag erhalten würden. Während sich die Jungritter in den Thermen des Königsschlosses für ihren großen Auftritt frisch machten, nachdem ihnen ihre Knappen aus den schweren Rüstungen geholfen hatten, vertrieben sich die Zuschauer die Zeit bis zum Beginn der feierlichen Zeremonie mit Gesprächen und allerlei kleinen Köstlichkeiten, welche in großer Auswahl auf dem Turnierplatz von geschäftstüchtigen fliegenden Händlern feilgeboten wurden. Den beiden jungen Frauen hatten es dabei besonders die exotischen Knabbereien angetan, welche vor allem für Heike da Farsborg aufregend neu waren, die bisher in einer abgelegenen, kleinen Burg in der Grafschaft Kaarborg gelebt hatte. Begeistert naschte sie von den Köstlichkeiten, die von jenseits des Binnenmeeres kamen, wie der Schokolade aus Zephir oder eine Vielzahl an exotischen Nüssen, welche aus den heißen Urwäldern von Gromor stammten. »Es hat schon etwas für sich, wenn man in Caerum leben kann«, bemerkte Heike grinsend, während sie genussvoll von dem Nusskonfekt kostete. »Was die Beschaffung von exotischen Köstlichkeiten angeht, hast du sicher recht«, antwortete die Prinzessin schmunzelnd. »Andererseits wäre ich manchmal froh, wenn ich die Tochter eines Landadeligen wäre, die tun und lassen kann was sie möchte.«

»Na, so ist es nun auch wieder nicht!« widersprach ihr Heike vehement, fügte aber grinsend hinzu: »Ich habe dir das Leben in Farsborg wohl ein wenig zu idealisiert geschildert. Mein Vater ist alles andere als einfach, und ich musste mir meine kleinen Freiheiten schwer erkämpfen!« Die beiden jungen Frauen lachten ausgelassen und tranken sich mit dem Dessertwein aus Zephir, zu welchem das Konfekt plötzlich gar nicht mehr so süß schmeckte wie vorher.

Interessiert sahen sie zu wie das große Podest, in der Mitte der Kampfbahn, für den Ritterschlag vorbereitet wurde. Unter ihren Flaggen würden die Fürsten von Caer den Ritterschlag für die Jungritter vornehmen, die aus ihren Kronlehen stammten. Mehr noch als auf die Zeremonie, freute sich Margitta da Caer auf das kleine Fest, welches Ragnor und seine Freunde am heutigen Abend, zur Feier ihres Ritterschlages, organisiert hatte. Dort würde sie sich endlich einmal, ohne von ihrem lästigen Bruder daran gehindert zu werden, mit dem merkwürdigen jungen Mann etwas näher befassen können. Sie war auch schon sehr gespannt darauf, seine Freunde kennenzulernen, von denen sie bisher nur Lamar da Niewborg kennengelernt hatte, dessen bescheidenes Auftreten sich angenehm vom angeberischen Gehabe der Gefolgsleute ihres Bruders abgehoben hatte. Dann war es endlich soweit! Die Fanfaren ertönten und würdevoll betraten der König, und die neun Inhaber der Kronlehen das Podest und stellten sich vor ihrer jeweiligen Standarte auf. Sie waren alle, dem Anlass gebührend, kriegsmäßig gerüstet, auch wenn man bei zeremoniellen Auftritten auf das Anlegen der schweren Plattenpanzer verzichtet hatte, und stattdessen versilberte Kettenhemden unter den prunkvollen Wappenröcken trugen. Erneut erklang ein Fanfarensignal und wie auf Kommando zogen die Fürsten ihre langen Schwerter und stellten sie, mit der Spitze nach unten, vor sich mit der rechten Hand auf dem Knauf, auf. Nun begann dumpf eine Kriegstrommel zu schlagen und unter ihrem monotonen »Bumm Bumm« marschierten nun die Jungritter ein. Sie trugen ebenfalls Kettenhemden und Wappenröcke, welche natürlich bei Weitem nicht so kostbar waren, wie die ihrer Landesherren. Wie zehn schimmernde Perlenschnüre reihten sie sich dann vor ihren jeweiligen Fürsten auf. Dann erklangen erneut die Fanfaren und die erste Reihe der Jungritter bestieg das Podest, nahm den Helm ab und beugte das rechte Knie. Laut verlas der Herold des Königs die Namen der ersten zehn Kandidaten. Danach sprachen die Feudalherren die traditionellen Worte und berührten dabei die Jungritter mit der flachen Seite ihrer Schwerter auf beiden Schultern. Ragnor, der in der Kaarborger Reihe an fünfter Stelle stand, fühlte eine tiefe Dankbarkeit für Graf Rurig, der ihm diesen Tag ermöglicht hatte. In Kürze würde er ein vollwertiges Mitglied der Adelsgesellschaft sein. Er konnte dann endlich sein Lehen selbst übernehmen, das bisher noch unter Verwaltung der gräflichen Kanzlei gestanden hatte und mit seiner Heike nach Vidakar ziehen. Im Gegensatz dazu würden sich die meisten der anderen frischgebackenen Ritter als Leibritter eines Feudalherren oder als Reichsritter verdingen müssen, um ihren Lebensunterhalt bestreiten zu können.

Dann war er an selbst an der Reihe und stieg langsam, zum Schlag der Kriegstrommel, die zehn Stufen hinauf. Graf Rurig lächelte, als Ragnor den Helm abnahm und das Knie beugte. Nachdem sein Name aufgerufen worden war, sprach der Graf die rituelle Formel und berührte dabei die beiden Schultern Ragnors zweimal mit dem Schwert: »Ragnor da Vidakar. In Amas Namen schlage ich Euch zum Ritter von Caer. Möget Ihr allezeit dem Ehrenkodex der Ritterschaft treu sein, der Euch verpflichtet, jedermann Schutz zu gewähren und Gerechtigkeit walten zu lassen, wann immer Ihr gebeten werdet.« Während die Zeremonie fortschritt und auch seine Kameraden, nach und nach, zu Rittern geschlagen wurden, gingen Ragnor wehmütige Gedanken durch den Kopf. Die Gemeinschaft der Jungritter, welche im vergangen Krieg mit Blut geschmiedet worden war, war mit dem heutigen Tage beendet und er würde in Zukunft seine Freunde nur noch selten sehen. Lamar da Niewborg kehrte zu seinem Vater zurück, um den Platz an seiner Seite einzunehmen. Rolf da Maarborg wie auch Oswald da Kormon traten den Reichsrittern bei und Ansgar da Lorcamon verdingte sich als Grafenritter in Kaarborg. Er würde eine Familie gründen, sein Lehen übernehmen und in Vidakar eine Burg für Kaarborg errichten. Heute war der Beginn eines neuen Lebensabschnittes für all jene, die heute ihren Ritterschlag erhielten.

Beim Fest am Abend im Salamanca konnten die jungen Leute erst einmal ausgelassen feiern. Die Prinzessin und Heike da Farsborg waren aber nicht die einzigen Frauen, denn Lamar da Niewborg hatte seine beiden Schwestern miteingeladen, die ebenfalls in Caerum weilten. Der Wirt hatte sich, zur Feier des Tages, etwas ganz Besonderes einfallen lassen und zwei Musiker engagiert. So wurde an dem Abend nicht nur köstlich getafelt, sondern auch ausgiebig getanzt. Ragnor war wirklich dankbar, dass ihm sein Mündel Mirana aus einer ihrer Launen heraus, ein paar Tanzschritte beigebracht hatte. Er hatte das damals als albern empfunden, aber ihr zu Liebe mitgemacht. Margitta da Caers strahlende Erscheinung hatte, gleich zu Beginn des Abends, Lamar da Niewborg und Rolf da Maarborg gefangen genommen und sie überboten sich darin ihr den Hof zu machen. Sie tanzte gerne mit ihnen und sie fand die beiden auch sehr nett, doch wirklich interessant fand sie nur Ragnor. Sie wusste auch nicht so recht warum, denn dieser hatte nur Augen für seine Heike. Deshalb nutzte sie die Gelegenheit, ihre beiden Verehrer über Ragnor auszufragen. Bei Lamar da Niewborg, der, wie sie selber, dem Hochadel angehörte, fragte sie, betont Unwissenheit vortäuschend: »Lieber Lamar. Sagt mir, was ist an diesem Ragnor denn so ungewöhnlich, dass alle Welt von ihm spricht?« Mit einem Augenaufschlag fuhr sie dann fort: »Ich verstehe ja nicht so viel von militärischen Dingen!«

Lamar lächelte nachsichtig und antwortete: »Wenn Ihr ihn näher kennenlernt, werdet Ihr das schon noch herausfinden. Für mich ist er einfach ein guter Freund mit einer außerordentlichen Begabung für militärische Taktik. Ihr hättet zum Beispiel mal sehen sollen, wie er die Flotte der Kralapiraten mit seinen neuartigen Brandpfeilen vernichtet hat. Das war schon beeindruckend!«

»Dann ist er doch sicherlich ungeheuer eingebildet! Schließlich ist er nur ein Bauer, der viel zu schnell aufgestiegen ist«; bohrte die Prinzessin in bewusst herablassendem Ton nach. Lamars Gesicht verschloss sich und er antwortete fast brüsk: »Da muss ich Euch leider enttäuschen." Ragnor ist der bescheidene Mensch geblieben, als den ich ihn einst kennengelernt habe und dafür schätze ich ihn. Außerdem kann ich Eure offensichtlichen Standesdünkel nicht teilen. Ich bin der Auffassung, dass man einen Mann nach seinen Leistungen und nicht nach seiner Geburt beurteilen sollte!« Margitta ging darauf gar nicht weiter ein, sondern bat ihn lediglich freundlich: »Seid doch so gut, lieber Lamar und holt mir noch ein Glas von dem köstlichen zephirischen Rotwein!« Margitta verbiss sich dabei, nur mit Mühe, ein Lachen und beschloss Lamar da Niewborg vorerst schmoren zu lassen. Sollte er sie ruhig erst einmal für eine eingebildete Ziege mit Standesdünkeln halten.

Kurze Zeit später ergab sich die Gelegenheit, mit Rolf da Maarborg ungestört über Ragnor zu sprechen, nachdem dieser in einer Tanzpause eine seiner Balladen zum Besten gegeben hatte. »Ein wirklich gelungener Beitrag, lieber Rolf.

Wollt ihr nicht lieber ein Barde werden, anstatt Eure Talente ans Kriegshandwerk zu verschleudern?« Damit hatte die kluge Prinzessin genau den Punkt getroffen, denn Rolf antwortete ihr ehrlich und sehr erfreut, dass sich seine Angebetete für seine Musik interessierte: »Vielleicht werde ich das eines Tages tun. Leider ist Caer kein gutes Pflaster für Barden, wenn man damit seinen Lebensunterhalt bestreiten muss!«

»Ich habe gehört, dass Ragnor auch auf der Laute spielt? Er scheint ja viele Talente zu besitzen«, lenkte Margitta das Gespräch auf ihr eigentliches Ziel zu. »Ja, das stimmt. Ich bin sehr froh, dass ich bei meinen Kameraden jemand gefunden habe, der sich nicht nur für Pferde und Schwerter interessiert!« Sag mal, mein lieber Rolf. Ragnors Name ist in Caerum in aller Munde und jeder, mit dem ich gesprochen habe, sagt nur das Beste über ihn. So einen perfekten Menschen kann es doch gar nicht geben?« Rolf lächelte und antwortete: »Er ist mein Freund und ich halte sehr viel von ihm. Aber er ist nicht ohne Fehler. Ihr müsstet ihn einmal erleben, wenn er in Wut gerät. In solchen Momenten ist er völlig unberechenbar.«

Rolf da Maarborg war Wachs in den Händen der Prinzessin und so erfuhr sie aus erster Hand Dinge über Ragnor, die sie nicht vermutet hätte. Je mehr Rolf erzählte, desto neugieriger wurde Margitta. Kurz vor Mitternacht tanzte Ragnor schließlich mit der Prinzessin, nachdem ihn Heike ermahnt hatte, wenigstens einmal mit jedem der anwesenden Mädchen zu tanzen. Als die Prinzessin dann schließlich wieder zu Hause in ihrem Bett lag, fragte sich Margitta, warum sie während des Tanzes nicht versucht hatte, ein Gespräch mit Ragnor zu beginnen. Das war ihr noch nie passiert, aber sie war auf eine merkwürdige Art befangen gewesen, sodass sie keinen klaren Gedanken hatte fassen können.

Am nächsten Morgen versammelten sich die Zuschauer wieder in der Kampfbahn, um den Wettstreit der Ritterschulen zu beobachten. Dieser war vor fünf Jahren das erste Mal ausgetragen worden. Insgesamt traten acht Dreiergruppen frischgebackener Ritter zum Wettstreit an. Sie kamen aus den Grafschaften Caer, Kaarborg, Seeland und Momland, aus den Baronien Vuerkon und Niewborg und natürlich aus der Reichsburg, da die Reichsritter, wie immer, die meisten jungen Männer zu Rittern ausgebildet hatte. Sie bildeten etwa ein Drittel aller jungen Adeligen zu Rittern aus, was ihnen in den letzten fünf Jahren auch stets den Turniersieg gebracht hat. Dennoch war Heike zuversichtlich, dass dieses Mal die Kaarborger den Sieg davon tragen würden. Schließlich war der beste Ausbilder der Reichsritter, der Großmeister Svartan da Kaarkon, im letzten Jahr in Kaarborg tätig gewesen. Dies war dem Umstand zu verdanken, dass ihn der König nach der Ermordung von Rurigs Bruder zum Verweser der verwaisten Grafschaft eingesetzt hatte, bis Rurig da Kaarborg sein Erbe hatte antreten können. Im Wettstreit der Schulen trat jede Schule gegen jede Schule an, wobei die Paarungen der jungen Ritter, die jeweils gegeneinander zu kämpfen hatten, ausgelost wurde. Diese traten dann in der Arena gegeneinander an und ein Kampfgericht aus sieben Rittern, die durch ein Losverfahren bestimmt worden waren, entschied über den Sieger, falls es keinen eindeutigen Ausgang des Treffens gab. Eindeutig war der Sieg immer dann, wenn einer der Kontrahenten vom Pferd geworfen wurde, während der andere im Sattel blieb. Für die Kaarborger traten Ralph da Caer, Lamar da Niewborg und Ragnor da Vidakar an. Margitta, Heike und Lamars Schwestern schrien sich auf der Tribüne die Kehlen heiser, gerade wenn die Kaarborger in der Kampfbahn waren. Während des Vormittags hatten es die Kaarborger mit den Kämpfern aus Caer, Momland, Vuerkon und Niewborg zu tun, die ihnen keine allzu großen Probleme bereiteten. Als sich schließlich Zuschauer und Akteure zum Mittagessen versammelten, lagen die Kaarborger, zusammen mit den Vertretern der Reichsritter mit je zwölf Siegen, an der Spitze der Zwischenwertung und es wurden unter den Zuschauern fleißig Wetten abgeschlossen, welche der Schulen das Turnier wohl letztendlich gewinnen würde. Ragnor, der die ihm zugelosten Gegner ohne größere Mühe überwunden hatte, beobachtete auch, während seine Gruppe pausierte, die anderen Kämpfe mit großer Genauigkeit. Zwei Vertreter der Reichsritter waren wirklich außerordentlich gut und er war sich nicht sicher, ob er erfolgreich gegen sie bestehen könne, falls er am Nachmittag gegen sie antreten sollte. Er beherrschte den ritterlichen Kampf mit der langen Lanze inzwischen zwar recht gut, aber er hatte seine Abneigung gegen diese Art zu kämpfen trotzdem nie ablegen können. Der gerade beendete Krieg hatte daran nichts geändert, sondern ihn, im Gegenteil, in seiner skeptischen Haltung bestärkt. Es hatte sich klar gezeigt, dass nach dem ersten Zusammenprall von Panzerreitern meist Schwert oder Kampfaxt entschieden, wer das Schlachtfeld letztendlich als Sieger verließ. Das lag schon ganz einfach daran, dass sich gut ausgebildete Ritter im Zweikampf kaum aus dem Sattel heben ließen, sondern es ihnen, in der Regel, gelang auszuweichen und die Lanzenspitze mit dem Schild abzulenken. Das war bei einem Turnier in der Kampfbahn natürlich anders, da das Anreiten zwischen den Stangen nicht genügend Raum für derartige Ausweichmanöver ließ.

Dann war es schließlich soweit. Die Kampfrunde mit den Reichsrittern stand an und Ralph da Caer war sehr zuversichtlich, dass sie auch diese gewinnen würden, da die Kaarborger in der Gesamtwertung mit einem Punkt Vorsprung führten, nachdem ihre schärfsten Konkurrenten im Treffen gegen die Seeländer ein Gefecht verloren hatten. Als die Auslosung der Paarungen bekannt gegeben wurde, war Ragnor wenig begeistert, denn Ralph da Caer, als ihrem besten Lanzenkämpfer, war ausgerechnet der Schwächste der Reichsritter zugelost worden, während Lamar und er selbst die beiden schweren Brocken abbekommen hatten. Ralphs Gefecht war das erste und er besiegte den angehenden Reichsritter souverän, wie bereits alle seine vorherigen Gegner. Dann folgte Ragnors Freund, Lamar da Niewborg. Er hielt sich gut gegen seinen starken Gegner und beide Kontrahenten blieben nach dem Treffen auf ihren Pferden. Ragnor meinte zunächst, dass Lamar den Sieg davon getragen habe. Doch das Kampfgericht entschied anders und wies den Siegpunkt den Reichsrittern zu. Ragnor war nicht glücklich darüber, dass die Entscheidung zugunsten der Kaarborger nun ganz allein an ihm hing. Hätte Lamar gewonnen, wäre sein Gefecht ohne Bedeutung für den Sieg gewesen. Doch es war keine Zeit für langes Grübeln. Schon tönte die Fanfare Ragnor in die Bahn. Ein letzter Blick durch die Sehschlitze seines Panzerhelms auf seinen Gegner und schon preschten die beiden Kontrahenten aufeinander zu. Ragnor sah die Lanze des Gegners kommen, konnte sie mit dem Schild abfangen und zur Seite lenken. Er traf in demselben Moment auch den Schild seines Gegners. Der Lanzenstoß seines Kontrahenten war ausgesprochen wuchtig gewesen, sodass Ragnor ihm, durch Beugen seines Oberkörpers, die Kraft hatte nehmen müssen. Er war sich sicher, den Schild des Gegners ebenfalls gut getroffen zu haben, aber auch dieser hatte sich problemlos im Sattel halten können. Als Ragnor am Ende der Kampfbahn sein Pferd gezügelt hatte und das Visier des Panzerhelmes lüftete, sah er in den angespannten Gesichtern von Ralph und Lamar, die dort auf ihn gewartet hatten, dass die Entscheidung eng werden würde. Er zog seinen Hengst Quesan herum und sah gespannt zur Tribüne hinauf, wo das Kampfgericht saß.

Es dauerte diesmal ziemlich lang, bis der Herold nach vorne trat und verkündete: »Sieger des letzten Treffens ist Tjore da Kjellund! Damit kommt es zum Punktegleichstand zwischen den Schulen von Kaarborg und der Reichsritter. Das Kampfgericht wird in Kürze entscheiden, wer zum Sieger gekürt werden wird!«

»So ein verdammter Mist«; ließ Ralph da Caer seinen Gefühlen freien Lauf und funkelte seine beiden Mitstreiter ärgerlich an. »Musstet ihr gleich beide verlieren! Jetzt kann es sein, dass die Reichsritter den Sieg davon tragen, weil sie den direkten Vergleich gegen uns, zwei zu eins, gewonnen haben.«

»Jetzt rege dich nicht so auf! Wir haben getan, was wir konnten. Unsere Gegner waren wirklich gut! Du hast ja schließlich den schwächsten der drei abbekommen«, rechtfertigte sich Lamar, den Ralphs Vorwurf sichtlich ärgerte. »Ich hätte auch die anderen beiden geschlagen«, versetzte

Ralph hochmütig. »Die hätten auch keine Chance gegen mich gehabt!«

»Nun streitet euch nicht!«, versuchte Ragnor zu vermitteln. »Es ist schon möglich, dass du die beiden vielleicht hättest schlagen können. Aber wenn beide Kontrahenten auf den Pferden bleiben, entscheidet nun mal das Kampfgericht!«

Ralphs Gesicht verschloss sich, er wandte sich ab und grummelte weiter irgendetwas vor sich hin, das Lamar und Ragnor aber nicht verstehen konnten. Wieder ertönte die Fanfare, unterbrach die Missstimmung bei den Kaarborgern und der Herold trat nach vorne: »Das Kampfgericht hat entschieden, dass die Schulen von Kaarborg und der Reichsritter gemeinsam zu Siegern des Turniers erklärt werden.« Ragnor lächelte erleichtert und meinte zu den beiden anderen gewandt: »Kommt lasse uns zu den Reichsrittern hinüberreiten, um ihnen zu gratulieren!«

Lamar stimmte ihm sofort zu, doch Ralph ließ, offenbar immer noch schlecht gelaunt, vernehmen: »Ohne mich. Ich gratuliere denen doch nicht auch noch! Es war mein Sieg, ganz allein mein Sieg!«

Ragnor schüttelte nur den Kopf über Ralphs kindisches Verhalten und ritt mit Lamar auf die andere Seite der Kampfbahn. Dort angekommen, reichte er seinem direkten Gegner die Hand und sagte förmlich: »Tjore da Kjellund. Ich möchte Euch und Euren Kameraden, im Namen der Kaarborger, zu Eurer ausgezeichneten Leistung gratulieren.«

»Vielen Dank für Eure freundlichen Worte! Wir geben das Kompliment gerne zurück«, antwortete der Angesprochene sehr erfreut über das Kompliment. Als sie etwas später ihre die Pferde am Tor der Reichsburg an ihre Knappen übergaben, lud Ragnor, einer spontanen Eingebung folgend, die drei Reichsritter zu ihrer abendlichen Feier ins Salamanca ein. Die drei nahmen die Einladung gerne an und als Ragnor dann mit Lamar zu seinem Quartier ging, meinte dieser zustimmend: »Das sind wirklich nette Kerle und es war eine wirklich gute Idee sie einzuladen.«

Das Fest an diesem Abend, begann in ausgelassener Stimmung, auch wenn Ralph da Caer der Feier fernblieb, obwohl er selbstverständlich ebenfalls eingeladen worden war. Insbesondere seine Schwester war sehr erbost darüber und hat daraufhin ihn wutentbrannt einen arroganten Holzkopf genannt, nachdem ihre Bemühungen, ihn umzustimmen, auf taube Ohren gestoßen waren. Dieses Mal war das Essen ganz besonders köstlich, denn Graf Rurig da Kaarborg hatte sein Versprechen eingelöst den Abend zu bezahlen, sofern die Kaarborger Ritterschule den Sieg davon tragen würde und er hatte sich bei seiner Bestellung wirklich nicht lumpen lassen. Die jungen Leute schwelgten in exotischen Genüssen und besonders die drei Vertreter der Reichsritter, die das Salamanca zum ersten Mal besuchten, sparten nicht mit Lob. Nach dem ausgiebigen Schlemmen wurde wieder fleißig getanzt und Margitta da Caer ertappte sich dabei, dass sie, während sie mit den jungen Männern tanzte, die sich darum rissen sie auffordern zu dürfen, fast unentwegt versuchte, Ragnor im Auge zu behalten. Ärgerlich über sich selbst, versuchte sie sich abzulenken, indem sie heftig mit ihren zahlreichen Verehrern schäkert und auch dem Sommerpunsch reichlich zusprach. Doch als Ragnor sie etwas später am Abend schließlich zu einem Tanz aufforderte, meinte sie in seinen Armen zu schweben. Nach diesem Tanz saß sie einen Augenblick ganz versonnen auf ihrem Platz und sinnierte darüber, ob es wirklich nur am Punsch gelegen hatte, dass sie diesen Tanz mehr als alle vorhergegangenen genossen hatte. Ragnor, der ihren berauschten Zustand wohl bemerkt hatte, ging nach dem Tanz für einen Moment nach draußen, um frische Luft zu schnappen. Es war ein klarer Spätsommerabend und so kurz vor Mitternacht standen die beiden Monde Makars einträchtig am Himmel und tauchten die Silhouette der großen Stadt in ihr warmes Licht. Den Rücken entspannt am Stützbalken des Vordaches lehnend, sah der junge Mann zum klaren Sternenhimmel hinauf, und sog die kühle Luft in tiefen Zügen ein. »Junger Herr, eine milde Gabe für einen alten Veteranen«, unterbrach ihn eine zittrige, brüchige Stimme. Ragnor schreckte aus seiner Betrachtung des Nachthimmels auf und erblickte einen gebückt gehenden weißhaarigen Mann, welcher offenbar gerade um die Ecke des Gasthauses gebogen war. Er sah die bittend ausgestreckte Hand und reichte dem Alten einige Kupferpfennige. »Vielen Dank, junger Herr für Eure Freundlichkeit. Könnt Ihr mir sagen, ob ich in dem Gasthaus wohl eine warme Suppe für Eure Gabe bekommen könnte? Ich habe heute noch nichts gegessen!« Ragnor überlegte einen Moment und sagte dann freundlich: »Behaltet das Geld und kommt mit mir ins Gasthaus. Wir feiern gerade unseren Sieg beim Turnier und es ist sicherlich noch mehr als genug davon übrig, um Euch eine ordentliche Mahlzeit zukommen zu lassen!« Überschwänglich bedankte sich der Alte und Ragnor führte ihn den Schankraum, wo er den Wirt anwies, dem Bettler Speis und Trank zu reichen. Dann ging er zu seinen feiernden Freunden zurück und begann ein Gespräch mit Tjore da Kjellund über das große Turnier, dass übermorgen beginnen würde: »Rechnest du dir übermorgen beim Lanzenkampf gute Chancen aus?«, fragte er neugierig nach, denn er hielt den jungen Reichsritter für den besten Lanzenkämpfer unter den Jungrittern.

»Ja, ich habe eine kleine Chance mit vorne dabei zu sein«, antwortete Tjore bescheiden. »Aber es wird natürlich sehr viel schwerer werden. Denn in der aktiven Ritterschaft gibt es einige wirklich ausgebuffte Turnierkämpfer!«

»Wirst du auch teilnehmen?«, fragte er dann neugierig zurück. »Nein, das werde ich nicht«, antwortete Ragnor lächelnd. »Ich will am zweiten Turniertag, um den Titel des ersten Schwertträgers des Königs kämpfen. Da rechne ich mir mehr Chancen aus, als mit der Lanze. Mit dem Zahnstocher bin ich höchstens guter Durchschnitt.« Tjore lachte und meinte dann: »Das glaube ich zwar nicht, aber wenn du dir mit dem Schwert mehr zutraust, nur zu. Ich für meinen Teil würde im Schwertkampf vermutlich nicht allzuweit kommen.« Ragnor prostete Tjore, den er trotz seiner geraden unkomplizierten Art wirklich mochte zu und versprach ihm: »Ich werde dir übermorgen auf jeden Fall die Daumen drücken. Vielleicht treibt dich ja das Losglück unseren stolzen Prinzen vor die Lanze. Dann wird sich zeigen, wer von euch beiden der Bessere ist. Aber sei gewarnt! Er ist wirklich gut.« Tjore nahm einen genussvollen Schluck vom roten Wein und antwortete mit einem Schmunzeln: »Das weiß ich wohl. Ich habe ihn genau beobachtet und seinen Trick mit der eingedrehten Lanze verwende ich manchmal selber. Würde sicher ein interessantes Duell werden, falls wir übermorgen aufeinander träfen.«

In diesem Moment trat der Wirt an seinen Tisch und fragte: »Edler Ragnor. Mein Partner Goosens würde Euch gerne kurz zu sprechen, wenn es Eure Zeit erlaubt.«

Ragnor stimmte gerne zu, denn er hatte eh vor, sich bei Goosens für die großzügige Bewirtung, welche er mit Heike in den letzten Wochen hatte genießen dürfen, zu bedanken. Er klopfte an der Tür und Goosens sonore Stimme rief laut: »Herein.«

Ragnor trat ein und blieb wie angenagelt auf der Schwelle stehen. Im Zimmer saß der Alte, dem er vor kurzem ein kostenloses Abendessen verschafft hatte. Suchend sah er sich um, doch Goosens war nirgends zu entdecken. Sein Blick kehrte zu dem Alten zurück, der gar nicht mehr so bescheiden dreinschaute, wie draußen vor der Tür, sondern breit grinste. Da fiel es Ragnor wie Schuppen von den Augen und er fragte verblüfft: »Seid Ihr das, Goosens?«

Anstatt einer Antwort fing sein Gegenüber langsam an, seine Verkleidung abzulegen. Zuerst nahm er die Perücke mit den weißen filzigen Haaren ab, zog sich die runzelige Haut, die aus irgendeiner elastischen Masse zu bestehen schien von Gesicht und Handrücken, um sich schließlich mit einem Lappen, welcher mit einer hellen Flüssigkeit getränkt war, die Farbe von den Zähnen zu wischen. Verschmitzt sah der Spion des Königs auf und sagte dann, mit der Stimme des alten Mannes: »Da staunt Ihr junger Mann. Nicht wahr!«

Ragnor lachte und antwortete: »Da staune ich wirklich. Ich hätte Euch in dieser Verkleidung niemals erkannt. Und dann diese Stimme. Wie habt Ihr das gemacht?« Goosens schmunzelte und antwortete dann mit seiner normalen Stimme: »Übung, mein junger Freund. Jede Menge Übung.

Bitte entschuldigt, dass ich Euch als Testperson missbraucht habe, aber Hassan kann ich nicht mehr täuschen, und ich wollte sicher gehen, dass es funktioniert.« Ragnor wiegelte ab und erkundigte sich ausgesprochen interessiert bezüglich der Möglichkeiten, sein Äußeres zu verändern. Erstaunt erfuhr er, dass es nur wenig gab, was man nicht tun konnte und dass man mit viel gymnastischer Übung sogar einen Einbeinigen mimen konnte. Sie unterhielten sich eine ganze Weile angeregt über Goosens Gewerbe, sodass Heike, als er in den Schankraum zurückkehrte, neugierig nachfragte, wo er denn so lange geblieben war. Er erzählte Ihr von Goosens Bitte, ihn kurz zu treffen und dass er sich bei dem Spion für die großzügige Bewirtung im Salamanca bedankt hatte, behielt aber seine Kenntnis von Goosens Verkleidungskünsten für sich. Warum er das tat, wusste er selbst nicht so recht, hielt es im Moment aber für richtig, ihr nichts davon zu erzählen.

Am darauffolgenden Tag, an welchem das Turnier traditionell ruhte, ging Ragnor mit gemischten Gefühlen zum Frühstück. Während sich die anderen jungen Männer vergnügten, musste er nun beim Standesgericht erscheinen, wegen dieses Vorwurfs des Barons von Loza, Ragnor hätte dessen Sohn in Santander ermordet. Obwohl er sich der Richtigkeit seines Tuns sicher war, überkam ihn ein mulmiges Gefühl in der Magengegend, als er nach dem Frühstück, das er ohne Appetit zu sich genommen hatte, zu Graf Rurigs Quartier hinüberging. Dieser empfing ihn gut gelaunt und munterte Ragnor, als er dessen bedrückte Miene bemerkte, mit den Worten auf: »Was ist denn los? Hast du gestern zu fleißig gefeiert oder warum schaust du so mürrisch aus der Wäsche. Du wirst dir doch nicht etwa wegen der lächerlichen Verhandlung Sorgen machen?«

»Ich mache mir nicht wirklich Sorgen. Aber es gibt Schöneres, als vor dem Standesgericht als Angeklagter zu erscheinen«, antwortete Ragnor mit einem schiefen Grinsen. Wenig später saßen sie im Sitzungssaal des Standesgerichtes, welches unter dem Vorsitz von Jörgen da Tjöreborg, einem Prätor der Reichsritter, tagte, der aus der Grafschaft

Momland stammte, wie ihm Graf Rurig Ragnor leise zuflüsterte. Nachdem auch der Kläger Baron Per da Loza eingetroffen war, eröffnete der Vorsitzende die Verhandlung, indem er die Anklage verlas: »Der Ritter Ragnor da Vidakar, Gefolgsmann des Grafen Rurig da Kaarborg, wird vom Baron Per da Loza beschuldigt, während der Belagerung der Kaarborger Hafenstadt Santander, dessen Sohn Hamkar da Loza hinterrücks und aus niederen Motiven erschlagen zu haben! Das hohe Gericht fordert hiermit den Kläger Baron Per da Loza auf, seine Klage zu begründen und durch seine Zeugen belegen zu lassen!« Per da Loza, demonstrativ in ein schwarzes Trauergewand gehüllt, erhob sich und sah anklagend zur Kaarborger Bank hinüber, bevor er zu sprechen begann: »Ich, Per Baron von Loza, beschuldige Ragnor da Vidakar des feigen Mordes an meinem Sohn Hamkar. Ich werde beweisen, dass er, meinen geliebten Sohn, aus niederen Beweggründen ermordet hat! Ich klage ihn an, meinen Sohn in eine Falle gelockt und dann, im Bund mit zwei Stadtsoldaten der Kaarborger Garnison, in Santander erschlagen zu haben. Mein armer Sohn hat sich zwar tapfer gewehrt und zwei seiner Gegner getötet, aber er hatte letztendlich keine Chance gegen diese Übermacht. Wir werden nun durch eine Zeugenaussage beweisen, dass Ragnor da Vidakar meinen Sohn in eine Falle gelockt hat, und wir werden auch unwiderlegbare Hintergrundinformationen liefern, die den unbegründeten Hass von Ragnor da Vidakar gegen meinen Sohn belegen werden. Hierzu rufe ich den ehrenwerten Ritter Fukur da Seeborg, Gefolgsmann des Grafen von Momland, als Zeugen auf.«

»Ehrenwerter Ritter? Dass ich nicht lache!«, machte Ragnor seiner Empörung Luft, indem er leise vor sich hin fluchte. Und die Bezahlung für seinen Auftritt hier vor dem Standesgericht war auch schon erfolgt, denn der Graf von Momland hatte Fukur offenbar ein Lehen für seine Gefälligkeiten versprochen. Aber dieser Bastard würde sich nicht lange daran erfreuen können, dessen war sich Ragnor sicher. Der Zweikampf, der wegen Fukurs Meineid, vor dem Standesgericht in Kaarborg noch ausstand, würde irgendwann in den nächsten Wochen anberaumt werden, wie ihm der Großmeister der Reichsritter auf seine Anfrage hin, mitgeteilt hatte. Seine Gedanken wurden durch den Auftritt Fukur da Seeborgs unterbrochen, der stolz, in die Farben Momlands gehüllt, vor den Richtertisch trat und sich tief verbeugte. »Fukur da Seeborg, tretet vor und sprecht. Bedenkt bei allem, was Ihr hier aussagt, dass dieses Gericht Euch auffordern kann Eure Aussage später zu beeiden!«, forderte ihn der Vorsitzende mit ernster Miene auf. Fukurs kalte Augen verrieten keinerlei Unsicherheit, als er sagte: »Hohes Gericht! Ich bin mir dessen bewusst und bereit meine Aussage jederzeit zu beeiden!« Als keine Antwort vom Richtertisch erfolgte, wandte er sich Ragnor zu, deutete mit dem Finger auf ihn, und begann mit seinen Ausführungen: »Ragnor da Vidakar hat seit dem Tag, an welchem er seine Ausbildung zum Ritter auf Burg Kaarborg aufnahm, eine unerklärlich Abneigung gegen meinen Freund Hamkar und meine Person gehegt. Ich kann mir das bis heute nicht erklären, will Ihnen aber anhand einiger Beispiele verdeutlichen, auf welche niederträchtige Art, er versucht hat uns zu schaden!« Nun wandte er sich wieder dem Richtertisch zu, nicht ohne einen kurzen Blick mit dem Baron von Loza zu wechseln, der ihm aufmunternd zunickte, und fuhr engagiert fort: »Das erste Mal, als er versucht hat Hamkar und mich zu vernichten, war, als er einen unglücklichen Unfall seines Mündels dazu benutzt hat, mich eines Mordversuches zu bezichtigen. Als Hamkar mir dann beisprang und bezeugte, dass ich, zur fraglichen Zeit gar nicht am Ort des Unfalles gewesen sein konnte, hat er ihn anschließend des Meineides bezichtigt. Es war nur der besonnenen Verhandlungsführung des Vorsitzenden des Standesgerichtes zu verdanken, dass es uns gestattet wurde, unseren Ruf durch ein Gottesurteil reinwaschen zu dürfen! Aber damit nicht genug! Als er selbst dann beim Kampf um Burg Farsborg verwundet worden ist, hat er sogar versucht, den armen Hamkar des Mordversuches an seiner Person zu beschuldigen, doch der ehrenwerte Prätor Sven da Momland wies, gegen den massiven Widerstand des Admirals der Kaarborger Flotte, einem bürgerlichen Spießgesellen Ragnors, diesen Vorwurf als unbegründet ab!« Ragnor saß auf seinem Platz und musste sich an der massiven Tischkante festklammern, sodass seine Knöchel ganz weiß anliefen, um nicht aufzuspringen, um diesem unverschämten Lügner an die Gurgel zu gehen. »Es war unglaublich, wie Fukur die Tatsachen verdrehte und sie, zugegeben recht geschickt, ins Gegenteil verkehrte. Fukur da Seeborg, der die ohnmächtige Wut seines Intimfeindes wohl bemerkte, fuhr fast genüsslich mit anklagender Stimme fort: »Doch letztendlich hat er den armen Hamkar doch erwischt und hinterrücks in eine Falle gelockt. Als wir in Santander zum Sammeln ritten, hat Hamkar von Ragnor eine Nachricht per Boten erhalten, sich bei ihm zu melden. Ich habe das selbst gehört, denn ich saß neben Hamkar im Sattel und kann das auf meinen Eid nehmen!« Einen Moment herrschte Totenstille im Gerichtssaal, dann räusperte sich der Vorsitzende und sagte: »Ritter Fukur! Es ist Euch bewusst, dass ihr hier eine ungeheuerliche Anklage erhebt, die zu allen Informationen, die dem hohen Gericht bisher zur Kenntnis gelangt sind, in scharfem Widerspruch steht. Ich hoffe, Ihr seid Euch der Konsequenzen eines Meineides bewusst!« Dann wandte er sich an die Kaarborger Bank, blickte dabei Ragnor ernst an und sagte: »Ritter Ragnor da Vidakar! Ihr habt die gegen Euch erhobenen Vorwürfe gehört! Ich fordere Euch auf, dazu Stellung zu beziehen, und dabei Eure Zeugen zu benennen!« Ragnor erhob sich schwer, denn das Lügengebäude, das Fukur gerade hier aufgebaut hatte, ergrimmte ihn mächtig. Dann trat er vor, verbeugte sich kurz vor dem Richtertisch und begann mit leicht gepreßter Stimme, die seine nur mühsam unterdrückte Erregung verriet, zu sprechen: »Verehrter Herr Vorsitzender. Was wir hier gerade an Lügen und an dreister Verdrehung von Tatsachen gehört haben, ist kaum mehr zu überbieten! Ich habe hier nicht vor die ganze Vorgeschichte, welche Ritter Fukur hier zum Besten gegeben hat, noch einmal auszubreiten, um ihn zu widerlegen. Nur so viel zu Eurer Orientierung, wie glaubwürdig der Zeuge des Barons da Loza ist – Fukurs Vater, der Kastellan Korf da Seeborg, hat ihn verstoßen, wegen seiner Unehrenhaftigkeit!« Bei diesen Worten warf er einen kurzen Blick zu Fukur hinüber und stellte mit Genugtuung fest, dass dieser harte Hieb die kalte Selbstsicherheit, die dieser bisher hier zur Schau getragen hatte, seines Feindes durchbrach. Es gelang Fukur zwar seine Gesichtszüge unter Kontrolle zu halten, aber er konnte nicht verhindern, dass er im Gesicht rot anlief. Denn, obwohl er alle Brücken hinter sich abgebrochen hatte, saß der Stachel doch noch tief, als er an die letzte demütigende Begegnung mit seinem Vater zurückdachte.

Dieser kleine Sieg ließ Ragnor lockerer werden und seine Stimme klang frischer, als er mit seiner Aussage fortfuhr: »Hohes Gericht! Ich möchte nun unmittelbar zum Tod Hamkar da Lozas Stellung nehmen und weise den, gegen mich erhobenen, Vorwurf aufs Schärfste zurück, ich hätte Hamkar da Loza eine Nachricht zukommen lassen, um ihn an das Seitentor zu locken. Tatsache ist, dass Hamkar da Loza seine Kameraden im Stich gelassen hat, mit denen er gegen die angreifenden Harkonensöldner hätte reiten sollen, und sich, ohne Wissen seines damaligen Kommandeurs, Fulk da Leca, davongeschlichen hat, um Verrat zu begehen! Als Zeugen für diese Vorgänge benenne ich den ehrenwerten Reichsritter Boos da Maaslund. Wollt Ihr ihn jetzt rufen lassen, Euer Ehren?« Der Vorsitzende, Prätor Jörgen da Tjöreborg schüttelte ernst den Kopf und sagte: »Später, edler Ragnor, später! Bitte schildert dem hohen Gericht in Euren Worten die Ereignisse, welche zum Tod Hamkar da Lozas geführt haben!«

»An besagtem Tag, an welchem Hamkar da Loza zu Tode kam, erwarteten wir den ersten Sturmversuch der Harkonen auf die Mauern von Santander. Ich war zu dieser Zeit Adjutant von Admiral Menno und in dieser Eigenschaft, nicht dem Kommando der Ritterschaft unterstellt. Ich hatte an diesem Tage die Aufgabe zusammen mit den Pagen der Jungritter übernommen, mit Brandpfeilen auf den Rammbock zu schießen, welchen die Harkonen zum Brechen des Tores einsetzen würden. Die gesamte Ritterschaft rückte bereits im Morgengrauen durch ein Seitentor aus, um, auf dem Höhepunkt des gegnerischen Angriffes, die feindlichen Truppen mit einer konzentrierten Kavallerieattacke auseinanderzutreiben«, begann Ragnor seine Aussage. Dann wandte er sich direkt dem Vorsitzenden zu und sagte mit Nachdruck: »An dieser Stelle möchte ich Euch darauf aufmerksam machen, dass die Ritterschaft bereits im ersten Morgengrauen, also lange vor dem Beginn des Angriffes, ausgerückt ist. Ich dagegen die Mauer erst nach dem Zurückschlagen des ersten Angriffes verlassen habe, um Hamkar, den ich zufällig vorbeireiten sah, abzufangen. Dazwischen lagen mehr als drei Stunden und es stellt sich die Frage, wo hat sich Hamkar denn inzwischen aufgehalten, wenn ich ihm angeblich einen so dringenden Befehl übermitteln ließ, wie Fukur da Seeborg uns glauben machen will? Glaubt irgendjemand allen Ernstes, dass ich ihn noch einmal ins Bett geschickt habe, bevor ich ihn an das besagte Seitentor habe kommen lassen?« Ragnor machte eine kurze Pause und ließ seinen Appell wirken. Und tatsächlich nickte der Vorsitzende bedächtig und einer der Beisitzer lächelte ihm sogar aufmunternd zu, so dass er frisch gestärkt fortfuhr: »Tatsache ist, dass ich Hamkar da Loza am Haupttor vorbeireiten sah und da er eigentlich draußen bei den Rittern hätte sein müssen, habe ich daraus den Schluss gezogen, dass er ein Verräter sein musste. Ich bin ihm daher unverzüglich zum Seitentor gefolgt, wo Hamkar versucht hat, die Wachen zu überreden, für ihn das Tor zu öffnen. Als er mich kommen sah, hat er die beiden Wachsoldaten am Tor hinterrücks niedergemacht. Dafür habe ich ihn dann zur Rechenschaft gezogen!«

»Ist es wahr, dass Ihr Hamkar da Loza anschließend den Kopf abgeschlagen habt und ihn zu den Belagerern hinuntergeworfen habt?«, fragte einer der Beisitzer mit erkennbarer Missbilligung in der Stimme nach. »Ja, das stimmt«, gab Ragnor ohne Zögern zu und setzte mit Nachdruck hinterher: »Es erschien mir die beste Möglichkeit, die Angreifer unverzüglich zu stoppen. Schließlich war dieser Mauerabschnitt nur spärlich besetzt und ich wollte unbedingt erreichen, dass sie den Angriff so schnell wie möglich abbrechen würden.« An dieser Stelle griff Jörgen da Tjöreborg beschwichtigend ein und sagte: »Ragnor da Vidakar: Ich danke Euch für

Eure Aussage. Es ist nicht Aufgabe dieses Gerichtes über die Enthauptung Hamkar da Lozas zu befinden, sondern, ob er zu Recht für einen Verrat gerichtet wurde!« Und als er sah, dass Hamkars Vater dabei war, empört aufzuspringen, fuhr er mit eisiger Stimme fort: »Sollte Hamkar da Loza ein Verräter gewesen sein, könnte ich für mein Teil an Ragnor da Vidakars Verwendung seines Kopfes nichts Verwerfliches finden!« Der Baron da Loza machte den Mund auf der Stelle wieder zu. Spöttisch lächelnd, rief der Vorsitzende den Zeugen Boos da Maaslund auf, seines Zeichens Reichsritter der Krone. Boos da Maaslund erhob sich, nickte Ragnor aufmunternd zu und trat vor den Richtertisch. Lächelnd musste der junge Mann daran denken, dass gerade dieser stolze Reichsritter einer seiner schärfsten Kritiker gewesen war, als er vor Farsborg die Knappen als Panzerreiter eingesetzt hatte. Doch durch in den schweren Kämpfen der Folgezeit und die bitteren Verluste, die dabei zu beklagen waren, wuchs zwischen ihnen langsam eine gegenseitige Achtung für die Qualitäten des jeweils anderen. Sein nostalgischer Gedankengang wurde vom Vorsitzenden unterbrochen, als dieser das Wort an Boos da Maaslund richtete: »Ehrenwerter Ritter! Das hohe Gericht erwartet von Eurer Aussage, Aufklärung über die Frage, ob Hamkar da Loza Verrat an der Sache Kaarborgs geübt hat, welcher er verpflichtet war.« Boos da Maaslund nickte zustimmend, verbeugte sich knapp und begann mit klarer Stimme zu sprechen: »Hohes Gericht! An besagtem Tage unterstand Hamkar da Loza dem Befehl von Fulk da Leca, der das Kommando, nach dem Ableben Sven da Momlands, über die Ritter in Santander innehatte. Ich kann beeiden, dass Hamkar da Loza weder Fulk da Leca, noch dessen Adjutant Ansgar da Lorcamon davon unterrichtet hat, dass er am Kampfeinsatz gegen die Harkonen nicht teilzunehmen gedachte. Dieser Umstand allein kann bereits als Verrat angesehen werden, denn er hätte für sein Fernbleiben, egal aus welchem Grund, die Genehmigung des Feldkommandanten einholen müssen. Viel schwerer als das, wiegt aber, dass wir in seinem Quartier einen Kreditbrief, unterzeichnet vom Harkonengeneral Kresta über fünftausend Goldtalente gefunden haben, der den versuchten Verrat wohl mehr als belegt!«

Rot vor Wut sprang der Baron da Loza auf und unterbrach die Aussage des Reichsritters, indem er schrie: »Alles Lüge! Den Kreditbrief habt ihr meinem Sohn doch bloß untergeschoben!« Krachend schlug der Vorsitzende mit der Faust auf den Tisch und sagte mit eisiger Stimme, als Per da Loza verstummt war: »Einhundert Goldtalente Strafe wegen Missachtung des Gerichtes! Das Wort hat der Zeuge Boos da Maaslund!« Dieser blitzte Per da Loza verärgert an und sagte mit gepreßter Stimme: »Doch dieser Kreditbrief ist nicht der einzige Beweis, den wir dem hohen Gericht vorgelegt haben. Es liegt ein weiterer Brief von General Kresta an Baron Kreeg da Harkon vor, den die Kaarborger Truppen einem Boten des Generals abgenommen haben. Aus diesem Brief geht zweifelsfrei hervor, dass Hamkar da Loza der Verräter gewesen ist!«

»Das ist alles Lüge und dieser Brief ist sicherlich auch nur eine weitere Fälschung«, ereiferte sich der Baron von Loza erneut. »Zweihundert Goldtalente wegen Missachtung des Gerichtes«, donnerte Jörgen da Tjöreborg und fuhr dann mit ruhiger Stimme fort: »Das hohe Gericht dankt dem Zeugen Boos da Maaslund für seine Aussage und wird sich nun zur Beratung zurückziehen. Die beiden Parteien haben sich in einer Stunde zur Urteilsverkündung wieder im Gerichtssaal einzufinden. Die Zeugen Fukur da Seeborg und Boos da Maaslund mögen ihre Aussagen in der Zwischenzeit nochmals überdenken und sich für die Beeidigung derselben bereithalten, falls es das hohe Gericht für notwendig befindet, diese einzufordern!« Das Gemurmel auf den Zuschauerbänken verstummte abrupt, als sich knarrend die Tür an der Stirnwand des Gerichtssaales, wieder öffnete und die, in rote Roben gekleideten, Richter den Raum betraten. Ragnor versuchte, beim Blick auf deren Gesichter, irgendeinen Hinweis auf das bevorstehende Urteil herauszulesen, doch konnte er nichts entdecken, was ihm einen Fingerzeig gegeben hätte. Der Vorsitzende blickte einen Moment, ernst und schweigend, in die Runde, schien jede Partei noch einmal eindringlich zu mustern und für einen Moment meinte man, die Spannung im Saal förmlich knistern zu hören! Für Ragnor schien es einen Moment, als ob sich dieses Schweigens endlos ausdehnen wolle. Doch dann erhob Jörgen da Tjöreborg endlich, laut und klar, verkündete er das Urteil: »Im Namen Amas des Gerechten verkünde ich folgendes Urteil: Nach eingehender Würdigung der vorgebrachten Aussagen und der vorgelegten Beweisstücke, wird die Klage des Barons Per da Loza gegen Ragnor da Vidakar abgewiesen. Hamkar da Loza hat seinen Tod selbst verschuldet, indem er mit dem Feind paktiert hat und somit Verrat an den Kaarborgern beging, denen er Gefolgschaft schuldig war!« Einen Moment innehaltend, ließ der vorsitzende Richter seine Worte wirken und blickte ernst in die Runde. Dabei behielt er besonders die Bank der Kläger im Auge. Doch Per da Loza und Fukur da Seeborg saßen nur mit verkniffenen Gesichtern da und sagten keinen Ton. Also fuhr er entschlossen fort: »Das Gericht verzichtet in diesem Verfahren ganz bewusst darauf, einen der Beteiligten zu vereidigen, aber wir können nicht umhin den Zeugen der Anklage, Fukur da Seeborg, aufs Strengste zu ermahnen in Zukunft mit seinen Aussagen weniger leichtfertig umzugehen.« Rurig da Kaarborg beobachtete aufmerksam Fukur da Seeborg, nachdem er selbst bei der Urteilsverkündung einen schnellen Händedruck mit Ragnor getauscht hatte, um ihn zu beglückwünschen. Doch wenn er eine Regung, oder so etwas wie Reue erwartet hatte, wurde er enttäuscht. Kein Muskel zuckte in Fukurs Gesicht. Nur in seinen Augen, die unentwegt auf Ragnor gerichtet waren, loderte der Hass, und der Graf begrub jede Hoffnung, dass das Gottesgericht vielleicht doch noch abgewendet werden könnte.

An diesem Abend feierte Ragnor seinen Erfolg mit seinen Freunden erneut im Salamanca und verbrachte dort auch mit seiner Heike die Nacht. Der junge Mann war glücklich über seinen Freispruch und gemeinsam berauschten sich die beiden an ihrer jungen Liebe. Heike freute sich schon sehr darauf, dass Ragnor mit ihr, am nächsten Morgen, gemeinsam zum Turnier der Lanzenkämpfer gehen würde, wo um die Krone des besten Ritters gekämpft werden soll. Es war das erste Mal, seit sie in Caerum weilten, dass er ihr für einen ganzen Tag alleine gehören würde.

Kapitel 7

Die Sonne kroch soeben über die Stadtmauer, als Ragnor und Heike durch die Tür des Salamanca in den frischen Herbstmorgen hinaustraten. Nach der kühlen, klaren Nacht war der Himmel strahlend blau, kein Wölkchen war zu sehen und es versprach ein wunderschöner Tag zu werden. Heike kuschelte sich fest in Ragnors Arm und genoss es sichtlich, mit ihm durch die erwachende Stadt zu schlendern. Die Seitengasse, in der das Salamanca lag war recht still gelegen. Das Bild änderte sich erst, als sie die Hauptstraße erreichten. Überall an den niedrigen Häusern der Unterstadt wurden die Fensterläden geöffnet. Händler und Handwerker waren emsig dabei, ihre Auslagen am Straßenrand aufzubauen und diese mit Waren zu füllen. Überall hing der Geruch von knusprig gebackenem Brot und frisch gebrühtem Kallatee in der Luft. Das machte richtig Appetit und da die beiden im Salamanca, außer einer Tasse Tee noch nichts zu sich genommen hatten, ließen sie es sich nicht nehmen, bei einem der zahlreichen Bäcker der Unterstadt einige süße Krapfen zu erstehen. »Es ist eine Lust zu leben!«, ließ Heike begeistert vernehmen, während sie genussvoll in einen, mit Waldbeermarmelade gefüllten, Krapfen biss. »Ja, ich habe auch schon schlechter gefrühstückt!«; stimmte Ragnor ihr grinsend zu, obwohl er eigentlich eher ein Anhänger von Eiern, Speck und frisch gebackenem kräftigem Graubrot war. Inzwischen hatten sie den Anfang die Oberstadt erreicht, wo es wieder ruhiger wurde, da sich hier oben, zwischen den Handelskontoren und vornehmen Bürgerhäusern, der morgendliche Beginn des Tagwerkes vorwiegend in den Gebäuden und Innenhöfen abspielte. »Mir gefällt die Unterstadt viel besser. Hier ist alles so schrecklich vornehm und es gibt überhaupt keine Ladengeschäfte«, mokierte sich die junge Frau und musterte dabei missbilligend die strengen Fassaden der hohen Bürgerhäuser. Ragnor, der ihre Lust am Einkaufen bereits kennengelernt hatte, lächelte und verkniff sich einen Kommentar, der ihm schon auf der Zunge gelegen hatte. Ihm persönlich gefiel die strenge Architektur der, ganz aus gebrannten Tonziegeln errichteten, Häuser der Reichen eigentlich recht gut. Die Oberstadt strahlte schlichte Eleganz und einen gediegenen Reichtum aus, auch wenn es ihr an dem Charme und der Buntheit der Einkaufsmeile mangelte.

Je näher die beiden dem Turnierplatz kamen, desto mehr vornehm gekleidete Menschen kamen aus Seitengassen und Hauseingängen, ebenfalls auf dem Weg zum großen Lanzenturnier. Als sie schließlich am großen Tor ankamen, hatte sich bereits eine lange Schlange gebildet, die Einlass begehrte. Geduldig stellten sie sich an und beobachteten belustigt, wie die eine oder andere Drängelei immer wieder zu kleineren Auseinandersetzungen führte, wobei sich dann meist die Damen echauffierten und miteinander zankten. Ragnor musterte die Menschen, die in ihrer Nähe standen und stellte fest, dass heute nur die Adeligen und wohlhabendere Bürger Einlass begehrten. Im Gegensatz zu den Jungrittertagen, an denen es freien Eintritt für jedermann gegeben hatten, wurde an den beiden Tagen des Hauptturniers von jedem Besucher jeweils ein Eintrittsgeld von zehn Kupferpfennigen erhoben, sofern er nicht Bewohner oder Gast einer der drei Stadtburgen war. Das war viel Geld, wenn man bedachte, dass dieser Betrag dem durchschnittlichen Tageslohn eines Arbeiters entsprach. Demzufolge konnte es sich das niedere Volk nicht leisten, dem Hauptturnier als Zuschauer beizuwohnen. Das war sicherlich auch ein wichtiger Grund, warum die Jungrittertage beim einfachen Volk inzwischen so beliebt waren. Schließlich am Tor angelangt, wurden die beiden jungen Leute als Gäste der Reichsburg, selbstverständlich ohne Bezahlung, eingelassen und stiegen, durch eine der steinernen Seitentreppen des Torbereiches, hinauf zu den Logenplätzen, während das Gros der Menge durch das Tor auf die Holztribünen strebte, welche unterhalb der steinernen Logen, für die Dauer der Turniertage, errichtet worden waren. Oben angekommen, wurden Ragnor und Heike von einem Pagen des königlichen Haushaltes zur Loge des Königs gebracht. Heikes Freundin Margitta hatte sich mit dieser Einladung für die abendlichen Gastmähler im Salamanca revanchiert.

Sie betraten die Loge, welche als vorgeschobener Balkon über den Holzrängen thronte und somit einen hervorragenden Einblick auf die Kampfbahn gewährte. Hier herrschte bereits reger Betrieb, denn der König hatte offenbar die Familien, all der mit ihm verbündeten Hochadeligen, eingeladen. Die beiden wurden freundlich begrüßt und durften so manche Hand schütteln, bevor sie zur Prinzessin gelangen konnten, die sich bereits angeregt mit Lamar da Niewborg unterhielt. Als sie Ragnor und Heike bemerkten, unterbrachen die beiden ihr Gespräch und Margitta rief, offenbar bester Laune: »Da seid ihr ja endlich! Kommt gleich mit nach vorne. Wir sollten uns Plätze in der ersten Reihe sichern!«

Ragnor drückte Lamar die Hand und flüsterte ihm grinsend zu, während die beiden Frauen, sich angeregt unterhaltend, bereits vorausgegangen waren: »Na, bist du bei der Prinzessin inzwischen weiter gekommen?«

Lamar setzte ein schräges Grinsen auf und antwortete ebenso leise: »Noch nicht entscheidend. Aber ich arbeite daran!«

Vorne angekommen, nahmen die jungen Leute auf ausgesprochen bequemen hölzernen Sesseln Platz, deren dicke Polsterung mit teurem rotem Samt überzogen war.

Noch hatte das Turnier nicht begonnen und die Kampfbahn war noch leer. Auf der gegenüberliegenden Seite hatte man, an einem langen Holzbalken, die Wappenschilde der sechsundsechzig Teilnehmer aufgereiht, die heute zum Kampf um die Krone des besten Ritters antreten würden. Nach jedem Treffen würden es weniger Wappenschilde werden, bis schließlich nur noch der Schild des Siegers dort drüben hängen würde – nämlich des Ritters, dem es gelang, sechs Treffen hintereinander siegreich zu bestehen. Ragnor und Lamar musterten die Wappenschilde, von denen Ragnor die meisten unbekannt waren. »Schau mal, Ragnor! Dort in der Mitte hängt der Wappenschild von Trutz da Falkenberg. Ich hätte nicht gedacht, dass ein Prätor der Reichsritter an einem Turnier teilnimmt«, wunderte sich Lamar.

»Lass uns einmal zu meinem Vater hinübergehen, vielleicht weiß er etwas darüber.«

Der Baron von Niewborg saß mit den anderen Fürsten am schweren eichenen Tisch des Königs und ließ sich ein frisches Kaarborger Bier schmecken. Lamar und Ragnor traten heran und grüßten ehrerbietig. Lamar beugte sich zu seinem Vater hinunter und fragte leise: »Sag mal, Vater! Ich habe gerade gesehen, dass Trutz da Falkenberg am Turnier teilnimmt. Ist das nicht ungewöhnlich für einen Prätor der Reichsritter?«

Kador da Niewborg blickte auf, nickte Ragnor kurz zu und fragte schmunzelnd zurück: »Meinst du, er wäre schon zu alt dafür oder warum wunderst du dich?«

»Nun ja. An den letzten beiden Reichstagen hat er jedenfalls nicht am Turnier teilgenommen, so weit ich mich erinnere«, antwortete Lamar ein wenig irritiert, ob der Antwort seines alten Herrn. Svartan da Kaarkon, der scheidende Großmeister der Reichsritter, der neben dem Baron saß, mischte sich ein und bemerkte gemütlich: »Da hast du zwar recht, aber das lag einfach daran, dass Trutz die letzten beiden Male in wichtiger Mission für die Reichsritter unterwegs gewesen ist. Lasst Euch mal überraschen. Ich denke, dass mein Nachfolger im Turnier eine gute Figur machen wird. Setzt Euch doch auf einen Frühschoppen zu uns. Es dauert noch einige Zeit, bis es da unten losgehen wird.« Etwas überrascht von dem freundlichen Angebot, nahmen die beiden jungen Männer Platz. Schon brachten ihnen die Pagen, die aufmerksam Hin und Her flitzten, Krüge mit schäumendem Bier. Der Baron, der das Zögern der beiden bemerkt hatte, meinte grinsend: »Na, was ist los mit Euch. Setzt Euch ruhig her und trinkt einen ordentlichen Schluck mit uns.« Er prostete den beiden zu und fügte lachend hinzu: »Noch seid ihr mit den jungen Damen ja nicht verheiratet, also entspannt Euch.«

Die Älteren am Tisch grinsten wissend, also blieb den beiden jungen Männern nichts anderes übrig, als erst einmal am Tisch der Mächtigen sitzen zubleiben. »Lieber Svartan, glaubt ihr wirklich, dass die Bedrohung durch Lorca die nächsten Jahre so dramatisch zunehmen wird, wie ihr sie auf dem Reichstag beschworen habt. Oder habt ihr lediglich die Gunst der Stunde genutzt, um das Geld Eurer Gegner in die Kassen der Reichsritter zu spülen«, nahm der Baron von Kormon sein Gespräch mit dem Großmeister wieder auf, das durch das Auftauchen der jungen Männer am Tisch unterbrochen worden war. »Leider ist Eure letztere Vermutung nicht zutreffend, lieber Bran, auch wenn das ebenfalls ein guter Grund für die Aufstockung der Sollstärke gewesen wäre«, antwortete Svartan da Kaarkon mit sorgenvoller Miene. »Den Aufbau eines Milizsystems nach Kaarborger Vorbild mit dem Ziel, im Ernstfall einhunderttausend gut ausgebildete Milizionäre, ins Feld führen zu können, kann man nicht ernst genug nehmen!«

»Wie lange wird es, Eurer Meinung nach, dauern, bis diese Miliz einsatzbereit ist?«, fragte Bran da Kormon nach.

»Das hängt davon ab, was das Ziel der Ausbildung ist«, mischte sich Rurig da Kaarborg ein. »Wenn der König von Lorca plant, das Milizsystem zu einer Dauereinrichtung zu machen, wohl an die drei Jahre. Falls er aber lediglich die Aufstellung einer gut ausgebildeten Bauernarmee für einen einmaligen Einsatz plant, könnte er bereits im Herbst nächsten Jahres zum Angriff antreten.«

Falk da Harkon, der frischgebackene Baron von Harkon, pflichtete seinem alten Freund bei und fügte ernst hinzu: »Da hast du nur allzu recht! Ich befürchte, dass der König von Lorca im Ernstfall, neben den einhundertfünfzigtausend Mann Infanterie und fünfhundert Panzerreitern, auch noch eine erhebliche Anzahl Söldner, darunter Chorosanireiter, aufbieten kann. Die Kriegskasse Lorcas ist, Dank der reichen Goldvorkommen im Lande, stets gut gefüllt!«

»Was kann im Ernstfall dagegen getan werden, falls Lorca versuchen sollte, Caer zu überrennen?«, fragte Kador da Niewborg grimmig nach. »Wenn ich nur die königstreuen Vasallen nehme, zu denen ich die Stammlande von Caer, Kaarborg, Seeland, Niewborg, Harkon und Kormon zähle, bringen wir es zusammen auf etwa fünfhundertfünfzig Ritter, fünfundzwanzigtausend Mann professionelle Infanterie aus Caer und Kaarborg, etwa weitere fünfzehntausend Mann waffenerprobte Bauern und an die sechzigtausend Mann Hilfstruppen – sprich Bauern ohne Kampfausbildung«, summierte der Großmeister der Reichsritter kurz auf. »Und wenn Momland, Vuerkon und Ahrborg ebenfalls beiträten?«

»Dann hätten wir weitere einhundertsiebzig Ritter und fünftausend weitere kampferprobte Bauern aus Loza. Und natürlich weitere dreißigtausend Mann Hilfstruppen, die aber im Kampfe nicht wirklich zu gebrauchen sind!«

»Kurz gesagt, es würde uns nicht wesentlich weiterbringen und wir können uns auch nicht darauf verlassen, dass die Fraktion des Momländers zur Besinnung kommt. Wir müssen im Gegenteil eher damit rechnen, dass sie uns in den Rücken fallen!«, warf Graf Rurig düster ein. »Wir müssen versuchen in Caer, Seeland und Harkon etwas für die Milizausbildung zu tun, damit wir überhaupt eine Chance haben, einem potenziellen Angriff erfolgreich zu begegnen. Auch Kaarborg wird alle Anstrengungen unternehmen, aber ich fürchte, dass ich, bis in einem Jahr, lediglich die Verluste aus dem letzten Krieg werde ausgleichen können. Für die Aufstellung weiterer Regimenter habe ich einfach nicht genug junge Männer im Lande.«

»Seht ihr das alles nicht zu schwarz?«, fragte der Graf von Seeland nach, dem Rurigs Forderung nach der Einrichtung einer professionellen Miliz und der damit verbundenen Kosten ganz offenbar überhaupt nicht schmeckte. »Bisher haben wir uns gegen Lorca doch immer erfolgreich zur Wehr gesetzt, wenn wir im Ernstfall Söldner eingesetzt haben!«

»Da hast du schon recht, mein lieber Bruder. Aber diesmal haben wir kein Übergewicht bei den Rittern und das Zahlenverhältnis bei der ausgebildeten Infanterie wird bald bei drei zu eins, zugunsten von Lorca, liegen«, widersprach ihm Falk da Harkon heftig. »Außerdem kannst du davon ausgehen, dass Lorca für jeden Söldner, den wir anwerben, ebenfalls einen weiteren Söldner anwerben wird, wenn nicht sogar zwei. Unsere einzige Chance ist es die Milizen auf Fordermann zu bringen! Ich, für mein Teil, werde in

Harkon die Leibeigenschaft abschaffen und unverzüglich mit der Aufstellung und Ausbildung von fünf Regimentern beginnen, sobald ich mein Lehen übernommen habe!«

In diesem Moment trat der König, der den letzten Wortwechsel, sich im Hintergrund haltend, aufmerksam verfolgt hatte, an ihren Tisch und sagte mit fester Stimme, den Blick fest auf Ludolf da Seeland gerichtet: »Ich habe lange auch wie Ihr gedacht, mein lieber Ludolf. Das war in Ordnung, so lange Lorca keine ausgebildeten Milizen besaß. Doch die Verhältnisse haben sich geändert und ich habe bereits vor mehr als einem Mond angeordnet, fünfundzwanzig Bauernregimenter ausheben und trainieren zu lassen, sodass sie bereit sind, wenn der Feind kommt!«

»Ihr mögt wohl recht haben, Euer Majestät«, gab der Graf von Seeland immer noch widerstrebend zu. »Ich werde meinen Standpunkt noch einmal in Ruhe überdenken und mich gegebenenfalls mit Rurig da Kaarborg und meinem Bruder zusammensetzen, um weitere Schritte zu besprechen!« Schmetternd erklangen die Fanfaren und verkündeten allen Gästen, dass sich die Turnierteilnehmer zum festlichen Einzug aufgestellt hatten. Ragnor sah zu Graf Rurig hinüber, der ihm durch ein kurzes Kopfnicken zu Verstehen gab, dass er nun die Erlaubnis hatte, sich mit seinem Freund wieder zu den Damen zu begeben. Auch die anderen Herren erhoben sich und begaben sich auf ihre Plätze zu ihren Familien. Lediglich Graf Rurig und der Großmeister der Reichsritter verblieben am Tisch und sahen Ragnor und seinem Freund hinterher, als diese hinunter zur Tribüne schritten. »Lieber Svartan, hat Fukur da Seeborg endlich die Waffen für den Zweikampf mit Ragnor gewählt?«, fragte der Graf seinen alten Freund. »Nein, leider immer noch nicht! Ich habe ihm eine Frist bis morgen Abend gesetzt. Ich verstehe überhaupt nicht, warum er so lange zögert. Er kann ja nur zwischen Schwert und Streitaxt wählen. Andere Waffen sind seit mehr als einem Jahrzehnt bei Zweikämpfen nicht mehr erlaubt!«, antwortete dieser kopfschüttelnd. »Ja, wirklich merkwürdig. Fukur wäre verrückt, wenn er das Schwert wählen würde, also kann es eh nur die Streitaxt sein«, stimmte ihm Graf Rurig zu. »Nun, wie dem auch sei! Auf jeden Fall werden wir am morgigen Abend schlauer sein.« Lamar und Ragnor waren inzwischen wieder bei den Damen angelangt und unterhielten sich, derweil immer noch angeregt, über die sich abzeichnende Kriegsgefahr. »Na, habt ihr endlich alle Probleme der großen Politik gelöst?«, fragte die Prinzessin spitz und ganz offenbar darüber verärgert, dass die beiden jungen Männer sich so in ihr Gespräch vertieften, dass sie den Damen so gar keine Beachtung schenkten. Der Sohn des Barons von Niewborg wandte sich ihr zu, verbeugte sich schwungvoll und sagte demütig lächelnd: »Wir arbeiten noch daran. Aber wenn Euer Hoheit uns die Gnade Ihres weisen Rates gewährte, wäre uns der Erfolg gewiss!«

»Jetzt hat er es dir aber gegeben!«, bemerkte Heike da Farsborg trocken, die der Szene amüsiert gefolgt war. Dann hauchte sie Ragnor gut gelaunt einen Kuss auf die Wange, um die Situation zu entspannen und fügte energisch hinzu: »Nun setzt euch endlich hin! Der Einzug der Ritter wird gleich beginnen und ich möchte ihn richtig genießen können.« Die jungen Leute lachten und Lamar bot der Prinzessin galant den Arm, den sie, ein wenig schräg lächelnd, annahm, bereits wieder halb versöhnt mit dem schlagfertigen jungen Mann. Die Fanfaren schmetterten erneut, die Gespräche verstummten und alle schauten erwartungsvoll hinüber zum großen Tor der Reichsburg, welches sich knirschend öffnete und unter dem Beifall der gut gefüllten Ränge, zogen die Ritter mit wehenden Wimpeln an ihren emporgereckten Lanzenspitzen in die Kampfbahn ein. Langsam umrundete die lange Reihe der Panzerreiter, wie ein schimmernder Lindwurm, das Stadionrund, bevor die Reiter vor ihren Wappenschildern Aufstellung nahmen. »Ha, sind sie nicht prächtig anzuschauen!«, rief die Prinzessin begeistert aus. »Keiner kann den Rittern von Caer im Kampf widerstehen!« Ragnor und seine Freunde tauschten vielsagende Blicke. Wussten sie doch beide seit dem Krieg in Kaarborg, dass die Ritterschaft keineswegs unbesiegbar war. »Bedauerst du jetzt, dass du heute nicht mit dabei bist?«, fragte Heike leise nach, die bemerkte, dass Ragnor plötzlich sehr still und ernst war. »Nein, das ist es nicht«, antwortete der junge Mann melancholisch lächelnd. »Margittas Freudenausbruch hat mich eindringlich daran erinnert, dass ich im letzten Krieg eine Menge Freunde verloren habe. Von ‚unbesiegbar‘ war da leider keine Spur!« Ein Blick in Heikes Augen zeigte ihm, dass sie ihn verstand. Er drückte fest ihre Hand, die in der seinen lag und meinte schließlich mit einem entschuldigenden Lächeln: »Komm‘, heute ist nicht der Tag, um schweren Gedanken nachzuhängen. Lass‘ uns das Turnier genießen!«

Wiederum füllte der Klang der Fanfaren das weite Rund. »Im Namen seiner Majestät, König Ralph V., erkläre ich das Turnier, um die Krone des besten Ritters, für eröffnet! Die Paarungen für die erste Runde werden nacheinander aufgerufen: Die Kämpfer durchlaufen dann maximal drei Durchgänge, sofern nicht einer der beiden vom Pferd gestoßen wird. Wird einer der Ritter abgeworfen, ist sein Kontrahent der Sieger. Wird keiner von beiden oder werden beide abgeworfen, entscheidet das Kampfgericht, wer die nächste Runde erreicht und wer aus dem Wettkampf ausscheidet«, verkündete die kräftige Stimme des königlichen Herolds. Die Turnierkämpfer senkten ihre Lanzen zum Gruß und nahmen, unter dem tosenden Beifall der Zuschauer, ihre Ausgangspositionen ein. Nun begann der Wettstreit und bei unseren jungen Zuschauern ging es besonders hoch her, wenn Ralph da Caer, Trutz da Falkenberg oder Ragnors neuer Freund, Tjore da Kjellund, in der Kampfbahn waren. In den ersten drei Runden setzten sich ihre Favoriten deutlich gegen ihre jeweiligen Kontrahenten durch. Insbesondere Trutz da Falkenberg, den bisher noch keiner von ihnen bei einem Turnierkampf gesehen hatte, überraschte sie mit der Klarheit seiner Siege. Selbst Ragnor, der ihn ja aus dem vergangenen Krieg auf dem Schlachtfeld erlebt hatte, stellte bewundernd fest: »Der Großmeister hat wirklich nicht übertrieben! Trutz da Falkenberg hat bei mir bisher den stärksten Eindruck hinterlassen. Er hat seine Gegner ja förmlich aus dem Sattel gefegt, ohne dass mir so ganz klar ist, wie er das gemacht hat. Ich fürchte für Tjore wird es hart werden, wenn er nach dem Mittagessen in der Runde der letzten Acht gegen Trutz antreten muss!« Sichtlich überrascht von Ragnors Einschätzung fragte die Prinzessin, die trotz aller Meinungsverschiedenheiten, die sie mit ihrem Bruder hatte, ihn natürlich unterstützte: »Meint ihr wirklich, dass er besser ist als Ralph?« Lamar nickte nachdenklich, und bemerkte an die Prinzessin gewandt: »Dein Bruder hat Glück, dass er erst im Finale auf den neuen Großmeister treffen kann – und dann es wird äußerst schwer für ihn werden!«

»Ihr übertreibt mal wieder«, versetzte die Prinzessin trotzig, obwohl ihr die anzusehen war, dass sie die Einschätzung der beiden jungen Ritter nicht unbeeindruckt ließ. »Ralph wird sich schon etwas Passendes einfallen lassen, wenn es soweit ist!« Lamar, der eine Trübung der guten Stimmung befürchtete, versuchte zu beschwichtigen, indem er sagte: »Natürlich weiß niemand, wie es letztendlich ausgehen wird. Und vielleicht hast du recht. Die Aussagekraft von drei Treffen ist vielleicht wirklich nicht groß genug. Möglicherweise hatte Ralph in den bisherigen Kämpfen auch die stärkeren Gegner.«

Beim Mittagessen saßen die jungen Leute an einem der Nebentische und diskutierten angeregt über den weiteren Fortgang des Turniers, während der König und seine Verbündeten an der großen Tafel Platz genommen hatten. Rurig da Kaarborg, der etwas später gekommen war, bemerkte sofort, nachdem er sich gesetzt hatte, dass irgendein ernstes Thema diskutiert worden war, denn die Edlen saßen mit nachdenklichen Gesichtern vor ihren vollen Tellern und schienen deren köstlichen Inhalt kaum zu beachten. An den König gewandt, fragte er daher neugierig nach: »Habe ich etwas Wichtiges verpasst. Was schaut Ihr so nachdenklich drein?«

König Ralph sah auf und antwortete mit einem schwachen Lächeln: »Euch bleibt auch nichts verborgen, mein lieber Rurig! Svartan hat soeben neue Nachrichten aus Lorca erhalten, deren Bedeutung wir momentan nicht so recht einordnen können!« Dann fuhr er an den Großmeister gewandt fort: »Seid doch so freundlich und legt noch einmal

Eure Einschätzung der Vorkommnisse in Lorca dar, damit wir alle auf dem Laufenden sind!«

Svartan da Kaarkon nickte und berichtete: »Kurzem sind neue Berichte eingetroffen, die belegen, dass in Lorca mehr vorgeht, als nur eine, gegen uns gerichtete, Modernisierung ihrer Streitkräfte. Meine Gewährsleute berichten, dass die königliche Administration damit begonnen hat, Sondersteuern von allen Angehörigen fremder Herkunft zu erheben. An sich nichts Ungewöhnliches, denn es ist ja ein beliebtes Instrument, das gerne eingesetzt wird, um ungeliebte Minderheiten, wie beispielsweise das unbequeme Waldvolk im Lorcawald, das sich schon seit Jahren einer Eingliederung in die Streitkräfte von Lorca erfolgreich widersetzt hat, loszuwerden. Erstaunlich ist, dass der Erlass dieses Mal für alle Minderheiten gilt und insbesondere auch die Mercaner betrifft, die das Rückrad des wirtschaftlich ungeheuer wichtigen lorcanschen Bergbaus bilden. Sie wurden immer als nützlich eingestuft und genossen bisher sogar eine vollständige Abgabenfreiheit!«

»Das sind wirklich interessante Neuigkeiten und deuten auf eine tief greifende Änderung der Fremdenpolitik hin«, versetzt der Graf von Kaarborg. »Wollen hoffen, dass die Lorcaner damit fortfahren, ihre Minderheiten zu schikanieren. Ich für mein Teil würde mit Freuden diese Menschen in Kaarborg aufnehmen. Sie besitzen interessante Fähigkeiten, die wir gut gebrauchen könnten!«

»Es ist alles gut für uns, was der lorcanschen Wirtschaft schadet und eine Abwanderung der Mercaner wäre ein schwerer Schlag für Lorca«, ließ Falk da Harkon grimmig vernehmen. »Wir können froh sein, dass die wohl auch nicht alles richtig machen!«

»Sag mal«, fuhr er an Rurig gewandt fort, »weißt du Näheres über weitere Fähigkeiten der Mercaner, außer der allgemein Bekannten, dass sie hervorragende Bergleute sind?«

»Nun ja, sofern meine Gewährsleute in Erfahrung bringen konnten, sind sie äußerst geschickte Handwerker und sollen vor allem in der Metallbearbeitung über erstaunliche Fähigkeiten verfügen. Wirklich neu für mich war, dass sie auch in der Herstellung von Waffen führend sein sollen. Dass wir bisher nur wenig davon mitbekommen haben, liegt wohl daran, dass sie in Lorca vor allem mit dem Abbau von Edelmetallen beschäftigt sind, während die Eisenerzbergwerke, so wie bei uns, fast ausschließlich von Sträflingen und Sklaven betrieben werden!«

»Hm, wirklich interessant!«, ließ der Großmeister vernehmen. »Das war mir bisher auch nicht geläufig! Worin besteht denn die Besonderheit in der Waffenherstellung?«

»So genau weiß ich das auch nicht«, gestand Graf Rurig ein. »Angeblich sollen die Waffen, welche die Mercaner herstellen, aus wesentlich besserem Eisen bestehen, als die unsrigen. Ich glaube sie nennen dieses harte Eisen ‚Stahl'. Über Herstellung und Bearbeitung weiß ich allerdings nichts, gerade deshalb würde ich diese Leute gern in Kaarborg sehen!«

»Wem soll ich jetzt die Daumen drücken?«; fragte Ragnor ein wenig ratlos, als Trutz da Falkenberg und Tjore da Kjellund in die Kampfbahn ritten. »Ich schätze sie beide sehr!«

»Ich drücke jedenfalls Tjore die Daumen«, bemerkte Heike lachend. »Ich habe es da leichter, denn Trutz da Falkenberg kenne ich kaum und Tjore ist wirklich ein netter Kerl!«

Bevor der junge Mann antworten konnte, signalisierte der Fanfarenstoß den Beginn des ersten Durchganges. Alle Augen waren gespannt auf die Kampfbahn gerichtet. Die Kontrahenten gaben ihren Pferden die Sporen und schon krachten die Lanzen zum ersten Mal auf die Schilde. »Tjore hat leicht gewankt, Runde eins geht wohl an unseren neuen Großmeister«, stellte Lamar sachlich fest. Ragnor nickte, ohne ihm zu antworten, denn beide Ritter hatten bereits gewendet und schickten sich an, mit dem zweiten Waffengang fortzusetzen. Dieser endete, nach Ansicht der jungen Zuschauer, unentschieden, denn keiner von ihnen hatte einen Vorteil für einen der beiden Kämpfer erkennen können. Der dritte Durchgang brachte dann jedoch die klare Entscheidung, zugunsten von Trutz da Falkenberg. Tjore verlor dieses Mal einen Steigbügel nach dem Zusammenprall und es gelang ihm deshalb nur mit Mühe, sich im Sattel zu halten. Die Prinzessin, welche dem Kampf äußerst aufmerksam gefolgt war, biss sich auf die Lippen, denn sie hatte insgeheim gehofft, dass Trutz da Falkenberg ausscheiden würde. Schon beunruhigend, wie sicher dieser seine Gegner besiegte. Er saß wie ein Felsblock im Sattel und hatte nicht einen Augenblick gewankt. Dieser Eindruck verfestigte sich noch, als schließlich Tjore zu ihnen heraufkam und mit den Achseln zuckend meinte: »Da war überhaupt nichts drin für mich. Trutz da Falkenberg führt die Lanze, als ob sie kein Gewicht hätte, und hat dabei trotzdem eine unwahrscheinliche Kraft im Stoß. Ich habe keine Ahnung, wie er das macht!« Schließlich war es dann soweit und die Fanfaren riefen Trutz da Falkenberg und Ralph da Caer zur Entscheidung. Beide Kämpfer hatten auf ihrem Weg ins Finale ihre bisherigen Kontrahenten klar besiegt, auch wenn die Siege des designierten Großmeisters immer eine Spur souveräner gewirkt hatten, als die des Prinzen. Die Spannung auf den Rängen war kaum noch zu überbieten und es wurde hitzig gewettet, wer wohl als Sieger die Kampfbahn verlassen würde. Und schon ging es los! Die beiden Kämpfer gaben ihren Pferden die Sporen, stoben aufeinander zu und krachten aufeinander. Beide Kämpfer wankten leicht und so war für den neutralen Betrachter, kein rechter Vorteil für einen der Kämpfer auszumachen. »Seht ihr! Ralph kann ihm standhalten«, jubelte die Prinzessin mit vor Eifer geröteten Wangen, die Augen auf ihren Bruder gerichtet, der gerade von seinem Knappen eine neue Lanze für den zweiten Gang entgegennahm. Wieder preschten die beiden Ritter aufeinander zu und auch dieses Mal gelang es Ragnor und Lamar nicht, einen Sieger festzulegen. Wieder endete das Treffen ihrer Ansicht nach unentschieden.

»Wenn der dritte Gang auch so endet, wird es das Kampfgericht schwer haben, eine gerechte Entscheidung zu fällen«, bemerkte Lamar.

»Ich für mein Teil, bin froh, dass ich nicht im Kampfgericht sitze, denn ich konnte bisher keinen wirklichen Vorteil für einen der beiden ausmachen«, stimmte ihm Ragnor zu. »Wundert mich ehrlich, dass es so knapp abgeht! Ich hätte wetten können, dass es Ralph nicht viel besser als Tjore ergehen würde!« Gebannt richteten sich ihre Augen wieder auf die Kampfbahn, als die Kämpfer nun zum dritten Mal aufeinandertrafen. Zur großen Überraschung aller, außer vielleicht der Prinzessin, war diesmal Trutz da Falkenberg deutlich am Wanken. So war es auch keine große Überraschung, dass das Kampfgericht Ralph da Caer zum Sieger kürte. Ragnor, den vom Ausgang des Gefechtes doch sehr überrascht war, vermied es, angesichts der Begeisterung der Prinzessin über den Sieg ihres Bruders, dieses unerwartete Ende mit Lamar weiter zu diskutieren. Es fiel ihm immer noch schwer, an eine kämpferische Überlegenheit des Prinzen zu glauben. Nun ja, vielleicht hatte Ralph einfach nur Glück gehabt!

Am Abend des Turniertages fand, wie gewöhnlich ein großes Bankett statt, zu dem traditionell alle Adeligen vom König eingeladen wurden. Ragnor musste an diesem Abend ohne seine Heike zu der Feier gehen, da diese, wie schon öfter in den letzten Tagen, mit starker Übelkeit zu kämpfen hatte. Nach Abschluss des Turniers hatte sie sich mehrmals übergeben müssen und war nun in ihrem Quartier geblieben. Auf dem Weg zum großen Rittersaal grübelte Ragnor noch über Heikes merkwürdige Antwort nach. Er hatte sie besorgt gefragt, ob sie krank wäre und es nicht besser wäre einen Arzt aufzusuchen. Doch die junge Frau hatte nur geheimnisvoll lächelnd geantwortet: »Ich bin ganz sicher, dass ich nicht krank bin. Es ist im Gegenteil ein gutes Zeichen!« Diese letzte Bemerkung war für den jungen Mann ein Rätsel. Wie in aller Welt konnte Übelkeit ein gutes Zeichen sein? Wie nicht anders zu erwarten, war der Prinz bester Laune und, an diesem Abend, die Freundlichkeit in Person. Er schien fast sympathisch und milderte seine ansonsten zur Schau getragene und verbissene Arroganz. Seine Schwester, Prinzessin Margitta, war sehr erfreut darüber, dass Ragnor an diesem Abend ohne Heike erschienen war. Sie saß ihm, während des Festmahles gegenüber und ließ ihn keinen Moment aus den Augen. »Morgen ist Euer großer Tag, mein lieber Ragnor. Werdet Ihr es sein, den wir morgen, als den neuen ersten Schwertträger des Königs feiern werden?«

»Diese Frage kann ich Euch erst morgen Abend beantworten, liebe Margitta«; antwortete der junge Mann in ernstem Ton. »Nachdem Graf Rurig den Ehrentitel an den König zurückgegeben hat, ist es natürlich ein besonderer Ansporn für mich, mein Bestes zu geben!«

»Und was werdet Ihr tun, wenn Ihr es geschafft habt? Werdet Ihr dann in Caerum bleiben, um dem König zu dienen, wie man es vom ersten Schwertkämpfer des Königs erwarten wird?«, fragte die Prinzessin nach, obwohl sie von Heike bereits wusste, dass die beiden jungen Leute planten, nach dem Reichstag nach Vidakar auf Ragnors Lehen zu ziehen. »Noch habe ich nicht gesiegt und wenn es mir gelingen sollte, wird Euer Vater entscheiden, ob er mir den Titel verleiht oder nicht. Er weiß bereits, dass ich Graf Rurigs Mann bin und mich verpflichtet habe auf Vidakar, eine starke Burg für Kaarborg zu errichten!« Die Prinzessin gab sich mit diesen Antworten nicht zufrieden und versuchte, mehr aus Ragnor über seine Pläne für die Zukunft herauszulocken. Aber es war nicht leicht an diesen merkwürdigen jungen Mann heranzukommen. Ragnor gab sich wortkarg, sodass ihre Befragung wenig ergiebig war. Schließlich fragte sie sich wieder einmal, warum sie sich überhaupt mit diesem Kerl abgab, wo er sich doch so offensichtlich nicht für sie interessierte. Und doch war ihr der Gedanke unerträglich, dass Ragnor Caerum in Kürze verlassen würde! Ärgerlich über sich selbst und ihre durcheinandergeratenen Gefühle, schalt sie sich eine Närrin und beschloss Ragnor vorerst zu ignorieren und sich Lamar da Niewborg zuzuwenden, der sie wenigstens heiß begehrte. Vielleicht konnte man diesen Ragnor ja ein wenig eifersüchtig machen. Sogleich begann sie aufs Heftigste mit Lamar, der neben ihr saß, zu flirten – aber nicht ohne Ragnor und seine Reaktionen genauestens im Auge zu behalten. Der junge Mann hingegen war ganz froh, dass sich die Aufmerksamkeit der Prinzessin nun seinem Freund Lamar zuwandte, welcher ihre neugierige Fragerei sicher mehr zu schätzen wusste als er. Es war ihm sowieso unklar, warum sich die Prinzessin bei jeder Gelegenheit auf ihn stürzte, um ihn mit Fragen zu löchern, die in vielen Fällen eigentlich auch Heike hätte beantworten können, die in den vergangenen Wochen viel Zeit mit Margitta verbracht hatte. Na hoffentlich hatte Lamar Glück mit seinen Versuchen, der anstrengenden Prinzessin näher zu kommen. Und schon schweiften seine Gedanken wieder, zum morgigen Turniertag, ab. Außer Oswald da Kormon war ihm keiner der anderen zweiundreißig Teilnehmer näher bekannt. Lediglich vier weitere Namen sagten ihm etwas und er meinte es wären die Namen von Reichsrittern, die auch für Kaarborg gekämpft hatten, die er aber nicht näher kannte.

Prinzessin Margitta war ziemlich sauer. So sehr sie dem Niewborger auch schöne Augen machte, schien es Ragnor da Vidakar überhaupt nicht zu stören. Er schien im Gegenteil, erfreut darüber zu sein, dass Lamars Bemühungen ihr näherzukommen, offenbar von Erfolg gekrönt waren. Sie schwor sich, ihn zukünftig vollständig zu ignorieren. Doch dieser Vorsatz hielt nicht lange. Als nur wenig später der Tanz eröffnet wurde, wartete sie bereits wieder ungeduldig darauf, dass Ragnor sie endlich zum Tanzen aufforderte. Der stand derweil an einem der hohen spitzgiebeligen Fenster des großen Rittersaales und sah auf die schlafende Stadt hinab, die im grün-roten Licht der beiden Monde in pittoresker Schönheit vor ihm lag. »Na, junger Mann – wollt Ihr nicht ein wenig tanzen?«, erklang die Stimme Trutz da Falkenbergs in seinem Rücken. »Im Moment nicht. Vielleicht später,« antwortete Ragnor lächelnd und nahm gleich die sich bietende Gelegenheit wahr, da sie sich hier am Fenster ohne Zuhörer unterhalten konnten, den designierten Nachfolger des Großmeisters auf den Ausgang seines Kampfes mit Ralph da Caer anzusprechen. »Sagt mal, lieber Trutz. Wie kommt es, dass Ralph da Caer Euch schlagen konnte? Ich hätte jeden Betrag auf Euren Sieg gewettet, wenn mich jemand gefragt hätte!«

»Nun, er war eben besser als ich«, meinte der Falkenberger ohne jegliche erkennbare Gemütsregung, so als ob ihn die Frage völlig kalt ließe. Doch Ragnor ließ nicht locker und bohrte nach: »Ich weiß, dass Ralph gut ist. Aber Ihr seid einfach besser. Wie hat er es bloß geschafft, Euch im letzten Gang derartig aus dem Gleichgewicht zu bringen?«

»Nun er hat mich mit seiner Finte der ‚eingedrehten Lanze' überrascht«, antwortete Trutz. Energisch schüttelte Ragnor den Kopf und sagte bestimmt: »In Eurem Gefecht mit Tjore da Kjellund, habt Ihr diese Finte meisterhaft gekontert und bei Ralph sollt Ihr davon überrascht worden sein? Das könnt Ihr mich nicht erzählen!«

Einen Moment schwieg der Falkenberger, dann nahm er den jungen Mann beiseite und bedeutete ihm, ihm auf einen der kleinen Außenbalkone zu folgen. Dort angekommen, grinste er und meinte anerkennend: »Euch kann man wohl nichts vormachen. Also will ich Euch erzählen, warum ich das Gefecht verloren habe. Aber Ihr müsst mir versprechen, dass das unter uns bleibt. Kein Wort zu niemanden, nicht einmal zu Eurer Verlobten!«

»Selbstverständlich bleibt das unter uns!«, beeilte sich Ragnor zu versichern, der vor Neugier fast platzte. Trutz da Falkenberg nickte ernst und sprach: »Also hört zu! Ihr wisst, dass ich am Ende des Jahres die Nachfolge von Svartan da Kaarkon als Großmeister der Reichsritter antreten werde und Ihr kennt unseren stolzen Prinzen wohl besser, als ich ihn kenne. Wie glaubt Ihr, hätte unsere zukünftige Zusammenarbeit ausgesehen, wenn ich ihn hier beim Turnier vom Pferd gestoßen hätte?«

Ragnor überlegte einen Moment und antwortete dann: »Das hätte er Euch nie verziehen. Er hält sich schließlich für den größten Ritter aller Zeiten!«

»Seht Ihr, so habe ich das auch gesehen«, stimmte ihm der Falkenberger zu. »Deshalb habe ich ihn gewinnen lassen. Jetzt wird es mir erheblich leichter fallen, in Zukunft mit ihm zurechtzukommen.«

»Das kann ich verstehen«, stimmt ihm Ragnor nach kurzer Überlegung zu. »Aber ich hätte ihm die Niederlage gegönnt!«

»Da kann ich Euch nur zustimmen, mein lieber Ragnor«, versetzte der Falkenberger mit einem breiten Grinsen. »Ihr könnt sicher sein, wenn Falk, Großmeister und ich der Baron von Harkon geworden wäre, wie es ursprünglich geplant war, dann hätte unser Prinz den Geschmack der Niederlage kennengelernt. Es ist mir, bei Ama, wahrlich nicht leicht gefallen!«

Ganz in Gedanken versunken, ging Ragnor zurück zu seinem Platz, um auf diese überraschende Erkenntnis erst einmal einen ordentlichen Schluck Bier zu nehmen. Doch wie er es auch drehte und wendete, die Entscheidung des Falkenbergers war klug gewesen und er gestand sich ein, dass er das wahrscheinlich nicht fertig gebracht hätte. Er hätte wohl nicht widerstehen können, den arroganten Prinzen in den Staub zu schicken, wenn er es vermocht hätte. Wie würde es wohl morgen sein, beim Wettstreit um den Titel des »ersten Schwertkämpfers«? Diese Frage beherrschte an diesem Abend sein ganzes Denken, auch noch während er mit der Prinzessin Tanz um Tanz absolvierte, nachdem es Margitta doch noch gelungen war, ihn dazu zu animieren. Ganz mit sich selbst beschäftigt, nahm er kaum wahr, wie eng sich Margitta an ihn schmiegte und er ließ sie gewähren. Ja, er führte sie so, wie er normalerweise nur mit Heike zu tanzen pflegte, und vergaß die Distanz, welche er ansonsten immer gehalten hatte. Als er dann nach sechs Tanzrunden schließlich wieder an den Tisch zurückkehren konnte, weil die Prinzessin für einen Moment zu ihrem Vater gerufen wurde, meinte Lamar schnippisch und ganz offensichtlich ein wenig gekränkt über die Aufmerksamkeit die Margitta Ragnor zukommen ließ: »Du nutzt es ja leidlich aus, dass Heike heute Abend nicht hier ist!«

»Wie kommst du darauf?«, fragte Ragnor überrascht zurück. »Ich bin lediglich dem Wunsch der Prinzessin nachgekommen. Eigentlich hatte ich heute Abend überhaupt keine

Lust zu tanzen! Ich werde schauen, dass ich jetzt ins Bett komme, bevor Margitta von ihrem Vater zurückkommt, sonst wird das morgen nichts mit dem Turnier.«

Die Prinzessin war zwar etwas enttäuscht, Ragnor nach ihrer Rückkehr nicht mehr vorzufinden, akzeptierte aber Lamars Hinweis auf den morgigen Wettstreit und verbrachte den Rest des Abends, zu dessen großer Freude, fast ausschließlich mit ihm. Als die Prinzessin schließlich in den frühen Morgenstunden in ihr Bett geschlüpft war, lag sie lange wach und dachte über diesen Abend nach. Sie hatte noch nie mit einem Mann so getanzt, wie sie es an diesem Abend mit Ragnor getan hatte. Ihr Körper war ihm vorher nie so nahe gewesen. Sie hatte dabei ein Verlangen gespürt, so intensiv wie noch niemals zuvor. Für einen Moment keimte ihn ihr so etwas wie Hoffnung auf, den jungen Mann doch noch für sich gewinnen zu können. Doch als sie versuchte, Pläne zu schmieden, wie sie das wohl anstellen könne, holte sie ihr scharfer Verstand schnell wieder brutal auf den Boden der Tatsachen zurück und offenbarte ihr die Sinnlosigkeit ihrer Bemühungen. Entmutigt weinte sie voller Schmerz in ihr Kopfkissen und begann ihre Freundin Heike fast dafür zu hassen, dass sie so unverrückbar zwischen ihr und Ragnor stand.

Kapitel 8

Als Graf Rurig am nächsten Morgen die Loge des Königs betrat, um dem Wettkampf um den Titel des »ersten Schwertkämpfers« beizuwohnen, staunte er nicht schlecht, als er unter den aufgereihten Wappenschilden von plötzlich dreiunddreißig Kämpfern einen neuen Schild entdeckte, welchen er seit mehr als zwanzig Jahren nicht mehr gesehen hatte.

»Sagt mal, mein lieber Svartan«, wandte er sich ratsuchend an den Großmeister der Reichsritter. »Ich habe gerade da unten in der Kampfbahn den Schild von Jesko da Tanza entdeckt. Ich wusste gar nicht, dass er nach Caer zurückgekehrt ist und noch mehr wundere ich mich darüber, dass er in seinem Alter an so einem Turnier teilnimmt, auch wenn er, zu seiner Zeit, der unbestreitbar beste Schwertkämpfer Caers gewesen war.«

Svartan da Kaarkon lächelte verschmitzt, als er antwortete: »Ja, das hat mich zuerst auch gewundert. Schließlich ist er fast so alt wie ich. Aber er hat mich gestern aufgesucht, mich gebeten teilnehmen zu dürfen, und ich konnte ihm seine Bitte schlecht abschlagen.«

»Was hat ihn denn dazu bewogen teilzunehmen?«, fragte Graf Rurig neugierig nach. Er konnte sich noch sehr gut an den Schwertmeister erinnern, welcher, während seiner Ausbildung, der beste seiner Lehrer gewesen war. »Nun, er sagte mir, dass er sich mit Ragnor messen will, um herauszufinden, wie gut er wirklich ist,« beantwortete der Großmeister die Frage und setzte hinzu: »Er hatte mir anschließend übrigens angeboten, wieder als Schwertmeister bei den Reichsrittern zu arbeiten. Als ich kurz, aufgrund seines Alters, zögerte, überzeugt er mich, sein Angebot anzunehmen, da er jenseits des Binnenmeeres viel Neues über den Schwertkampf gelernt hatte, was unseren Novizen zukünftig sehr nützlich sein könnte. Als ich daraufhin zustimmte, grinste er und setzte sehr selbstsicher hinzu, ich könnte mir ja heute während des Turniers selbst ein Urteil über seine Schwertkunst bilden.«

»Da bin ich nun wirklich schon sehr gespannt«, versetzte Graf Rurig nachdenklich. »Wann wird er denn auf Ragnor treffen? Hast du die Auslosung schon vorliegen?«

»Da hat unser junger Schützling Glück. Er trifft ihn frühestens im Endkampf und hat damit ausreichend Zeit ihn zu studieren«, antwortete der Großmeister. »Und wenn du mich fragst, wird es so sein, dass sie aufeinandertreffen werden, denn Jesko war nie ein Aufschneider und er scheint darüber hinaus in einer sehr guten körperlichen Verfassung zu sein. In einer weit besseren als ich selbst, wie ich neidlos anerkennen muss.« Stirnrunzelnd schwieg der Graf für einen Moment und meinte dann: »Nun gut. Warten wir es ab. Zuerst will ich Jeskos ersten Kampf sehen, bevor ich mit Ragnor über meinen alten Meister rede. Aber du hast mich sehr nachdenklich gemacht. Das könnte für Ragnor wirklich schwer werden, falls der Alte tatsächlich einen Sack voller neuer Tricks mitgebracht hat.«

Während sich Graf Rurig gerade mit dem Großmeister über Jesko da Tanza unterhielt, traf Ragnor in den Katakomben der Kampfbahn ein, um sich auf den Wettkampf vorzubereiten. Gleich am Zugang empfing ihn einer der Reichsritter, der am heutigen Tage als Betreuer fungierte, und führte ihn in die Waffenkammer. Zunächst wählte der junge Mann einen bequemen Helm und eine passende wattierte Übungsjacke aus, bevor er ein Schwert und einen linkshändigen Dolch aussuchte, welche, wie beim klassischen Schwerttraining üblich, stumpf waren. Die Auswahl der Waffen dauerte eine geraume Zeit, bis er welche gefunden hatte, die ihm in Gewicht und Balance zusagten, denn die meisten Eisenschwerter waren deutlich schwerer als seine kristallinen Quasarwaffen, sodass er leichte Übungswaffen bevorzugte, welche jedoch eher seltener waren. Im Warteraum angekommen, fand er bereits einige wenige der Turnierteilnehmer vor, grüßte freundlich und setzte sich zu ihnen an den Tisch, um eine Tasse Kallatee zu trinken. Während er sich mit Wulfgar da Eckström einem Reichsritter, den er vom Sehen aus dem Krieg gegen Kreeg da Harkon kannte, unterhielt, füllte sich der Raum nach und nach. »He alter Mann, was willst du denn hier?«, fragte einer der frischgebackenen Ritter spöttisch. Als der Angesprochene nicht gleich antwortete, setzte er noch einen drauf und fuhr breit grinsend fort: »Deinen linkshändigen Dolch hast du offenbar auch vergessen!« Der Alte sah ihn für einen langen Moment mit seinen kalten blauen Augen an, hob kurz das lange Bastardschwert, das er sich ausgesucht hatte an und versetzte trocken: »Das hier genügt mir, Ihr werdet schon sehen!« Ragnor, der die Szene aufmerksam beobachtet hatte, musterte aufmerksam diesen Alten, mit dem kurz geschorenen weißen Haar, und bemerkte sehr wohl dessen sehnige Muskelstränge und seinen federnden Gang, als dieser nach hinten ging, um sich eine Ecke für seine Ausrüstung zu suchen. »Kennt ihr diesen Ritter?«, fragte er Wulfgar da Eckström, während seine Augen ihm folgten. »Nein, noch nie gesehen«, antwortete dieser. »Ich kenne eigentlich die meisten Teilnehmer, zumindest vom Sehen. Er wäre mir bestimmt aufgefallen, falls er mir schon einmal begegnet wäre.«

»Nun, dann lassen wir uns einmal überraschen. Spätestens bei der offiziellen Vorstellung der Kämpfer werden wir wissen, mit wem wir es hier zu tun haben«, versetzte Ragnor mit nachdenklich gerunzelter Stirn.

Als die Kämpfer nach der Vorstellung durch den königlichen Herold in ihr Quartier zurückkehrten, war Ragnor nicht sehr viel schlauer, denn der Name Jesko da Tanza sagte ihm nichts. Wulfgar hingegen, der äußerst nachdenklich auf seinem Platz saß, schien mehr zu wissen. Deshalb fragte Ragnor neugierig nach: »Konntet Ihr mit dem Namen etwas anfangen?«

Der Ritter sah auf und lächelte ein wenig gequält, als er antwortete: »Oh ja, jetzt kann ich etwas damit anfangen. Jesko da Tanza war einst ein fast legendärer Schwertmeister des Ordens, verließ ihn aber bereits lange vor meinem Eintritt. Er war zu seiner Zeit gefürchtet, doch muss er inzwischen über fünfzig Jahre alt sein und ich wundere mich sehr, dass er hier antritt.«

Ragnors erster Kampf mit einem, ihm unbekannten, Momländer Ritter stellte keine Herausforderung für ihn dar.

Nach dem Kampf, welcher mit zweiundzwanzig zu drei Treffern, klar an ihn gegangen war, ging er nicht in die Unterkunft. Er blieb lieber an den Schranken stehen, um sich Jeskos ersten Kampf nicht entgehen zu lassen, welcher direkt auf den seinen folgte. Während er darauf wartete, dass die beiden Kontrahenten den kreisrunden Kampfplatz betraten, wurde ihm erst jetzt bewusst, dass er sich während seines eigenen Kampfes überhaupt nicht richtig auf das Kämpfen konzentriert hatte, weil er die ganze Zeit an den geheimnisvollen Alten denken musste. Ärgerlich darüber ermahnte er sich selbst, besser aufzupassen, denn so etwas könnte gegen einen stärkeren Gegner schnell ins Auge gehen. Der Zufall der Auslosung hatte es wohl so gewollt, dass Jesko da Tanza nun just gegen den jungen Ritter in der ersten Runde antrat, der ihn noch am Morgen verspottet hatte. Während der junge Ritter die klassische Grundstellung der Schwert- und Dolchkämpfer frontal zum Gegner einnahm, sah das bei dem Alten ganz anders aus. Er nahm das Bastardschwert in einem Ragnor unbekannten zweihändigen Griff und erwartete seinen Gegner, in leicht kauernder Stellung, die Klinge schlagbereit über der linken Schulter. Wenn Ragnor auch die Schwerthaltung fremd war, diese Fußstellung kannte er nur zu genau aus seinen Übungen zur waffenlosen Selbstverteidigung. Der Kampf wurde freigegeben. Der junge Ritter ging sofort zum Angriff über und ging den abwartend dastehenden Alten an, wobei er versuchte die Tatsache auszunutzen, dass sein Gegenüber keinen Dolch besaß. Er schlug mit dem Schwert in der Absicht zu, seinen Dolch an der abwehrenden zweihändigen Klinge vorbei ins Ziel zu bringen. Doch dieser Plan ging gründlich schief, da der Alte nicht abwartete, bis der junge Ritter ganz herangetreten war, sondern schnellte sich ihm plötzlich entgegen. Ehe sich der junge Mann versah, war er ins Leere gelaufen und hatte selbst einen Treffer am Rücken eingefangen. Der Kampf, der sich nun entwickelte, erschien den Zuschauern merkwürdig, da die Waffen nur selten aufeinandertrafen. Der alte Schwertmeister war viel zu schnell für seinen Gegner, ließ ihn ein ums andere Mal ins Leere laufen und düpierte ihn dabei mit Treffern an den verschiedensten Körperteilen. Je wütender der junge Ritter wurde, desto schlechter sah es für ihn aus. Als die Kampfzeit schließlich zu Ende war, hatte Jesko da Tanza – sage und schreibe – vierunddreißig Treffer gelandet, ohne dass seinem Gegner auch nur ein einziger gelungen wäre. Der Alte kehrte, von tosendem Beifall begleitet, in die Unterkunft zurück und ließ damit einen äußerst nachdenklichen Ragnor zurück, dem nun klar wurde, dass er gerade einen wirklich begnadeten Schwertkämpfer gesehen hatte.

Während er so dastand und überlegte, wie dem Alten wohl am besten beizukommen wäre, trat Graf Rurig zu ihm, der den Kampf ebenfalls aufmerksam verfolgt hatte und kommentierte mit ernstem Gesicht: »Das wird eine harte Nuss. – Ich kann kaum glauben, was ich da gerade gesehen habe. Mein alter Lehrer Jesko ist besser denn je, sodass die vielen Jahre scheinbar spurlos an ihm vorüber gegangen sind.«

Ragnor nickte und stimmte ihm zu: »Ja, das wird ein harter Kampf, wenn wir aufeinandertreffen sollten. Nur gut, dass ich ihm, wenn ich soweit komme, erst im Endkampf gegenüberstehe. So habe ich noch etwas Zeit ihn weiter zu studieren. Er kämpft ähnlich wie Maramba, nur dass er ein zweihändiges Schwert anstatt eines Schwertspeeres verwendet. Ich bin schon sehr gespannt, wie sich in der nächsten Runde Oswald da Kormon gegen ihn schlagen wird. Er ist ein weitaus besserer Schwertkämpfer als der vorherige Gegner des Schwertmeisters und mal sehen, ob er genauso sang- und klanglos untergehen wird.«

Ragnors nächster Gegner war Wulfgar da Eckström, der ein erheblich besserer Schwertkämpfer war als sein Erster es war. Dennoch besiegte er ihn dieses Mal mit vierzehn zu null Treffern, da er nun sehr konzentriert zu Werke ging, stets darauf achtend, sich keine Blöße zu geben. Als Wulfgar ihm zu seinem Sieg gratulierte, meinte dieser grinsend: »Ihr seid so gut, wie Euer Ruf! Ich wünsche Euch, dass es gegen Jesko da Tanza reichen wird! Ich für mein Teil hätte vermutlich nicht die Spur einer Chance gegen ihn.«

Als Oswald da Kormon, Jeskos nächster Gegner, den Kampfplatz betrat, war nichts von seiner, ansonsten an den Tag gelegte, kühle Lockerheit zu spüren. Man konnte ihm förmlich ansehen, wie es in seinem Kopf arbeitete. Ragnor, der, wie alle anderen Zuschauer, voller Spannung auf den Beginn des Kampfes wartete, hatte eine ziemlich klare Vorstellung davon, was im Kopf von Oswald vorging. Dieser wusste inzwischen natürlich auch, dass Jesko da Tanza vormals Schwertmeister der Reichsritter gewesen war. So kannte er jede Variante des traditionellen Schwertkampfes mit Schwert und Dolch, die im Wesentlichen darauf basierte, einen Kampf in Rüstung erfolgreich zu bestehen. Daher waren schnelle Bewegungsabläufe, wie sie Jesko in seinem ersten Kampf verwendet hatte, für die Ritter vollkommen ungewohnt. Einem Gegner in Rüstung begegnete man eher mit Kraft als mit Schnelligkeit und Eleganz. Schließlich begann der Kampf und Ragnor erkannte schnell, dass Oswald versuchte, zu Beginn des Kampfes, mittels einer defensiven Taktik, zu vermeiden, dass er wie sein Vorgänger überrascht werden konnte. Tatsächlich gelang es ihm, den Großteil der schnell vorgetragenen Angriffe des Schwertmeisters, abzuwehren. Trotzdem konnte er es nicht vermeiden, hin und wieder leichte Treffer einstecken zu müssen, ohne selbst punkten zu können. Oswald wurde also schnell klar, dass die defensive Strategie zwar verhinderte, wie sein Vorgänger vorgeführt zu werden, aber ihn auch unvermeidlich auf die Verliererstraße führen würde, da er dadurch Treffer nicht gänzlich vermeiden konnte und darüber hinaus auch selbst punkten musste. Also lockerte er seine Verteidigungsstellung und begann seinerseits anzugreifen. Tatsächlich gelang es ihm nun, einige Treffer bei seinem Gegner anzubringen. Jedoch war die Zahl der Treffer, die er selbst dabei einstecken musste, wesentlich höher. So behielt Jesko da Tanza, letztendlich deutlich, mit fünfzehn zu sechs Treffern die Oberhand in diesem Kampf.

»Wie willst du die Sache denn heute Nachmittag angehen?«, fragte Graf Rurig seinen Schützling, als er schließlich mit ihm beim Mittagessen saß. Ragnor, der wie Jesko da

Tanza erwartungsgemäß den Endkampf ohne größere Probleme erreicht hatte, überlegte einen Moment, bevor er schließlich antwortete: »So genau weiß ich das noch nicht, wenn ich ehrlich bin. Das Einzige, was ich sicher weiß ist, dass ich nur gewinnen kann, wenn ich einsetze, was ich bei Maramba gelernt habe. Vielleicht sind auch ein paar von Kamars Orktricks hilfreich. Auf jeden Fall muss ich schneller auf den Beinen sein, als der Schwertmeister es ist.« Der Graf, selbst ein ausgezeichneter Schwertkämpfer, nickte zustimmend und fügte nachdenklich hinzu: »Ich denke, der Kern des Problems ist, dass Jeskos neuer Kampfstil offenbar von Kriegern stammt, die ohne oder nur mit leichter Rüstung kämpfen. Deshalb ist sein Kampfablauf so schnell, und er kann den Vorteil, dass die wattierte Jacke ihn kaum behindert, voll ausspielen. Mit einem Kettenhemd oder gar einem Plattenpanzer wäre das ganz und gar unmöglich! Mir ist allerdings aufgefallen, dass er beim Durchschwingen der Klinge einige Male mit dem Körper seine Balance nach korrigieren musste. Ich schließe daraus, dass das Bastardschwert, das er sich ausgewählt hat, keine optimale Waffe für ihn ist und er normalerweise ein leichteres Schwert verwendet. Vielleicht kannst du diesen Umstand zu deinem Vorteil nutzen.«

Dann war es schließlich soweit. Als Ragnor den Ring betrat, hatte er nach reiflicher Überlegung entschieden, zu Beginn des Kampfes defensiv zu agieren. Da Ragnor alle seiner bisherigen Gegner unter Benutzung des Standardrepertoires des Caerschen Schwertkampfes besiegt hatte, war er sich ziemlich sicher, dass er für den Schwertmeister, der seinen Kämpfen ebenfalls aufmerksam gefolgt war, einige Überraschungen parat haben würde. In diesem Moment betrat auch Jesko da Tanza den Kampfplatz. Als dieser Ragnor die Hand reichte, sah er in den Augen seines Gegenübers so etwas wie Respekt. Dieser Umstand führte dem jungen Mann die Gefährlichkeit des älteren Herrn deutlich vor Augen. Ragnor dachte bisher, in den Augen des Schwertmeisters eher eine herablassende Geringschätzung wahrgenommen zu haben, wenn dieser seinem jeweiligen Gegner die

Hand gedrückt hatte, woraus man vielleicht auf eine gewisse Überheblichkeit hätte schließen können. Dann kreuzten sie zum ersten Mal die Klingen. Bereits der erste Schlagabtausch zeigte Ragnor, dass der alte Schwertmeister ebenfalls vorsichtiger zu Werke ging und nicht wie bisher mit einem furiosen Schlagwirbel das Gefecht eröffnete. Auch er wollte sich offenbar keine Blöße geben. Wie Ragnor erwartet hatte, wehrte sein Gegenüber alle Standardangriffe, die er selbst vorbrachte, sicher ab. Doch Ragnor gelang es ebenfalls, die ersten Schlagsequenzen seines Gegners mühelos abzuwehren, da der Alte zu Beginn des Kampfes nur die Caerschen Standardangriffe für beidhändiges Schwert wie Stier, Eber, Zwerg und Dach und nicht, wie in den vorangegangenen Kämpfen, gleich komplexe fremdartige Schlagsequenzen verwendete. Ragnor hatte fast den Eindruck, dass der Alte zu Beginn des Kampfes so eine Art Prüfung abhielt. Das ärgerte den jungen Mann, woraufhin er eine Angriffssequenz startete, die er von seinen Freunden Kamar und Maramba gelernt hatte. Dabei setzte er scheinbar einen Eberangriff an, den der Alte mit einer gekonnten Schlüsselparade konterte, stieß dann aber nicht mit dem Dolch nach, wie der Alte wohl erwartet hatte, sondern trat mit dem rechten Fuß nach dessen Kniescheibe, als dieser dabei war, dem erwarteten Dolchstich auszuweichen. Ragnor traf zwar nur den Oberschenkel seines Gegners, der sich jedoch nur mit einer artistischen Rolle rückwärts vor dem nachsetzenden Gegner retten konnte und deshalb den ersten Treffer mit dem Schwert hinnehmen musste. Nun gab auch der Alte seine Zurückhaltung auf und es entwickelte sich der furiose Schwertkampf, welcher das Publikum erwartet hatte. Immer schneller wurden Angriffe und Paraden und es gelang beiden Kämpfern, immer wieder einzelne Treffer zu setzen, da sie jeweils nun ihr volles Schlagrepertoire einsetzten. Beide Kämpfer wirbelten über den Kampfplatz, drehten sich, warfen sich zu Boden, nur um blitzschnell aus unerwarteter Position wieder anzugreifen. Während die Angriffe des Schwertmeisters mit ihren perfekt einstudierten, fließenden Bewegungen, fast wie ein rasanter Schwerttanz anmuteten, waren Ragnors Attacken durch schnelle Tempowechsel geprägt, wodurch es ihm gelang, seinen Gegner immer wieder in Verlegenheit zu bringen. Das Publikum ging mit großer Begeisterung lautstark mit und feuerte die Kämpfer an, sodass der Gongschlag des Kampfgerichtes, welcher das Ende des Kampfes anzeigte, zuerst im Lärm der Menge unterging und einige Male wiederholt werden musste, bevor ihn die beiden Kämpfer vernahmen. Nun gingen beide einen Moment schwer atmend in die Knie, ließen ihre Waffen auf den Boden fallen und rangen erschöpft nach Luft, bevor sie sich respektvoll die Hände reichten. »Ihr seid fürwahr ein Meister Eures Fachs!«, beglückwünschte der Alte seinen jungen Gegner.

»Das Gefühl hatte ich nicht gerade, so oft wie Ihr mich getroffen habt«, gab Ragnor mit einem schiefen Grinsen zurück. »Oft? Das kann doch nicht Euer Ernst sein?«, widersprach ihm der Alte. »Ihr seid wie ein Irrwisch und kaum zu treffen! Ich möchte Euch nicht in einem ernsthaften Kampf gegenübertreten müssen!«

Ein erneuter Gongschlag unterbrach das Gespräch der beiden und gespannt blickten sie zum Kampfrichtertisch hinüber, um das Urteil zu erfahren. »Wir müssen leider zu unserem Bedauern feststellen, dass wir nicht in der Lage sind, den Sieger dieses Kampfes zu ermitteln«, verkündete der Reichsritter, welcher den Vorsitz führte, sichtlich irritiert. Der Kampf war so schnell, dass wir drei unterschiedliche Ergebnisse auf unseren Schiefertafeln stehen haben, ein Votum für Ragnor da Vidakar, ein Votum für Jesko da Tanza und ein Unentschieden.«

Jesko da Tanza brach in schallendes Gelächter aus und meinte: »Da geht es Euch so, wie uns beiden auch. Und bevor Ihr Euch unnütz Euren Kopf zerbrecht, verkünde ich hier und heute, dass ich den Sieg Ragnor da Vidakar zuspreche!«

Jubel brandete auf und Ragnors Freunde stürmten auf den Kampfplatz, um ihm zu gratulieren, sodass er zunächst gar keine Möglichkeit hatte, mit Jesko da Tanza über dessen Beweggründe zu sprechen. Ragnor sah sich nicht als Sieger ihres Kampfes, was, trotz aller Glückwünsche, an ihm nagte. So wirkte er fast ein wenig abwesend, als ihn Heike stürmisch in die Arme nahm, küsste, was diese zu der Bemerkung veranlasste, dass er das auch schon mal besser gemacht hätte.

Als er den Gratulanten schließlich mit dem Hinweis, dass er sich dringend umziehen müsse, entkommen war, traf er den Schwertmeister, als dieser gerade im Begriff war, die Katakomben wieder zu verlassen. Der Alte nickte ihm freundlich zu und wollte schon wortlos an ihm vorbeigehen. Doch Ragnor stellte sich ihm in den Weg, begierig endlich die Frage zu stellen, die ihm auf den Nägeln brannte: »Sagt mir, warum habt Ihr mir einfach den Sieg überlassen?«

»Weil er Euch gebührt, junger Mann!«, antwortete Jesko da Tanza. »Ihr seid ein junger Mann, am Anfang Eures Weges und doch konnte ich Euch, bei aller Schwertkunst, die ich mir die letzten vier Jahrzehnte angeeignet habe, nicht besiegen. Das ist für mich Grund genug!«, und mit einem Augenzwinkern setzte er hinzu: »Außerdem bin ich doch viel zu alt, um mich ernsthaft um das Ehrenamt des ersten Schwertkämpfers des Königs zu bewerben. Ich möchte den Jungrittern den Schwertkampf lehren, aber an der Seite des Königs in den Krieg ziehen, möchte ich eigentlich nicht mehr!«

»Das kann ich akzeptieren«, antwortete Ragnor nach kurzer Überlegung. »Aber ich bin mir trotzdem nicht sicher, wer von uns beiden im Ernstfall den Kürzeren gezogen hätte!«

Nachdem der Alte gegangen war, gingen Ragnor die Worte des Schwertmeisters noch eine ganze Zeit lang durch den Kopf, während er sich eigentlich umziehen musste. Als er dann zu seinen Freunden zurückkehrte, die auf dem Kampfplatz auf ihn gewartet hatten, konnte er sich nun endlich richtig über seinen Sieg freuen. Insbesondere Rurigs Einschätzung, dass er den Kampf zu seinen Gunsten entschieden hätte, wäre es ein Kampf auf Leben und Tod gewesen, ließ ihn die letzten Zweifel vergessen. Er war auch schon sehr auf das abendliche Bankett gespannt, auf dem der König ihn zu seinem ersten Schwertkämpfer machen würde.

Ragnor kleidete sich gerade für das Bankett an, als es an der Tür seiner Kammer klopfte. Sein Knappe Klaus öffnete und zur großen Überraschung des Jungen, standen Graf Rurig und der Großmeister der Reichsritter vor der Tür, obwohl Ragnor ihm gesagt hatte, er würde sich mit den hohen Herrn in etwa einer Stunde vor dem Bankettsaal treffen. »Wir müssen Euren Herrn dringend sprechen«, quetschte Svartan da Kaarkon grimmig zwischen den Zähnen hervor, während er sich eilig an dem Jungen vorbeizwängte, um schnell ins hintere Gemach zu gelangen. Ragnor, welcher des Großmeisters Stimme vernommen hatte, schlüpfte noch schnell in seine Beinkleider und drehte sich erwartungsvoll um, neugierig zu erfahren, was es wohl so überaus Wichtiges gäbe. Als er die ernsten Gesichter der beiden Männer sah, war ihm, bevor einer der beiden etwas sagen konnte, klar, dass es sich um nichts Erfreuliches handeln konnte.

»Bitte entschuldige, dass wir dich so kurz vor dem Fest damit belästigen, aber in Sachen Gottesgericht hat sich etwas ergeben, dass uns Sorge bereitet und dass wir dringend mit dir besprechen müssen!«, eröffnete ihm der Graf. »Wir haben soeben die Wahl der Waffen Fukur da Seeborgs erhalten. Er besteht auf schweren Panzerrüstungen, Schild und Morgenstern als Bewaffnung. Wir haben natürlich sofort Einspruch gegen den Morgenstern erhoben, aber mussten uns von der Hofkanzlei belehren lassen, dass Fukur tatsächlich das Recht besitzt, bei einem Gottesgericht auch Waffen zu wählen, die in normalen Zweikämpfen verboten sind!«

Das war tatsächlich eine böse Überraschung für den jungen Mann, denn er hatte bisher nie selber mit dem Morgenstern gekämpft. Er kannte lediglich einige Abwehrübungen mit dem Schild aus der Zeit seiner Ausbildung, da diese Waffe von den Rittern aus Lorca gerne verwendet wird. Ragnor überlegte einen Moment, was zu tun sei und kam zu dem Schluss, dass Fukur da Seeborg seine Chancen durch diesen Schachzug wesentlich verbessert hatte. In schweren Rüstungen war man relativ unbeweglich und bot dadurch ein leicht zu treffendes Ziel für die kreisende Stachelkugel. Es hatte also, in der Regel, der Kämpfer die besseren Siegchancen, welcher mit dieser Angriffswaffe am Besten umgehen konnte. Doch es half alles nichts! Er hatte den Seeborger gefordert. Er konnte und wollte nicht zurückziehen, also wandte er sich an den Großmeister der Reichsritter mit der einzig sinnvollen Frage: »Habt ihr einen Ritter in Euren Reihen, der mir den Kampf mit dem Morgenstern in zehn Tagen beibringen kann?«

»Hm«, überlegte Svartan da Kaarkon einen Moment. »Ich denke, dass unser Heimkehrer, Jesko da Tanza, wohl am meisten davon versteht. Er hatte schon immer eine Vorliebe für exotische Waffen, hat dabei auch den Morgenstern sehr eingehend studiert und beherrscht ihn meines Wissens auch recht gut!«

»Da kann ich nur zustimmen!«, warf Graf Rurig ein. »Er hat uns in meiner Ausbildung, damals in Caerum, ganz schön Rüstungen und Schilde mit so einem Ding verbeult! Ich werde ihn gleich heute Abend bitten, deine Ausbildung zu übernehmen und ich bin mir sicher, dass er mir diese Bitte nicht abschlagen wird.«

»Wenigstens ein Lichtblick«, bemerkte der Großmeister, dem die Sorge um Ragnors Wohlergehen ins Gesicht geschrieben stand. »Ich könnte mich schwarz ärgern, dass wir den Kodex für die Gottesgerichte nicht schon längst geändert haben. Ich glaube, ich muss das demnächst einmal, zusammen mit dem König, in die Wege leiten.«

Inzwischen hatte Ragnor seine beste Kleidung, sowie Wappenrock und Waffengurt angelegt und wandte sich daraufhin fragend an Graf Rurig: »Soll ich heute die Löwenkette und Kamars Armreif tragen oder wäre das zu protzig?«

»Heute kann es gar nicht protzig genug sein!«, versetzte der Graf lachend. »Schließlich sollen sich unsere Feinde doch so richtig ärgern!«

Als die drei dann schließlich am Thronsaal ankamen, wurden der Graf und der Großmeister sofort eingelassen, um ihre Plätze einzunehmen, während Ragnor draußen warten musste, bis er offiziell aufgerufen wurde. Er setzte sich auf den bereitgestellten, mit rotem Samt bespannten, Lehnstuhl. Während der Haushofmeister nervös auf und ab lief, weil dieser auf seinen Auftritt wartete, war der junge Mann mit seinen Gedanken derweil ganz wo anders und rekapitulierte, was er über den Kampf mit dem Morgenstern bisher gelernt hatte. Auch grübelte er darüber nach, was zu tun sei, um aus dem Kampf mit dem Seeborger als Sieger hervorzugehen, kam aber zu dem Schluss, dass er nicht genug wusste, um sich eine vernünftige Strategie zurechtzulegen. Es konnte doch nicht sein, dass ein solcher Kampf nur aus stumpfsinnigen aufeinander Eindreschen bestand.

Ein Fanfarensignal aus dem Thronsaal, holte den jungen Mann in die Realität zurück. Er erhob sich rasch, denn die Königswache war bereits dabei, die schwere doppelflügelige Eichentür zu öffnen. Mit wichtig-anmutender Miene trat der Haushofmeister einen Schritt in den Thronsaal, stieß dreimal kräftig seinen Zeremonienstab auf den Boden und rief mit lauter Stimme: »Ich habe die Ehre, den Sieger des Schwertkampfturniers anzukündigen: Ritter Ragnor da Vidakar, den Dämonentöter!«

Peinlich berührt wegen dieses marktschreierischen Titels, betrat Ragnor den Saal und bemühte sich, nicht vor Scham zu erröten, während er langsamen Schrittes auf den Thron zuschritt. Die Edlen des Reiches und die Angehörigen des königlichen Haushaltes, welche links und rechts seines Weges an langen Tischen saßen, nahm er längs seines Weges gar nicht bewusst wahr, da sein Blick, wie das Protokoll es vorschrieb, nur auf den König gerichtet war. Aber wie schon so häufig konnte er die Emotionen spüren, von denen der Raum erfüllt war. Es war, wie eine freundliche blaue Woge, in die sich rote Mißtöne von Neid und Hass mischte. Nicht viele, aber dafür umso intensiver wahrnehmbar. Schließlich trat der junge Mann vor den Thron und beugte das Knie vor dem König. Daraufhin erhob sich Ralph V., nahm ein, mit kostbaren Edelsteinen besetztes, Langschwert von einem roten Kissen, welches auf einem Podest neben dem Thron lag und berührte Ragnor mit der Waffe an beiden Schultern – ähnlich wie beim Ritterschlag. Dazu sprach er die rituelle Formel: »Hiermit ernenne ich Euch, Ragnor da Vidakar, zum Ersten Schwertkämpfer des Königs. Von diesem Tage an, ist es Eure Pflicht für Caer zu streiten, wann immer es bedroht wird. Sei es im Kriege oder im ritterlichen Zweikampf für den König, sollte dieser, von einem anderen Souverän, gefordert werden. Seid ihr bereit?« Ragnor erhob sich und antwortete: »Ich bin bereit, das ehrenvolle Amt anzunehmen und gelobe meinem König Treue bis in den Tod!« Beifall brandete auf und der König überreichte seinem Schwertträger das kostbare Langschwert, als Zeichen seines Amtes, wobei er leise zu Ragnor sprach, sodass nur dieser es verstehen konnte: »Ich freue mich, dass Ihr diese Aufgabe übernommen habt, auch wenn diese, ach so kostbare Waffe, sich wohl kaum mit Eurem Zauberschwert messen kann.« Der junge Mann lächelte und antwortete ebenso leise: »Es ist eine große Ehre für mich, die Nachfolge meines Pflegevaters, Rurig da Kaarborg, antreten zu dürfen.«

Als er wenig später neben Prinzessin Margitta da Caer beim Essen saß, kam ihm in den Sinn, was Rurig einmal über dieses Amt gesagt hatte. Nämlich dass es der König nur an Leute vergab, die sein volles Vertrauen besaßen und dass es mit einer jährlichen Summe von eintausend Goldtalenten besser bezahlt wurde, als jedes andere. Es war irgendwie schon eine Ironie des Schicksals, dass er in diesem Augenblick Gefahr lief, sein Leben in einem ungleichen Zweikampf zu verlieren, wo er auf eine wohlgeordnete Zukunft blicken konnte, mit Titel, Besitz, reichlich Gold und persönlichem Glück. Prinzessin Margitta da Caer konnte während der gesamten Zeremonie nicht ihre Augen von dem jungen Ritter nehmen. Sie hatte in den letzten Wochen viel Zeit mit ihm und seinen Freunden verbracht und auch keinen seiner Auftritte bei den Turnierkämpfen verpasst. Erst heute, während Ragnors Kampf mit Jesko da Tanza, hatte sie sich dabei ertappt, dass sie ihn viel engagierter angefeuert hatte, als ihren eigenen Bruder bei dessen Endkampf. Und dass ihr jedes Mal, wenn dieser junge Mann bei diesem Kampf in Bedrängnis geraten war, ein merkwürdiges, beengendes Gefühl in ihrer Brust aufgekommen war. Was war bloß los mit ihr. Wo kamen nur all diese merkwürdigen Gefühle her, die sie in letzter Zeit bestürmten, wann immer sie in seiner Nähe war. Das fast schwerlose Schweben, wenn sie mit ihm tanzte, das Glücksgefühl, wann immer er ihr ein Lächeln schenkte und die schlaflosen Nächte, in denen sie sich so unendlich allein fühlte. In diesem Moment unterbrach der Page hinter ihr ihren Gedankengang, als er ihr pflichtbewusst Wein nachschenkte und ihr wurde bewusst, dass sie, in diesem Moment, blutrot angelaufen war. So als ob sie jemand bei ihren geheimen Gedanken, bei etwas Verbotenem ertappt hätte. Ärgerlich schalt sie sich eine Närrin: »Nein, das konnte nicht sein. Sie hatte sich nicht in ihn verliebt! Sie hatte sich noch nie in jemand verliebt. Sie würde sich nicht verlieben und schon gar nicht in einen namenlosen Kerl, der überdies einer anderen gehörte!« So und nun einen ordentlichen Schluck von dem zephirischen Wein und Schluss mit diesem Unsinn! »Liebe Margitta, ist Euch nicht gut? Ihr esst ja garnichts!«, fragte Ragnor im selben Moment nach, da er bemerkt hatte, dass die Prinzessin noch keinen Bissen des köstlichen Bratens angerührt hatte, welcher vor ihr auf ihrem goldenen Teller lag. »Nein, nein. Es ist alles in Ordnung«, stotterte sie, abermals peinlich berührt. »Ich war nur in Gedanken!« Und um ihr abermaliges Erröten zu überspielen, beugte sie sich sofort tief über ihren Teller und begann zu essen, als ob ihr Leben davon abhinge. Ragnor, der sich keinen Reim auf das merkwürdige Verhalten von Heikes Freundin machen konnte, wandte sich ebenfalls wieder dem großartigen Essen zu. Goldene Teller waren zwar hübsch anzusehen, aber die Speisen darauf wurden so verdammt schnell kalt. Baron Per da Loza, der neben seinem Verbündeten Atz da Ahrborg saß, wälzte während des Essens, weit weniger romantische Gedanken. Mit hasserfüllten Augen war er der Ehrung seines größten Feindes gefolgt und nur der Gedanke, dass der verhasste Mörder seines Sohnes schon bald sterben würde, hielt ihn aufrecht.

Am nächsten Morgen ging Ragnor, in aller Frühe, in den Übungshof der Reichsritterburg hinunter, um den Schwertmeister Jesko da Tanza, zu treffen. Schließlich trat er durch das kleine Seitentor, welches die kleine Übungsarena vom Burghof trennte. Noch war es relativ still im Wohnpallas der Burg, da die Sonne gerade eben erst aufgegangen war. Allerdings herrschte im engen Geviert des Übungshofes bereits offenbar Betrieb, denn es schepperte hin und wieder so laut, als ob bereits ein Kampftraining laufen würde. Neugierig betrat der junge Mann den Hof und sah vor einer offenen Tür auf der gegenüberliegenden Seite einen Haufen Rüstungsteile liegen. Kaum hatte er den Sand der Arena betreten, flogen bereits wieder ein paar eiserne Beinschienen aus dem Dunkel des Gewölbes. Ragnor trat von der Seite an die Tür heran, spähte ins Innere und sah, wie einige Knappen Rüstungsteile aus staubigen alten Truhen nahmen und auf Anweisung von Jesko da Tanza ausgewählte Stücke auf den Hof warfen. Ragnor drückte sich flink durch die Tür, als gerade kein Rüstungsteil durch die Luft flog.

Der Alte erblickte ihn sogleich und rief freundlich: »Ah! Guten Morgen, junger Mann. Kommt nur näher. Wir sind gerade dabei, die Panzerung eurer Übungspuppen zusammenzustellen«, an die Knappen gewandt, fuhr er fort: »Ich gehe jetzt mit Ragnor da Vidakar für einen Moment hinüber in die Waffenkammer. Ihr wisst ja, was zu tun ist! Wenn ihr die Teile beisammen habt, könnt ihr die Holzkameraden schon einmal herrichten. Aber holt genügend schwere Steine und sorgt für einen guten und sicheren Stand. So ein Morgenstern entfaltet ganz schöne Kräfte und ich möchte nicht, dass die Holzkameraden schon beim ersten richtigen Schlag durch den Hof fliegen!«

Nach diesen Worten drückte der Schwertmeister Ragnor freundlich die Hand. Gemeinsam gingen die beiden Männer hinüber zur Waffenkammer der Reichsritter, welche auf der anderen Seite des, fünf Klafter tiefen, Übungsplatzes lag. »Es gibt viele verschiedene Arten von Morgensternen und in einigen Ländern werden sogar recht exotische Exemplare verwendet«; erläuterte der Alte, als sie in einer kleinen Seitenkammer der Waffenkammer angelangt waren, in der Beutewaffen gelagert wurden, welche die Reichsritter nicht als

Regelwaffen einsetzen. Deshalb sind Morgensterne nicht im Standardarsenal der Burg nicht zu finden. »Daher habe ich mich gestern beim Standesgericht kundig gemacht, welches Modell für den Zweikampf verwendet werden soll und wir haben uns auf den einfachen Morgenstern der Lorcaknappen geeinigt. Bei diesen Worten griff er in einen der Waffenständer und nahm ein Exemplar des besagten Modells heraus.

Ragnor musterte die Waffe eingehend. Sie bestand aus einem etwa unterarmlangen Rundholz, welches am Griff mit Leder umwickelt war. Am geschmiedeten Kopfende führte die Kette, welche etwa die halbe Länge des Griffholzes hatte, durch eine Öse zum Waffenkörper. Die Stachelkugel an ihrem Ende schien aus massiv gegossenem Eisen gefertigt worden zu sein, denn der Morgenstern erschien Ragnor relativ schwer, als er ihn in die Hand nahm, um ein erstes Gefühl für diese Waffe zu bekommen. »Der Morgenstern ist, im Grunde genommen, eine Weiterentwicklung des Streitkolbens und ist dafür gedacht, den Feind im Kampf durch das Zerschmettern der gegnerischen Rüstung zu überwinden. Durch die Kette ist es allerdings möglich, sehr viel kraftvoller zuzuschlagen, als mit einem Streitkolben. Andererseits bedarf es eines erheblichen Geschicks im Umgang mit dieser Waffe, bevor man sie wirkungsvoll einsetzen kann, da man sich sehr leicht selbst dabei verletzen kann, wenn man nicht aufpasst«, erklärte Jesko da Tanza seinem neuen Schüler, während sie sich auf den Weg zurück in den Übungshof machten.

Dort angekommen, legte Ragnor eine der schweren, unhandlichen Panzerrüstungen an, die er im Duell würde tragen müssen. Anschließend begannen beide ihre Übungen mit dem Grundschlag. Man holte mit dem Morgenstern in einer linksdrehenden Bewegung über dem Kopf aus und schlug dann gerade nach vorne zu. Hierbei war es wichtig, dass die Kugel dabei nach vorne flog und nicht im Bogen zurückkam, wenn man sein Ziel verfehlte. Das hatte Ragnor schnell verstanden und es gelang ihm, der Kugel große Kraft zu verleihen, während er auf einen, an der Mauer befestigten, Schild einschlug und diesen, Stück für Stück, zertrümmerte. »Das ist schon sehr gut. Wir werden also als Nächstes die Verteidigung einüben, bevor wir uns komplexeren Schlägen zuwenden«, konstatierte der Alte zufrieden, nachdem Ragnor innerhalb der ersten Stunde zwei Schilde und die komplette Rüstung einer Übungspuppe zerlegt hatte. »Dieser Teil ist sehr schwierig, da ein Morgensternkämpfer zwar ein furchterregender Angreifer, aber dafür in seiner Defensive eher schwach ist, weil sich seine Waffe nicht zum Parieren eignet und er sich deshalb, fast ausschließlich, auf seinen Schild verlassen muss. Doch in unserem speziellen Fall können wir uns darauf beschränken, die Abwehr gegen einen Kämpfer, der ebenfalls einen Morgenstern einsetzt, zu üben.« Während er sprach, hatte der Alte sich von seinem Knappen ebenfalls eine Rüstung anlegen lassen. »Wichtig bei der Abwehr mit dem Schild ist, dass du die Kugel möglichst mit dem Zentrum des Schildes abwehrst, da dein Gegner versuchen wird, durch Treffer in der Randzone, deinen Schild zu destabilisieren, um ihn vom Rand her zerstören zu können.«

Am Abend des ersten Übungstages ging Ragnor recht früh zu Bett. Der Kampf in der schweren unbeweglichen Rüstung war an sich schon anstrengend gewesen, aber wenn man von einem alten Fuchs, wie Jesko da Tanza, traktiert wurde, war es ganz erstaunlich, wieviel man sich zwangsläufig bewegen musste, um den gut gesetzten Schlägen des Alten zu begegnen. Auch wenn er jeden Knochen spürte, war Ragnor mit dem Verlauf des ersten Trainingstages recht zufrieden. Es war ihm gelungen, trotz Jeskos Geschick mit dem Schild, diesen nahezu zu zerstören. Natürlich hatte auch sein eigener Schild bei dem Gefecht ziemlich gelitten, aber Jeskos Schild hatte noch schlimmer ausgesehen. Klar gestand er sich ein, dass der Schwertmeister mit dem Morgenstern dennoch sehr viel besser umzugehen wusste, doch hatte schließlich seine eigene, größere Körperkraft beim Einsatz der Wuchtwaffe diesen Nachteil wieder wettgemacht. Er war sich ziemlich sicher, dass Fukur da Seeborg genau so kämpfen würde, wie er es heute getan hatte. Ohne große Finesse, aber mit umso größerer Wucht in seinen Schlägen. Deshalb nahm Ragnor sich vor, sich in den nächsten Tagen auf die Technik zu konzentrieren, um gegenüber seinem Widersacher einen Vorteil erringen zu können.

Auch Jesko da Tanza war an diesem Abend rechtschaffen müde und war ebenfalls gerade dabei zu Bett zu gehen, als es an seiner Tür klopfte. Brummend und wenig erfreut über die Störung, öffnete er. Graf Rurig da Kaarborg stand vor der Tür und als er sah, dass sein alter Meister bereits sein Nachtgewand trug, entschuldigte er sich mit den Worten: »Lieber Jesko, ich wollte Euch nicht in Eurer Nachtruhe stören, aber ich muss wissen, wie der erste Übungstag meines Ziehsohnes gelaufen ist!«

Der besorgte Ausdruck im Gesicht seines ehemaligen Schülers ließ den Alten die brummige Antwort vergessen, die er schon parat gelegt hatte und er sagte stattdessen, etwas kurz angebunden: »Gut, dann kommt herein und ich werde Euch kurz informieren.«

Die beiden Männer setzten sich auf zwei einfache Holzschemel, welche neben Jeskos Pritsche standen und der Alte berichtete: »Ich glaube, du brauchst dir keine allzu großen Sorgen wegen des Zweikampfes zu machen. Er hat mich, trotz meiner jahrelangen Erfahrung heute schon fast besiegt. Zugegeben beherrscht er bislang nur die Grundtechniken, aber er hat eine dermaßen große Gewalt in seinen Schlägen, dass er mich fast gekriegt hätte. Er könnte sicherlich bereits Morgen in einem Gemetzel mit dem Seeborger mithalten. Das ist für den ersten Tag doch durchaus beachtlich!«

»Hm, ich entnehme deinen Worten, dass du also zufrieden mit seiner bisherigen Leistung bist. Wirst du ihm noch ein paar Techniken beibringen können, mit denen er das Gefecht mit dem Seeborger kontrollieren kann. Nur über die Kraft wird es sicher nicht gehen, denn die beiden dürften in etwa gleich stark sein«, bemerkte Graf Rurig nachdenklich. »Da mach dir mal keine unnötigen Sorgen«, versetzte der Alte. »Bis Ende der Woche wird Ragnor einige wirkungsvolle Schläge und Paraden beherrschen, die der Seeborger sicherlich nicht kennt. Der ist doch so ein typischer Kraftmensch, ohne Hirn. Mit so etwas wird ein cleverer Junge, wie Ragnor, allemal fertig.«

Es wurde eine harte Woche für Schüler und Lehrer. Doch Ragnor lernte sehr schnell. Seine gute Auffassungsgabe und sein angeborenes Bewegungstalent halfen ihm, zu beherrschen, was der Alte ihn lehrte. Besonders hart hat er an dem Entwaffnungsschlag gearbeitet, den Jesko ihm gezeigt hatte. Er beruhte darauf, dass man die Kette des angreifenden Morgensterns mit seiner eigenen Kette abfing und dann, mit einem kraftvollen Zug nach hinten, den überraschten Gegner entwaffnen konnte. Ragnor war sich ziemlich sicher, dass Fukur diesen Schlag nicht kannte und er konnte sich nur zu gut erinnern, wie hilflos er gewesen war, als der Alte diese Parade das erste Mal angewendet hatte, und er, ganz plötzlich und unerwartet, ohne Waffe dagestanden war. Ragnor war froh, dass das harte Übungsprogramm nun zu Ende war. Er hatte noch zwei Tage Zeit, sich zu erholen und sich in Ruhe mit gezielten gymnastischen Übungen für den Kampf in Bestform zu bringen. Außerdem freute er sich darauf, endlich einmal wieder einen Abend mit seiner Heike im Salamanca verbringen zu können, die er die ganze letzte Woche nicht sehen konnte. Da Ragnor keine Zeit für sie hatte, war die junge Frau, während er im Übungsring schwitzte, einer Einladung von Prinzessin Margitta zu einem dreitägigen Jagdausflug gefolgt.

Während Ragnor mit seiner Heike im Salamanca weilte, saßen Atz da Ahrborg und Per da Loza in ihren Gemächern in der Königsburg beisammen. »Was ich über die Kampfübung dieses Ragnor mit dem alten Schwertmeister gehört habe, lässt mich für übermorgen nichts Gutes erwarten«, näselte der Ahrborger missmutig. »Ja, das ging mir bis gestern ähnlich«, stimmte ihm der Baron von Loza zu. »Meine Spione berichteten mir, dass dieser Ragnor inzwischen ganz ausgezeichnet mit dem Morgenstern umgehen kann!«

»Und warum nur bis gestern?«, fragte der frischgebackene Baron von Ahrborg überrascht nach.

»Nun«, versetzte Per da Loza, mit einem selbstgefälligen Lächeln auf den Lippen, »weil ich heute jemand gefunden habe, der uns helfen wird, den Zweikampf in unserem Sinne zu beeinflussen. – Seid ihr interessiert?«

»Ja klar, spannt mich nicht länger auf die Folter und erzählt!«, drängte der Ahrborger ungeduldig. »Ja, aber leise. Es darf niemand etwas erfahren, denn manchmal haben hier die Wände Ohren«, stimmte Per da Loza zu. Also stand er auf, beugte sich zu Atz da Ahrborg hinab und flüsterte ihm etwas ins Ohr. Man konnte richtiggehend sehen, wie jedes Wort, das ihm da ins Ohr geflüstert wurde, die Miene des Ahrborgers aufhellte. Schließlich konnte er nicht mehr an sich halten und schlug sich vor Lachen auf die Schenkel. »Bei Ximon dem Verfluchten, das ist fürwahr ein guter Plan. Ich werde gerne die Hälfte der Summe beisteuern, die dafür notwendig ist!«

Am Morgen des Zweikampftages war Ragnor, wie gewöhnlich, beim ersten Hahnenschrei wach. Nachdem er sich gewaschen hatte, ging er hinunter zum Frühstück in den Speisesaal. Seine ehemaligen Kampfgefährten aus der Jungritterschulung in Kaarborg waren, bis auf seinen heutigen Gegner Fukur da Seeborg, der in der Königsburg bei seinem neuen Herrn logierte, vollständig versammelt. Allerdings fiel die Begrüßung am heutigen Morgen etwas ernster aus, als sonst, denn der Zweikampf, der für die dritte Stunde des Nachmittags angesetzt war, warf bereits seinen Schatten voraus. Ragnor grüßte freundlich und setzte sich zu anderen an den Tisch. Als der diensthabende Page ihn nach seinen Wünschen für das Frühstück fragte, antwortete ihm Ragnor: »Eier mit viel Speck. Ich hab heute einen anstrengenden Tag vor mir!« Ansgar da Lorcamon, der Ragnor gegenüber saß, musste bei diesen Worten grinsen und bemerkte: »Wenn ich mir die Stimmung hier so ansehe, scheint es so zu sein, als müssten wir alle heute um unser Leben kämpfen und du der Zuschauer bist!«

»Na ja, ganz so ist es nicht«, antwortete Ragnor. »Es ist schließlich mein erster offizieller Zweikampf auf Leben und Tod und ich bin, bei Ama, nicht wirklich scharf darauf. Aber ich bin es Mirana schuldig, ihren Namen reinzuwaschen und den Meineidigen zu überführen!«

Als Ragnor dann die Katakomben der Arena betrat, um sich für den Zweikampf zu rüsten, wartete bereits Jesko da Tanza auf ihn, um ihm beim Anlegen der schweren altmodischen Rüstung behilflich zu sein. Der Alte hatte die zahlreichen Rüstungsteile, im Rahmen der Vorgaben des Standesgerichtes, sehr sorgfältig ausgewählt, sodass sich Ragnor einigermaßen gut darin bewegen konnte. Trotzdem durfte er darin nicht zu Fall kommen, denn ohne Hilfe wieder aufzustehen, war nahezu unmöglich. »Wo sind eigentlich Schild und Morgenstern?«, fragte er den Schwertmeister, nachdem sie mit der Rüstung fertig waren. »Die erhältst du draußen von einem Waffenknecht des Kampfgerichtes. So will es das Standesrecht. Niemand soll sich einen Vorteil verschaffen können, durch die Wahl der Waffen. Auch die Rüstungsteile sind mir erst kurz vorher von ihm übergeben worden. Sie wird nur deshalb nicht draußen angelegt, weil es unschicklich wäre, vor so vielen weiblichen Zuschauern.«

Draußen in der Arena waren inzwischen alle Plätze belegt. Jeder, der sich von seiner Arbeit freimachen konnte, wollte das Gottesgericht sehen. So etwas hatte es seit Jahren nicht mehr gegeben. Ein Kampf auf Leben und Tod in der Arena war ein ganz besonderer Leckerbissen, insbesondere da man nicht einmal Eintritt bezahlen musste, wie beim großen Turnier. Ragnors Freunde und Heike da Farsborg waren von Prinzessin Margitta, wie schon beim Turnier, in die königliche Loge eingeladen worden, um von den besten Plätzen aus den Zweikampf verfolgen zu können. Die Prinzessin war an diesem Morgen nur ein Schattenbild, ihrer ansonsten strahlenden Erscheinung, denn sie hatte in der letzten Woche kaum Schlaf gefunden. Wieder und wieder hatte sie sich in dem Gedanken, dass Ragnor an diesem Tag möglicherweise sterben könnte, in den Schlaf geweint. In dieser Zeit des bangen Wartens, hatte sie es auch aufgegeben sich vorzulügen, sie würde ihn nicht lieben. Nein, das hatte nun gar keinen Sinn mehr. Seltsamerweise hatte das ihr Verhältnis zu Heike da Farsborg, die ihr in den letzten Wochen noch mehr zur Freundin geworden war, bisher nicht nennenswert belastet. Die Angst, dass Ragnor heute vielleicht sterben würde, brachte die beiden jungen Frauen einander sogar noch näher als zuvor.

Da ertönten die Fanfaren und unterbrachen die bangen Gedanken der Prinzessin. Alle Augen richteten sich auf den Kampfplatz, den die beiden gerüsteten Kontrahenten nun, begleitet von ihrem jeweiligen Sekundanten, betraten. Noch waren die Visiere der Panzerhelme hochgeklappt und man konnte auf ihre angespannten jungen Gesichter blicken. Jörgen da Tjöreborg, der amtierende Vorsitzende des Standesgerichtes, erhob sich und verkündete mit laut schallender Stimme: »Nach dem Beschluss des Standesgerichtes von Kaarborg, unter dem Vorsitz des gefallenen Prätors, Sven da Momland, wird heute in einem Gottesurteil entschieden werden, ob der hier anwesende Fukur da Seeborg, vor besagtem Standesgericht, einen Meineid geleistet und Leben und Ansehen der Ziehtochter Mirana da Vidakar geschädigt hat. Der Kampf endet, wenn einer der beiden Kontrahenten tot ist. Pardon wird nicht gewährt.« Der Reichsritter machte eine kurze Pause, sah mit ernstem Gesicht in die Runde und fuhr fort an Ragnors Gegner gewandt: »Fukur da Seeborg! Haltet Ihr an eurer Aussage vor dem Standesgericht in Kaarborg fest?«

»Ja und ich weiche kein Jota davon ab!«, antwortete dieser mit trotziger, hasserfüllter Stimme. »Damit ist das Gottesurteil unausweichlich!«, stellte der Vorsitzende mit ruhiger Stimme fest. Waffenknechte, tut Eure Pflicht und reicht den Kämpfern, Morgenstern und Schild!« Die beiden Waffenknechte des Standesgerichtes traten nun vor, reichten den beiden Kämpfern Schild und Waffe und schlossen die Helmvisiere der beiden Kontrahenten.

»Im Namen Amas, des Gerechten - der Kampf möge beginnen!«, verkündete Jörgen da Tjöreborg mit weithin schallender Stimme.

Dumpf hörte Ragnor das Kommando unter seinem schweren Panzerhelm und taxierte konzentriert seinen Gegner, die erste Attacke erwartend. Und Fukur fackelte auch nicht lange und begann seinen Gegner mit wuchtigen Schlägen zu einzudecken. Ragnor nahm die ersten drei Schläge mit dem Zentrum seines Schildes auf, ohne zurückzuschlagen, um den Rhythmus der Angriffe zu studieren. Fukur benutzte seine Waffe ohne Finesse, aber mit großer Kraft. Er hatte den wuchtigen Grundschlag von oben nach unten offenbar perfekt eingeübt und Ragnor vermutete daher, dass er in der Lage war, ihn über eine längere Zeit damit unter Druck zu setzen. Wollte er Fukur also ermüden, um den Entwaffnungsschlag einzusetzen, musste er ihn in mit einigen unkonventionellen Attacken aus dem Rhythmus bringen. Fukur da Seeborg genoss jeden Schlag, den er setzte und jedes Mal, wenn seine Kugel den Schild des Feindes erzittern ließ, durchströmte ihn eine wilde Freude. Er würde Ragnor zerschmettern, der es bisher ja nicht gewagt hatte, auch nur zurückzuschlagen. Als Fukur seinen dritten Schlag ins Ziel gebracht hatte, rückte Ragnor plötzlich einen Schritt vor und ließ seine Kugel von unten nach oben fliegen. Der Schlag hatte zwar keine große Wucht, aber er überraschte seinen Gegner, sodass die Stachelkugel ihn seitlich am Helm traf, weil dieser seinen Schild nicht mehr rechtzeitig in Position hatte bringen können. Dieser überraschende Angriff erzürnte Fukur über alle Maßen, doch hatte er gar keine Zeit sich groß aufzuregen. Denn nun begann Ragnor seinerseits, seinen Gegner mit Schlägen einzudecken. Dabei wurde schnell offensichtlich, worin sich die Kampfstile der beiden Kämpfer voneinander unterschieden. Ragnors Schläge waren weniger kraftvoll, aber dafür war seine Deckungsarbeit sehr viel besser. Er sparte an Kraft.

Ragnors Braut, Heike, und Prinzessin, Margitta da Caer, folgten dem Kampf mit bangem Herzen. Denn für Außenstehende sah es so aus, als ob Fukurs Schläge, die stets mit großer Wucht auf Ragnors Schild donnerten, viel gefährlicher waren, als Ragnors wohlgesetzte Schläge auf den oberen Rand des gegnerischen Schildes. Doch nach einiger Zeit zeigte Ragnors Taktik Wirkung, denn Fukurs Schild begann am oberen Ende brüchig zu werden, während Ragnors Schild sich in der Mitte zwar stark verformt hatte, aber insgesamt stabil geblieben war. Auch Fukur da Seeborg bemerkte, dass sich sein Schildrand zu bröckeln begann und verdoppelte seine Anstrengungen Ragnors Deckung endlich durchzuschlagen. Unermüdlich donnerten die Morgensterne der beiden und, Zug um Zug, gaben die Schilde nach. Zuerst brach bei Fukur am oberen Rand ein faustgroßes Stück aus dem Schild. Doch nur wenige Schläge später bekam auch Ragnors Schild am oberen Rand die ersten Risse. Ragnor meinte aber zu bemerken, dass Fukurs Schläge nicht mehr so kraftvoll fielen und bereitete sich nun darauf vor, den geeigneten Moment abzupassen, um seinen Gegner mithilfe Jesko da Tanzas Konterschlag zu entwaffnen. Also begann er langsam zurückzuweichen, so als ob er Fukurs Angriffen nicht mehr standhalten könnte, um seinen Feind dazu zu zwingen, ihm zu folgen und dabei mit maximaler Streckung der Kette, nach ihm zu schlagen, um ihn weiterhin treffen zu können. Fukur reagierte wie erwartet und rückte, nun seines Sieges gewiss, nach, um dem zurückweichenden Gegner keine Atempause zu gönnen. Als sein Feind in voller Vorwärtsbewegung war, blieb Ragnor unvermittelt stehen und konterte den Schlag Fukurs, indem er die gestreckte Kette mit der seinen umwickelte und kräftig dagegen zog, wie er es von Jesko da Tanza gelernt hatte. Doch in diesem Moment passierte das Unerwartete. Anstatt Fukur den Morgenstern aus der Hand zu reißen, riss Ragnors eigene Kugel von der Kette und flog davon. Atemlose Stille herrschte im Rund der Arena, bis Fukur da Seeborg triumphierend aufheulte, ungeduldig seinen Schild abstreifte und begann Ragnors Schild, mit beidhändig geschwungenem Morgenstern zu traktieren. Ragnor ließ den nutzlosen Morgenstern fallen, fasste seinen Schild ebenfalls mit beiden Händen und stürmte, den Schild als Ramme benutzend, auf Fukur zu, um diesem den Raum für seine Angriffe zu nehmen. Er traf seinen Gegner hart mit dem Schild, sodass dieser zurücktaumelte, konnte ihn aber nicht zu Fall bringen. Sofort rückte er nach und attackierte seinen Feind erneut. Für einen Moment sah es so aus, als ob er seinen Gegner nur mit dem Schild bewaffnet, besiegen könnte, als er zu einem heftigen Stoß mit dem Schild ansetzte. Doch in diesem Moment rissen die Halteschlaufen seines Schildes und Ragnor stand nur noch von seiner Rüstung geschützt vor seinem Gegner. Dieser brauchte einen Moment, um zu erfassen, dass er wieder im Vorteil war und begann Ragnor nun mit mächtigen Heumachern nachzusetzen. Ragnor versuchte, so gut es ging, auszuweichen, aber er war in der schweren Panzerung einfach nicht schnell genug, um den Vorteil der weitreichenden Waffe ausgleichen zu können und so musste er einige schwere Treffer am Körper hinnehmen. Fukur zielte ganz bewusst nicht auf den schwerer zu treffenden Kopf, sondern schlug auf die Körpermitte, mit dem Ziel, die Rüstung seines Feindes so zu zerschlagen, dass er ihn zu Fall bringen konnte. Ragnor wich ihm aus, so gut er konnte und es gelang ihm, aufgrund seiner guten Körperbeherrschung, noch einige Minuten auf den Beinen zu bleiben, während der Schmerz, welchen die teuflische Stachelkugel seines Feindes verursachte, durch seinen geschundenen Körper jagte.

Doch schließlich war es vorbei und ein schwerer Treffer warf ihn zu Boden.

Hilflos auf dem Boden liegend, sah Ragnor durch die Visierschlitze seines Panzerhelms, wie sich Fukurs Schatten näherte, um ihm den Garaus zu machen. Seltsamerweise empfand er keine Furcht, sondern nur einen brennenden Hass auf seinen Feind, fieberhaft überlegend, wie er diesen vielleicht doch noch besiegen konnte.

Was nun geschah, würden die Zuschauer, welche vor Entsetzen, wie gelähmt, auf ihren Sitzen klebten, niemals vergessen. Fukur da Seeborg, im Gefühl des sicheren Sieges, trat ganz nahe an seinen gestürzten Feind heran, um ihm den Kopf mit einem letzten, brutalen Schlag zu zerschmettern. Auf diesem Moment hatte Ragnor gewartet. Als Fukur zwischen seine Beine trat, um ihm den Todesschlag zu versetzen, bäumte sich Ragnor in einer gewaltigen Willensanstrengung auf. Es gelang ihm, sich, trotz der schweren Rüstung, herumzuwerfen und damit so etwas wie eine Beinschere zustande zu bringen. Der plötzliche Aufprall brachte Fukur da Seeborg, der mit hoch erhobenem Morgenstern dastand, ins Straucheln, sodass er ebenfalls zu Boden fiel, dabei aber den Morgenstern nicht los ließ. Derweil vollendete Ragnor seine Drehung und kroch unter Aufbietung aller Kräfte, zu seinem Feind hinüber und begrub ihn unter seinem gepanzerten Körper. Während Fukur da Seeborg verzweifelt versuchte, ihn wieder loszuwerden, packte Ragnors rechte gepanzerte Hand das Helmvisier des Feindes und zwang es auf. Dann stieß er die gepanzerte Faust, immer wieder, tief in das Visier Fukurs. Dieser schrie vor Schmerz, als ihm die Eisenfaust das Nasenbein zerschlug, doch Ragnor hörte erst auf, als Fukurs Schreie verstummten und der Morgenstern dessen schlaffer Hand entfallen war. Dann brach Ragnor, selbst vollkommen erschöpft, über seinem besiegten Feind zusammen.

Als man die beiden Kämpfer schließlich getrennt worden waren, und Ragnor bereits auf einer Bahre aus dem Rund getragen wurde, nahm Jörgen da Tjöreborg dem Seeborger, der sich nicht mehr rührte, den Helm ab. Fukur da Seeborg war übel zugerichtet und niemand hätte ihn in diesem Moment wieder erkannt. Er hatte kein Gesicht mehr, keine Nase, keine Augen, keine Zähne. Erschüttert, von diesem grauenvollen Anblick, erhob er sich und verkündete mit belegter, aber weithin schallender Stimme: »Das Gottesgericht ist entschieden. Fukur da Seeborg ist tot und als meineidiger Lügner überführt. Ragnor da Vidakar hat sein Mündel Mirana hiermit voll rehabilitiert. Alle Besitztümer Fukur da Seeborgs gehen umgehend in den Besitz von Mirana da Vidakar über.«

Während die beiden jungen Frauen in die Katakomben der Arena eilten, um nach Ragnor zu sehen, eilte Rurig da Kaarborg in die Arena hinunter und untersuchte Ragnors Morgenstern und Schild eingehend, nahm sie dann an sich und kritzelte daraufhin eine kurze Nachricht für den Großmeister der Reichsritter auf einen Zettel. Dann beauftragte er einen der Pagen, diese Nachricht schnellstens zu überbringen. Nachdem er kurz in den Katakomben vorbeigeschaut hatte, wo der Feldscher ihm versichert hatte, dass sein Ziehsohn, außer einigen angebrochenen Rippen und einer großen Zahl von schweren Prellungen, keinen ernsthaften Schaden davon getragen hatte, machte er sich auf den Weg in die große Halle Reichsburg, um den Großmeister Svartan da Kaarkon aufzusuchen. Seinen Schützling wusste er derweil gut aufgehoben, denn der Feldscher hatte ihn in einen Kräuterheilschlaf versetzt, der wohl zwei Tage anhalten würde. Margitta da Caer und Heike da Farsborg wachten an seinem Bett und außerdem hatte der Graf vor der Tür seines Gemaches zur Sicherheit zwei Wachposten aufziehen lassen. Als Rurig da Kaarborg in der großen Halle mit den Resten von Ragnors Waffen eintraf, wurde er bereits, aufgrund seiner kurzen Nachricht an den Großmeister, dass bei dem Gottesurteil nicht alles mit rechten Dingen zugegangen war, vom Rat der Reichsritter erwartet. Mit einem kurzen Kopfnicken grüßte der Graf seine alten Mitstreiter, trat vor an die große Tafel, an welcher der Rat der Prätoren seine Sitzungen abzuhalten pflegte, knallte die Reste von Morgenstern und Schild wütend auf den Tisch und sagte mit scharfer Stimme: »Meine Herren, kann mir einer von Euch erklären, wie es möglich war, dass die Ausrüstung meines Schützlings vor dem Kampf sabotiert werden konnte? Schaut Euch die Schweinerei nur genau an. Die Kette des Morgensterns war angefeilt, sodass sie während des Kampfes brechen musste und auch die Armschlaufen des Schildes sind auf ihrer Innenseite mit einem scharfen Messer bearbeitet worden!«

Jörgen da Tjöreborg, der als Vorsitzender des Standesgerichtes die Verantwortung für die Durchführung des Gottesurteils trug, untersuchte die Überreste von Ragnors Ausrüstung sorgfältig, bis er mit schamrotem Gesicht bestätigte, was der Graf soeben vorgetragen hatte: »Es ist wahr, dass die Ausrüstung vorsätzlich beschädigt wurde und wir haben bereits nach den beiden Waffenknechten geschickt, die für die Bereitstellung der Ausrüstung zuständig waren.« In diesem Moment wurde die Tür aufgerissen und ein Korporal der Stadtwache trat ein und meldete: »Der Waffenknecht Rüdiger war in seinem Quartier und wartet draußen auf Euren Befehl. Der andere Waffenknecht, mit dem Namen Gerold, konnte bisher nicht aufgefunden werden. Wir haben die Torwachen alarmiert, um herauszufinden, ob er inzwischen die Stadt verlassen hat!« Die Recherchen am Tor ergaben, dass der Waffenknecht Gerold offenbar spurlos verschwunden war. Ob er Caerum bereits verlassen hatte, konnte nicht mit Sicherheit festgestellt werden, wurde aber als unwahrscheinlich angesehen, da es an den Toren, wegen der Fahndung nach den Resten der Mördergilde, strenge Kontrollen gab. Die Befragung des Knechtes Rüdiger nährte des Grafen Verdacht, da Gerold seit etwa einer Woche offenbar mehr Geld besessen haben sollte, als jemals zuvor. Zudem sei er, kurz bevor der Geldsegen eingetreten war, an zwei Abenden von einem Pagen ohne Wappenschild auf dem Überwurf, abgeholt worden. Was die Identität des Pagen anging, konnte er leider keinerlei Angaben machen, da er ihn vorher noch nie gesehen hatte. Obwohl Rurig da Kaarborg den finsteren Verdacht hegte, dass Per da Loza und seine Kumpane hier ihre Finger im Spiel hatten, konnte er nichts beweisen und behielt deshalb seinen Verdacht erst einmal für sich.

Zwei Tage nach dem denkwürdigen Zweikampf erwachte Ragnor aus dem Heilschlaf. Seine Rippen schmerzten höllisch. Vorsichtig öffnete er seine Augen und sah in Heikes und Margittas besorgte Gesichter, die erwartungsvoll an seinem Bett saßen. Heike sprang sofort auf, um ihm einen Schluck Wasser zu reichen, denn seine Kehle war trocken wie Wüstensand. Als er dankbar, aber mit schmerzverzerrtem Gesicht, aufgrund seiner gebrochenen Rippen, wieder in sein Kissen zurücksank, sagte sie mit weicher Stimme: »Jetzt bleib erst einmal liegen. Du kannst echt froh sein, dass du noch lebst!«

»Was ist mit Fukur da Seeborg«, fragte Ragnor mit leiser Stimme. »Der ist mausetot«, antwortete ihm die Prinzessin lebhaft, du hast ihm sein Gesicht förmlich zu Brei geschlagen!«

Ragnor verzog das Gesicht, ob der drastischen Schilderung der jungen Frau und kommentierte sie, noch ziemlich erschöpft: »Etwas ähnliches hatte er wohl mit mir auch vor – meint ihr nicht?«

»Du brauchst dir deswegen auch keinerlei Vorwürfe zu machen«; ertönte in diesem Moment Graf Rurigs Stimme von der Tür, die er soeben durchschritten hatte. Und mit einem Blick auf die Mädchen fügte er freundlich hinzu: »Seid so gut, meine Lieben, und lasst mich einen Moment mit ihm allein. Wir haben etwas Wichtiges zu besprechen!« Nachdem die beiden jungen Frauen den Raum verlassen hatten, setzte sich der Graf auf einen der Stühle neben Ragnors Bett und sagte mit ernster Stimme: »Ich bin froh, dich noch an einem Stück hier vorzufinden! Es ist inzwischen auch zweifelsfrei erwiesen, dass Morgenstern und Schild vor dem Gottesgericht von einem Waffenknecht, namens Gerold, sabotiert worden sind!«

»Habt Ihr auch herausgefunden, wer ihn dazu angestiftet hat?«, fragte Ragnor, wenig überrascht, nach, weil dies nur seine eigene Vermutung, dass sich jemand an seiner Ausrüstung zu schaffen gemacht hatte, bestätigte. »Leider nicht!«, antwortete sein Ziehvater grimmig. »Dieser Gerold scheint wie vom Erdboden verschwunden zu sein. Aber ich bin mir ziemlich sicher, dass Per da Loza und seine Kumpane dahinter stecken. Aber wir werden es nie beweisen können, selbst wenn wir den Waffenknecht erwischen sollten. Du kennst ja das Problem von Aussagen Nichtadliger gegen Adelige!«

»Ja, mit diesem verdammten Standesrecht habe ich ja bereits ausreichend Erfahrung gesammelt und mir ist inzwischen klar, dass ein Adeliger alles tun kann, solange er sich nicht von einem seiner Standesgenossen dabei erwischen lässt«, bestätigte der junge Mann die Ausführungen seines Mentors.

Zur selben Zeit, als das Gespräch zwischen Ragnor und Graf Rurig stattfand, saßen auch die Barone Per da Loza und Atz da Ahrborg schlecht gelaunt beieinander.

»Dieser Ragnor ist ein Teufel«, lamentierte Atz da Ahrborg. »Da liegt er ohne Waffe und Schild schon auf dem

Rücken und besiegt diesen Idioten, Fukur da Seeborg, trotzdem.«

»Jammern hilft uns auch nicht weiter!«, erwiderte Per da Loza düster. »Wir müssen ihn beseitigen – koste es, was es wolle!« Eifrig stimmte ihm der Ahrborger zu, bereit jede Summe aufzuwenden, die immer notwendig sein mochte, diesen Kerl ein für alle Mal auszuschalten. Böse lächelnd und dankend, nahm der Baron von Loza das Angebot an, wohl wissend, dass sich der Ahrborger fast in die Hosen schiss, bei dem Gedanken, Ragnor selbst gegenüber treten zu müssen. Seit dieser Fukurs zermatschtes Gesicht gesehen hatte, war er so außer sich vor Angst, dass ihm Per da Loza nahegelegt hatte, sich nicht in der Öffentlichkeit zu zeigen, bis er sich wieder besser im Griff hatte.

Kapitel 9

Zwei weitere Wochen gingen ins Land, ohne dass Graf Rurig in seinen Nachforschungen, bezüglich der Auftraggeber des Sabotageaktes, sehr viel weiter gekommen wäre. Lediglich die Leiche des Waffenknechtes Gerold, welcher die Sabotage verübt hatte, war von einer Streife der Stadtwache mit durchgeschnittener Kehle in einem Graben an der Stadtmauer aufgefunden worden. Sein Auftraggeber hatte offenbar keinerlei Risiko eingehen wollen und sich daraufhin seines Werkzeuges entledigt, als es wohl für ihn keinerlei Nutzen mehr hatte.

Ragnor war inzwischen wieder auf den Beinen und mit ganz anderen Dingen als Mordkomplotten beschäftigt, denn schließlich stand er kurz vor seiner Vermählung mit Heike da Farsborg. Der Graf lächelte in sich hinein, wenn er daran dachte, dass sein Schützling, kaum dass er siebzehn Jahre alt geworden war, in den Hafen der Ehe einlaufen würde. Doch Rurig da Kaarborg hatte absolut nichts dagegen einzuwenden. Heike war ein patentes junges Mädchen und sie würde dafür sorgen, dass es Ragnor auf Vidakar nicht langweilig werden würde, wenn erst ein Haufen Kinder über das Gut toben würde. Und so belästigte er ihn nicht weiter mit seinen Nachforschungen, sondern führte mit ihm lediglich einige lockere Gespräche über Ragnors Auftrag, eine starke Burg auf dem Vulkankegel seines Lehens Vidakar zu errichten.

Der Tag der Hochzeit rückte langsam näher und alle in Ragnors Umfeld warteten bereits voller Ungeduld auf das rauschende Fest. Doch nein, nicht alle von Ragnors Freunden freuten sich auf seine bevorstehende Vermählung mit Heike da Farsborg. Margitta da Caer litt mit jedem Tag, welchen die Vermählung näher rückte, mehr unter dem Gedanken, dass Ragnor bald für immer einer anderen gehören würde. Wenn sie sich des Nachts in ihrem weichen Himmelbett lag, stellte sie sich immer wieder vor, wie es wäre, wenn Ragnor hier bei ihr läge. Wenn sie dabei ihren eigenen Körper liebkoste, stürmte dieser, in ihren Gedanken, in Ekstase davon, wie sie es nie zuvor erlebt hatte. Und wenn der Rausch dann vorüber war, weinte sie verzweifelt in ihre Kissen. Manchmal schlug diese Verzweiflung sogar in Hass auf ihre Rivalin Heike um, sodass sie ihr bereits, mehr als einmal, den Tod gewünscht hatte, weil sie zwischen ihr und Ragnor stand. Des Morgens schämte sie sich dann meist ihrer Gedanken, schalt sich eine Närrin und misstraute gleichermaßen ihrer eigenen Selbstkontrolle so sehr, dass sie den Kontakt zu ihrer vormaligen Freundin Heike zu meiden begann und allerlei Ausflüchte ersann, warum sie keine Zeit hatte, sie zu treffen, um ihr beispielsweise bei der Auswahl des Brautkleides behilflich sein zu können. Auch bei den abendlichen Treffen mit Ragnors Freunden machte sie sich rar, sodass es selbst ihrem, ansonsten recht oberflächlichen, Bruder auffiel, dass da wohl etwas nicht stimmte. So fragte er eines morgens bei ihr persönlich nach, ob sie ernsthaft krank wäre. Ama sei Dank, war es nicht weiter schwierig, ihren Bruder zu beruhigen, indem sie vortäuschte in letzter Zeit häufig unter starken Kopfschmerzen zu leiden. Dem gefühlskalten jungen Mann kam auch gar nicht in den Sinn, dass das Problem möglicherweise ganz woanders zu suchen war. Trotz des Trubels um die Hochzeitsvorbereitungen, fühlte sich Ragnor großartig. Nachdem die Last des Gottesgerichtes von ihm abgefallen war, genoss er das Zusammensein mit seiner Braut. Sie vergalt ihm, die äußerst anstrengenden Einkaufstouren in der Stadt, des Nachts mit heißer Leidenschaft, denn sie übernachteten im Anschluss an ihre Einkäufe meist gemeinsam im Salamanca. Doch nicht nur die gemeinsamen Vorbereitungen ihrer Hochzeit beschäftigten die beiden Liebenden. Während sich Ragnor eingehend mit den Grundlagen des Burgenbaues in der Bibliothek von Caer befasste, kaufte Heike heimlich Babywäsche für ihren Nachwuchs ein. Sie war rundherum glücklich und freute sich bereits darauf, Ragnor in ihrer Hochzeitsnacht eröffnen zu können, dass sie bereits ein Kind von ihm erwartete.

Ragnor indes, büffelte über Burgbauplänen, aber irgendwie wollte ihm nicht wirklich gefallen, was er dort fand. Zwar waren hinsichtlich der militärischen Optionen beim

Bau einer Burg alle erdenklichen Erörterungen zu finden, doch gab es so gut wie keine Informationen, wie man das Innere einer Burg so ausstatten konnte, dass es sich dort gleichzeitig auch leidlich komfortabel leben ließ. Aber so sehr er auch suchte, fand er keinerlei Hinweise zu Bautechniken, die es zum Beispiel erlaubten, die Wohnräume einer Burg im Winter ausreichend zu beheizen. Es musste doch möglich sein, eine Burg, trotz der dicken Steinmauern, welche für die Verteidigung notwendig waren, so behaglich wie ein Bürgerhaus zu gestalten. Also durchsuchte er die Bibliothek nach, leider nur spärlich vorhandenen, Informationen zum normalen Hausbau, fand dabei aber nur wenig Brauchbares. Im Gegensatz zum Festungsbau schien man es in der Vergangenheit nicht für notwendig gehalten zu haben, derartige Erkenntnisse niederzuschreiben. Offenbar ruhten die Kenntnisse darüber in den Köpfen der Handwerker der Städte und Dörfer und so beschloss er, bei der Errichtung von Burg Vidakar nicht nur Festungsbauexperten für die Planung anzuheuern, sondern auch Fachleute, die sich darauf verstanden behagliche Wohnhäuser zu errichten.

Eines Abends, als er spät aus der Bibliothek über den Laubengang der Stadtburg in Richtung Reichsburg schritt, traf er den greisen Amapriester Koveatas, welcher gerade auf dem Weg in seine Gemächer war. Ehrerbietig grüßte er den Alten. Dieser nickte ihm freundlich zu und sagte: »Seid gegrüßt Ritter Ragnor. Ich freue mich, Euch so gesund und munter wiederzusehen. Ihr scheint Euch von den Blessuren des Gottesgerichtes recht gut erholt zu haben!«

»Vielen Dank für Eure freundlichen Worte«, antwortete der junge Mann. »Bei dieser Gelegenheit möchte ich mich gleich herzlich bei Euch bedanken, dass Ihr Euch bereit erklärt, habt, den Bund, den ich mit Heike da Farsborg einzugehen gedenke, persönlich zu segnen!«

»Es ist mir eine Freude, Euren Bund bezeugen zu dürfen. Viel zu wenig junge Leute gehen heutzutage einen Bund fürs Leben ein«, bemerkte der Alte mit ernster Miene. »Aber sagt an, junger Mann – wohin führt Euch Euer Weg zu dieser späten Stunde? Doch sicherlich zum Amatempel! Es ist die beste Zeit für ein Gespräch mit unserem Gott. Gleich wird auch der rote Mond aufgehen und der Amabaum wird seine wahre Pracht entfalten. Geht nur hin und lasst Euch nicht von einem alten Mann aufhalten, für den es an der Zeit ist, zu Bett zu gehen.« Eigentlich, so musste sich der junge Mann ehrlich eingestehen, hatte er gar nicht vor gehabt, in dieser Nacht noch den Tempel zu besuchen, aber die Worte des Alten hatten ihn neugierig gemacht, sodass er die schmale Wendeltreppe zur Dachterrasse hinaufstieg, auf welcher der achteckige Amatempel zu finden war. Als er aus dem Dunkel des Turmes trat, nahm er einen tiefen Atemzug der frischen Nachtluft. Im Licht des grünen Mondes Amanar lag der Amatempel, still und friedlich, vor ihm. Er schien der einzige Besucher zu sein, denn außer ihm war niemand auf der Dachterrasse zu sehen. Als er eintrat, leuchteten die lanzetartigen gläsernen Blätter des Baumes in sanftem Grün. Der junge Mann setzte sich auf eine der steinernen Bänke an der Außenwand und automatisch öffnete er seinen Geist, um dem Lied von Arcanor, gesungen vom Chor der tausend Stimmen, zu lauschen. Er schloss die Augen und das Gefühl von unendlichem Frieden durchströmte ihn. Mehr und mehr tauchte er ein und ohne sein Zutun, glitt sein Geist in seinen Quasarring, wo er über dem blassroten Kern schwebte. Doch plötzlich veränderte sich alles und der Kern begann, in tiefem Rot aufzuglühen und in der Mitte öffnete sich ein schwarzes Tor. Wie in Trance, glitt der Geist des jungen Mannes auf das Tor zu – ja, wurde von ihm angezogen und glitt ins Dunkel. Doch der Moment der Finsternis währte nur kurz und dann fand sich der junge Mann auf der grasbewachsenen Ebene seiner Domäne Quirinia wieder. Es war genau so, wie beim ersten Mal, als er durch das Fenster in seinem Schwert hierher gelangt war. Wieder trug er den seltsamen Anzug mit seinem Wappen auf der Brust und wieder schien die Grasfläche bis zum Horizont endlos zu sein. Überwältigt von dem überraschenden Ereignis setzte sich Ragnor einen Moment. Wie oft hatte er in letzter Zeit versucht, hierher zu gelangen und nie war es ihm gelungen – und nun war er wieder hier. Langsam zog er seinen Dolch

Quart aus der Scheide und stieß ihn in den Boden, so wie er es beim ersten Mal gemacht hatte und genau wie damals erschien die Kristallburg, nur wenige Schritte von ihm entfernt, auf der Ebene. Freudig erregt sprang der junge Mann auf und lief zur Burg hinüber. Diesmal würde er Quirinia nicht verlassen, bevor er nicht ergründet hatte, wie er jederzeit wieder hierher gelangen konnte. Nachdem er den Androiden Quirin-1 gerufen hatte, der auch umgehend erschien, begann er mit dessen Befragung. Doch egal wie er auch fragte, die Antworten seines merkwürdigen Dieners blieben unbefriedigend. Immer wenn er versuchte herauszufinden, was er genau zu tun hätte, um sicher hierher zu gelangen, sagte der Android: »Der Schlüssel zu Quirinia ist Euer Erbe. Tretet reinen Herzens ein und Ihr werdet hierher gebracht!« Nun gut, das Erbe waren wohl seine Waffen und der Ring. So viel hatte er bereits selber herausgefunden. Aber was hatte es mit dem reinen Herzen auf sich? Wie er es auch drehte und wendete, er verstand Quirin-1 nicht. Reichlich frustriert ließ er den Androiden stehen und begab sich in das Schlafzimmer, welches er beim letzten Mal benutzt hatte, um nach Makar zurückzukehren. Er wollte nicht, dass Heike sich wegen seines Verschwindens Sorgen machte. Heute war einfach ein ungünstiger Tag und er hatte auch mit einem Mal kein Interesse mehr an einer weiteren Erforschung der Burg.

Zurückgekehrt in den Amatempel kleidete er sich hastig an, denn er war, wie beim ersten Mal, nackt zurückgekehrt, seine Kleider auf dem Boden vorfindend. Dabei ging ihm so viel durch den Kopf, dass er fast nicht bemerkte, dass die Blätter des Amabaumes nun in einem rot-grünen Feuerwerk blitzten, da inzwischen auch der rote Mond am Himmel erschienen war und das Lied von Amanar verstummt war. Doch gerade als er den Tempel verlassen wollte, riss ihn die Stimme in seinem Kopf, die ihn schon einige Male besucht hatte, aus seinen Grübeleien: »Sei nicht so ungeduldig! Du stehst erst am Anfang deines Weges. Übe dich in Geduld und folge dem Pfad Amas. Dann wirst du sehen und verstehen lernen!« Überrascht hielt Ragnor inne und lauschte in sich hinein und wartete einen Moment, ob da noch mehr käme. Doch die Stimme blieb stumm. Der geheimnisvolle Besucher in seinem Geist war offenbar bereits wieder gegangen. Der langersehnte Tag der Hochzeit der beiden jungen Leute war nun endlich gekommen. Strahlend stand die Sonne am Spätsommerhimmel, um den jungen Tag zu begrüßen. Doch Prinzessin Margitta da Caer konnte all dem nichts abgewinnen. Sie hatte in dieser Nacht äußerst schlecht geschlafen, weil sie der Gedanke, dass Ragnor heute Heike da Farsborg heiraten würde, fast am Leben hatte verzweifeln lassen. Die ganze Nacht hatte sie versucht, sich in den Schlaf zu weinen. Eine wirre Idee nach der anderen war durch ihren hübschen Kopf gejagt, wie sie es vielleicht doch noch schaffen könnte, Ragnor für sich zu gewinnen. Kein Gedanke war ihr zu abstrus gewesen, selbst der Wunsch, ihre Freundin Heike möge tot umfallen, war darunter gewesen. Jetzt am Morgen der Vermählung schämte sie sich für ihre nächtlichen Gedanken und sie erkannte, wie grausam es sein konnte, wenn der Mensch, den man glaubte über alles zu lieben, nichts von einem wissen wollte. Es wurde ihr mit einem Mal klar, wie gedankenlos sie selbst bisher mit den Gefühlen ihrer zahlreichen Verehrer gespielt hatte, niemals bedenkend, dass sie dabei dem einen oder anderen möglicherweise ebenfalls sehr weh getan haben mochte. Nichts von dem Gefühlschaos der Prinzessin ahnend, machte sich der junge Mann auf den Weg zu seinem Ziehvater, Graf Rurig, froh seinem Knappen Klaus und dieser unendlich lästigen Schneiderin endlich entkommen zu sein. Es war schon eine Tortur gewesen, bis er sich endlich in das enge Samtwams gezwängt hatte. Die Schneiderin war fast verzweifelt, weil er durch das harte Training mit dem Schwertmeister an Schulter- und Oberarmmuskulatur noch einmal reichlich zugelegt hatte, sodass das Wams um die Schultern mächtig spannte. Sie hatte ihn flehentlich gebeten nur keine weitausholenden, kraftvollen Bewegungen zu machen. Und schon wieder zwickte das verdammte Ding, als er den Arm hob, um an die Tür zu klopfen. Das war ja schlimmer als eine Panzerrüstung! Als er dann wenig später vor Graf Rurig stand, musterte ihn dieser eingehend und meinte dann schmunzelnd: »Sehr fesch! Deine Heike wird dahinschmelzen, wenn sie dich so sieht.«

»Ja, wer den Schaden hat, braucht für den Spott nicht zu sorgen«, entgegnete Ragnor mit einem schiefen Lächeln. »Aber warum muss diese verdammte Höflingskleidung so unbequem sein?«

»Wenn es dich tröstet, mir ist mein Jagdwams auch lieber«, versetzte der Graf. »Aber was sein muss, muss sein, schließlich heiratet man nicht alle Tage!« Grinsend reichte er seinem Schützling einen Krug mit hellem Kaarborger Bier und meinte dann: »Nun trink erst einmal einen Schluck, das wird dir die nötige Ruhe geben. Schließlich ist so eine Hochzeit keine Kleinigkeit!«

Dankbar nahm Ragnor einen tiefen Schluck und antwortete: »So schlimm ist das nun auch wieder nicht. Ich habe keine Angst davor. Im Gegenteil, ich bin sehr glücklich, dass sie mich genommen hat!«

»Ja, da kann ich dir nur zustimmen!«, pflichtete ihm der Graf bei, während er ihm zuprostete. »Sie ist wirklich ein patentes Mädchen. Da hast du eine Menge Glück gehabt!« Geräuschvoll stellte er seinen Krug auf einem der steinernen Fenstersimse ab, als draußen ein Fanfarensignal ertönte und sagte daraufhin bestimmt: »Genug geredet. Auf, lass uns gehen, sonst kommen wir am Ende noch zu spät!«

Als die beiden Männer schließlich die Dachterrasse durch den mittleren Aufgang der Stadtburg betraten, war Ragnor für einen Moment wie geblendet von der höfischen Pracht, welche sich ihm dort präsentierte. Aufgereiht, in ihren besten Gewändern aus Samt und Seide, standen seine Gäste Spalier, als er mit Rurig an seiner Seite gemessenen Schrittes zum Amatempel ging. Die Türme und Wehrgänge waren über und über mit den Bannern der edlen Besucher geschmückt und hinter dem Amatempel war ein großer weißer Pavillon errichtet worden, in dem wohl der anschließende Empfang durch den König stattfinden würde. Wie in Trance schritt er die lange Reihe entlang, kaum wahrnehmend, dass alle seine Freunde gekommen waren und mit ihnen ein Großteil des Hochadels Caers - zumindest diejenigen, die es momentan mit Kaarborg und dem König hielten und ihm somit freundlich gesinnt waren. Nein, es waren natürlich nicht alle seine Freunde hier. Denn der alte Lars, die kleine Mirana, Menno und Maramba, die allesamt auf der Insel Kaar zurückgeblieben waren, würden bei der heutigen Feier leider fehlen. Schließlich näherten sich die beiden Männer der Pforte des Tempels, wo sie eine strahlende Braut, in einen Traum aus weißer Seide gekleidet, am Arm ihres Vaters, erwartete. Ein weiterer Fanfarenstoß ertönte, als sie dort anlangten und die beiden Brautführer legten feierlich die Hände der Brautleute ineinander, wie es Brauch war. Bei einem kurzen Augenkontakt mit seiner Heike, in dem Moment, als sie sich die Hände reichten, wusste Ragnor, dass sie genau so nervös war, wie er selbst. Dies ließ seltsamerweise die Spannung von ihm ein wenig abfallen. Langsam und würdevoll schritten die beiden Brautleute nun allein in den Tempel hinein, wo sie der hohe Amapriester Koveatas bereits erwartete.

Wie immer, in schlichtes weißes Leinen gekleidet, empfing sie der Alte, nickte ihnen mit einem warmen Lächeln freundlich zu und begrüßte sie mit den Worten: »Ich freue mich, dass Ihr heute den Weg hierher gefunden habt, um den Bund fürs Leben zu schließen!« Mit einem leichten Bedauern in der Stimme fuhr er fort: »Leider sind in unseren Tagen nur wenige Menschen bereit, sich für ein ganzes Leben zu binden, wie ihr beide bereit seid, es zu tun. Die meisten jungen Leute gehen den leichten Weg in die Unverbindlichkeit der Gefährtenschaft auf Zeit. Umso mehr freut es mich, dass ihr beide füreinander wohl mehr empfindet, als nur die einfache Zuneigung der Sinne!« Bei diesen Worten musste Ragnor unwillkürlich an seine erste Liebe Ana denken, die er in Mors zurückgelassen hatte und erkannte in die Weisheit in den Worten des Alten. Ja, seine Liebe zu Heike war tatsächlich etwas ganz anderes, als es seine Zuneigung zu Ana gewesen war. So hatte Ana schließlich doch recht gehabt, als sie ihn fortgeschickt hatte, wohl wissend, dass sie nie mehr als seine Geliebte und mütterliche Freundin würde sein können. Die Stimme des Alten, der einen Moment inne gehalten hatte, riss den jungen Mann aus seiner Reflexion der Vergangenheit: »Im Namen Amas frage ich Euch, Ragnor da Vidakar, wollt Ihr diese Frau, Heike da Farsborg, zu Eurer Ehefrau nehmen, sie lieben und ehren, bis dass der Tod Euch scheidet? Wollt Ihr Heike da Farsborg damit den unwiderruflichen Status einer freien Frau gewähren, die Euch in allen Dingen des Lebens gleichgestellt ist?«

»Ja, ich will«, antwortete der junge Mann mit fester Stimme und voller Überzeugung, das Richtige zu tun. »Und wollt Ihr, Heike da Farsborg, den Ritter, Ragnor da Vidakar, zu Eurem Ehemann nehmen, ihn lieben und ehren, bis dass der Tod Euch scheidet? Wollt Ihr, Ragnor da Vidakar, treu zur Seite stehen in guten wie in schlechten Tagen?«

»Ja, ich will«, antwortete die junge Frau ebenso laut und klar. Mit strahlenden Augen erhob der alte Koveatas nun die Hände und sprach: »Ihr habt Euren freien Willen ohne Zwang bekundet, also wird der gnädige Ama Euren Bund segnen!« Kaum waren die Worte gesprochen, begannen die gläsernen Blätter des Amabaumes leise zu klirren und der Alte beglückwünschte die Brautleute zu ihrem Glück.

Ragnor küsste seine Heike, deren Augen das ganze Glück dieses Augenblicks widerspiegelten, zart auf den Mund. Seltsamerweise fühlte sich der junge Mann trotz der Freude, die er empfand, etwas irritiert, denn irgendwie hatte er erwartet, dass das Lied von Arcanor in seinem Kopf erklingen würde, doch der Tempel schwieg und irgendwie störte ihn das. Heike, die bemerkte, dass irgendetwas in Ragnor vorging, was diesen Moment der Zweisamkeit störte, fragte leise, als sich ihre Lippen voneinander gelöst hatten: »Hast du etwas?« Lächelnd schüttelte der Ragnor den Kopf und sagte leichthin: »Nein, es ist alles bestens. Vielleicht muss ich mich erst daran zu gewöhnen, dass ich nun verheiratet bin!« In diesem Moment erschallten draußen wiederum die Fanfaren und riefen damit die frischgebackenen Eheleute, um die Gäste an ihrem Glück teilhaben zu lassen. Unter dem Jubel der Menge schritten sie, Hand in Hand, in Richtung des weißen Pavillons, wo der König sie erwartete, um sie ebenfalls zu beglückwünschen.

Als sie durch die Tür des Amatempels traten, kletterte die rote Sonne gerade über die Zinnen des Wachturmes, durch dessen Aufgang Ragnor Kurzem die Dachterrasse betreten hatte, sodass die beiden jungen Leute das Spalier der prächtig gewandeten Gäste, welche begeistert applaudierten, nur undeutlich im hellen Gegenlicht wahrnehmen konnten. »Nun hatte er es wirklich geschafft. Ein Adelstitel, eine Frau und die Aufgabe, eine starke Burg für seinen Ziehvater zu errichten. Was konnte sich ein Mensch mehr wünschen!« Ein starkes Glücksgefühl durchströmte den jungen Mann und die warme Hand seiner Liebsten in seiner Linken gab ihm Halt und Zuversicht. Er hob den Blick wieder nach vorne, nachdem er einen kurzen Moment seinen Gefühlen nachgehangen war. Sein Blick streifte über die Silhouette des Wachturms im Gegenlicht. Als sein Blick gerade dabei war weiter zu wandern, bemerkte er aus dem Augenwinkel einen schwarzen Schatten, welcher sich gerade von der Zinne löste. Er brauchte einen kurzen Moment, um zu realisieren, dass dies ein gerade abgeschossener Pfeil war, und warf sich nach rechts, seine Braut mit sich reißend. Beim Aufprall verlor er Heikes Hand und bevor er ihr zurufen konnte, dass sie liegen bleiben solle, begann die junge Frau sich bereits wieder aufzurappeln. Was dann geschah, würde der junge Mann sein Leben lang nicht vergessen, denn in die Aufrichtbewegung der jungen Frau schlug ein schwarzes Etwas in ihren Körper ein. Ragnor sprang auf und warf sich über sie, doch es war bereits zu spät. Der Pfeil war Heike in den Unterleib gedrungen. Eine obszöne Blume von hellrotem Blut breitete sich rasend schnell auf der weißen Seide ihres Hochzeitkleides aus. Alle Versuche die Blutung zu stillen, die von den herbeistürzenden Helfern unternommen wurden, waren vergeblich. Im Nachhinein konnte sich Ragnor auch gar nicht mehr daran erinnern, was da im Einzelnen alles geschehen war. Was sich aber wie ein glühendes Eisen in sein Gedächtnis einprägte, war Heikes Schrei »Oh Ama, unser Kind!« Er hatte nicht gewusst, dass sie schwanger gewesen war und so verlor er, in diesem kurzen Moment voll Grausamkeit, Frau und Kind.

»Wir haben den Mörder!«, drang Graf Rurigs Stimme durch den Nebel und riss Ragnor aus seinem Schmerz, der noch immer vollkommen betäubt, über dem toten Leib seiner Frau kauerte. Diese Nachricht wischte die Leere des unendlichen Schmerzes hinweg und füllte sie mit eisigem Hass. Sein Ziehvater schrak zurück, als er in die Augen seines Schützlings sah, während dieser sich mit blutverschmierten Händen aufrichtete. Nicht Trauer und Schmerz waren darin zu sehen, sondern gnadenlose Härte und eisige Kälte. »Bring mich zu ihm! Ich will wissen, wer sein Auftraggeber ist!«, war das Einzige, was Ragnor sagte. Dann folgte er schweigend seinem Mentor zum Turm, wo sie den Mordschützen gefasst hatten. Sie betraten das dämmrige Turmgeschoß, wo vier Milizionäre den gefesselten Gefangenen bewachten. »Wisst ihr, wer er ist, und wer seine Auftraggeber sind?«, fragte Ragnor die Soldaten.

»Es ist Leif der Bogen, einer der gesuchten Mitglieder der Mördergilde!«, antwortete einer der Männer. »Er hat bisher kein Wort gesagt und wir haben auf Euch gewartet, um zu entscheiden, wie weiter mit ihm verfahren!«

Als Graf Rurig etwas zu sagen versuchte, fiel ihm Ragnor ins Wort und sagte bestimmt: »Überlasse das mir!« Dann trat er vor und betrachtete einen langen Moment den Gefangenen, einen drahtigen, schlanken Mann, welcher ihn mit dem gleichgültigen Blick eines Mannes musterte, der mit dem Leben abgeschlossen hatte. In diesem Moment war Ragnor klar, dass dieser Gefangene nichts sagen würde, egal welche Foltermethode man auch anwenden würde. Doch irgendwie wusste der junge Mann trotzdem, was zu tun war. Er verschwendete in diesem Moment keinen Gedanken daran, woher dieses plötzliche Wissen kam. Er trat ganz nahe an Gefangenen heran und fasste dessen Kopf mit beiden Händen, die beiden Daumen fest auf die Schläfen seines Gegenübers gepresst, schloss die Augen und begann sich zu konzentrieren. Graf Rurig und die beiden Wachsoldaten beobachteten gespannt, was sich da abspielte. Zuerst schien nichts zu geschehen, außer dass die Gleichgültigkeit in den Augen des Gefangenen der Überraschung über das Tun Ragnors gewichen war. Doch dann weiteten sich die Augen des Gefangenen und blankes Entsetzen stieg auf, während er gleichzeitig sein Schweigen brach und laut zu schreien begann, so als ob ihm bei lebendigem Leibe die Haut abgezogen würde. Das Ganze dauerte wohl etwa zwei Minuten, die längsten Minuten seines Lebens, wie es Graf Rurig im Nachhinein schien. Dann löste Ragnor seine Hände, der Körper des Gefangenen sackte in sich zusammen und seine Schreie brachen abrupt ab. Der Graf sah Ragnor fragend an, als der junge Mann sich zu ihm umdrehte und auf die, noch nicht ausgesprochene, Frage antwortete: »Er weiß nichts. Wir müssen Cardoch das Messer finden. Nur der weiß, wer der oder die Auftraggeber sind!«

»Er lebt«, bemerkte der grauhaarige Korporal der Wache, welcher hinzu getreten war, um den Gefangenen zu untersuchen. »Was sollen wir mit ihm machen?«

»Das ist mir egal«, versetzte der junge Mann barsch. »Übergebt ihn der Gerichtsbarkeit des Königs! Ich bin nur an seinen Auftragsgebern interessiert!«

Auf ihrem Weg nach draußen platzierte Graf Rurig endlich die Frage, die ihm auf den Nägeln brannte: »Wie bist du an die Informationen ran gekommen? Ich habe den Kerl nur entsetzlich schreien hören!«

Die Frage durchbrach die eisige Fassade Ragnors für einen Moment und ließ für diesen kurzen Augenblick wieder den sensiblen jungen Mann durchscheinen, der er eigentlich war, als dieser fast entschuldigend antwortete: »So genau weiß ich das auch nicht. Ich habe ihm seine Gedanken einfach aus dem Kopf gerissen. Es war so ähnlich, wie die Zwiesprache mit meinen Pferden, nur nicht vorsichtig fragend, sondern irgendwie direkt und brutal! Ich glaube ich habe dabei direkt seine Gedanken gelesen!«

»Und woher wusstest du, wie man das macht?«, fragte der Graf verblüfft nach. Ragnor zuckte die Achseln und meinte: »Irgendwie wusste ich es einfach. Ich kann es nicht wirklich erklären!« Auf dem weiteren Weg zum Zelt des Königs sprachen sie kein weiteres Wort, denn Rurig hatte schwer an den Ausführungen seines Schützlings, zu kauen.

Was oder wer war dieser Junge wirklich, den er da aufgezogen hatte und welche weiteren erschreckende Fähigkeiten mochten sonst noch tief in ihm schlummern?«

Gegen Mitternacht nach langen Gesprächen über die Fahndung nach Cardoch dem Messer und endlosen Beileidsbekundungen, die er entgegenzunehmen hatte, stand der junge Mann allein in dem Turmzimmer der Reichsburg, in welchem man die junge Frau aufgebahrt hatte. Im Licht der beiden Monde, lag sie bleich und schön vor ihm, in schlichtes weißes Leinen gekleidet, und es schien, als ob sie schliefe. Lange stand er vor der Aufgebahrten und prägte sich jeden Zug des geliebten Gesichtes ein, denn schon bald würde man sie und sein totes Kind, das sie in sich trug, zu Grabe tragen. Es war wirklich merkwürdig. Auch jetzt, wo er alleine vor ihr stand, konnte er nicht wirklich um sie trauern, nicht die Tränen vergießen, die ihn fast erdrückten, denn zu sehr beherrschte ihn sein Hass auf ihre Mörder und sein brennender Wunsch, sie zu finden. »Möge Ama dich und unser Kind gnädig aufnehmen! Ich werde nun tun, was zu tun ist, um euch zu rächen!«, versprach er zum Abschied, als er sich schließlich auf den Weg in die Unterstadt machte, um Goosens aufzusuchen, den Meisterspion des Königs. Wenn ihm jemand helfen konnte Cardoch zu finden, dann nur Goosens!

Als er wenig später im Gasthof Salamanca Goosens Räume betrat, wurde er bereits erwartet. Mit ernster Miene drückte ihm der kleine Mann sein Beileid aus und kam dann gleich zur Sache: »Ihr sucht Cardoch, und ich werde Euch helfen ihn zu finden. Gleich nachdem ich von dem Anschlag gehört hatte, habe ich meine Fühler ausgestreckt und bin mir mittlerweile ziemlich sicher, dass sich Cardoch noch in der Stadt aufhält.«

»Und wo ist er?«, fragte Ragnor nach, erfreut darüber, dass Goosens bereits vorgearbeitet hatte. »Irgendwo in den Abwasserkanälen der Stadt!«, antwortete ihm der Kleine. Ich bin mir ziemlich sicher, dass es dort ein gut ausgebautes und äußerst komfortables Versteck gibt! Wir müssen es nur finden!«

»Dann lasst uns aufbrechen und keine Zeit verlieren!«, drängte ihn Ragnor.

Doch Goosens schüttelte den Kopf und sagte bestimmt: »Zuerst wirst du schlafen! So erschöpft wie du bist, wärst du mir keine große Hilfe! Außerdem muss ich mir noch die aktuellen Pläne der Kanalisation aus der Königsburg besorgen und das kann ich erst morgen früh!«

Während Ragnor mit Goosens sprach, trafen sich die drei engsten Freunde Ragnors im Quartier von Lamar da Niewborg. Sie hatten dieses Treffen vereinbart, um zu besprechen, wie man Ragnor denn helfen könnte. Ansgar da Lorcamon ergriff, nachdem er ernst einen Schluck aus seinem Bierkrug genommen hatte, zuerst das Wort: »Freunde, neben der Frage, wie wir Ragnor bei der Suche nach den Mördern helfen können, beunruhigt mich ganz besonders seine momentane psychische Verfassung.«

»Wie meinst du das?«, fragte Lamar da Niewborg. »Ich denke, er meint Ragnors momentane Unfähigkeit, seinen Schmerz herauszulassen und diese unheimliche Eiseskälte in seinen Augen!«, warf Rolf da Maarborg ein. »Nun ja, das ist mir auch aufgefallen, aber vielleicht kompensiert er damit ja nur einfach sein Leid!«, vermutete Lamar. »Das kann schon sein«, stimmte Ansgar eher zögerlich zu. »Aber ich kenne diesen Ausdruck in seinen Augen nur zu gut von unserem Feldzug. Immer wenn er den hatte, hat er meist sehr unüberlegt und vorschnell gehandelt.« An Rolf gewandt fuhr er fort: »Erinnerst du dich noch an den Söldner, der das Mädchen vergewaltigt hatte und an seinen Ausraster, als wir die gepfählten Milizionäre fanden?«

»Ja, wie könnte ich das auch vergessen!«, bestätigte Ansgar Rolfs Aussage. »Er neigt dazu dann, ohne Rücksicht auf Verluste, gegen alles und jeden vorzugehen! Und wenn ich richtig vermute, dass hinter dem Mordanschlag seine alten Feinde um Per da Loza stecken, kann das ganz schön Probleme bereiten!«

»Da hast du recht«, stimmte nun auch Lamar zu, der sich erinnerte, was die beiden über Ragnors Schwächen berichtet hatten. »Wenn er herausfindet, dass dieser Verein hinter dem Anschlag steckt, wird er sich selbst mit dem König anlegen, um die Brüder zu kriegen und das kann ihm erheblich schaden!«

»Ja, aber was können wir tun, um das zu verhindern?«, fragte Rolf etwas ratlos in die Runde. »Ich fürchte nicht viel«, resümierte Ansgar. »Wir können lediglich versuchen mit ihm zu reden, bevor er mit seinen Erkenntnissen, so er Beweise findet, lauthals Anklage erhebt!«

Die beiden anderen stimmten zu, und sie beschlossen abwechselnd, rund um die Uhr, das Haupttor des Burgenkomplexes zu überwachen, um Ragnor bei seiner Rückkehr abzufangen.

Graf Rurig betrat am nächsten Morgen in aller Frühe Ragnors Quartier, um diesen abzuholen. Doch anstelle seines Schützlings, fand er dort nur dessen Knappen Klaus vor, der ihm einen Brief seines Herrn überreichte:

Lieber Rurig,
ich habe mich auf die Suche nach Cardoch gemacht. Du weiß alles, was ich bisher in Erfahrung bringen konnte, sodass meine Teilnahme nicht von Nöten sein wird. Sobald ich den Kerl habe, werde ich mich wieder melden. Bitte verschiebe die Beisetzung von Heike, bis ich wieder zurück bin!
Ragnor

Sichtlich verärgert runzelte der Graf die Stirn und fragte bei Klaus nach: »Und du hast wirklich keine Ahnung, wo sich dein Herr aufhalten könnte?«

»Nein, Graf Rurig«, antwortete der Knappe. »Den Brief hat ein Straßenjunge überbracht, den ich noch niemals vorher gesehen habe!«

Als der Graf wenig später zu Beginn der Kronratssitzung zwangsläufig Ragnors Brief verlas, um zu erklären warum der junge Mann nicht, wie befohlen, an der Sitzung teilnahm, versetzte der König ziemlich ungehalten: »Der junge Heißsporn! Er weiß doch noch gar nicht mit Sicherheit, ob Cardoch wirklich dahinter steckt!«

»Doch, das weiß er!«, widersprach ihm der Kaarborger mit fester Stimme.

»So, woher denn?«, unterbrach ihn der König erneut, soweit ich weiß hat der Gefangene selbst unter Folter bislang kein Wort gesagt!«

Nun sah sich Graf Rurig genötigt, dem versammelten Rat von Ragnors sonderbarem Verhör zu berichten. Nachdem er geendet hatte, herrschte einen kurzen Moment ein allgemeines betroffenes Schweigen, bis sich der neue Großmeister der Reichsritter, Trutz da Falkenberg, als Erster äußerte: »Nun, wir haben in letzter Zeit bereits einiges über die merkwürdigen Fähigkeiten von Ragnor da Vidakar gelernt, sodass ich zu der Ansicht neige, dass der junge Mann tatsächlich in den Gedanken des Gefangenen gelesen hat, wie immer er das auch gemacht haben mag!« Schweigend überdachte der König die Aussage des Großmeisters einen Moment lang, bevor er antwortete: »Nun ich glaube Trutz hat recht. Wir sollten einmal davon ausgehen, dass Cardoch derjenige ist, den wir suchen! Also lass uns darüber reden, was zu tun ist, damit wir seiner habhaft werden!«

Während der Kronrat in der Königsburg tagte, betraten Goosens und Ragnor durch eine schmale rostige Eisentür im Keller des ehemaligen Hauptquartiers der Mördergilde die unterirdische Kanalisation von Caer. Zwar roch es, wie erwartet, hier unten nicht sehr angenehm, aber trotzdem war Ragnor überrascht, über den gut zweimal mannshohen Kanal mit der gewölbten Decke, in welchem zwischen zwei schmalen Gehsteigen die Abwässer der Stadt flossen. Obwohl etwas Licht durch die kleinen Gitter der Straßen von oben in den Kanal fiel, führten die beiden große Sturmlaternen mit sich, um nach verborgenen Zeichen suchen zu können, welche sich möglicherweise irgendwo an den, aus gebrannten Ziegeln erbauten, Wänden befinden und ihnen vielleicht Anhaltspunkte dafür liefern könnten, wo sich der Unterschlupf Cardochs befinden mochte. Nachdem sich die

Augen der beiden Männer an das gedämpfte Licht gewöhnt hatten, meinte Ragnor, nachdem er sich gründlich umgesehen hatte: »Wie wollen wir hier etwas finden? Die Wände sind ja überall von Flechten und Moosen bedeckt, sodass man schwerlich irgendwelche Markierungen entdecken kann, falls es überhaupt welche gibt!«

»Nur gemach, mein junger Freund«, beruhigte ihn der schmächtige Spion. »Die Kanäle sind bereits mehr als zweihundert Jahre alt. Daher muss es Zeichen geben, die man trotz Moosen und Flechten finden kann! Wir gehen jetzt erst einmal nach links bis zur nächsten Kreuzung und schauen mal, ob wir dort einen brauchbaren Hinweis finden!«

Als sie die Kreuzung erreicht hatten, begannen die beiden Männer systematisch nach Markierungen zu suchen. Ragnor schaute sich genau um, konnte aber zunächst nichts Auffälliges erkennen. Das einzig Neue an der Kreuzung der Kanäle waren Wasserspeier, die als grimmige, starr geradeaus blickende, Orkköpfe gearbeitet waren. Aus ihnen floss jedoch momentan kein Wasser, sodass der junge Mann annahm, dass es sich um Regenwasserabläufe der Stadthäuser handeln müsse. Doch ansonsten war nichts zu erkennen, was irgendwie als Wegweiser hätte dienen können. »Das war offenbar die falsche Richtung«, ließ Goosens vernehmen. »Also zurück zur Mördergrube und dann nach rechts.« Auch an der Kreuzung auf der anderen Seite des Gildenhauses konnte Ragnor zunächst nichts finden, was er als Wegweiser hätte interpretieren können und wollte schon seiner Enttäuschung Luft machen, als Goosens, offenbar sehr zufrieden, ausrief: »Ach, da ist es ja! Wir müssen hier nach links abbiegen!« Ragnor drehte sich um und fragte erstaunt: »Seid ihr sicher, zeigt mir doch mal dieses Zeichen!« Der schmächtige Spion grinste ob der ungeduldigen Ungläubigkeit des jungen Mannes und sagte nur: »Schaut Euch doch einmal den Wasserspeier dort oben in der Ecke an!« Und tatsächlich! Nachdem Ragnor sich das Gesicht des Orks noch einmal genau angesehen hatte, bemerkte er, dass dieser nicht starr geradeaus blickte, wie all die anderen, sondern nach links zu schielen schien. Noch nicht wirklich überzeugt folgte er dem Kleinen in den Gang. An der nächsten Kreuzung angekommen, fand er zwar keinen schielenden, sondern einen augenlosen Ork. »Und das bedeutet wohl, dass es geradeaus weiter geht?«, äußerte er fragend, nach kurzer Überlegung. »Ja, so würde ich das auch interpretieren!«, stimmte ihm Goosens mit leichtem Kopfnicken zu.

Nach etwa einer Stunde Fußmarsch mit vielen Richtungsänderungen endete ihre Suche an einem Blindkanal, an dessen Ende aus einer, mit Moos bewachsenen, Ziegelwand vier Wasserspeier ragten und wo es nicht weiter zu gehen schien. Suchend blickte sich Ragnor um und fragte enttäuscht: »Und was nun? – Hier scheint es, nicht weiter zu gehen!« Goosens sagte nichts, hob aber seine Sturmlaterne und begann dann systematisch die Wände abzusuchen. Ragnor hatte zwar keine Ahnung, was der Kleine suchte, begann aber ebenfalls, nach Auffälligkeiten Ausschau zu halten. Schließlich murmelte Goosens sichtlich befriedigt: »Ah, da ist sie ja!«, und, zu Ragnor gewandt, fuhr er fort: »Komm mal hier rüber. Ich hab eine Tür gefunden!« Ragnor, der sich auf der anderen Seite des Kanals die Wand abgesucht hatte, nahm einen kurzen Anlauf und sprang über den Abwasserkanal. Als er dann im Licht ihrer Fackeln, die, mit Moos bewachsene, Wand untersuchte, konnte er auf den ersten Blick keine Auffälligkeiten entdecken. Goosens lächelte, als er Ragnors ratlosen Gesichtsausdruck sah und zog mit seiner rechten Hand vorsichtig einige Moose von der Wand und tatsächlich wurde in der Ziegelwand ein schmaler Spalt sichtbar. Goosens griff nun etwas tiefer, wo er das Moos noch nicht entfernt hatte, und fuhr mit der Hand quer darüber. »Siehst du! Hier ist die Moosdecke abgerissen worden, als die Tür das letzte Mal geöffnet wurde«, erläuterte er dem jungen Mann und klappte das Moos ein wenig zurück. »Wenn du nach Türen suchst, musst du immer auch deine Hände und nicht nur deine Augen benutzen. Ich habe den Riss in der Moosdecke erst gefunden, als ich mit der Hand über das Moos gestrichen habe!«

Ragnor war ehrlich beeindruckt von den Fähigkeiten des königlichen Spions und fragte neugierig nach: »Und wie bekommen wir das Ding auf?«

»Das weiß ich noch nicht so genau«, gab der Kleine zu. »Aber zuerst säubern wir hier einmal diese Wand. Dann sehen wir weiter!« Nachdem sie die Umrisse der Geheimtür freigelegt hatten, war Ragnor ein wenig enttäuscht, denn nichts wies, an der unscheinbaren Ziegelwand, darauf hin, dass es hier einen Öffnungsmechanismus gab, nachdem sie alle Ziegel im Türbereich abgetastet hatten, sich jedoch keiner von ihnen bewegen ließ. Es funktionierte also nicht, wie bei der Geheimtür im Thronsaal von Ahrborg, durch die seiner Zeit Atz da Ahrborg den einrückenden Kaarborger Truppen entkommen war. Goosens schien aber keineswegs enttäuscht, sondern eher amüsiert zu sein und wandte sich den vier Wasserspeiern zu, welche aus der Wand am Ende des Ganges ragten. Vorsichtig untersuchte er nacheinander die vier Orkköpfe und meinte dann zufrieden, an Ragnor gewandt: »Der Öffnungsmechanismus ist hier! Alle vier Köpfe lassen sich drehen. Das Problem ist nun, in welcher Reihenfolge sie gedreht werden müssen und ob Fallen ausgelöst werden, wenn man es nicht richtig macht!«

»Und was machen wir jetzt?«, fragte Ragnor an Goosens gewandt. »Ganz einfach«, lachte er. »Das Hirn und das richtige Werkzeug einsetzen!«, sprach er ihm leise zu und griff in den Leinensack, welchen er mitgebracht hatte. Er zog einige bronzene Zangen heraus, mit denen sich die Orkköpfe der Wasserspeier greifen ließen. Dann steckte er zwei unterarmlange hölzerne Verlängerungen auf die Griffe der Zangen, in denen sich jeweils ein kreisrundes Loch befand, und fixierte die Griffe mit je einem Bolzen, den er sorgfältig wiederum mit einem Splint sicherte. »So – Dann wollen wir mal sehen, was so passiert«, murmelte er und, Ragnor zugewandt, ordnete er an: »Nimm deinen Dolch und vermerke dort an der Wand die Reihenfolge unserer Versuche. Ich bin mir ziemlich sicher, dass man jeden Kopf nur einmal drehen muss, aber auch das bringt eine ziemlich große Menge möglicher Kombinationen mit sich!«

»Ja«, stimmte Ragnor ihm zu. »Genau vierundzwanzig Möglichkeiten!«

»Schlauer Junge«, stimmte ihm Goosens grinsend zu. »Also lass uns anfangen!« Vorsichtig drehte der Kleine den ersten Kopf, welcher sich mit einem knirschende Geräusch bewegte, dann den zweiten, der sich ebenfalls brav drehen ließ. Als er versuchte den Dritten zu drehen, blockierte dieser und auch der vierte ließ sich nicht mehr bewegen – sonst passierte nichts weiter.

»Hm, das war es also nicht«, kommentierte Goosens den Versuch. »Scheint aber wenigstens keine Falle bei falschen Versuchen ausgelöst zu werden, sondern das Ding blockiert nur. Wollen mal sehen, ob das generell so ist, dann müssten wir das Ding schnell aufkriegen!« Vorsichtig drehte er Kopf zwei wieder zurück und versuchte danach, Kopf drei zu drehen. Brav drehte sich der Kopf, doch danach ließ sich keiner der Köpfe zwei und vier mehr bewegen. Still und konzentriert arbeitete Goosens, während Ragnor die Versuchreihenfolgen notierte und das Knirschen, der sich drehenden Köpfe, wurde nur von kurzen Anweisungen unterbrochen, wenn Goosens die nächste Kombination ansagte, um sicherzustellen, dass er sich nicht wiederholte. Schließlich wurde ihre Arbeit von Erfolg gekrönt und die Tür in der Wand begann sich knirschend langsam zu öffnen.

Neugierig spähte Ragnor hinein, doch es war zu dunkel, um etwas sehen zu können. Also hob er seinen rechten Fuß, um einen Schritt nach vorne zu gehen, damit er mit seiner Laterne hinein leuchten konnte.

»Halt! Keinen Schritt weiter!«, stoppte ihn Goosens Stimme. »Lass mich vorgehen, denn ab hier ist mit Sicherheit, mit Fallen zu rechnen, und wir wollen doch nicht, dass du zu Schaden kommst! Du kannst mir folgen, aber du musst dabei immer mindestens zwei Schritte Abstand halten!«

Langsam schlichen sie dann in den dunklen, direkt in den Fels getriebenen, Gang hinein. Nun, da kein Tageslicht aus den Gittern der Gullys mehr herein fiel, bewegten sie sich nur noch im flackernden, roten Licht ihrer Laternen Schritt für Schritt voran. Ragnor sah nichts außer Goosens Rücken, der immer wieder stehen blieb, um Wand oder Boden genau in Augenschein zu nehmen. Obwohl es wohl nur wenige Minuten waren, in denen sich die beiden Männer durch den schmalen Felsgang bewegten, welcher leicht abwärts führte, kam es Ragnor schier endlos vor und er war sehr erleichtert, als es vorne im Gang heller wurde.

Je näher sie kamen, desto sicherer war sich Ragnor, dass das da vorne Tageslicht war. Und tatsächlich betraten sie kurz danach einen kreisrunden gemauerten Schacht, der durch eine größere vergitterte Öffnung, welche etwa vier Klafter über ihnen lag, erhellt wurde. Der Schacht selbst war recht groß, mit gut sechs Schritt Durchmesser. Der Boden schien aus alten, jedoch massiven, Holzbohlen zu bestehen. Drei, sehr alt aussehende, mit Kupferblech beschlagene, Türen führten offenbar wieder aus ihm heraus. Goosens sah sich gründlich um, während Ragnor im Gang stehen geblieben war und abwartete: Der Meisterspion des Königs nahm ein dünnes Seil aus Vikonarfasern aus seinem Sack und band einen seiner Dietriche ans Ende. Dann ließ er das Seil kreisen und warf es nach oben in Richtung des Gitters. Beim ersten Versuch klirrte der Dietrich noch gegen eine der Streben und prallte ab, aber bereits im zweiten Versuch, gelang es ihm hindurch zu treffen. Prüfend zog er an beiden Enden, hängte sich kurz mit ganzem Gewicht daran und meinte dann, zu dem jungen Mann gewandt: »Ich werde mir jetzt das Seil umbinden und du wirst es halten! Ich werde die Schlösser untersuchen und danach versuchen die Türen zu öffnen. Ich vermute, nach meiner Untersuchung des Bodens, dass sich dabei irgendwelche Falltüren öffnen werden, falls ich eine falsche Tür erwische.« Halte dich also bereit, gut festzuhalten. Das Gitter wird mein Gewicht dann schon halten. Ich möchte nämlich nicht in einer hässlichen Falle mein Leben aushauchen!« Ragnor nickte, nahm das, für ihn bestimmte, Ende des Seils, welches ihm Goosens reichte und wartete gespannt, wie dieser nun vorgehen würde. Zunächst untersuchte der kleine Mann sorgfältig die Schlösser der Türen. Doch seine Hoffnung anhand von Kratzspuren des Schlüssels vielleicht herauszufinden, welches die richtige

Tür war, erfüllte sich nicht, da alle Türen in letzter Zeit scheinbar geöffnet wurden.

Seufzend griff der Meisterspion des Königs wiederum in seinen Sack und holte einen armlangen Stock heraus. Er befestigte den Dietrich, den er vorher als Wurfanker verwendet hatte, auf dem Stock und schob ihn dann mit ausgestrecktem Arm in das große rostige Schlüsselloch der rechts gelegenen Tür. Das alte Schloss gab ein schleifendes Geräusch von sich, als der Dietrich eindrang, aber sonst passierte erst einmal nichts. Goosens nickte Ragnor zu und begann nun vorsichtig mit dem Dietrich die richtige Position zu suchen. Schließlich hatte er sie gefunden, knirschend begann sich der Schlosszylinder zu drehen und mit einem lauten Knacken sprang das Schloss auf.

Wieder geschah nichts.

Nachdem Goosens einen Moment abgewartet hatte, ob nicht doch noch etwas passieren würde, ging er in einem großen Bogen um die Tür herum und näherte sich, den Rücken an der Schachtwand, dem Türgriff von der Seite. »So, jetzt passe auf und ziehe das Seil stramm!«, rief er Ragnor leise zu. Dann schob er den Stock samt Dietrich mit lang ausgestrecktem Arm von der Seite durch den Türgriff und drückte diese damit langsam auf. Knarrend schwang die Tür einen Spalt auf und ein leises schabendes Geräusch ertönte, welches irgendwo aus dem Dunkel zu kommen schien. Goosens, der hinter der Tür stand, hielt einen Moment inne und fragte nach: »Kannst du irgendetwas erkennen?«

»Nein, bisher ist es hinter dem Spalt dunkel. Ich...«

Weiter kam er nicht, denn mit einem dumpfen Schlag sprang die Tür mit einem Male auf, sodass Goosens zur Seite springen musste, um nicht gegen die Wand gedrückt zu werden. Mit lautem Zischen glitt eine riesige, violett geschuppte, Schlange mit weit aufgerissenen Fängen aus der Türöffnung und stieß auf Ragnor zu. Blitzschnell ließ dieser das Sicherungsseil fallen, hechtete nach links, rollte über die linke Schulter ab und zog in der Aufwärtsbewegung sein Schwert. Mit der linken Hand nachfassend, zog er die Waffe beidhändig in einem kraftvollen Kreisbogen herum, um den Angriff des Reptils abzuwehren. Die Schlange, die seiner Hechtrolle mit einer kurzen Verzögerung gefolgt war, versuchte der, unter Ragnors Erregung hell aufleuchtenden Waffe, durch Hochreißen ihres Kopfes auszuweichen. Doch zu spät! Knirschend schlug die Waffe von unten in den Schlangenschädel und spaltete ihn. Grünes Blut spritzte auf, der mächtige Leib zuckte noch ein letztes Mal und dann war es vorüber. »Gut gemacht, junger Mann!«, beglückwünschte ihn Goosens, während er seine beiden Dolche aus dem Rücken der Schlange zog. »Euer Reaktionsvermögen ist wirklich beachtlich! Dann wollen wir doch mal sehen, was sich hinter der Tür sonst noch verbirgt. Bei so einem Wächter müsste es eigentlich wertvoll sein!« Mit diesen Worten nahm er seine Sturmlaterne wieder auf, welche er auf dem Boden abgestellt hatte, bevor er sich ans Öffnen der Schlangentür gemacht hatte und leuchtete in die dunkle Türöffnung. »Hier geht es nicht weiter«, verkündete der Kleine, nachdem er hineingespäht hatte. »Außer dem netten Haustier gibt es hier nur ein paar Kisten mit dicken Schlössern, die sie offenbar bewacht hat. Also lass uns mal nachsehen, was da wohl drin ist?« Routiniert machte sich Goosens daran, die Schlösser der Truhen zu knacken, immer vorsichtig darauf bedacht, keine Fallen auszulösen. Doch es gab keine weiteren Überraschungen mehr – warum auch, die Schlange war ja schließlich Falle genug gewesen - und als sie die Deckel schließlich öffneten, waren alle drei Truhen über und über mit Goldmünzen gefüllt.

»Ah, sie da – die gesammelten Schätze der verblichenen Mördergilde! Nun ja, sie hatten ja auch einige Jahrzehnte Zeit, fleißig zu sammeln!«, kommentierte der Kleine ihren Fund. »Aber dafür haben wir später Zeit! Zuerst müssen wir den verdammten Cardoch finden! Ich hoffe nur, dass er durch den Lärm, den wir hier veranstaltet haben, nicht gewarnt wurde und durch irgendeinen Hinterausgang bereits entkommen ist!« Eingedenk dieser Gefahr ließen sie die beiden Schatzkisten, Kisten sein, und machten sich daran, die nächste Tür zu öffnen. Die mittlere Tür, die sie sich als Nächstes vornahmen, war tatsächlich mit einer klassischen Falle gesichert. Als Goosens ihren Schlosszylinder gedreht hatte, öffnete sich unter ihm eine große Falltür, in der in einem Klafter Tiefe eine große Anzahl spitzer Pfähle lauerten. Hinter der Tür war dann nichts weiter außer dem Auslöser für den Fallenmechanismus zu finden.

Bei der linken Tür hatten sie schließlich Erfolg. Hier gab es keine Falle, sondern es schloss sich ein weiterer enger, dunkler Felsgang an, welcher ganz offenbar weiter in die Tiefe führte. Vorsichtig betraten sie diesen Gang und Goosens ging, wie gewohnt, vorne weg. Doch diesmal kamen sie nur sehr langsam voran. Schon auf den ersten einhundert Schritten musste Goosens zweimal anhalten, um andere Fallen zu entschärfen. Ragnor, der ihm mit der Sturmlaterne, während Goosens die Fallen unschädlich machte, leuchtete, staunte über den Einfallsreichtum der Fallenbauer. Menschen waren offenbar doch etwas schwerer, als Kaninchen zu fangen; denn das war die einzige Art Fallen, mit denen er es bisher zu tun gehabt hatte. Die erste, die sie fanden, war eine einfache Stolperfalle mit einer, über den Weg gespannten dünnen, Schnur gewesen, die zweite eine Trittfalle mit einer, aus dem Fels geschnittenen, Platte im Boden. Diese war im unruhigen Licht der Sturmlaterne besonders schlecht zu erkennen gewesen und Ragnors Respekt vor dem kleinen Spion, der beide Fallen problemlos gefunden und entschärft hatte, stieg noch einmal erheblich. In beiden Fällen hatte es sich übrigens um Speerfallen gehandelt, bei deren Auslösung mit Sicherheit, zumindest der Führende, an die gegenüberliegende Gangwand, genagelt worden wäre. Schließlich, nachdem sie einigen Windungen des Ganges gefolgt waren, ohne mit weiteren unliebsamen Überraschungen konfrontiert zu werden, stießen sie auf eine weitere Tür, an deren Unterkante ein schmaler heller Streifen verriet, dass sich dahinter eine stärkere Lichtquelle verbergen musste. Sorgfältig untersuchte Goosens im Schein der Laternen die feste, eisenbeschlagene Tür, die aber kein sichtbares Schloss besaß und, offenbar ganz einfach, durch Drücken der Türklinke zu öffnen war. »Soweit ich feststellen konnte, ist die Tür nicht von innen verriegelt. Also lösche die Laternen und stell sie da hinten in den Gang«, flüsterte der kleine Mann Ragnor zu. »Halte eines deiner Wurfmesser bereit! Wenn du zurückkommst, werde ich öffnen und nach links wegtauchen. Du solltest warten bis ich aus dem Weg bin, du ein wenig Orientierung hast und dann versuchen nach rechts reinzugehen!«

Ragnor nickte zustimmend und im flackernden Schein der Laternen wirkte sein grimmiger Gesichtsausdruck, als ob ein Rachegott dort stünde: »Aber vergiss nicht Goosens – ich brauche Cardoch lebend! Ich will in erster Linie nicht ihn, sondern seine Auftraggeber!«

Dann war es soweit. Die beiden Männer kauerten sich zusammen, um ein kleineres Ziel zu bieten. Der Kleine legte die Hand an die Klinke, riss die Tür auf und stürzte sich mit einer Hechtrolle hinein. Ragnor folgte ihm einen kurzen Augenblick später, das Wurfmesser bereits in der Rechten haltend. Er spürte, wie etwas an seiner Schulter vorbeizischte und scheppernd gegen die Felswand prallte. Er rollte sich daraufhin in schnellen Kreiseln über den Boden, bis er hinter ein paar aufeinander gestapelten Kisten Deckung fand. Bisher hatte er sich noch nicht wirklich orientieren können, aber er hörte am Klappern der Wurfgeschosse, welche gegen die steinernen Wände prallten, dass der Kampf bereits in vollem Gange war. Vorsichtig richtete sich der junge Mann in seiner Deckung auf und erkannte erleichtert, dass Goosens hinter einigen Fässern, auf der anderen Seite, offenbar ebenfalls unverletzt, in Deckung lag. Als sich Ragnors Blick auf ihn richtete, bedeutete er Ragnor mit Handzeichen, dass es sich um einen einzelnen Gegner handelte und dass dieser rechts um den Kistenstapel herum gehen solle, um ihren gemeinsamen Feind anzugreifen. Ragnor tat wie ihm geheißen, robbte nach außen, wo die zwei Reihen Kisten hoch aufgestapelt lagen, sodass sie ihn problemlos deckten. Vorsichtig richtete er sich auf, immer darauf achtend, dass ihr Gegner nichts von ihm zu sehen bekam, was er als Zielscheibe hätte benutzen können. Dann endlich konnte er einen Blick auf seinen Gegner, einen grauhaarigen kleinen Mann, werfen, der sich hinter einem, mit rotem Samt bezogenen, thronähnlichen Sessel duckte und gerade zu Goosens hinüberspähte, ein Glitz wurfbereit in der Hand. Er wollte offenbar gleich wieder werfen und hatte, um kraftvoller werfen zu können, seinen linken Fuß nach hinten ausgestellt. Dabei lugte seine Fußspitze, welche in einem schwarzen Lederstiefel steckte, hinter dem Stuhlbein eine Handbreit hervor. Diese Gelegenheit ließ sich Ragnor nicht entgehen und nagelte, mit einem kraftvollen Wurf, den linken Fuß seines Feindes auf dem Dielenboden fest. Cardoch stieß einen schmerzerfüllten Schrei aus, als das scharfe Messer durch seinen Fuß schnitt und ließ dabei seine Waffe fallen. Ragnor, der sofort nach dem Treffer, losgestürzt war, warf sich in einem Hechtsprung auf seinen Gegner und riss ihn zu Boden. Dabei begrub er den schmächtigen Mann förmlich unter seinem kräftigen Körper. Dieser versuchte zwar, sich zu wehren, doch schon war Goosens heran und setzte den ehemaligen Anführer der Mördergilde mit einem gekonnten Griff an die Halsschlagader außer Gefecht. »Ihr seid mit dem Messer wirklich gut«, belobigte der Kleine Ragnor, während sie den Bewusstlosen auf seinen Thronsessel hievten. »Es war bestimmt nicht so leicht, die Fußspitze genau zu treffen.«

»Ich hatte einen sehr guten Lehrer!«, versetzte der junge Mann schmunzelnd, während er ihren Gefangenen geschickt fesselte. »Er ließ mich zur Übung immer auf kleine Zielscheiben werfen, die er an wippenden Ästen befestigt hatte.«

Während sie darauf warteten, dass Cardoch wieder erwachen würde, durchstöberten sie das Felsengewölbe. Hier gab es zwar kein Münzgold, aber in den Kisten, die Ragnor als Deckung gedient hatte, waren kostbare Kleider und allerlei wertvolle Haushaltsgegenstände, wie silberne Kerzenleuchter und Ähnliches zu finden. Schließlich erwachte ihr Gefangener stöhnend und öffnete die Augen. Stumm musterte er einen Moment lang seine Bezwinger aus kühlen grauen Augen, bevor er bemerkte: »Nun habt ihr mich doch noch erwischt. Aber wozu die Mühe mit den Fesseln. Ihr werdet mich doch eh töten. Also vorwärts und keine falsche Scham!«

»Ja, vielleicht werde ich Euch nachher töten«, versetzte Ragnor kühl, »aber sicherlich erst, nachdem Ihr mir alles erzählt habt, was Ihr wisst.«

»Das glaubt ihr doch selbst nicht, dass ich etwas erzählen werde. Keiner aus unserer Gilde plaudert, auch nicht wenn er gefoltert wird. Diese Mühe könnt ihr Euch wirklich sparen!«, antwortete Cardoch spöttisch. Cardochs offenkundige Verachtung für ihn, ließ den Zorn in Ragnor gefrieren. Er warf Goosens, der offenbar auch nicht wusste, wie er aus Cardoch etwas heraus bekommen sollte, einen kurzen Blick zu, trat ganz nah, ohne ein Wort zu sagen, an seinen Gefangenen heran und umfasste mit beiden Händen dessen Kopf, wie er es schon beim Mordschützen getan hatte. Und nun wiederholte sich das Schauspiel, welches sich vor kurzem Graf Rurig beim Verhör von Leif dem Bogen geboten hatte. Zuerst weiteten sich die Augen des Delinquenten und dann begann auch dieser, unmotiviert zu schreien, noch viel schrecklicher, als es der Mordschütze getan hatte. Ragnor wrang alles Wissen, das er in dessen Kopf finden konnte, brutal aus ihm heraus. Nicht nur die Namen der Auftraggeber der Barone von Loza und Ahrborg, sondern all die schrecklichen Geheimnisse, die der Vorsteher der Mördergilde in seinem finsteren Herzen trug. So dauerte der Vorgang, welcher bei dem Schützen nur einen kurzen Moment gedauert hatte, dieses Mal mehrere Minuten. Dabei waren die Schreie des Gefangenen so dermaßen unmenschlich schrill, dass selbst dem, sonst so abgebrühten, Spion das Blut dabei sprichwörtlich in den Adern gefror. Endlich ließ der zornige junge Mann von Cardoch ab, dessen Geschrei daraufhin ganz abrupt endete, sogleich in sich zusammensackte und dann übergangslos in eine tiefe Bewusstlosigkeit fiel. Einen Moment lang herrschte tiefes Schweigen. Bis es Goosens schließlich vor Neugier nicht mehr aushielt und schließlich ohne jeden Zweifel, dass Ragnor nun wusste, wonach er gesucht hatte, diesen fragte: »Und – wer sind denn die Auftraggeber?« Diese Frage riss den jungen Mann, der, wie in Trance, die schrecklichen Bilder des verpfuschten Lebens von Cardoch, wie im Sturm hatte vorbeirasen sehen, aus seiner Starre. Bevor Ragnor etwas sagen konnte, fuhr er sich erst einmal mit der Hand über die Augen, als würde er damit das Furchtbare, das er gesehen hatte, hinwegwischen können. Dann antwortete er mit leiser Stimme: »Es waren die Barone von Loza und Ahrborg, welche die Mördergilde beauftragt haben, mich zu töten – ganz wie ich es vermutet hatte!«

Goosens nickte zustimmend und trat zu dem Bewusstlosen, um ihn zu untersuchen, während sich Ragnor schwer auf eine der Kisten fallen ließ und dabei sein Gesicht in beiden Händen vergrub. Sobald er die Augen geschlossen hatte, tastete er sich, ohne dass er das wirklich willentlich auslöste in die Tiefen seines Gehirns und sondierte die jüngeren Erinnerungen des Gefangenen, nach Verstecken für eventuelle Beweisstücke und wurde überraschenderweise schnell fündig.

Es war richtiggehend faszinierend, denn er konnte in den Erinnerungen des Gildenchefs suchen, indem er einfach an Verstecke dachte und schon lieferte das kopierte Gedächtnis des Mörders, den er, wie eine erbsengroße kleine Kugel, im Kopf zu spüren meinte, alle Informationen, die mit Verstecken in Verbindung standen. Jeder Ort, an dem Cardoch in seinem Leben jemals etwas versteckt hatte, war Ragnor nebst Inhalt plötzlich bekannt, so als ob er eine Inventarliste gelesen hätte. Plötzlich wurde es ihm bewusst, über welche unvorstellbare Macht er mit dieser neuen Fähigkeit gebot. Doch schnell verdrängte er die aufkommenden Skrupel wieder und wandte sich den beiden Verstecken Cardochs zu, welche sich in diesem Raum befanden. Das erste Versteck, in der Rückenlehne des Thronsessels, enthielt ein schmales Buch, in dem die Einnahmen der Gilde der letzten drei Jahre genauestens vermerkt worden waren. Hier fand sich die Bestätigung, dass bereits die ersten Mordanschläge, die auf ihn während seiner Reise nach Caerum verübt worden waren, bereits auf das Konto von Per da Loza gegangen waren. Das zweite Versteck, das hinter der, scheinbar völlig glatten, Felswand verborgen war, öffnete er nicht. Er wusste, dass sich dort der Privatschatz Cardochs, einige Beutel mit erlesenen Juwelen befand. Doch dieser Schatz interessierte ihn im Moment überhaupt nicht.

Goosens, welcher sich inzwischen bemüht hatte, den Gefangenen wieder wach zu bekommen, wunderte sich über gar nichts mehr und hatte deshalb beschlossen, keine Fragen mehr zu stellen, da diese Fähigkeiten des jungen Mannes alles überstiegen, was er bisher gesehen hatte. Gleichzeitig war er froh, dass er Ragnor nicht zum Feind hatte. Denn irgendwie wurde er das Gefühl nicht los, dass dies erst der Anfang war. Schließlich wachte der Gefangene auf, doch welch ein Unterschied zum ersten Mal. Nichts war von seinem kalten Hochmut geblieben, als er schließlich zögernd und voller Angst den Blick hob. Ragnor beobachtete ihn einen Moment abwägend. Dann sagte er kühl: »Ich habe beschlossen, Euch nicht zu töten. Ich werde Euch der Gerechtigkeit des Königs ausliefern!« Voller Zuversicht mit dem Kontobuch der Mördergilde einen unwiderlegbaren Beweis in Händen zu haben, lieferten Ragnor und Goosens, Cardoch mit samt seinen Schatztruhen auf der Königsburg ab. Dann eilte er unverzüglich zu Graf Rurig, um ihm von seinem Erfolg zu berichten. Doch dieser teilte bei aller Genugtuung, dass Cardoch endlich gefasst war und damit seiner gerechten Strafe nicht mehr entgehen würde, nicht Ragnors Optimismus, was eine offizielle Anklageerhebung gegen die Anstifter anging.

Doch so sehr er sich auch bemühte, den jungen Mann von diesem seines Erachtens aussichtslosen Unterfangen abzubringen, Ragnor blieb bei seinem Entschluss, die beiden Hochadeligen öffentlich anzuklagen. Dabei hatte Rurig den Eindruck, dass der junge Mann seine Argumente durchaus verstand. Trotzdem bestand dieser darauf, offiziell Anklage erheben zu lassen, und irgendwie wurde Graf Rurig das Gefühl nicht los, dass Ragnor mit diesem Auftritt irgendetwas bezweckte, was er ihm aber nicht anvertrauen wollte. Der Tod Heikes hatte den jungen Mann total verändert. Alle Freude und Lebenslust schienen aus ihm gewichen und hatten einem kalten Kalkül Platz gemacht. Das zeigte vor allem Ragnors äußerst kühle Reaktion, als er erfuhr, dass der König ihm die Hälfte der gefundenen Schätze als Entschädigung zugesprochen hatte, was ihn mit einem Schlag zu einem der reichsten Männer des Königreiches machte. Der einzige Kommentar, den ihm diese Nachricht entlockte, war lediglich: »Bringt das Gold in die Schatzkammern der Reichsburg und schließt sie dort zusammen mit Sven da Momlands Vermächtnis sicher ein. Ich habe momentan keine Verwendung dafür!« Graf Rurig hoffte inständig, dass diese Veränderung von Ragnors Persönlichkeit nicht von Dauer sein würde. Es schmerzte ihn tief, dass es ihm nicht mehr gelang, zu dem Jungen vorzudringen, den er mehr liebte, als alles andere auf der Welt.

Am folgenden Tag fand dann Heikes Beerdigung in der Familiengruft des Königs statt, welcher Ragnor damit zu ehren gedachte und ihm darüber hinaus die Möglichkeit eröffnete, ihre letzte Ruhestätte, so oft er wollte, besuchen zu können. Prinzessin, Margitta da Caer, die ebenfalls anwesend war, wurde während dieser Feier so richtig bewusst, wie wenig ihre Träume mit der Wirklichkeit zu tun gehabt hatten. Ragnor wirkte während der ganzen Feier so, als ob er gar nicht richtig anwesend wäre. Auf seinem Gesicht war außer einer grimmigen Entschlossenheit keinerlei weitere Gefühlsregung zu erkennen. Auch als sie ihm in der Reihe der Kondolierenden die Hand reichte, um ihrem Beileid Ausdruck zu verleihen, war es so, als ob er sie gar nicht wahrnehmen würde – ja so, als ob er durch sie hindurch geblickt hätte. Nach der Beerdigung nahm Heikes Vater, Lasse da Farsborg, Ragnor noch einmal fest in den Arm, als er sich verabschiedete und sagte unter Tränen: »Leb wohl mein Sohn, ich werde bereits morgen früh Caerum verlassen, um nach Farsborg zurückzukehren. Meine Tochter und mein Enkel sind nicht mehr, aber ich bin mir sicher, du wirst dafür sorgen, dass die Mörder nicht ungestraft davon kommen!«

»Das verspreche ich dir, bei allem, was mir heilig ist!« Schwer waren die Schritte und die Schultern seines Schwiegervaters tief gebeugt, als dieser die Gruft verließ. Ein gebrochener Mann, der alles verloren hatte, was ihm im Leben je etwas bedeutet hat. Ragnor schwor sich, dass der Alte wenigstens seine Rache bekommen würde.

»Erhebt Euch, der König!«, rief die Stimme des Haushofmeisters, als seine Majestät, Ralph V., den Ratssaal betrat, in dem sich alle, momentan in Caerum anwesenden, Mitglieder des Kronrates und Ragnor, als Initiator der Anklage, versammelt hatten. Von den Gegnern des Königs waren der Graf von Momland und der Baron von Vuerkon anwesend. Sie vertraten die Sache der beiden Beschuldigten, der Barone von Ahrborg und Loza, die beide bereits in ihren Kronländern weilten. Von Ragnors Freunden waren sein Mentor, Graf Rurig da Kaarborg, der Graf Ludolf da Seeland und dessen Bruder Baron Falk da Harkon anwesend. Nachdem der König an der Stirnseite des Tisches Platz genommen hatte, ergriff Ludolf da Seeland, den der König zum Ankläger bestimmt hatte, das Wort: »Im Namen des Königs erhebe ich Anklage gegen Per da Loza und Atz da Ahrborg wegen gemeinschaftlicher Anstiftung zum Mord! Raskal da Momland, äußert Euch nun in Vertretung der Angeklagten zu deren Verteidigung!« Langsam, auf seine Hände gestützt, erhob sich der rothaarige Graf und erwiderte mit kalter Stimme: »Im Namen der Angeklagten weise ich den erhobenen Vorwurf aufs Schärfste zurück und verlange, dass die Anklage Beweise für ihre haltlose Behauptung vorlegt!« Auf einen Wink Ludolf da Seelands hin, öffnete sich die hohe Eichentür des Saales und der ehemalige Vorsteher der Mördergilde, Cardoch das Messer, wurde mit schweren Hand- und Fußfesseln, die bei jedem Schritt klirrten, langsam hereingeführt. Wie hatte sich der selbstsichere, stets prächtig gekleidete, Herr aller Mörder doch verändert – und das nicht nur äußerlich, denn natürlich hatten die Nächte im Kerker seinen teuren Kleidern nicht sonderlich gut getan. Insbesondere in seinen Augen, welche bisher immer kalt und arrogant gefunkelt hatten, war nur noch stumpfe Resignation zu erkennen. Als sein Blick Ragnors Blick kreuzte, war blanke Angst darin zu lesen. Als der Gefangene schließlich vor dem Richtertisch anlangte, richtete Graf von Seeland das Wort an ihn: »Nun Cardoch, berichtet uns über die Anschläge, welche die Barone von Loza und Ahrborg während des Landfriedens des Königs bei Euch in Auftrag gegeben haben. Mit heiserer Stimme begann dieser, mit manchmal stockenden Worten, von den drei Anschlägen gegen Ragnor zu berichten, welche Per da Loza bei ihm in Auftrag gegeben hatte. Zum Zwecke des Mordanschlags an Ragnors Hochzeitstag waren sogar, so sagte er, beide Barone gemeinsam bei ihm erschienen.

Während Cardochs Bericht beobachtete Ragnor Roger da Vuerkon und Raskal da Momland, doch bei beiden Männern war außer einem, hin und wieder auftretenden, zynischen Grinsen keinerlei Reaktion erkennbar. Als er geendet hatte, ergriff Ludolf da Seeland wieder das Wort, hob Cardochs Kassenbuch hoch und sagte: »Und hier haben wir fein säuberlich alles aufgeschrieben vorgefunden, was uns der ehemalige Vorsteher der Mördergilde soeben erzählt hat.«

»Nun nehmt Stellung, zu dem soeben Gehörten – Raskal da Momland!«, fordert der Graf von Seeland den Verteidiger der beiden Barone auf. Dieser tat überrascht, so als ob er gar nicht erwartet hätte, jetzt schon an der Reihe zu sein, erhob sich schließlich, süffisant lächelnd, und sagte in fast beleidigendem Ton: »Alles, was Ihr an Beweisen präsentieren könnt, ist die Aussage dieses Abschaums und sein Gekritzel in einem ominösen Buch? Ich muss mich doch sehr wundern! Wo sind Eure adeligen Zeugen, Herr Richter?« Als Ludolf da Seeland auf diese Frage nicht gleich antwortete, sondern Hilfe suchend zum König hinüber sah, erhob sich Roger da Vuerkon und mischte sich ein: »Wenn das offenbar alles ist, was der Ankläger vorzubringen hat, beantrage ich, dass das Verfahren niedergeschlagen wird. Gemäß des Standesrechts des Königreiches Caer hat die Aussage eines Gemeinen kein Gewicht, wenn eine Gegenaussage eines Adeligen vorliegt – und hier meine Herren übergebe ich Ihnen die schriftlichen Aussagen der Barone von Ahrborg und Loza, welche ihre Unschuld beweisen!« Mit diesen Worten übergab der schwarze Baron zwei gesiegelte Schriftstücke an den König. Dieser erbrach die Siegel, las die Schriftstücke, erhob sich schließlich und sprach: »Nach Prüfung der Schriftstücke gibt das hohe Gericht dem Antrag der Verteidigung statt. Gemäß dem Standesrecht von Caer sind die Aussagen des Gemeinen, Cardoch, nichtig!«

Das war genau das, was Ragnor erwartet hatte. Er hatte klare Beweise vorgelegt und wieder einmal sollten die Schuldigen trotz dessen straflos ausgehen. Jetzt war der Moment da, auf den er gewartet hatte. Er wartete nicht ab, bis ihm vielleicht irgendjemand das Wort erteilte, sondern donnerte mit lauter Stimme in den Saal: »Nichts ist zu Ende mit dem heutigen Tag! Die Mörder werden ihrer gerechten Strafe nicht entgehen! Sie werden nicht davon kommen, nur weil es in Caer keine Gerechtigkeit gibt!« Wütend über die Anmaßung des jungen Mannes erwiderte Raskal da Momland aufs Äußerste erregt: »Wie könnt ihr es wagen, so zu uns zu sprechen. Solltet ihr den beiden etwas antun, so werdet ihr den Schandtod sterben, wie es das Gesetz befiehlt! Dafür werde ich persönlich Sorge tragen! Ihr habt alle gehört, dass er meine beiden Freunde öffentlich bedroht hat!« Ragnor ließ Raskal da Momlands Worte einen Moment auf die Anwesenden wirken, während jeder im Saal gespannt auf seine Erwiderung wartete. Schließlich sagte er mit kalter, vor Verachtung triefender Stimme: »Ich werde im Falle einer Anklage durch Euch ebenso das Standesrecht anrufen, wie Ihr es gerade getan habt. Und ich hoffe für Euch, dass alle adeligen Zeugen, die ihr auftreiben könnt, gut mit dem Schwert sind. Denn sollte mich jemand beschuldigen, mit dem Ableben der beiden Barone irgendetwas zu tun zu haben, werde ich das natürlich auf das Schärfste bestreiten und die Wahrheit in einem Zweikampf ermitteln lassen!«

Mit diesen Worten verließ der Ragnor da Vidakar den Gerichtssaal, und ließ Freund und Feind verblüfft zurück. Als sich kurze Zeit später auf Anordnung des Königs dieser und Rurig da Kaarborg nochmals unter vier Augen trafen, fragte der Monarch, dem immer noch die Verblüffung über den Auftritt des jungen Mannes ins Gesicht geschrieben stand, nach: »Glaubt Ihr tatsächlich, dass er die beiden Kerle umbringen wird?«

»Falls ich ihn nicht davon abhalte – gewiss! Mit dem Tod von Heike ist etwas in ihm zerbrochen und hat das Tier in ihm geweckt. Er ist zu allem fähig und das wirklich Schlimme ist, er hat recht. Unser Standesrecht ist eine Farce und beschützt die Schuldigen, nur aufgrund ihres Standes. Doch wenn man ein begnadeter Zweikämpfer ist, wie er es ist, kann man sich eigentlich alles erlauben, indem man einen missliebigen Zeugen einfach bei einem Gottesgericht tötet! Doch nun lasst mich eilen. Ich muss ihn suchen und versuchen wieder zur Vernunft bringen! Nicht dass es schade um die beiden Mordbuben wäre – sie haben den Tod bereits hundertfach verdient. Ich habe dagegen eher Angst davor, dass sie nun Ragnor von Legionen gekaufter Mörder jagen lassen und ihn schließlich so irgendwo erwischen – denn viele Hunde sind des Hasen Tod!« Doch als Graf Rurig wenig später in Ragnor Quartier eintraf, war dieser und ein erheblicher Teil seiner Ausrüstung bereits verschwunden. Wen er auch fragte, niemand hatte ihn nach dem Gerichtstermin mehr gesehen, geschweige denn gesprochen.

Schließlich stellte er seine Suche in der Reichsburg ein und ging zusammen mit Svartan da Kaarkon hinunter in die Stadt, da er vermutete, dass vielleicht des Königs Spion, Goosens, wusste, wo Ragnor abgeblieben war. Doch als er im Salamanca anlangte, berichtete ihm der dicke Wirt, dass Goosens sich gestern vom König für die nächsten sechs Monde hat beurlauben lassen, um eine längere Reise anzutreten und dass dieser bereits in der gestrigen Nacht abgereist war. »Es war nicht sehr klug so öffentlich zu verkünden, dass du sie töten willst! Du hast dir damit eine Zielscheibe mitten auf die Brust gemalt!«, begrüßte ihn Goosens, als der junge Mann die Geheimkammer der Mördergilde betrat, welche sie als Treffpunkt vereinbart hatten. »Ich will, dass sie Todesangst haben, bis zu dem Tag, an dem sie endlich sterben!«, antwortete Ragnor heftig. »Und wie sollen Sie mich denn erkennen, wenn ich erst von dir gelernt habe mein Äußeres so zu verändern, wie du das machst! Außerdem werden Sie, vor allem in den nächsten Wochen nach meinem plötzlichen Verschwinden, äußerst wachsam sein.

Da ich aber zuerst drei Monde bei dir in die Ausbildung gehe, wird ihre Wachsamkeit erlahmt sein, wenn ihre Stunde naht!« Knurrend stimmte der Kleine zu, denn Ragnors Argumentation hatte etwas für sich. Trotzdem legte er Ragnor nahe, an Graf Rurig einen Brief zu schreiben, um diesen zu beruhigen und wenigstens eine falsche Fährte zu legen. Er schlug vor, dass jemand in Ragnors Rüstung gehüllt, mit dem Kaarborger Tross zurück nach Kaar ritt. Nach einigem Zögern stimmte Ragnor zu. Er sah ein, dass sein väterlicher Freund zumindest das Recht hatte zu erfahren, dass sein Lehensmann nicht vor sechs Monden nach Kaarborg zurückkehren würde. So konnte er also zwei Fliegen mit einer Klappe schlagen, indem er Goosens Vorschlag annahm.

Goosens hatte, während Ragnor bei der Verhandlung war, ein üppiges Mahl aus Cardochs Vorräten vorbereitet und so setzten sich die beiden Männer erst einmal zu Tisch. Sie beabsichtigten, einige Wochen hier unten zu verbringen, da die Geheimkammer ein Ort war, der wie geschaffen dafür war ungestört lernen zu können, wie man sein Äußeres veränderte und komplizierte Schlösser knackte. Während Goosens den Tisch eindeckte, holte Ragnor noch die beiden Beutel mit Edelsteinen aus Cardochs Geheimversteck, denn er war zu der Ansicht gelangt, dass dem Kleinen die Hälfte davon für die schwere Arbeit zustand, die er mit ihm haben würde. Sachkundig prüfte der Kleine den Inhalt, pfiff durch die Zähne und meinte dann: »Ist dir eigentlich klar, welchen Wert das hier alles hat? Das dürfte noch einmal eine vergleichbare Summe, wie in den drei schweren Goldkisten, sein – nur wesentlich leichter zu transportieren!« Goosens lächelte richtiggehend verzückt und ließ dabei Rubine, Smaragde und Diamanten spielerisch durch die Finger zurück in einen der Beutel purzeln. Dann wurde er schlagartig wieder ernst, schien einen Augenblick zu überlegen und sagte dann bestimmt: »Was übrigens dein Angebot angeht, mir die Hälfte davon abzugeben, so muss ich schon sagen, dass dies ein fürstlicher Lohn für drei Monde Arbeit wäre! – Aber ich will es nicht haben – Du kannst es behalten!« Erfreut, dass er dem kühlen Gesicht des jungen Mannes doch noch so etwas, wie überraschtes Staunen, entlocken konnte, fügt der Kleine erläuternd hinzu: »Weißt du! Ich habe mehr Geld, als ich jemals ausgeben kann. Der König bezahlt mich wirklich gut für meine Dienste! Außerdem bin ich dir noch etwas schuldig und das werde ich in den nächsten drei Monaten zurückbezahlen!«

Als die beiden ungleichen Männer sich schließlich daran machten, ihr Gepäck für die nächsten Tage zu verstauen und ihr Nachtlager herzurichten, griff Goosens in einen seiner Packen und zog einen schwarzen Bogen und einen Köcher voller Pfeile in derselben Farbe hervor. »Hier, das wollte ich dir noch schenken!« Das ist Leifs Bogen, mit dem er deine Frau erschossen hat. Eine wirklich erstklassige Arbeit aus den Wäldern von Lorca. Schau dir das mal an – keiner baut bessere Bögen, als das Waldvolk aus dem Lorcawald!« Fasziniert und abgestoßen zugleich nahm Ragnor das Geschenk entgegen. Doch trotz der Tatsache, dass Heike mit diesem Bogen erschossen worden war, konnte sich der junge Mann nicht der Faszination der Handwerkskunst entziehen, die dieses prachtvolle Stück gefertigt hatte. Dieser Bogen war nicht, so wie sein eigener, aus einem gewachsenen Stück Korbelholz gefertigt, sondern er schien aus vielen verschiedenen dünnen Schichten aufgebaut worden zu sein. »Welche Materialien verwenden das Waldvolk denn, um solche Bögen zu fertigen?, fragte er neugierig nach. »Nun ich bin kein Bogenbauer – Aber ich glaube, dass sie Korbelholz und verschiedene Arten von Horn miteinander verarbeiten. So erreichen Sie, dass ihre Bögen nahezu doppelt so weit tragen, wie ein Bogen, der nur aus Holz gefertigt wurde.«

»Aber nun packe das Ding mal weg! Hier unten kannst du sowieso nichts damit anfangen! Du wirst noch genug Zeit haben, ihn auszuprobieren, wenn wir in ein paar Wochen in unser Außenlager umziehen!« Bereits am nächsten Morgen beim ersten Hahnenschrei begann der Kleine mit seinem Ausbildungsprogramm, das in den folgenden Wochen immer den gleichen Verlauf nehmen sollte.

Er begann den Tag mit gymnastischen Übungen, welche dazu dienten, die Gelenkigkeit und den Gleichgewichtssinn des jungen Mannes zu trainieren. Diese Eigenschaften wurden sowohl für das erfolgreiche Einbrechen benötigt, als auch gegebenenfalls Körpergröße und Statur zu verändern. In dieser Disziplin war Ragnor von Anfang an aufgrund von Marambas Training recht gut bewandert und so gelang es ihm, zum Ende ihres Kellertrainings hin, bereits problemlos den Einbeinigen zu mimen, obwohl gerade dieses Kunststück für hochgewachsene, kräftige Menschen im Normalfall eine besondere Schwierigkeit darstellte. Die zweite Lektion des Tages beschäftigte sich mit dem Knacken von Schlössern. Hier hatte der junge Mann zwar Anfangs aufgrund seiner großen kräftigen Hände etwas Probleme bei der Filigranarbeit, aber das machte er sehr schnell dadurch wieder wett, dass er sich die Technik von Schlössern recht gut einprägen konnte und schon bald sehr schnell nach dem ersten Abtasten mit dem Dietrich herausfand, um was für eine Art von Schloss es sich handelte. Am schwersten tat sich Ragnor mit der Schminkerei. Gute Masken erforderten viel Geduld und Präzision. Und vor allem mit der Geduld haperte des Öfteren, wobei dann mehr als einmal ein Schminkutensil durch die Luft flog, wenn das gewünschte Ergebnis so ganz und gar nicht erreichbar zu sein schien. Doch schließlich gelangen ihm hier auch ganz passable Leistungen, sodass er am Abend vor ihrem Aufbruch ins Außenlager, sozusagen als Abschlussprüfung, mit Goosens durch die Kneipen der Unterstadt gezogen war, ohne dass ihn jemand dabei erkannt hätte. Bei ihrem Besuch im Salamanca hatte er sogar Tjore da Kjellund, den jungen Reichsritter, getroffen, welcher ihn ja recht gut kannte, und kurz entschlossen, als einbeiniger Bettler getarnt, um Almosen gebeten. Mitleidig hatte ihm der frischgebackene Ritter einige Kupferstücke gegeben, ohne ihn zu erkennen, oder auch nur im Geringsten misstrauisch zu werden.

Während sich das Training im Kellerversteck dem Ende näherte, hatte Rurig da Kaarborg mit seinem Tross Caerum verlassen. Es war ihm sehr schwergefallen, ohne Ragnor abzureisen. Doch nachdem er dessen Brief erhalten hatte, war ihm klar geworden, dass er seinen Schützling nicht würde aufhalten können, selbst wenn er gewusst hätte, wo er zu finden war. Auch auf Ragnors Idee mit dem Ablenkungsmanöver war er nach kurzer Überlegung eingegangen und Trutz da Falkenberg, der neue Großmeister der Reichsritter, hatte ihm einen vertrauenswürdigen Reichsritter, welcher in etwa Ragnors Statur besaß, zur Verfügung gestellt, der ihn nun, in Ragnors Panzerrüstung gehüllt, bis auf die Insel Kaar begleiten würde.

Kapitel 10

Nachdem er fast einen Mond in dem, zugegeben doch recht komfortablen, Versteck der Mördergilde gehaust hatte, genoss es Ragnor sichtlich, mit Goosens endlich aus diesem Kellerloch herauszukommen. Die beiden hatten sich zur Tarnung als Händler verkleidet, um Caerum zu verlassen und nach Nordosten, nach Cabanum, einer verlassenen Burgruine aus dem letzten Orkkrieg, zu ziehen. Die Reise war aber nicht nur eine notwendige Bewegung zwischen zwei Ausbildungslagern, nein, sie war selbst ein wichtiger Teil der Ausbildung, denn Goosens machte dem jungen Mann sehr schnell klar, dass eine gute Tarnung nur dann geschulten Beobachtern standhielt, wenn sie wirklich glaubwürdig war. Also waren die beiden nicht nur ihrer Kleidung nach Händler, sondern sie führten auf vier Packeseln auch allerlei Waren mit sich, von denen Goosens in jedem Ort, den sie passierten, einige verkaufte oder gegen andere Waren eintauschte.

Der kleine Spion war in dieser Rolle sehr geschickt. Kaum hatten sie den dritten Weiler hinter sich gelassen, hatte sich auch der Inhalt seiner Geldbörse sichtlich vermehrt, obwohl ihr Warenbestand dabei nicht merklich abgenommen zu haben schien. Darauf, bei einem abendlichen Bier in einer Schenke, angesprochen, meinte der Kleine schmunzelnd: »Nun ja. Ich gebe zu, dass mir die Rolle des Händlers am besten gefällt. Sie ist in den meisten Fällen die Unauffälligste und sie ernährt ihren Mann. Ich habe auf meinen Reisen eigentlich noch nie Geld gebraucht, sondern immer etwas mehr mitgebracht, als ich ursprünglich mitgenommen hatte.«

»Ja, vielleicht wärst du in einem anderen Leben ja Händler geworden«, kommentierte Ragnor das freimütige Geständnis des Kleinen und prostete seinem Lehrmeister dabei zu. »Ich, für mein Teil, bin, so glaube ich, nicht sonderlich begabt was das Feilschen angeht!«

»Nun«, versetzte Goosens, »da bin ich mir nicht so sicher. Dein erster Versuch, den Schal an die Bäuerin zu verkaufen, war gar nicht so schlecht. Was dir fehlt, ist die nötige Geduld – es geht dir immer alles zu langsam. Ich denke, daran musst du arbeiten!« Da die beiden Männer wegen ihrer Packesel nur recht gemächlich voran kamen, erläuterte der Kleine seinem Schüler verschiedene Varianten von Verkleidungen und diskutierte deren Vor- und Nachteile, die natürlich auch noch stark von den jeweils örtlichen Gegebenheiten abhingen. Sehr gut hatte er dies am Beispiel der Rolle des Bettlers in einer großen Stadt erläutert. Im Prinzip war diese Rolle fast immer eine gute Tarnung, um sich unauffällig bewegen zu können. Wenn man aber versäumte, sich gut über die lokalen Gegebenheiten zu informieren, konnte man unter Umständen jede Menge Ärger bekommen, sowohl mit der Ordnungsmacht, die vielleicht gerade Jagd auf Bettler machte, als auch mit einer örtlichen Bettlergilde, welche oft versuchte Neuankömmlinge auf unfeine Art und Weise schnell wieder loszuwerden.

»Gut und umfassend informiert zu sein, ist der Schlüssel zum Erfolg – Nachlässigkeit in diesem Punkt könnte den Tod bedeuten!« – Das war Goosens Leitsatz und Ragnor erkannte schnell, dass er gut daran tat, ihn zu befolgen, nachdem Goosens ihm einige Einblicke in sein Leben und damit auch in seine Erfahrungen gewährt hatte.

Besonders bei den Berichten aus seiner Anfangszeit, als Agent im königlichen Dienst, hatte er einige brenzlige Situationen erlebt, in die ihn Selbstüberschätzung und mangelnde Sorgfalt gebracht hatten, und Ragnor hatte wohl verstanden, dass neben einer guten Vorbereitung Geduld, Umsicht und ein kühler Kopf von Nöten waren, wenn man unauffällig und einigermaßen sicher in Feindesland operieren wollte. Als sie schließlich in Cabanum, einem kleinen verschlafenen Provinznest, anlangten, welches offenbar auch schon bessere Tage gesehen hatte, verkaufte Goosens die gesamte Handelsware samt Packeseln. Es war ein ganz hübsches Sümmchen, das dabei zusammenkam. Von einem Drittel des Gewinnes erwarb der gewiefte kleine Mann zwei struppige Bergponis, auf deren Rücken sich die beiden Männer auf den

Weg hinauf in den Felsengarten, eine karstige Berglandschaft, machten, in welcher eine verlassene Burgruine lag.

Am späten Nachmittag erreichten sie dann die Hochburg, wie sie im Volksmund hieß. Sie war einst der Sitz eines mächtigen Adelsgeschlechtes gewesen, das eine Zeit lang mit dem Königshaus, um die Krone von Caer konkurriert hatte. Doch alle Träume von einer glorreichen Zukunft waren dem Ansturm der Orks im letzten großen Krieg zum Opfer gefallen. Sie hatten auf ihrem Zug nach Caerum diese Burg gestürmt und das Haus von Cabanum, mit allen seinen Gliedern und bis zum Letzten ausgelöscht. Der mächtige Herr von Cabanum hatte also einen hohen Preis für seinen Stolz bezahlen müssen, nicht in Caerum bei seinem Konkurrenten vor den anrückenden Orks Zuflucht gesucht zu haben, sondern auf die festen Mauern seiner Burg zu vertrauen. Deshalb wurde die Ruine von den, nach der Schlacht zurückkehrenden, Dorfbewohnern, damals erst Hochmutsburg genannt – dieser Name wurde dann im Laufe der Zeit im täglichen Sprachgebrauch zu Hochburg verkürzt und damit gebräuchlich. »Tja«, bemerkte der Kleine, nachdem er Ragnor die Geschichte der Burg erzählt hatte. »Stolz ist eine schöne Sache, aber wenn sie mit Dummheit gepaart ist, dann kann das ganz böse ins Auge gehen!«

»Nun – vielleicht hatte er ja auch gehofft, die Orks würden direkt nach Caerum an der Burg vorbeiziehen«, mutmaßte Ragnor.

»Hm«, meinte der Kleine, »Das ist schon möglich. Aber wie dem auch sei – er hat sich auf jeden Fall mächtig verkalkuliert.« Während sie sich unterhielten, ritten sie stetig durch den kargen Bergwald, welcher zwischen den Felsbrocken ein kümmerliches Dasein fristete, bergauf. Als sie schließlich den Burgberg umrundet hatten, konnte der junge Mann, mit der tief stehenden Sonne im Rücken, den klobigen Bergfried erstmals gut erkennen, während sie den letzten, außerordentlich steilen, Anstieg zum Burgberg langsam hinauf ritten.

Als sie schließlich oben anlangten, sah der junge Mann, dass die Orks vor etwas mehr als fünfzig Jahren ganze Arbeit geleistet hatten. Denn außer dem Bergfried war keines der ehemaligen Burggebäude mehr bewohnbar und die geschwärzten Mauern des Pallas zeugten von der Feuersbrunst, welche die Orks vor ihrem Weitermarsch nach Caerum entfesselt hatten. »Ein wirklich lauschiges Plätzchen, mein lieber Goosens!«, bemerkte Ragnor trocken, nachdem er sich umgesehen hatte. »Die Orks waren wirklich sehr gründlich. Ich bin schon sehr gespannt, wie dein Trainingsprogramm hier aussehen wird.«

»Oh, mach dir da keine Sorgen«, versetzte der Kleine schmunzelnd. »Hier gibt es jede Menge unterirdische Kavernen, mit einer ganzen Reihe hässlicher Überraschungen, die immer noch funktionieren. Dir wird also garantiert nicht langweilig werden!« Nachdem sie ihre Pferde in der Ruine des Pallas angepflockt hatten, wo die Reste einer ehemals starken Balkendecke des Erdgeschosses leidlich Schutz vor Wind und Wetter bot, schleppten die beiden Männer ihr Gepäck die engen, steilen Stufen zum Eingang des Bergfrieds hoch. Sie zwängten sich durch den schmalen Zugang, was mit ihren geschulterten, sperrigen Packsäcken alles andere als eine leichte Übung war. Es dauerte einen Moment bis Ragnor im düsteren Zwielicht, das spärlich durch die ringsherum angebrachten Schießscharten ins Innere des kreisrunden Turmraumes fiel, etwas erkennen konnte. Der Raum war ungefähr ein Klafter hoch und besaß sowohl einen steinernen Boden, als auch eine, aus großen Granitplatten gefügte, Decke, welche von sechs Säulen gestützt wurde. Ansonsten war der Raum, bis auf eine weitere schmale Treppe auf der gegenüberliegenden Seite, die weiter nach oben führte, vollkommen leer. »Stelle dein Gepäck erst einmal hier unten ab!«, wies ihn Goosens an, während er den schweren Ledersack mit Vorräten an die Mauer lehnte. Als Ragnor seinen Sack, welcher Kochutensilien und Werkzeug enthielt, absetzte, war er wieder einmal erstaunt darüber, dass der drahtige Körper des Spions offenbar über erhebliche Kräfte verfügen musste. Der Vorratssack war zwar etwas leichter als sein eigener gewesen, aber dafür wog der

Kleine auch gut und gerne achtzig Pfund weniger, als er selbst auf die Waage brachte.

In den folgenden Wochen lernte Ragnor, wie man sich in der Unterwelt, mit Hilfe der mit Fallen gespickten Burganlage, bewegt. Goosens hatte nicht zu viel versprochen und der junge Mann war erstaunt, wie weitläufig die Gänge und Kavernen unterhalb der Burgruine waren. Die meiste Zeit beschäftigte ihn der Kleine mit dem Aufspüren von Fallen und deren Entschärfung. Es war schon erstaunlich, wie erfindungsreich Menschen in der Herstellung von Fallen sein konnten, um Geheimgänge oder Lagerräume zu schützen. Da gab es Speerfallen, Gewichtsfallen, Giftfallen, Bolzenfallen, Netzfallen und vieles mehr. In einigen Fallen, besonders im oberen Bereich der Kavernen, fand man hier und da noch Knochen von Orks, die bei der Durchsuchung der Untergeschosse nach Flüchtlingen scheinbar in den Fallen gestorben waren. Obwohl die Fallen im oberen Teil des tief reichenden Ganglabyrinths größtenteils defekt waren, so waren sie doch für Ragnor gutes Anschauungsmaterial, welches ihm bei seinem Training in den tieferen Regionen sehr zu Gute kam. Die Zugänge zu diesen Gängen und Kavernen unterhalb der alten Kerker lagen fast ausnahmslos hinter gut getarnten Geheimtüren, die es im flackernden Licht der Laternen erst zu finden galt. Goosens erzählte ihm eines Abends, dass er sich vor einigen Jahren für mehrere Wochen gezwungenermaßen auf dieser Burgruine versteckt hatte und bei dieser Gelegenheit, aus reiner Langeweile begonnen hatte, die Unterwelt des altern Gemäuers zu erforschen. Dabei war er auf eine große Anzahl von Gängen gestoßen, die seit dem Fall der Burg offenbar niemand mehr betreten hatte, und er war sich sicher, dass er damals beileibe nicht alle gefunden hatte. Am späten Nachmittag, wenn das Training in der Tiefe beendet war, hatte Ragnor in seiner knapp bemessenen Freizeit begonnen, mit dem schwarzen Kompositlangbogen von Heikes Mörder zu üben. Dieser Bogen trug fast vierhundert Schritt weit, gut einhundert Schritt weiter als Ragnors alter Korbelholzbogen. Doch so gut seine Fortschritte in der Beherrschung der Waffe auch waren, riss der Gebrauch der mörderischen Waffe, welche seine geliebte Frau und ihr ungeborenes Kind getötet hatte, jedes Mal die Wunde, die eh nicht heilen wollte, von Neuem auf und sorgte dafür, dass das eisige Funkeln in den Augen des jungen Mannes nicht zum Erlöschen kam.

Wie erwartet fanden die beiden Männer bei ihren Exkursionen in der Tiefe der alten Burg weitere Gänge und Kavernen, die auch Goosens zuvor nicht entdeckt hatte. Jedoch waren diese meist leer und öde. Doch das änderte sich kurz vor Ende von Ragnors Training, als Ragnor im ehemaligen Kerker, in der Rückwand der allerhintersten Zelle, eine außergewöhnlich gut getarnte Geheimtür entdeckte. Goosens war sehr stolz, als es dem jungen Mann dann auch noch gelang, den komplexen Öffnungsmechanismus zu entschlüsseln. Er befand, dass eine gute Beobachtungsgabe, kombiniert mit ausgeprägtem technischem Verständnis, Ragnor zu einem perfekten Türen- und Fallensucher machte. Hinter besagter Tür befand sich kein Gang, sondern eine sehr große unterirdische Kaverne. Doch dort fand Ragnor etwas, was er nicht für möglich gehalten hätte. Zunächst hielt er die Hunderte von Metallbarren, welche dort fein säuberlich aufgeschichtet lagen, für Eisen. Doch nachdem er einen Barren mit nach draußen genommen hatte, um ihn bei Tageslicht zu untersuchen, hatte er überrascht festgestellt, dass es sich bei dem Metall, um das seltene, schwarzblau schimmernde Tamium handelte, aus dem Karl, der Schmied von Mors, damals seinen Schild gefertigt hatte. Neben der großen Menge des seltenen Metalls war insbesondere auffällig, dass die Barren alle eine perfekte Quaderform mit exakten Kanten besaßen, viel exakter, als man sie mit den gebräuchlichen Gussformen, welche er bisher kannte, jemals hätte herstellen können. Da sie nichts von dem schweren Metall mit sich nehmen konnten, schlossen sie ihren kostbaren Fund wieder ein und verwischten sorgfältig alle Spuren ihres Tuns. Sie wollten beide nicht, dass das wertvolle Metall Anderen in die Hände fiel, denn Ragnor hatte Goosens erklärt, was man damit so alles anfangen konnte. Vielleicht bestand für ihn ja einmal die Möglichkeit, diesen Schatz nach Vidakar bringen zu lassen, wenn seine Burg erst einmal erbaut worden war. Wirklich große Gedanken verschwendete er momentan nicht an die vielfältigen Einsatzmöglichkeiten seines Fundes, denn momentan beherrschte ihn in viel zu hohem Maße, die Planung seiner Rache.

Die Blätter hatten sich inzwischen bunt gefärbt und begannen zu fallen, als Ragnors dreimonatiges Ausbildungsprogramm auf der alten Burg sich seinem Ende zuneigte. Am Abend vor Ragnors Aufbruch nach Burg Lozana, dem Stammsitz der Barone von Loza, saßen die Gefährten am Kaminfeuer in dem alten Turm. Goosens betrachtete zufrieden Ragnors neue Frisur. Ragnor, der ansonsten seine Haare halblang mit einem einfachen Rundschnitt trug, hatte diese nun seit drei Monaten nicht mehr geschnitten, sodass sie nun schulterlang und ziemlich fransig aussahen. Diesen Eindruck hatte Goosens durch einige geschickte Schnitte noch verstärkt. Dann hatte er Ragnors Haar grau gefärbt, aber noch Reste von Braun darin gelassen, sodass, beim Weiterwachsen, die braune Farbe am Haarboden keinerlei Verdacht erregen würde. Ragnors Gesicht hatte der Meisterspion mit einer Tinktur behandelt, welche er aus Farnpflanzen hergestellt hatte, die in den alten Ruinen reichlich wuchsen. Dadurch war sein ansonsten junges, frisches Gesicht ganz grau geworden und erweckte dadurch den Anschein eines nicht sehr gesunden Mannes um die vierzig. Auch Arme und Beine waren mit der Tinktur behandelt worden, sodass auch ein misstrauischer Betrachter keinen Verdacht schöpfen würde. »Gut dass jetzt der Herbst bald dem Winter weichen wird«, sinnierte der Kleine. »So wirst du mit deinem Filzhut und dem weiten Kapuzenmantel nicht weiter auffallen. Schwert und Dolch sind dann gut verborgen.«

»Achte aber darauf, dass du die auffälligen Waffen nur benutzt, wenn es sich nicht vermeiden lässt. Und sorge dann dafür, dass danach keiner darüber berichten kann!«, mahnte er den jungen Mann nachdrücklich. »Dein neuer Bogen, Bogensehnen und Pfeile sind in dem hohlen Wanderstab ja gut versteckt!«

Ragnor war seinem klein gewachsenen Freund sehr dankbar und antwortete lächelnd: »Ja, ich verspreche dir, ich werde gut aufpassen und all das beachten, was du mir beigebracht hast. Schließlich wird das Gelingen meines Vorhabens und mit hoher Wahrscheinlichkeit auch mein Leben davon abhängen!«

»Da hast du verdammt recht!«, versetzte Goosens mit ernstem Gesicht und fügte dann grinsend hinzu: »Ich hab mich schließlich nicht drei Monde mit deiner Ausbildung geplagt, damit du gleich erwischt wirst!«

Als Ragnor am nächsten Morgen schließlich aufbrach, umarmte er Goosens zum Abschied herzlich und bedankte sich noch einmal für all die Mühen, die er ihm bereitet hatte. »Ach, war doch nicht der Rede wert«, quetschte der Kleine sichtlich gerührt zwischen den Zähnen hervor, ganz offenbar darum bemüht, seine Rührung zu verbergen. Goosens hatte diesen erstaunlichen jungen Mann richtig ins Herz geschlossen, was ihn selbst verwunderte, denn in seinem Beruf war es eigentlich nicht ratsam, sich echte Freunde zuzulegen. Aber in Ragnors Fall hatte er sich dieser Entwicklung einfach nicht entziehen können. Der grimmige junge Mann mit seinen merkwürdigen Talenten hatte ihn zuerst eigentlich nur fasziniert und er hatte aus Dankbarkeit, für Ragnors Eingreifen im Kampf gegen die Meuchelmörder, gehandelt. Aber das war es schon lange nicht mehr. Er hatte Anteil an Ragnors Schmerz genommen und er war sich ziemlich sicher, seinen jungen Freund irgendwann, gesund und munter, wiederzusehen.

Gut sechs Wochen dauerte Ragnors Ritt nach Burg Lozana, dem Stammsitz der Barone von Loza. Inzwischen war der Winter eingekehrt und obwohl es im Süden von Caer nur selten schneite, war die Reise bei diesem nasskalten Wetter alles andere als ein Vergnügen. Ragnor übernachtete aufgrund der unfreundlichen Witterung nur selten im Freien. Meist suchte er einfache Gasthöfe auf und es gelang ihm dabei, von Mal zu Mal besser die Rolle eines einfachen Wanderarbeiters zu spielen. Erstaunt stellte er fest, dass ihn nicht einmal ein rüpelhafter Söldner hatte aus dem Gleichgewicht bringen können, welcher ihn am Tresen absichtlich geschubst hatte, um ihn dadurch zu provozieren. »Das – Entschuldigung edler Herr – Es war meine Schuld, edler Herr«, war ihm glatt über die Lippen gekommen und es hatte ihm nicht einmal viel ausgemacht. »Also doch etwas dazu gelernt«, lobte er sich selbst, als er bei einem kargen, seiner sozialen Stellung angemessenem, Mahl und einem Krug dünnem Bier saß. Noch vor einem halben Jahr hätte er dem unverschämten Kerl eine Lektion erteilt, die dieser nicht so schnell vergessen hätte.

Dann endlich erreichte er sein Ziel. Die Burg lag, aufs Schönste gelegen, auf einem kleinen Hügel oberhalb des Dorfes. Doch Ragnor hatte keinen Blick für die Pracht des Stammsitzes der Barone von Loza. Ihn interessiert nur die Rache für den Tod seiner Frau und seines Kindes. Aufgrund der Jahreszeit war die Aussicht, Arbeit im Dorf zu finden, jedoch nicht sonderlich groß. Also suchte er sich zunächst in dem kleinen freundlichen Ort unterhalb der Burg eine bescheidene Unterkunft und fand sie bei einer alten Frau, die ihn für ein paar Kupfermünzen und seine Zusage den Winter über Brennholz zu beschaffen, bei sich wohnen ließ. Er hatte sich die Alte mit Bedacht ausgesucht, da diese weder gut hörte und noch besonders gut sah. So würde sie sich kaum an sein Aussehen erinnern können, wenn er wieder weg war. Sein Auftrag, täglich das Brennholz zu sammeln, machte es ihm leicht, das Umfeld der Burg unauffällig zu erkunden. Schnell hatte er herausgefunden, dass der Baron von Loza nur selten sein Schloss verließ. Sein Versuch, Arbeit auf der Burg zu finden, schlug fehl, denn der Korporal der Miliz, der am Tor die Wache beaufsichtigte, machte ihm unmissverständlich klar, dass vor dem Frühjahr da nichts zu machen war. Als Ragnor bereits begann, sich damit abzufinden, dass es vor dem Frühjahr schwierig sein würde, an den Baron auf Schussweite heranzukommen, kam ihm ein glücklicher Umstand zu Hilfe, da der Baron von Vuerkon, einer der Verbündeten Per da Lozas, einen Besuch ankündigte. Daraufhin verbreitete sich schnell die Nachricht, dass der Baron Treiber für eine Sauhatz suchte, welche er zu Ehren seines Gastes abzuhalten gedachte. Also ließ Ragnor sich zusammen mit drei Dutzend anderer Männer vom Jagdaufseher des Barons anwerben, um als Treiber an der Jagd teilzunehmen.

Am Abend vor der Jagd packte Ragnor seine Sachen zusammen und verbrachte sie in der Dämmerung mit seinem Pferd in ein dichtes Gehölz, welches in einem kleinen Seitental lag, das nicht weit von der Stelle entfernt war, an der er seinem Feind aufzulauern gedachte. Dank der Einweisung, die ihnen der Jagdaufseher am Morgen gegeben hatte, wusste er genau, welchen Weg die Jagdgesellschaft nehmen würde. Von einem breiten, zerklüfteten Felsen aus, der am Rande des Burgberges hoch über dem Weg lag, der von der Burg ins Jagdgebiet führte, wollte Ragnor seinen Schuss auf Per da Loza wagen. Praktisch war hierbei, dass er sich nach dem Anschlag auf der Rückseite des Felsens in das kleine Seitental abseilen konnte, ohne dass ihn die Jagdgesellschaft würde verfolgen können. Ragnor war am Vorabend bereits in der Dämmerung aufgestiegen und saß nun, in seinen warmen Mantel gehüllt, oben auf dem Felsen. Trotz der Kälte, die der Mantel nicht völlig abzuhalten im Stande war, war er dankbar, dass es wenigstens nicht regnete oder gar schneite. Nein, es war eine sternenklare, eiskalte Nacht und Ragnor beobachtete die beiden Monde, wie sie einträchtig über das Firmament zogen, immer wieder unterbrochen durch kurze Ruhepausen, in denen er in Marambas Meditationsstellung kurz einnickte.

Als schließlich der Morgen graute, erhob er sich und machte durch gymnastische Übungen seine steifen Glieder wieder geschmeidig und bereitete alles vor. Während er die Sehne auf den Bogen zog und drei der schwarzen Pfeile mit den vergifteten Widerhakenspitzen bereit legte, stiegen in ihm wieder und wieder die Bilder auf, die ihn fast jede Nacht im Traum verfolgten – seine blutüberströmte Frau, in der ein schwarzer Pfeil, wie ein obszöner Finger aus dem Bauch ragte! Doch heute würde er den ersten Teil dieses Traumes bannen. – Dann, wenn Per da Loza in Kürze dasselbe Schicksal ereilen würde. Endlich begann sich, im Tal etwas zu regen. Zuerst passierten die Männer aus dem Dorf sein Versteck und begaben sich auf ihre Treiberpositionen. Und schließlich, etwa zwei Stunden später, erklangen endlich die Jagdhörner von der Burg. Mit finsterer Miene nahm Ragnor einen der grausamen Pfeile auf und führte ihn fast liebevoll in die Sehne seines schwarzen Mörderbogens, als er schließlich das Klappern, der sich nähernden, Hufe der Pferde auf dem felsigen Grund, vernahm.

Und da kamen sie!

In gemächlichem Trab, die beiden Barone vorne weg, wie Ragnor es vermutet und erhofft hatte. Prächtig hatten sich die beiden herausgeputzt, insbesondere Per da Loza, der sich ein Wams aus weißem Hermelinpelz gehüllt hatte. Als das Schussfeld nur noch einhundert Schritt betrug, nahm der junge Mann routiniert seinen Bogen auf und ließ in einer fließenden, anmutigen Bewegung den Pfeil fliegen. Fasziniert beobachtete er das tödliche Geschoß, welches, wie ein schwarzer Todesblitz der Rache, ins Tal flitzte. Hell spritzte das Blut auf, als das Geschoß sein Opfer schräg von oben in den Bauch traf und vom Pferd warf. Den jungen Mann erfüllte tiefe Befriedigung – der erste Mörder hatte seine verdiente Strafe gefunden und ohne sein Opfer noch eines weiteren Blickes zu würdigen, packte er seelenruhig seine Sachen zusammen und machte sich an den Abstieg ins Tal.

Unterdessen war unten im Tal die Hölle los. Per da Loza lag wimmernd auf einer Pferdedecke, auf die man ihn gelegt hatte, doch niemand wagte den Pfeil aus dem, von hellrotem Blut getränktem, Hermelinpelz zu ziehen. Roger da Vuerkon kniete bei seinem Verbündeten, der sich vor Schmerzen wand. »Oh wie das brennt, wie das brennt!«, schrie der Baron immer wieder. Als schließlich der Schmerz für einen Moment abebbte, holte Per da Loza dann einen Moment Luft und quetschte zwischen den Zähnen heraus: »Das war dieser Ragnor da Vidakar. Er hat seine Drohung wahr gemacht. Warum musste dieser Idiot auch seine Frau und seinen ungeborenen Bastard töten, anstatt ihn!« Dann überwältigte ihn wiederum der Schmerz und für einen Moment und mit letzter Kraft, kurz bevor es mit ihm zu Ende ging, flüsterte er mit letztem Atem und einem blutigen Grinsen auf den Lippen: »Berichtet diesem Schnösel, Atz da Ahrborg, von meinem Ende, denn auch er wird seinem Schicksal nicht entgehen können!«

Einige Wochen später, als Ragnor Ahrweiler, der Hauptstadt von Ahrborg, noch fern war, herrschte bereits Panik im dortigen Schloss. Brieftauben hatten die Nachricht vom schrecklichen Tod des Barons von Loza in ganz Caer verbreitet und Atz da Ahrborg hatte Ahrweiler in ein Gefängnis verwandelt. Niemand durfte die Stadt, ohne eine Leibesvisitation durch die Stadtwache, betreten.

Roger da Vuerkon, der nach Caerum zum König geeilt war, erhob dort schwere Vorwürfe gegen Ragnor. Doch der König zeigte sich von derartigen Anschuldigungen unbeeindruckt, schließlich hatte der Baron von Vuerkon keinerlei Beweise. Im Gegenteil, der König war bester Dinge, konnte er doch nun seinen Freund, Mark da Loza, zum Baron machen und damit die Allianz seiner Gegner entscheidend schwächen. Als ihm der Baron von Vuerkon während eines Abendessens einmal wieder in den Ohren lag, gab ihm der König den hämischen Rat, doch nach einem adeligen Zeugen für seine Behauptung zu suchen und falls er einen fände, doch gleich die Kosten für dessen Beerdigung zu hinterlegen. An seinen Sohn gewandt setzte er noch einen drauf, indem er hinzufügte: »Ach, es ist wohl das erste Mal, dass ich das, von dir so hoch geschätzte, Standesrecht regelrecht lieb gewinne!«

Der Thronfolger kommentierte die sarkastische Bemerkung seines Vaters mit keinem einzigen Wort. Dieser Ragnor war gefährlich, sogar sehr gefährlich, und eines Tages würde er ihn beseitigen lassen müssen.

Auch auf Kaar, dem Zentrum der Kaarborger Grafen, war der Tod des Grafen von Loza das Gesprächsthema Nummer eins. »Ich finde es nicht gut, dass Ragnor das tut!«, versuchte zumindest sein alter Lehrer Lars, der Gewalt abgrundtief verabscheute, Ragnors Handlungsweise zu kritisieren. Doch auch er verstummte, als Menno ihm erwiderte, dass mit dessen nächstem »Opfer« auch Tanas Tod gerächt werden würde. Nur Graf Rurig machte sich wirklich ernste Sorgen um seinen Schützling, denn dessen Feinde würden nicht ruhen, bis auch sie ihn zur Strecke gebracht hatten. Der Graf hatte gar kein gutes Gefühl, wenn er daran dachte, dass Ragnor allein nach Ahrborg unterwegs war, wo ihn die Häscher von Atz da Ahrborg sicherlich bereits erwarteten. Doch in diesem Punkt irrte der Graf. Ragnor war nicht alleine unterwegs. Er hatte sich für seine Reise nach Ahrborg einem Pilgerzug angeschlossen. Er hatte sein Bergpony verkauft und hierfür ein Maultier erworben. Das ging zwar langsam, aber in einer Gruppe von mehr als siebzig Pilgern, wie die übrigen, in einem Kapuzenmantel gehüllt, war eine brauchbare Tarnung. Niemand würde vermuten, dass er auf diese Weise reisen würde. Sein unscheinbares Äußeres hatte er beibehalten, und, wie die meisten dieser merkwürdigen Pilger, gab er sich wortkarg und suchte keinerlei Kontakt zu den anderen, wenn es sich nur irgendwie vermeiden ließ. Da der seltsame Heilige, zu dem die Pilger unterwegs waren, in der Nähe von Burg Koman lebte, war die Tarnung perfekt. Keiner der Söldner, welche er auf dem Weg durch die ärmlichen Dörfer traf, kümmerte sich um den ärmlichen Pilgerzug. Ragnor hatte selbst vorher noch nie von diesem Heiligen, namens Pankraz, gehört. Doch angeblich sollte er Wunder vollbracht und todkranke Menschen geheilt haben. Wie Ragnor nur zu gut wusste, war das durchaus möglich, dass auch andere Menschen die Kraft der Geistheilung beherrschten, die offenbar in früheren Zeiten gang und gebe gewesen war. Vielleicht würde er diesen Heiligen später einmal wirklich aufsuchen, um herauszufinden, ob auch er ebenfalls ein Geistheiler war. So vergingen zwei weitere Monde und langsam näherte sich der Pilgerzug dem Punkt, an dem Ragnor sich von ihm trennen wollte. Der Winter neigte sich nun langsam dem Ende zu. Hier und da war bereits die eine oder andere frische Knospe zu entdecken, die sehnsüchtig auf den Frühling wartete.

Im Morgengrauen eines kühlen, klaren Frühlingsmorgens, kurz bevor der Pilgerzug den Ahrwald erreichte, war es dann soweit. Während all die anderen noch schliefen, brach Ragnor leise sein kleines Zelt ab, packte zusammen und machte sich auf den Weg nach Kaarborg. Keiner hatte seine Abreise bemerkt und wahrscheinlich würde es auch kaum einem seiner Mitpilger auffallen, dass er nicht mehr zugegen war. Als er gegen Abend desselben Tages einen kleinen Weiler mit Gasthof erreichte, kehrte er dort ein, um dort die Nacht zu verbringen. Während er in der niedrigen Gaststube ein bescheidenes Mahl zu sich nahm, hatte er seine Ohren weit aufgesperrt und so entging ihm nicht, dass ein fetter Kaufmann, welcher mit seinem Gesinde am Nachbartisch saß, sich lauthals darüber beschwerte, dass er in Ahrborg eine erniedrigende Leibesvisitation über sich hatte ergehen lassen müssen und dass die Wachen jedes Packstück, welches er mitgeführt hatte, durchwühlt hätten. Außerdem hätten die Wachen allen Reisenden ihre Waffen abgenommen, die sie dann erst bei der Abreise wieder zurückerhalten hatten. Während er dies hörte, grinste Ragnor grimmig in sich hinein.

»Atz da Ahrborg dieser Bastard, hatte also mächtig Angst!«

Sollte er ruhig noch ein wenig zittern. Die Sicherheitsmaßnahmen machten dem jungen Mann dabei nur wenig Sorge, da er ohnehin beabsichtigt hatte, die Stadt nicht zu betreten. Er plante, über den Geheimgang, direkt ins Schloss einzudringen, welcher vom Thronsaal in ein Waldstück außerhalb der Stadt führte und den einst Atz da Ahrborg einst als Fluchtweg benutzt hatte, als die Kaarborger Koalitionstruppen in Ahrborg eingerückt waren. Natürlich musste er auch dort aufpassen und vielleicht hatte der frisch gebackene Baron den Geheimgang ja sichern lassen. Nun ja, das würde er ja sehen, wenn er dort war. Doch als Nächstes musste sich Ragnor ein vernünftiges Reittier beschaffen, da der Maulesel als Tarnung nun nicht mehr von Nöten war und er außerdem nach der Bestrafung des Ahrborgers ein schnelles Pferd benötigen würde. Vorsichtig näherte sich der junge Mann am nächsten Tag seinem Ziel mit einem großen Bogen um die Stadt, dem kleinen Waldstück, in welchem der Geheimgang mündete. Nachdem er sein Pferd in einer dichten Jungfichtengruppe angepflockt hatte, pirschte er vorsichtig in Richtung Burgfels, an dessen Hinterseite der Zugang zum Geheimgang lag. Als er kurz vor dem Felsen durch ein Dickicht robbte, bemerkte er lockere aufgeschüttete Erde, geradeso, als ob hier jemand etwas vergraben hätte. Vorsichtig entfernte er die Erdkrume und fand dort, nur notdürftig verscharrte, vier Leichen. Sie waren wohl hinterrücks erschlagen worden. Ansonsten fand Ragnor nichts Auffälliges. Jeder der Männer trug die Kleidung einfacher Arbeiter. Nachdem er nichts weiter gefunden hatte, bedeckte er die Körper der Gemeuchelten wieder und schlich weiter Richtung Eingang. »Waren das etwa Handwerker gewesen, die irgendwelche Fallen oder Ähnliches im Geheimgang installiert hatten? – Das könnte ein guter Grund für einen derart hinterhältigen Mord gewesen sein!«, mutmaßte der junge Ritter und beschloss noch vorsichtiger zu Werke zu gehen, als er sich eh bereits vorgenommen hatte.

Und tatsächlich.

Als Ragnor den Öffnungsmechanismus, einen kleinen Hebel, der in einer engen dunklen Felsspalte verborgen lag, mit Goosens Sicherheitszange öffnete, klirrte Metall auf Metall, als ein Giftdorn gegen die Zangenbacken schlug. Dieser war nicht dort gewesen, als die Kaarborger nach der Einnahme von Ahrborg den Geheimgang gefunden und auch den Öffnungsmechanismus für die Ausgangstür entdeckt hatten. Vorsichtig mit dem Lichtkegel der Sturmlaterne Boden und Wände nach weiteren Fallen absuchend, betrat der junge Mann den engen, in den Fels gehauenen, Gang. Auf seinem Weg nach oben über die zahlreichen schmalen Treppen, fand er noch drei weitere Fallen, allesamt Speerfallen, die einen unachtsamen Eindringling, wie einen Kapaun, einfach aufgespießt hätten. Doch für Ragnors inzwischen geübtes Auge waren diese sehr leicht zu erkennen. Auch weil die Arbeiten der unglücklichen Handwerker, die gemeuchelt im Wald lagen, eindeutige frische Spuren im alten Fels hinterlassen hatten. Die ansonsten recht konventionellen Fallen hatten allerdings eine Besonderheit aufgewiesen, welche

Ragnor beim Entschärfen der ersten Speerfalle fast zum Verhängnis geworden wäre. Der Auslösemechanismus war nämlich mit einem dünnen Seil verbunden, das offenbar zu irgendeiner Alarmeinrichtung führte. Ragnor hatte es gerade noch rechtzeitig entdeckt und fixiert, sodass sein Feind nicht gewarnt wurde. Nachdem er die Warnvorrichtung gefunden hatte, war Ragnor, bevor er den Gang weiter hoch gestiegen war, nochmals zur Felstür zurückgegangen und hatte den Sicherungsmechanismus mit dem Giftdorn eingehend untersucht. Doch, Ama sei Dank, war eben dort kein Alarmmechanismus eingebaut worden, da er zunächst befürchtet hatte, diesen übersehen zu haben. Als er schließlich an der Steintür hinter am Thronsaal der Ahrborger anlangte, stellte er erfreut fest, dass dessen Entriegelungshebel nicht mit einer Falle gesichert war. Zunächst lauschte der junge Mann lange an der Tür, bis er sich schließlich sicher war, dass sich niemand mehr im Thronsaal befinden sollte. Nachdem er dann die Tür vorsichtig entriegelt hatte, öffnete er diese nur einen dünnen Spalt und spähte hinaus.

Der Thronsaal lag verlassen, in ein düsteres rotes Licht getaucht, verursacht durch die Strahlen der untergehenden Sonne vor ihm. Also trat Ragnor ein und schlich auf seinen lautlosen Wildledermokassins, auch ein Geschenk von Goosens, zur großen Saaltür. Dort lauschte er wiederum und fand sehr schnell heraus, dass wohl zwei Soldaten vor dieser Saaltür Wache standen, da diese sich leise unterhielten. Direkt durch diese Tür konnte er aber sowieso nicht gehen, da diese mit einem großen eisernen Schloss von außen versperrt war. Es wäre zwar für Ragnor kein Problem gewesen, dieses Schloss zu knacken, aber es wäre, ohne Geräusche dabei zu machen, niemals möglich gewesen. Also schlich der junge Mann zum äußersten rechten Fenster, träufelte von dem mitgebrachten Öl einige Tropfen auf die Scharniere, bevor er es lautlos öffnete. Dann spähte er hinunter in einen kleinen Innenhof, um sich zu vergewissern, dass sich niemand dort aufhielt. Nachdem er sicher war, dass alles ruhig war, kletterte er auf den Fenstersims und ließ sich vorsichtig auf den schmalen Mauervorsprung unterhalb des

Fensters hinab. Dort balancierte er, eng an die Mauer gepresst, bis zu einem gegenüberliegenden überdachten Wehrgang und kletterte, nachdem er sich sicher war, dass sich auch dort niemand aufhielt, hinein. An der Verzweigung zum Thronsaal angekommen spähte er vorsichtig um die Ecke und erkannte, dass die beiden Wachen vor der Tür, ihren Auftrag wohl nicht sehr ernst nahmen, da sie an die Wand gelehnt vor sich hin zu dösen schienen. Diese Gelegenheit ließ sich Ragnor nicht entgehen. Mit einigen schnellen, lautlosen Schritten war er bei den schlafenden Soldaten. Dank der Ausbildung, die er bei Maramba im waffenlosen Kampf genossen hatte, konnte er es vermeiden, die beiden mit einem schnell Schnitt durch die Kehle töten zu müssen, wie es Goosens stets tat, sondern ihm genügte ein punktgenauer harten Druck auf ihre Halsschlagadern, sodass die beiden nachlässigen Wachsoldaten bewusstlos zu Boden sanken.

Schnell öffnete er die Tür zum Thronsaal, zog die Besinnungslosen hinein, knebelte und verschnürte sie kunstgerecht, bevor er sich auf den Weg zum Schlafzimmer des Ahrborgers machte. Dort stand keine Wache und Ragnor verharrte einen Moment ganz still und horchte, sein Ohr an die Tür gepresst. Es war kein Laut zu hören, also öffnete er vorsichtig die unverschlossene Tür und huschte hinein. Im Vorraum war es dunkel, aber aus dem dritten Zimmer, welches offenbar das eigentliche Schlafzimmer war, drang ein schwacher flackernder Lichtschein. Vorsichtig spähte der junge Mann um die Ecke, und als niemand zu sehen war, schlich er lautlos durch das Ankleidezimmer zur eigentlichen Schlafzimmertüre, welche nur einen Spalt breit offen stand. Als er erneut verharrte, um zu lauschen, hörte er Papier rascheln, so als ob jemand etwas las. Den Kopf im Schatten haltend, spähte er hinein und sah Atz da Ahrborg mit dem Rücken zur Tür an einem Tisch sitzen, über irgendwelche Papiere gebeugt. Leise legte Ragnor sein Waffenbündel ab und machte sich zum Sprung bereit. Mit zwei schnellen, lautlosen Schritten war er bei seinem Opfer und noch eh dieser begriff, was geschah, sank er, wie seine beiden Wachen am Thronsaal, ebenfalls bewusstlos zu Boden. Ragnor packte sich den Bewusstlosen auf die Schulter, nahm seine Waffen wieder auf und trug Atz da Ahrborg durch die stillen Gänge des Ahrborger Schlosses bis zum Thronsaal. Dort angekommen fesselte er ihn an den Thronsessel und knebelte ihn. Nachdem er den Thronsaal von innen mit dem schweren Vorlegebalken wieder verschlossen hatte, näherte er sich dem Bewusstlosen. Er entzündete seine Sturmlaterne Neuem und unterdrückte den Wunsch, sein Opfer unverzüglich aufzuwecken, um zur Bestrafung schreiten zu können.

Nein, zuerst musste er wissen, wie das mit der Verschwörung und dem Mordkomplott wirklich gelaufen war. Also presste er beide Handflächen auf die Schläfen des Bewusstlosen und drang in dessen Gedanken ein. Was er dort fand, ließ jeglichen Gedanken an Milde, der vielleicht möglich gewesen wäre, ins Nichts schwinden. Atz da Ahrborg hatte nicht den Tod Heikes veranlasst und den von Tana selbst herbeigeführt. Er hatte unzählige Menschen gefoltert, unter anderem auch Miranas Mutter, und sein Vergnügen dabei gehabt. Im Vergleich zu dieser Kloake waren die Gedankengänge des verblichenen Vorstehers der Mördergilde, Cardoch, richtiggehend harmlos gewesen. Doch nicht nur Persönliches fand er in den Erinnerungen des Ahrborgers. Seine Gedanken verrieten Ragnor auch, dass Raskal da Momland den Ehrgeiz hatte, König von Caer werden zu wollen. Dieser hatte zusammen mit seinen Spießgesellen ernsthaft erwogen, den König im heraufziehenden Krieg zu verraten, indem er sich mit dem König von Lorca verbündete. Angewidert löste Ragnor seine Hände, so als habe er sie an etwas unendlich Schmutzigem verunreinigt. Einen Moment blickte er stumm und grimmig auf Atz da Ahrborg hinunter, und war sich bei dem Ahrborger noch viel sicherer, als er es schon bei Per da Loza gewesen war. Es war ein Segen für alle, wenn ihm endlich ein Ende gemacht werden würde. Also schüttelte er sein Opfer so lange bis es erwachte. Atz da Ahrborg schreckte hoch und bäumte sich in panischer Angst auf, als er bemerkte, dass er gefesselt und geknebelt war. Schließlich nahm er die dunkle Gestalt wahr, die vor ihm stand und heftete die Augen auf Ragnor. Dieser beugte sich vor und zischte ihn an: »Erkennt ihr mich, Atz da Ahrborg, vielfacher Mörder und Frauenschänder!« Der Ahrborger wollte schreien, konnte aber nicht – jedoch war an seinen angstvollen, weit aufgerissenen Augen deutlich zu erkennen, dass er sehr genau wusste, wer trotz Maske und Verkleidung da vor ihm stand. Den schwarzen Pfeil, mit der vergifteten Widerhakenspitze in der Faust beobachtete Ragnor sein Opfer noch einen kurzen Moment, wie es panisch an seinen Fesseln zerrte. Dann riss er ihm mit einem Ruck sein Nachtgewand vom Leib und stieß ihm den grausamen Assassinenpfeil kraftvoll schräg von oben in den Bauch, geradeso, wie Heike vom Pfeil des Mörders getroffen worden war. Ohne sein Opfer, das sich wahnsinnig vor Schmerzen auf seinem Thronsessel wand, eines weiteren Blickes zu würdigen, machte sich Ragnor durch den Geheimgang davon.

Als schließlich der Morgen graute, hatte Ragnor schon viele Meilen zwischen sich und Ahrweiler gebracht. Als er einige Tage später die Grenze bei Burg Monstein überschritt, war niemand da, um ihn aufzuhalten. Dort verwandelte er sein Äußeres zurück, froh endlich wieder er selbst sein zu dürfen. Es war vollbracht und nun war er auf der Reise zu seinem väterlichen Freund und Lehnsherrn Rurig da Kaarborg, um seinen Verpflichtungen in Vidakar nachzukommen. Doch sein Kopf war immer noch nicht frei für die Aufgaben, die vor ihm lagen. Ja, er hatte seine Rache gehabt. Doch musste er sich ehrlich eingestehen, dass diese ihm Heike und sein Kind auch nicht wieder brachte.

Eine weitere Woche später erreichte er schließlich die Insel Kaar. Es war schon spät am Abend, als er über die hölzerne Seebrücke ritt und die Posten am Tor ihn freundlich grüßten. Auf der Burg angekommen übergab er sein Pferd einem der Stallknecht des Grafen und machte sich unverzüglich auf den Weg zu dessen Gemächern. »Schön dich an einem Stück wiederzusehen«, begrüßte ihn sein väterlicher Freund, ganz offenbar sehr erleichtert, dass er gesund zurückgekehrt war und schloss ihn daraufhin fest in die Arme.

»Dir ist hoffentlich klar, dass dein beispielloser Rachefeldzug das ganze Königreich in Aufruhr versetzt hat.« Ragnor musterte seines Mentors Gesicht, in dem der Krieg mit den Harkonen und die Verantwortung für Kaarborg, ihre Spuren hinterlassen hatten, bevor er ein wenig trotzig antwortete: »Das ist mir wohl bewusst, aber ich habe getan, was ich tun musste. Niemand nimmt mir das Liebste und kommt damit ungestraft davon!«

Obwohl der Graf seinen Schützling gut verstehen konnte, schreckte ihn einen Moment die eiserne Härte, die aus Ragnors Worten sprach, und hoffte zutiefst, dass der junge Mann, über all dem Leid und seiner Rache, nicht den Menschen in sich verloren hatte. Deshalb antwortete er nicht auf Ragnors Herausforderung, sondern legte ihm freundschaftlich den Arm auf die Schulter und sagte stattdessen beschwichtigend: »Komm, lass uns zum Tisch hinübergehen und erst einmal einen Schluck trinken. Du hast doch sicher Durst nach deinem langen Ritt.« Ragnor nickte, selbst erleichtert darüber, dass Rurig die Sache erst einmal auf sich beruhen ließ, legte Kettenhemd und Schwertgurt ab und setzte sich in einen der hochlehnigen Ledersessel, welche in Rurigs Gemach am, aus Sandstein gemauerten, Kamin standen.

Der Graf ließ seinen Schützling Platz nehmen, einen tiefen Schluck aus seinem Bierkrug nehmen, bevor er fortfuhr: »Es ist gut, dass du nun auf Kaar bist. Der König wird in Kürze die Reichsfürsten nach Caerum einberufen, um die Nachfolgefrage in Ahrborg und Loza klären zu lassen. Ich erwarte alsbald auf das Eintreffen der königlichen Brieftauben. Ich gehe davon aus, dass man Mark da Loza und Walter da Ahrborg benennen wird, was uns für den bevorstehenden Krieg mit Lorca nur nützen kann – denn nun können sich auch Momland und Vuerkon nicht mehr offen gegen den König stellen.« Die Worte Rurigs sickerten langsam in Ragnors Kopf und dem jungen Mann wurde damit zum ersten Mal richtig bewusst, dass er mit seinem Rachefeldzug unbeabsichtigt das Kräfteverhältnis in Caer nachhaltig zugunsten der Krone und Kaarborgs verändert hatte. Doch das war ihm, im Grunde genommen, herzlich egal. Ihn interessierte im Moment lediglich, was der Graf mit ihm vorhatte, und so fragte er mit müder Stimme: »Ja, ich bin auch froh, wieder da zu sein. Doch weiß ich ehrlich nicht, wie es jetzt weiter geht. Muss ich mich vor der Einsetzung der neuen Barone in Caerum einem Ehrengericht stellen?« Graf Rurig schüttelte den Kopf und antwortete bestimmt: »Das glaube ich nicht. Es wäre eh viel besser, wenn du in nächster Zeit die große Bühne meidest. Je weniger du von deinen Feinden gesehen wirst, umso besser. Ich denke, es macht am meisten Sinn, wenn du in Kürze nach Vidakar aufbrichst, um dein Lehen zu übernehmen. Alles Weitere wird sich dann weisen, wenn ich aus Caerum zurück bin!« Mit einem Blick auf das müde Gesicht seines Schützlings fuhr er fort: »Ich denke, es ist das Beste, wenn du dich nun erst einmal schlafen legst. Für ein Wiedersehen mit Lars, Mirana und deinen Freunden ist es heute eh zu spät. Gleich da drüben in der Kammer steht ein Bett und morgen früh werden wir weiter sehen!«

Am nächsten Morgen nach einem gemeinsamen kräftigen Frühstück mit dem Grafen, machte sich Ragnor auf den Weg, seine Freunde zu besuchen, um sie für den Abend zu einer Wiedersehensfeier einzuladen, welche der Graf in seinen Privatgemächern auszurichten gedachte. Die Begeisterung zu Hause war groß, als Ragnor in ihr Frühstück platzte. Besonders die kleine Mirana konnte sich überhaupt nicht beruhigen und hing die ganze Zeit auf seinem Arm, um ihn zu küssen, sodass Ragnor gar nicht dazu kam, die vielen Fragen von Lars, Maramba und seinem Knappen Klaus zu beantworten, die auf ihn einstürmten. Er vertröstete sie auf den Abend, da Mirana und Lars zum Schulunterricht mussten. Ragnor trug die Kleine, die wie eine Klette an seinem Hals hing, noch bis zur Schultür, um dann mit seinem Knappen in die Ställe zu gehen, um nach seinen Pferden zu schauen. »Herr, ich bin froh, dass ihr wieder da seid!«, plapperte Klaus los. »Eure Pferde sind in bester Verfassung und euer Quartier ist blitzblank!« Ragnor lächelte, während sein Knappe aufgeregt neben ihm her hüpfte und pausenlos erzählte, was sich in Kaarborg in der Zwischenzeit so ereignet hatte, als Ragnor unterwegs gewesen war. Zu seiner Enttäuschung musste er feststellen, dass sein alter Freund Menno auf dem Weg nach Santander war und Ansgar da Lorcamon mit den Grafenrittern, an der Grenze zu Lorca gereist war, um Präsenz zu zeigen und die Lage zu erkunden.

Als sie schließlich dann am Abend alle beisammen saßen, erzählte Ragnor, wie es ihm ergangen war. Von seiner Trauer und Verzweiflung über den Tod seiner Frau und seines ungeborenen Kindes. Von der Jagd nach den Mördern, seiner Ausbildung durch Goosens und der Bestrafung der Anstifter. Im Kreise seiner Freunde tat es ihm gut, sich alles einmal von der Seele reden zu können, und er fühlte sich irgendwie erleichtert, als er damit fertig war. Der Kreis seiner Zuhörer war gebannt seiner Geschichte gefolgt. Die Tränen von Mirana und Klaus sowie Anteilnahme und Trost durch Maramba, Lars und Rurig halfen ihm, das Geschehen zu verarbeiten. Insbesondere der Zuspruch seines alten Lehrers und Vorbildes Lars, waren Balsam auf seine Wunden, denn er hatte schon befürchtet, dass Lars seinen Rachefeldzug scharf missbilligen würde, da er Gewalt ansonsten strikt ablehnte. Doch auch Lars hatte nicht umhin können, eine gewisse Befriedigung bei dem Gedanken zu empfinden, dass Tanas Mörder nun gerichtet worden war. Als sein Knappe Klaus schließlich die kleine Mirana gegen Mitternacht zu Bett brachte, saßen die vier Männer noch schweigend in den bequemen Ohrensesseln am flackernden Kamin in Rurigs Stube und starrten, die Bierkrüge in der Hand, ins Feuer, jeder auf seine Weise mit der Verarbeitung des gerade gehörten beschäftigt. Während in Rurigs Kopf bereits die Planung lief, wie man Ragnor fürs Erste aus der politischen Schusslinie bringen könnte, kreisten Lars Gedanken um Ragnors Verlust, seine konsequente Gnadenlosigkeit in der Verfolgung der Täter und der möglichen Schäden, die seine Persönlichkeit genommen haben könnte. Solche Erlebnisse zusammen mit der erschreckenden Fähigkeit, Wissen aus anderen Leuten Köpfe reißen zu können, von der Rurig ihm berichtet hatte, machten dem alten Mann Angst. Er konnte nur hoffen, dass er dem jungen Mann genug mitgegeben hatte, dass er wieder zu sich selbst und seinen Idealen zurückfand. Maramba hingegen teilte vor allem Ragnors Schmerz um seine verlorene Familie, etwas, das er selbst auch erlebt hatte, als die Sklavenfänger der Brakk seine Eltern getötet hatten. Er wusste nur zu gut wie sehr einen Menschen so etwas verändern konnte. Schließlich brach Graf Rurig das Schweigen und bemerkte: »Ich glaube es ist nun auch für uns an der Zeit, zu Bett zu gehen. Morgen, in aller Frühe, werde ich mit Ragnor die Einzelheiten der Übernahme seines Lehens Vidakar besprechen und da sollte er aufmerksam zuhören können.«

Ragnor, Maramba und Lars nickten zustimmend und machten sich gemeinsam auf den Weg in ihre Unterkunft. Dort erwartete ihn bereits Klaus, der Mirana zu Bett gebracht hatte und meinte, als er geschäftig Ragnors Bett zurechtmachte: »Die Kleine war todmüde aber auch ganz schön aufgekratzt von Eurem Bericht. Hoffentlich kann sie schlafen, nach so viel Aufregung!«

»Ja, vielleicht war das nicht die richtige Gute-Nacht-Geschichte für ein kleines Mädchen. Aber sie ist stärker, als man meint. Schließlich hat sie ihre Mutter in der Folterkammer des Atz da Ahrborg sterben sehen und ist trotzdem ein fröhliches Kind geworden!«

»Oh, das wusste ich ja gar nicht!«; versetzte Klaus. »Dann war es vielleicht doch auch wichtig für die Kleine, dass sie weiß, dass der Mörder ihrer Mutter gerichtet worden ist!«

Zwei Wochen später, einen Tag bevor Graf Rurig nach Caerum zur Einsetzung der neuen Barone aufbrach, verließen auch Ragnor und sein Knappe die Insel Kaar in Richtung Vidakar. Er und der Graf waren übereingekommen, dass es das Beste sei, wenn er erst einmal allein nach Vidakar ritt, um sein Lehen zu übernehmen. Vidakar war nach dem Tode des vormaligen Lehensträgers eine Zeit lang herrenlos gewesen und dem Grafen war zu Ohren gekommen, dass es bei der Verwaltung des Guts zu Unregelmäßigkeiten gekommen war. Deshalb hatten die beiden entschieden, dass Maramba, Lars und Ragnors Mündel Mirana erst folgen würden, wenn die Situation dort geklärt und sicher war. Graf

Rurig hatte es zwar sehr bedauert, dass der alte Lars die Schule in Kaar verlassen würde, aber er hatte natürlich Verständnis dafür, dass er Ragnor und seiner Lieblingsschülerin Mirana nach Vidakar folgen wollte, um dort eine Dorfschule aufzubauen. Also stand Graf Rurig auf dem Söller seiner Burg und sah seinem Schützling und seinem Begleiter hinterher, wie sie über die Seebrücke in den Sonnenaufgang ritten und hoffte inständig, dass der aufkeimende Frühling des neuen Jahres allen mehr Glück bringen würde, als das vergangene Jahr.

Glossar

Ahrborg: Große Baronie in der Mitte von Caer.

Ahrweiler: Hauptstadt der Baronie Ahrborg

Ama: Hauptgott der Bewohner des Planeten Makar; symbolisiert den Ursprung allen Lebens, das Universum, die schöpferische Kraft.

Amanar: Der größere der beiden Monde von Makar. Er hat eine zartgrüne Färbung und gilt als Symbol für Ama, das Gute.

Android: Hochentwickelter Roboter, der wie ein Lebewesen aussieht.

Aquatum: Kleine Stadt in der Grafschaft Caer, bekannt durch seine berühmten Wasserfälle.

Arcanor: Sagenumwobene Heimstatt der Hüter Amas.

Bammental: Kleiner Weiler mit Gasthof in Kaarborg an Handelsstraße nach Caerum gelegen.

Cabanum: Kleine Ortschaft in der Nähe von Caerum.

Caer: Königreich mit feudalem Aufbau auf dem Nordkontinent von Makar. Die Grafschaft gleichen Namens ist gleichzeitig das Stammland des regierenden Monarchen.

Caerum: Hauptstadt des Königreiches Caer.

Falkenstein: Starke Burg in der Grafschaft Momland

Hannafeld: Dorf mit bekanntem Gasthof an der Handelsstraße nach Caerum.

Harkon: Kleine Baronie im Nordwesten von Caer, die an das Königreich Lorca und das Randgebirge grenzt. »Burg Harkon« ist der stark befestigte Stammsitz der Barone von Harkon.

Hoch(muts)burg: Mächtige Burgruine in der Nähe von Caerumbeim Ort Cabanum gelegen. Wurde im letzten Orkkrieg zerstört.

Kaar: Insel im Kaarsee, dem größten Binnensee von Caer. Hier befindet sich die mächtigste Burganlage von Caer und die Residenz der Grafen von Kaarborg.

Kaarborg: Grafschaft im Süden von Caer, die an das Königreich Lorca und ans Binnenmeer grenzt.»Burg Kaarborg« siehe Kaar.

Königsburg: Residenz des Königs in Caerum.

Kormon: Kleine Baronie im Norden von Caer, die an das Randgebirge grenzt.

Krala: Größere Insel im Binnenmeer von Makar. Sie wird beherrscht von einem kriegerischen Volk, das von der Seeräuberei lebt.

Lorca: Königreich auf dem Nordkontinent von Makar, das an die Königreiche Caer, Chorosan und ans Binnenmeer grenzt.

Lorcamon: Starke Burg der Kaarborger am Zentralpass, an der Grenze zum Königreich Lorca.

Lozana: Starke Burg in der Baronie Loza und Stammsitz der regierenden Barone.

Makar: Ein erdähnlicher Planet, der von verschiedenen, auch nichtmenschlichen intelligenten Rassen bewohnt wird. Er umkreist eine große gelbrote Sonne und besitzt die zwei Monde Amanar und Ximonar.

Momland: Grafschaft im Nordosten von Caer.

Mors: Freie Stadt in der Baronie Niewborg

Niewborg: Baronie im Norden von Caer.

Orcus: Parallele Dimension, in der Lebewesen hausen, die landläufig als Dämonen bezeichnet werden, und die dort eine komplexe Gesellschaft bilden. Der finstere Gott Ximon ist ihr nominaler Herrscher, jedoch sind die Dämonen sehr unwillige Untertanen.

Prätor: Titel der Stellvertreter des Großmeisters und Mitglieder des Reichsritterrates, die denGroßmeister wählen.

Quirinia: Hochtechnisierte Domäne in einer parallelen Dimension.

Reichsburg: Sitz der Reichsritter in Caerum.

Salamanca: Sagenhafte Stadt in Zephir, mitten in der großen Wüste gelegen.

Samarkon: Starke Burg der Kaarborger, an der Grenze zur Baronie Harkon.

Santander: Große Hafenstadt in der Grafschaft Kaarborg.

Seeland: Grafschaft im Süden von Caer.

Seeborg: Starke Burg der Kaarborger, hoch über der Küste des Binnenmeeres, nahe der Grenze zur Baronie Ahrborg.

Stadtburg: Festung der Stadtgarde von Caerum und Sitz der königlichen Verwaltung.

Tamium: Seltenes Metall, das sich durch extreme Härte auszeichnet. Es lässt sich zur Legierung von Bronze oder Eisen verwenden oder auch in dünnen Gussstücken verarbeiten. Schmieden lässt es sich allerdings nicht und ist daher eher für Rüstungen denn für Waffen zu gebrauchen.

Vidakar: Reiches Gut, inmitten der Grafschaft Kaarborg, rund um einen Vulkankegel gelegen.

Ximon: Der Gegenspieler von Ama; symbolisiert das absolut Böse, das Nichts, die zerstörerische Kraft.

Ximonar: Der kleinere der beiden Monde von Makar. Er hat eine blassrote Färbung und gilt als Symbol für Ximon, das Böse.

Xitar: Zentralwelt des Imperiums von Xitar. Ximons Machtinstrument in Andromeda. Von dort aus werden alle Planeten regiert, die unter dem Protektorat von Xitar stehen.

Xytramon: Dämonenfürst aus dem Orcus